Das technische Manuskript

Dipl.-Ing.
Werner Lanze
Mitglied der
Technisch-Literarischen
Gesellschaft (TELI)

Das technische Manuskript

3. Auflage

Ein Handbuch mit ausführlichen Anleitungen für Autoren und Bearbeiter

VULKAN-VERLAG
DR. W. CLASSEN

ISBN 3-8027-8122-8
Dieses Buch hat 242 Seiten
Gesetzt in 10/11 Press Roman, IBM Composer

Printed in Germany

INHALT

Lieber Leser,

erlauben Sie mir diese direkte Anrede, bevor Sie mit der Lektüre des Textes beginnen; eines Textes, in dem wir uns nur noch mit so unpersönlichen Ausdrücken wie „es möge“ oder „man sollte“ oder „es empfiehlt sich“ begegnen werden. Ich möchte mich Ihnen zunächst persönlich vorstellen und ein paar Worte mit Ihnen plaudern.

Sie haben dieses Buch erworben in der Hoffnung, darin Rat und Hilfe zu finden in all den Fällen Ihres Berufslebens, wo Sie ratlos oder zweifelnd vor einer für Sie unbequemen literarischen Aufgabe stehen. Sicher haben auch Sie es schon zu spüren bekommen: Wer mit der Umwelt schriftlich in Verbindung tritt, muß einen Teil seines Selbst darbieten; in dem, was der andere zu lesen bekommt, erkennt dieser auch etwas von dem Wesen des Schreibenden. Das kann einen beglückenden Kontakt herstellen, darin liegt aber auch eine große Gefahr. Es gilt, ihr mit den rechten Mitteln zu begegnen.

Ich hoffe, daß Sie bei der Lektüre dieses Buches nicht enttäuscht werden. Was darin niedergelegt ist, sind die Erfahrungen eines mehr als dreißigjährigen Berufslebens. Mehr als zwei Jahrzehnte davon galten einer Tätigkeit an maßgeblicher Stelle in einem Großunternehmen der Elektroindustrie. Dort war reichlich Gelegenheit, eine Unzahl meiner Kollegen literarisch zu beraten. Ich habe dabei deren Sorgen und Nöte kennengelernt, die sich gewiß von den Ihren nicht wesentlich unterscheiden. Alle meine Partner haben mir unbewußt geholfen, die Beispiele zusammenzutragen, die in diesem Buch dargeboten werden. Daß sie zum großen Teil aus der elektrotechnischen Literatur stammen, ist nach dem Gesagten verständlich. Ihr Wert wird dadurch keineswegs gemindert, denn jedes Beispiel ist ja nur Vertreter eines Typs; der jeweilige Inhalt ist dabei belanglos. Manches Beispiel habe ich – vor allem in den Erläuterungen – scherzhaft überspitzt, weil dadurch der Fehler, der in ihm steckt, sehr viel sinnfälliger wird.

Sprache ist etwas Lebendiges, das sich ständig weiterentwickelt. Wer ein Buch wie das vorliegende verfaßt, steht immer in einem gewissen Zwiespalt. Das Überkommene gilt es zu bewahren, wenn es sich bewährt hat und wenn ein Neues, das an seine Stelle treten möchte, nicht besser oder gar sprachlich falsch ist. Dem Neuen soll aber der Weg nicht versperrt werden, wenn es folgerichtig weiterführt. Wo für den einzelnen der Schnittpunkt dieser beiden Richtungen liegt, hängt von vielen sachlichen und persönlichen Umständen ab. Ich hoffe, daß der in diesem Buch vertretene Standpunkt auch für Sie annehmbar ist. Wo es nicht um feste Regeln geht, hat jeder immerhin die Freiheit, auch anders zu denken und zu handeln.

Sollten Sie beim Benutzen des Buches entdecken, daß ich etwa selbst einmal bei einer sprachlichen Formulierung gegen irgendeinen von mir propagierten Grundsatz verstoßen habe: wir sind alle nur Menschen, die dem Irrtum unterworfen sind. Bitte, verzeichen Sie es mir.

Bücher wie das vorliegende verschlingt man nicht wie einen Roman. Auch Sie, lieber Leser, werden es nicht tun. Das entspräche außerdem gar nicht der Konzeption dieses Buches. Es will ein Nachschlagewerk sein, ein Ratgeber, den man in allen Zweifelsfällen zur Hand nimmt, um sich über die anstehenden Probleme gründlich zu informieren. Es will ein Helfer sein für den Neuling, der erstmals vor der Aufgabe steht, literarisch tätig werden zu müssen. Das am Schlusse befindliche Sachverzeichnis ist bewußt sehr umfangreich gehalten. Damit soll es Ihnen leicht gemacht werden, die Dienste, die Ihnen das Buch leisten will, auch wirklich voll in Anspruch zu nehmen.

Möge also dieses Buch bei Ihrer Arbeit viel Nutzen bringen; möge es in allen denkbaren Fällen Ihnen helfen, Ihre Schriftsätze so klar und verständlich und in der äußeren Form so vollkommen zu gestalten, daß ihnen bei den Empfängern ein möglichst großer Erfolg beschieden ist. Daß dies Wirklichkeit werde, wünscht Ihnen von ganzem Herzen

Ihr Verfasser.

Vorwort zur dritten Auflage

Die beiden ersten Auflagen haben in der Fachwelt eine recht günstige Aufnahme gefunden. Der inhaltliche Aufbau und die Form als Handbuch entsprachen offenbar einem Bedürfnis der Benutzer. Beides konnte also auch in der neuen Auflage weitgehend beibehalten werden.

Auf Grund von Erfahrungen, die der Verfasser über Jahre hinweg beim Abhalten von Seminaren und Vorträgen gesammelt hat, ergab sich allerdings die Notwendigkeit, das erste Kapitel dieses Buches zu überarbeiten und zu erweitern. Desgleichen ist das Kapitel über Urheber- und Verlagsrecht neu gestaltet worden. Die am Schluß befindlichen Verzeichnisse über Schrifttum und Normblätter wurden auf den neuesten Stand gebracht. Möge das Buch auch weiterhin allen denen eine wertvolle Hilfe sein, die technische Schriftsätze in irgendeiner Form zu erarbeiten haben.

1. Technische Schriftsätze

Der Ingenieur steht heute mehr denn je vor der Notwendigkeit, Gedanken, Berichte, Informationen in schriftlicher Form von sich zu geben. Teils sind sie für Vorgesetzte bestimmt oder für die Dienststellen der eigenen Firma, teils nehmen die Schriftsätze ihren Weg in die Öffentlichkeit. Auch in ihrer Zielsetzung sind sie sehr unterschiedlich; sie halten entweder ganz schlicht Vorgänge dokumentarisch fest, oder sie geben dem Laien praktische Hinweise, oder aber sie bieten den Berufskollegen fachliche Unterrichtung. Sie umfassen die ganze Skala von der kurzen Notiz über die mehrseitige Druckschrift bis hin zum ausgewachsenen Fachbuch. Einige der wichtigsten schriftlichen Aufgaben, vor die ein Ingenieur in seinem Berufsleben gestellt werden kann, sind in dem folgenden Kapitel erläutert und mit praktischen Hinweisen versehen. Diese Ausführungen wollen nicht als Musterbeispiele verstanden werden, die man nur zu kopieren braucht. Die Vielfalt der Aufgaben ist zu groß, als daß sich für jeden denkbaren Fall ein Schema aufstellen ließe. So möge der Leser all diese Hinweise als Anregung auffassen, die gerade ihm gestellte Aufgabe sinngemäß in ähnlicher Weise zu lösen, wie dies in den folgenden Ausführungen angedeutet ist.

1.1 DAS VERSUCHSPROTOKOLL

Dieser Aufgabe angemessen ist eine völlig nüchterne Darstellung, ohne irgendwie besonders ausgefeilten Stil. Ein solches Protokoll dient nur einem praktischen, rein internen Zweck: Versuchsablauf und Versuchsergebnis aufzuzeichnen. Wichtig ist hierbei, daß alle Umstände festgehalten werden, die der Nachprüfbarkeit dienen und die es erlauben, den ganzen Versuch notfalls zu reproduzieren.

Bewährt hat sich folgende Gliederung:

Aufgabe;
in Aussicht genommener Lösungsweg;
Versuchsaufbau, Schaltplan, Geräteliste;
Durchführung des Versuchs;
Ergebnis;
Wertung.

Der wichtigste Teil eines Versuchsprotokolls sind Tabellen mit den Meßwerten, Kurvenblätter, Oszillogramme. Der Text hat nur untergeordnete Bedeutung. Trotzdem soll er einwandfrei sein, in klaren, leicht verständlichen Sätzen abgefaßt, stilistisch korrekt. Der Natur der Sache entsprechend wird es im Text viele Passivsätze geben (mit *wird* und *werden*). Bei einigem Geschick lassen sich einzelne Passivkonstruktionen vermeiden, indem Tätigkeitswörter mit aktivem Charakter eingeführt werden. Die Darstellung wird dadurch meist etwas lebendiger, doch spielt dies hier keine entscheidende Rolle.

Hierzu ein paar einfache, für diesen Zweck bewußt kurz gefaßte Beispiele:

- Eichung eines Thermometers.
  Das zu prüfende Instrument ist ein Quecksilberthermometer, Fabrikat X, für den Bereich von 0 bis 160 °C (statt: Geprüft wird ein . . .). Als Vergleichsinstrument dient ein Normalthermometer der PTB (statt: Als Vergleichsinstrument wird ein . . . benutzt). Beide Thermometer stehen in einem Ölbad, das elektrisch geheizt und durch ein motorisch angetriebenes Rührwerk in ständiger Bewegung gehalten wird, damit in dem ganzen Gefäß überall gleiche Temperatur herrscht. Mit Hilfe der Korrekturtabelle, die dem Normalthermometer beigegeben ist, werden dessen Angaben berichtigt und mit denen des Prüfthermometers verglichen. So läßt sich für dieses über den ganzen Meßbereich ebenfalls eine Korrekturtabelle aufstellen. Hiernach wurde die Eichkurve gezeichnet, die diesem Protokoll beiliegt.
- Untersuchung eines Einphasen-Wechselstromzählers.
  Der Einphasen-Wechselstromzähler (die Typenangaben stehen in der zum Protokoll gehörenden Geräteliste) ist bei verschiedenen Belastungen zu untersuchen (statt: wird . . . untersucht oder soll . . . untersucht werden). Ermittelt wird der prozentuale Anzeigefehler, bezogen auf die wahren Werte der verbrauchten elektrischen Energie.
  Für eine umfassende Untersuchung wird eine Anzahl von Versuchsreihen durchgeführt, und zwar bei niedriger, mittlerer und hoher Belastung, bei ohmscher, induktiver und kapazitiver Last, bei Unter- und Überspannung sowie bei verschiedenen Netzfrequenzen.
  Eine elektronische Abtasteinrichtung ermittelt jedesmal die Zeit t (statt: Mit einer . . . wird . . . ermittelt), in der die Zählerscheibe n Umdrehungen macht. Setzt man diese Werte in Beziehung (statt: Werden diese Werte in Beziehung gesetzt) zu der auf dem Zählerschild angegebenen Zählerkonstanten, so läßt sich der Fehler wie folgt errechnen (statt: so kann . . . errechnet werden): [es folgt die mathematische Formel].

1.2 DAS SITZUNGSPROTOKOLL

Obwohl diese Art von Protokollen sich in Bedeutung und Aufbau grundsätzlich von einem technischen Protokoll unterscheidet, soll doch in einem besonderen Abschnitt hierauf eingegangen werden. Ein routinierter Protokollant, der schon oft an Sitzungen teilgenommen hat, wird in diesen Ausführungen nicht viel Neues entdecken. Es geschieht aber häufig, daß zu Beginn einer Besprechung der Sitzungsleiter spontan einen der Teilnehmer auffordert, über den Verlauf dieser Besprechung Protokoll zu führen. Vor allem jüngere Ingenieure, denen diese Aufgabe erstmals zufällt, stehen ihr oft etwas ratlos gegenüber.

Es gibt unterschiedliche Anlässe für eine solche Zusammenkunft: eine Abteilungsbesprechung, eine Fachbereichssitzung, ein Kundengespräch mit offiziellem Charakter (sei es im Hause des Kunden, sei es in der Firma des Auftragnehmers), eine Montagebesprechung auf der Baustelle o. dgl.
Es empfiehlt sich, solchen Protokollen eine feste Gliederung zu geben. Nur so läßt sich erreichen, daß dann auch kein wichtiger Punkt vergessen wird. Die folgende Aufstellung bietet hierfür ein Muster, soll aber nicht als Vorschrift verstanden werden, besonders was die Reihenfolge betrifft. So ist es z. B. vielerorts üblich, den Verteiler (Punkt 10 des Musters) an den Anfang zu setzen.

Gliederung eines Sitzungsprotokolls:

1. Tagendes Gremium bzw. Anlaß der Besprechung (siehe oben, Absatz 2).
2. Ort und Datum der Sitzung, Uhrzeit des Beginns.
3. Liste der Anwesenden.
4. Tagesordnung bzw. Thema des Gesprächs.
5. Stichwortartige Notizen zu den einzelnen Tagesordnungspunkten. In Abschnitte gliedern; über jeden Abschnitt den jeweiligen Tagesordnungspunkt als Überschrift. Den Text nicht zu breit ausführen, aber alles Wichtige festhalten, besonders Anträge und Erwiderungen einzelner Sitzungsteilnehmer. Im Ergebnis bei jedem Punkt unterscheiden zwischen Beschluß, Empfehlung oder einfacher Feststellung.
6. Gefaßte Beschlüsse im Wortlaut festhalten (notfalls den Sitzungsleiter um Wiederholung der Passagen bitten, bis alles wörtlich notiert ist).
7. Im Protokoll rechts eine Spalte einrichten, in der zu jedem Beschluß der Ausführende und der Termin der Erledigung notiert wird. Diese Maßnahme ist außerordentlich wichtig. Fehlen solche Angaben, so besteht Gefahr, daß die Ausführung eines Beschlusses auf die lange Bank geschoben wird oder daß die Beteiligten die Zuständigkeit zwischen sich hin und her schieben.
8. Uhrzeit des Sitzungsschlusses.
9. Unterschrift des Verantwortlichen; entweder der Sitzungsleiter allein oder gemeinsam mit dem (rechts unterzeichnenden) Protokollführer.
10. Verteiler (zuerst der Vermerk über die übergeordneten Dienststellen, denen das Protokoll zugeleitet werden soll; zuletzt der Vermerk: Teilnehmer).

Bei Besprechungen in größerem Rahmen, an denen unterschiedliche Gruppen beteiligt sind (mehrere verschiedene Abteilungen einer Firma, Besprechungen mit Kunden, Baustellenbesprechungen unter Beteiligung mehrerer Unterlieferanten) empfiehlt es sich, zum Schluß der Sitzung den Protokollentwurf gleich vorzulesen, ehe die Teilnehmer auseinandergehen. So lassen sich Mißverständnisse oder Unkorrektheiten sofort berichtigen; ein zeitraubender und u. U. ärgerlicher Schriftwechsel wird vermieden, der sonst nach der Übersendung der Reinschrift des Protokolls nötig würde.

Diese Reinschrift, die ja nach den handschriftlichen Notizen des Protokollführers angefertigt werden muß, sollte so bald wie möglich nach der Sitzung ausgearbeitet werden. Das Gedächtnis gibt frische Eindrücke präziser wieder, und die Empfänger des Protokolls sind dankbar, wenn dieses nicht erst nach geraumer Zeit bei ihnen eintrifft. Eine schnelle Zusendung ist ein Akt der Höflichkeit ihnen gegenüber. Es gibt Vereinigungen, wo das Protokoll der Jahres-Hauptversammlung den Mitgliedern erst viele Monate nach dem Ereignis zugeht (weil der Schriftführer dies nebenberuflich erledigt); wahrscheinlich werden die Mitglieder damit für die nächste Versammlung rechtzeitig eingestimmt. Dieses abschreckende Beispiel ist natürlich ein Extremfall; aber im Bereich des industriellen Wirkens können auch wesentlich geringere Verzögerungen noch die gleiche unangenehme Wirkung haben.

1.3 DER TECHNISCHE BERICHT

Zu diesem Thema gehört eine Reihe von Schriftsätzen, die sich durch Anlaß und Zielsetzung unterscheiden.

1.3.1 DER REISEBERICHT

Anlässe hierfür sind:
eine Reise zum Kunden (Führen eines Verkaufsgesprächs; Information über den Stand der Montagearbeiten beim Bau einer Anlage; Reklamationen des Kunden; Beheben von Störungen im Rahmen des Kundendienstes);
eine Reise zu Lieferanten (Verhandlung vor Auftragsvergabe; Besichtigung einer Referenzanlage);
der Besuch einer Messe oder Ausstellung.

1.3.2 DER ERFAHRUNGSBERICHT

Dies ist entweder eine Niederschrift
über Erfahrungen mit dem Betrieb einer Anlage oder mit einer Reihe von Anlagen (Geräten) gleichen Typs
oder über Erfahrungen beim Aufbau von Anlagen
oder über Werkstatterfahrungen (in der Organisation, bei der Beschaffung von Teilen, Werkzeugen oder Maschinen, mit Personalproblemen u. dgl.).

1.3.3 DER ENTWICKLUNGSBERICHT

Ein solcher Bericht ist der Art nach ein umfangreiches Versuchsprotokoll. Er schildert den Ablauf einer meist recht ausgedehnten technischen oder wissenschaftlichen Untersuchung, oder er gibt Rechenschaft über die Art und Weise, wie eine Entwicklungsaufgabe (ggf. auch eine Teilentwicklung) gelöst wurde. Mögliche Anlässe hierzu sind z. B.

inzwischen erkannte Mängel einer älteren Ausführung,
das Auftauchen neuer und günstigerer Werkstoffe,
Kundenwünsche nach Verbesserung eines Gerätes
oder einfach die Konkurrenzlage, auf Grund deren man sich einer Weiter- oder gar Neuentwicklung nicht entziehen kann, ohne Markteinbußen zu erleiden.

1.3.4 DER GESCHÄFTSBERICHT

Dies ist ein Monats-, Vierteljahres- oder Jahresbericht über den Geschäftsablauf;
eine Informationsschrift mit ähnlichem Inhalt zur Aktionärsversammlung, meist mit ausgesuchtem Bildmaterial aufgelockert;
eine Festschrift zu einem Firmenjubiläum, auch stark bebildert; hier tritt jedoch die Behandlung kommerzieller Dinge meist stark zurück gegenüber Abhandlungen über die Entwicklungsgeschichte des Unternehmens.

1.3.5

Sehen wir vom Geschäftsbericht ab, der im Rahmen dieser Art von Schriftsätzen eine Sonderstellung einnimmt, so läßt sich für den Aufbau solcher Berichte ein einfaches Schema aufstellen, das etwa so aussieht:

1. Datum und Nummer des Berichts (mit dieser Nummer wird er später im Schriftverkehr zitiert werden);
2. Titel (kurz und treffend gefaßt);
3. Name des Verfassers (bzw. der Verfasser);
4. Inhaltsverzeichnis (identisch mit der – durch Zwischenüberschriften charakterisierten – Gliederung des Berichtstextes, ergänzt durch die Nennung der Anlagen: Bilder, Tabellen, Pläne, Diagramme usw.);
5. Einleitung: Gestellte Aufgabe, Anlaß der Reise, Anlaß zur Niederschrift der Erfahrungen, Ausgangssituation bei Entwicklungsvorhaben usw.;
6. Berichtstext:
   Ziel (was soll erreicht werden?);
   Lösungsweg (wie und wodurch soll das Ziel erreicht werden?);
   Ablauf der beschriebenen Handlung;
   Ergebnis (was ist erreicht worden?);
7. Wertung des Ergebnisses (auch eines eventuell negativen Resultats).

Entsprechend dem unterschiedlichen Charakter der Berichtsarten ist es klar, daß mit dem obigen Schema keineswegs eine starre Regel geboten werden kann. Je nach dem speziellen Verwendungszweck muß der den Bericht Schreibende hier also variieren.
Nicht erst beim Beginn der Schreibarbeit, sondern bereits
  vor Antritt einer Reise,

vor Beginn einer Entwicklung
sollte der spätere Verfasser sich fragen,
wer was wie
wissen möchte oder erfahren muß.

Wer: der Kreis der Empfänger bestimmt das Niveau des Berichts.

Was: genaue sachliche Eingrenzung des Themas.

Wie: ausführlicher Bericht (hat der Leser genügend Zeit zum Studium des Textes bzw. muß er umfassend informiert werden?); komprimierte Darstellung (ist nach dem Lesen schnelle Entscheidung nötig?); sind statt eines langen Textes Tabellen und Schautafeln aussagekräftiger?

Nachdem hierüber Klarheit geschaffen ist, empfiehlt es sich, schon während der Reise oder der Entwicklungsarbeit laufend Notizen zu machen. Stilfragen oder eine inhaltliche Gliederung sind in diesem Stadium nebensächlich. Wichtig werden sie allerdings beim endgültigen Ausarbeiten des Berichtes.

Der Text soll reichlich in Haupt- und Unterabschnitte gegliedert werden; die Hauptabschnitte erhalten (entsprechend dem in Punkt 4 Gesagten) jeweils eine passende Überschrift. Im Bericht müssen sich objektive Berichterstattung und eigene Beurteilung deutlich voneinander abheben. Orts-, Zeit- und Meßwertangaben sollen eindeutig sein. Sachangaben (Meßergebnisse, Oszillogramme, Rechenergebnisse) müssen sich jederzeit nachprüfen lassen.

Bei der Untersuchung von Mängeln sollten nach Möglichkeit auch brauchbare Vorschläge zur Abhilfe oder Verbesserung gemacht werden.

Die Wertung des Ergebnisses (entsprechend Punkt 7) durch den Berichtenden ist wichtig, besonders dann, wenn die Durchführung der Aufgabe kein günstiges Ergebnis brachte. Kollegen können u.U. hieraus Nutzen ziehen und bei späteren Arbeiten Zeit und Geld sparen, indem sie Wege, die sich als ungangbar erwiesen haben, erst gar nicht beschreiten.

Technische Berichte sind (mit Ausnahme der Geschäftsberichte) nicht für die Öffentlichkeit bestimmt. Sie gehen an vorgesetzte Dienststellen; selbstverständlich bekommen auch die Kollegen bzw. benachbarte Abteilungen sie in die Hand. Da sie also lediglich der internen Information dienen, werden sie meist nicht gedruckt, sondern mit der Maschine geschrieben und dann vervielfältigt. Empfehlenswert ist, Bilder und Diagramme nicht in den Text einzustreuen, sondern hierfür besondere Seiten vorzusehen, die nach Schluß des Textes eingefügt werden. Dies ist für die Vervielfältigung oft günstiger. Gegebenenfalls muß man allerdings daran denken, diese Blätter ausklappbar zu machen (beim Bericht im Format A-4-Bilder also auf die rechte Hälfte von A-3-Bögen), damit beim Lesen des Textes gleichzeitig die Bilder betrachtet werden können.

Für den Fall, daß eine Untersuchung oder Entwicklung mit einem positiven Ergebnis abgeschlossen wurde, ist zu überlegen, ob sich der Inhalt des Technischen Berichtes – eventuell teilweise oder in entsprechend umgearbeiteter Form – für eine Publikation eignet. Natürlich wird man sich hüten, die Konkurrenz zu früh auf eine im Gange befindliche Entwicklung aufmerksam zu machen. Aber andererseits gibt es auch oft Fälle, wo bereits bekannt ist, daß mehrere Firmen gleichzeitig an gleichen oder ähnlichen Projekten arbeiten, und hier kann es durchaus von Wert sein, den Kundenkreis über eine gezielte Publikation anzusprechen, damit er erfährt, welche Ergebnisse man inzwischen selbst erzielt hat. So ist schon mancher technische Bericht Grundlage für einen Fachaufsatz geworden. Ein Ingenieur, der nacheinander diese beiden Schriftsätze verfaßt, hat bei weitem nicht die doppelte Arbeit wie für den ersten allein. Der Inhalt liegt ja dann schon einmal aufbereitet vor und muß nur noch entsprechend umgeformt werden.

1.4 DER APPLIKATIONSBERICHT

Der Applikationsbericht ist dem Technischen Bericht sehr ähnlich. Er dient aber der Verwendung außerhalb des Unternehmens. Wie sein Name besagt, ist er eine Anwendungshilfe für die Kunden, und sein Ziel ist es, verkaufsfördernd zu wirken. Der Text ist meist knapper gefaßt als bei dem nur internen Zwecken dienenden Technischen Bericht; er enthält kurze, prägnante Hinweise für die praktische Anwendung eines Gerätes, einer Anlage, eines Verfahrens. Der Verfasser eines Applikationsberichtes muß die Kunden, für die er schreibt, genau kennen, um zu wissen, was sie gebrauchen könnten. Das Hauptaugenmerk ist auf die klare Darstellung der Anwendungsmöglichkeiten zu legen. Gegenstand eines solchen Berichtes müssen nicht etwa große Neuerungen sein. Kleine Verbesserungen an bereits verkauften Geräten, ein neues Zusatzteil oder eine bisher nicht bekannte bzw. bisher nicht realisierbare Anwendungsmöglichkeit können den Kunden wertvolle Tips geben. So dient der Applikationsbericht der Pflege der Beziehungen zu den Kunden und ist oft eine wertvolle Hilfe für den Akquisiteur.
Während der Technische Bericht meist ein schmuckloses, einfach mit Maschine geschriebenes und vervielfältigtes Erzeugnis ist, sollte man dem Applikationsbericht auch äußerlich mehr Sorgfalt widmen. Er wird zu einer Firmendruckschrift, bekommt einen grafisch wirkungsvoll gestalteten Umschlag und wird auf Kunstdruckpapier gedruckt. Da er die Kunden mit etwas Neuem vertraut machen soll, empfiehlt es sich auch, ihn mit guten Bildern (Zeichnungen oder Fotos) auszustatten. Die Bilder müssen zuerst für sich sprechen. Der Text soll sie klar und verständlich erläutern.

1.5 DIE ARBEITSANWEISUNG

Die Arbeitsanweisung ist ein Organisationsmittel, das bestimmte Arbeits- oder Verwaltungsabläufe verbindlich festlegt, damit die hiervon betroffenen Betriebsangehörigen danach einheitlich handeln können. Sie ist auch ein wichtiges Informations-

mittel für einen Neuling, der dann nicht mehr auf eine beiläufige und u. U. lückenhafte Unterrichtung durch Arbeitskollegen angewiesen ist.
Eine Arbeitsanweisung ist eine gegliederte Folge von Tätigkeiten, die zusammen einen bestimmten Arbeitsablauf ergeben. Der Verfasser einer solchen Anweisung muß natürlich diese Tätigkeiten bis in die Einzelheiten kennen. Zunächst sollte man die Einzelschritte bzw. Handgriffe in Stichworten skizzieren und dann die zeitliche Abfolge prüfen (es darf nicht der zweite Schritt vor dem ersten stattfinden). Es empfiehlt sich, einen solchen Entwurf mit einem Kollegen durchzusprechen, der zunächst unbefangen an das Thema herangeht.
Ferner sollte man eine gewisse Zeit nach dem Inkraftsetzen einer Arbeitsanweisung prüfen, ob der hiermit festgelegte Ablauf der Tätigkeiten in der Praxis auch durchführbar ist bzw. ob er sich als zweckmäßig erwiesen hat. Eine Beurteilung durch die am Ablauf beteiligten Dienststellen kann durchaus hilfreich sein.

Beispiel für eine Arbeitsanweisung:
Titel: Verwendung des Vordrucks „Bestellung“ bei Investitionen (Beschaffung von Werkzeugen, Vorrichtungen, Meßeinrichtungen; Büroausstattung).

1. Der vielteilige Formularsatz „Bestellung“ ist vom Besteller sorgfältig auszufüllen und abzuzeichnen.
2. Der komplette Formularsatz ist an die Abteilung Rechnungswesen zu leiten. Diese entnimmt die blaue Kopie für die Etatkontrolle und bestätigt dies durch Stempel und Handzeichen auf dem gelben Formularblatt.
3. Danach ist der Formularsatz dem kaufmännischen Leiter zur Unterschrift vorzulegen. Er leitet ihn an die Abteilung Einkauf weiter.
4. Die Abteilung Rechnungswesen hat (anhand ihrer blauen Kopien) laufend zu prüfen, ob die Bestellungen für Investitionen kostenmäßig im Rahmen der Planzahlen bleiben. Hierüber ist die kaufmännische Leitung monatlich zu unterrichten.

1.6 DIE BEDIENUNGSANLEITUNG
(auch: Betriebsanleitung, Gebrauchsanweisung)

Es gibt einen boshaften Spruch, sicherlich geprägt von einem Menschen, der oft Enttäuschungen erlebt hat: „Hat man bei einem neuen Gerät erst einmal heraus, wie es funktioniert, dann dauert es nicht mehr lange, und man versteht auch die Gebrauchsanweisung.“ Dies ist natürlich derb ironisch formuliert. Leider steckt jedoch eine traurige Wahrheit dahinter: Bedienungsanleitungen sind oft konfus aufgebaut und in einem so dürftigen Stil abgefaßt, daß sie bestenfalls allein der Schreiber versteht. Der aber kennt das betreffende Gerät oder die Maschine ohnehin, und somit nützt die Beschreibung niemandem.

Die Bedienungsanleitung ist aber für den Kunden bestimmt und wird daher meist in

gedruckter Form ausgegeben. Gerade in einem solchen Druckwerk ist eine ganz klare, leicht verständliche Sprache nötig. Der Text darf nicht zu knapp sein, sondern muß eher etwas ausführlicher gehalten werden. Ein Kunde, der ein Gerät gekauft hat, will auf alle Fragen – und im Anfang werden es sehr viel sein – befriedigende Auskunft haben. Jede Unklarheit, die nach der Lektüre des Textes übrigbleibt, verärgert ihn.
Wichtigste Forderung für den Verfasser einer Bedienungsanleitung ist daher, daß er sich in die Mentalität des Benutzers hineindenkt. Wenn in diesem Buche an verschiedenen Stellen immer wieder gefordert wird, der schreibende Ingenieur möge an die Mitmenschen denken, die sein Geschriebenes lesen werden, und er möge als Spezialist nicht nur für Spezialisten schreiben: hier gilt diese Forderung am nachdrücklichsten. Beim Benutzer darf nicht zu viel vorausgesetzt werden. Auch wer langsam begreift, soll die Erklärungen noch verstehen. Es ist natürlich ein Unterschied, ob ein technisches Gerät in die Hand eines Fachmannes kommt oder ob ein technischer Laie ein Konsumgut erwirbt, das einen komplizierten Mechanismus birgt.

Die Gliederung einer Bedienungsanleitung sollte etwa folgendermaßen aufgebaut werden:

1. Inhaltsverzeichnis;
2. Bild (Foto oder Zeichnung) mit Teileverzeichnis;
3. Technische Werte;
4. Auspacken des Gerätes (Entfernen der Transportsicherungen) ;
5. Spannungskontrolle (Einstellen auf die am Verwendungsort herrschende Netzspannung);
6. Funktion der Bedienungselemente;
7. Vorbereitende Arbeiten (Einstellen der Laufrichtung, Ganggeschwindigkeit, Befestigungselemente, Entfernung u. dgl.);
8. Materialeingabe;
9. Arbeitsgänge;
10. Materialentnahme;
11. Anwendungsbeispiele;
12. Wartung und Pflege des Gerätes;
13. Mögliche Störfälle, ihre Verhinderung bzw. Beseitigung;
14. Zubehör, ggf. Zusatzteile;
15. Garantiebedingungen.

Bedienungsanleitungen sollten auch Hinweise darauf enthalten, was der Benutzer keinesfalls tun darf. Sicherheitstechnische Aspekte sind u. U. sehr wichtig; ihnen wird meist jedoch zu wenig Beachtung geschenkt.
Wer über ein Vertriebsnetz verfügt, tut gut daran, dem Ganzen eine Liste der Vertriebsstellen sowie der Reparaturwerkstätten anzuhängen, alphabetisch nach Städten geordnet.

Die Reihenfolge der oben empfohlenen Gliederung ist natürlich nicht verbindlich. Je nach Gerät oder Anlage werden sich u.U. Verschiebungen ergeben. Vor allem werden bei umfangreicheren Erzeugnissen Unterteilungen nötig. Dann zerlege man das Ganze in Baugruppen und behandle diese nacheinander ihrer Wichtigkeit entsprechend.

Eine Bedienungsanleitung ist mit vielen Detailskizzen oder Detailfotos zu illustrieren. Was man mit vielen Worten nicht erklären kann, das verdeutlicht oft ein geschickt ausgewähltes Detailbild. Als Skizzen gebe man keine Konstruktionszeichnungen bei, sondern Perspektivzeichnungen. Vor allem einem Benutzer, der Laie ist, sagen perspektivische Darstellungen mehr. Skizzen sind im allgemeinen überhaupt günstiger als Fotos. Bei Geräten oder Maschinen, die der Benutzer zu Wartungs- oder Reparaturzwecken evtl. selbst auseinandernehmen wird, empfiehlt es sich, sog. Explosionszeichnungen in die Anleitung mit aufzunehmen, aus denen die Anordnung sämtlicher Teile ersichtlich wird. Über die Anforderungen, die an Zeichnungen für Druckwerke gestellt werden, ist Näheres auf S. 60–61 ausgeführt.

Fotos, die in den Text einer Bedienungsanleitung eingebaut werden sollen, sind nur dann brauchbar, wenn sie hervorragend aufgenommen sind und durch geschickte Licht- und Schattenführung alle Einzelheiten deutlich erkennen lassen. Gewarnt sei vor flauen Aufnahmen und vor solchen, die aus Flächen mit wenig unterschiedlichen Grautönen bestehen. Ein jedes Foto verliert durch Reproduktion sowieso an Schärfe der Darstellung. Wenn also die für die Anfertigung des Druckstockes verwendete Vorlage schon nicht makellos ist, dann kann das gedruckte Bild erst recht nicht befriedigen.

Gewiß kann man durch Retusche allerhand verbessern, doch darf dies nicht so weit gehen, daß aus der unvollkommenen Vorlage nun ein Gemälde wird. Näheres über Retuschearbeiten findet sich im nächsten Kapitel auf S. 59–60.

Die Herkunft der Fotos ist ein wichtiges Problem. Es hängt von den jeweiligen Umständen ab, ob man selbstgemachte Aufnahmen verwendet oder solche aus einem Atelier. Ein Ingenieur, der Fotoliebhaber ist und nicht nur Urlaubsfotos zur Erinnerung schießt, sondern mit der Kamera zu gestalten weiß, ist einem Fotografen vorzuziehen, der heute Paßbilder, morgen ein Porträt und dann und wann vielleicht eine Landschaftsaufnahme oder ein Gruppenfoto macht. Von dem wird man nicht den Blick für das Wesentliche einer technischen Aufnahme erwarten dürfen. Am günstigsten ist jedoch ein auf Technik spezialisierter Fachfotograf, der über eine umfassende apparative und beleuchtungstechnische Ausrüstung verfügt und der eine entsprechende berufliche Erfahrung hat.

1.7 DAS BETRIEBSHANDBUCH

Werden die Apparaturen umfangreicher, so wächst auch der Umfang der Bedienungsanleitung. Bei kompletten industriellen Anlagen kommt man mit so einfa-

chen Anweisungen jedoch nicht aus. Es wird vielmehr erforderlich, eine Fülle von Unterlagen zusammenzutragen, die zur Unterstützung der Inbetriebnahme, der ständigen Bedienung und Wartung der Anlage dienen und ein wichtiges Hilfsmittel bei der Störungssuche und der Störungsbeseitigung sind. Da sie auf Grund einer vertraglichen Verpflichtung vom Hersteller bei Übergabe der Anlage bereitzustellen sind, haben sie dokumentarischen Wert. Zu ihnen gehören Beschreibungen und Versuchsprotokolle genauso wie Konstruktionszeichnungen und Schaltpläne.
Solche Unterlagen können einen oder gar mehrere Aktenordner füllen und haben durchaus den Umfang eines ansehnlichen Buchmanuskriptes. Sie werden deshalb auch vielfach als Betriebshandbuch bezeichnet. Die Unterlagen hierfür kann natürlich nicht nur einer liefern. Hier muß eine ganze Gruppe von Ingenieuren zusammenarbeiten, die von der Projektierung her mit den Einzelheiten der Anlage vertraut ist und von der jeder seinen Teil beizusteuern hat.
Der Inhalt des Buches wird natürlich je nach der Art der gelieferten Anlage stark variieren. Unabhängig davon sollten jedoch bei der Einrichtung eines Betriebshandbuches folgende Punkte berücksichtigt werden:

1. Aufgabenstellung: klar umrissene Angabe, was mit der beschriebenen Anlage erreicht werden soll;
2. Kurzbeschreibung der Anlage mit Übersichtsskizze oder Übersichtsschaltplan;
3. Beschreibung des Betriebsablaufs (einschließlich Anweisungen für das Bedienungspersonal);
4. Beschreibung der Hauptteile der Anlage;
5. Beschreibung der eingebauten Geräte sowie wichtiger Einzelteile der gelieferten Ausrüstung (Baugruppen);
6. Bedienungshinweise und Anweisungen für die Betriebselektriker;
7. Vorschriften für die Wartung der Anlage, aufgegliedert nach Anlageteilen;
8. Anweisungen für das Verhalten bei Störungen; Aufstellung der Prüfmöglichkeiten für den Entstörtrupp;
9. Prüfprotokoll, das bei der Inbetriebnahme angefertigt wird (samt den Einstellwerten der Steuergeräte bei Inbetriebnahme). Dieses Protokoll wird dem Betriebshandbuch nachträglich zugefügt;
10. Verzeichnis aller zum Betriebshandbuch gehörenden Zeichnungsunterlagen.

1.8 DIE SICHERHEITSVORSCHRIFT

Ganz allgemein gelten die Unfallverhütungsvorschriften (UVV) der jeweiligen Berufsgenossenschaft. Werden für einen Betriebsteil spezielle Sicherheitsvorschriften aufgestellt, so gehören darein vornean Hinweise auf die hierfür gültigen UVV. Ferner sollten sie Hinweise enthalten auf die einschlägigen Blätter des Ausschusses für wirtschaftliche Fertigung (AWF-Blätter).

Beim Abfassen von Sicherheitsvorschriften gibt es eine ganze Reihe von Punkten, die je nach Lage des Falles aufgenommen werden müssen. Ihre Themen sind folgende:

Tätigkeiten vor Dienstantritt;
Inbetriebsetzen einer Anlage;
Besonderheiten während des Betriebes;
Wartungsarbeiten;
Reparaturen;
Tätigkeiten nach Beendigung des Dienstes;
Behandlung elektrischer Anlagen;
Bestimmungen für Transport und Lagerung von Materialien (Feuergefährlichkeit, aggressive Dämpfe);
Verhalten bei Unfällen (die Angabe der entsprechenden Telefonnummern ist wichtig!);
Erste Hilfe.

1.9 INFORMATIVE TEXTE

Hierzu zählen wir die sog. Industrienachricht oder Presseinformation und den Waschzettel. Diesen Texten ist folgendes gemeinsam:

Sie sind Kurztexte in einer Länge von etwa einer halben bis höchstens einer Schreibmaschinenseite.
Sie haben rein informativen Charakter und sollen frei von jeder Werbung sein.
Sie behandeln nur ein Spezialthema, das von öffentlichem Interesse ist.
Sie sind zur Veröffentlichung in der Tages- oder in der Fachpresse (oder in beiden) bestimmt und müssen in ihrem Aufbau auf den gewünschten Leserkreis ausgerichtet sein.

Diese Texte sind im Gegensatz zu den Aufsätzen in Fachzeitschriften nicht exklusiv (d. h. zur Veröffentlichung an nur einer Stelle zugelassen), sondern sie können beliebig vielen Presseorganen zur Verfügung gestellt werden. Mit Rücksicht auf den Inhalt muß die Liste der empfangenden Zeitungen bzw. Zeitschriften sehr sorgfältig aufgestellt werden.
Die Presseinformation ist eine an die Presse gegebene schriftliche Mitteilung, die bei Fachzeitschriften zur Veröffentlichung im Schluß des redaktionellen Teils (hinter dem Aufsatzteil) bestimmt ist. Die Schriftleitungen nehmen solche Nachrichten meist gern in ihre Zeitschriften auf, einmal, um ihren Lesern Interessantes in Kurzfassung zu bieten, zum andern, um beim Zusammenstellen der Seiten Flächen füllen zu können, die frei bleiben würden, weil der letzte Aufsatz den Druckbogen nicht ganz ausfüllt.

Mögliche Themen, über die in einer solchen Notiz berichtet wird, sind:

Technische Neuheit;
erteilter Auftrag von bemerkenswertem Umfang bzw. für eine Ausführung in neuartiger Technik;
erledigte Lieferung bzw. Inbetriebnahme größerer Anlagen;
Auftrag auf interessantes Forschungsvorhaben bzw. dessen Abschluß;
Planung bzw. Beendigung von Neubauten und Erweiterungen;
Wirtschaftsnachricht (Jahresbilanz, Aktienemission, Fusion, Verkauf, Neugründung eines Unternehmens);
Personalnotiz (Jubiläum, Ernennung, besondere Ehrung, Todesfall).

Solche Nachrichten werden natürlich auch an die Wirtschafts- und Tagespresse geschickt, wo sie – je nach Inhalt – in den Spalten für Wirtschaft oder Technik abgedruckt werden. Wie bereits angedeutet, müssen die Texte – vor allem die über technische Vorhaben – für Leser von Zeitungen und von Fachzeitschriften jeweils verschieden aufgebaut sein. Was für den Techniker von Wert ist, nämlich die Einzelheiten eines Objektes und die technischen Werte, das interessiert den Zeitungsleser wahrscheinlich nicht, weil er die Fachausdrücke nicht versteht und zur Technik nur eine lose Beziehung hat. Ein für den durchschnittlichen Zeitungsleser interessant und spritzig aufgemachter Bericht eines Journalisten wird dem Ingenieur, der nach fachlicher Substanz sucht, vielleicht zu inhaltsarm erscheinen. Man scheue also nicht die kleine Mühe, solche Texte in verschiedenen Versionen zu schreiben, um jeweils eine optimale Wirkung zu erzielen.
Wer öfter derartige Texte an die Presse verschickt, sollte sich dafür ein besonderes Formularblatt mit Firmenaufdruck gestalten lassen. Wenn hierfür in der Firma kein geeigneter Werbegrafiker vorhanden ist, sollte man damit ruhig einen freiberuflichen Grafiker beauftragen. Ein schlichter, aber überlegt gestalteter Formularkopf, der in gleichbleibender Aufmachung längere Zeit hindurch verwendet wird, ist ein Mittel von hohem Aufmerksamkeitswert. Manche gehen so weit, daß sie für ihre Presseinformationen auch noch Papier in einer bestimmten, gleichbleibenden Farbe verwenden.

Das ist alles sehr gut, aber nur dann nützlich, wenn die Texte, die auf solchen Blättern stehen, wirklich allen Anforderungen genügen: allgemein interessierendes Thema, knappe Darstellung, Vermeiden jeglicher Werbung. Schriftleiter, die es gewohnt sind, auf solchen Formularblättern stets brauchbare Nachrichten vorzufinden, die ihnen wenig Arbeit machen, werden beim Sichten der Eingangspost mit Freude nach derartigen Blättern greifen und besonders geneigt sein, ihren Inhalt zu veröffentlichen.
Wer ein gutes Bild hat, das zum Inhalt des Textes paßt, möge es der Presseinformation beigeben. Zwar ist es billiger, ein Bild nur anzubieten (bloßer Hinweis am Schluß des Textes) und es auf Abruf bereitzuhalten, um es allein den Schriftleitun-

gen zu schicken, die es wirklich zum Abdruck haben wollen. Aber die Zusammenstellung der Industrienachrichten am Schluß des redaktionellen Teils ist eine der letzten Arbeiten in der Schriftleitung. Sie darf nicht viel Zeit beanspruchen, und was von dem vielen Material, das beim Schriftleiter auf dem Tisch liegt, noch in ein Heft hineinkommt, richtet sich nach dem verfügbaren Platz. Ob ein Bild sich zur Veröffentlichung eignet, kann der Schriftleiter ja erst entscheiden, wenn er es in Händen hat, und zwischen Anforderung und Eingang vergehen oft mehrere Tage. In den meisten Fällen wird daher die Anforderung von Bildern unterlassen, weil die Zeit zu knapp ist. Die auf Abruf bei der Firma bereitliegenden Bilder werden also zum großen Teil später weggeworfen, weil sie niemand haben wollte. Das ist Sparsamkeit am falschen Platz.

Der Waschzettel ist eine Arbeitsunterlage für den Schriftleiter. Sein Inhalt ist ursprünglich nicht zum wörtlichen Abdruck bestimmt. Der Schriftleiter soll vielmehr nur einige Tatsachen, ggf. auch technische Werte mitgeteilt bekommen, aus denen er dann selbst seine Notiz formt. Bisweilen benutzt er dafür auch mehrere Waschzettel verschiedener Firmen, um danach einen geschlossenen Bericht zu verfassen (z. B. Messebericht).

Mögliche Themen für Waschzettel sind:

Ankündigung von Veranstaltungen (durch Firmen, Verbände, Hochschulinstitute u. dgl.);
Vorschläge zur Rezension von Büchern und Druckschriften. Beim Versand der Exemplare an die Schriftleitungen wird jeweils ein Waschzettel beigefügt;
Beschreibung von Ausstellungsobjekten;
evtl. auch Personalnotiz (wie bei Presseinformationen, hier aber nur als Rohtext).

Was ein Waschzettel ist, weiß in Fachkreisen jedermann. Wo allerdings das Wort herkommt, darüber gibt es keine verbindliche Auskunft. Zwar existieren – wie über die Herkunft der amerikanischen Abkürzung o.k. – mehrere Deutungen, aber keine hat sicheren Vorrang vor anderen. Eine mögliche Deutung ist diese: Wenn die Waschanstalt die Schmutzwäsche abholt, dann legt die Hausfrau obenauf in den Wäschesack einen Zettel mit der Aufzählung aller Wäschestücke. Dieser Wäschezettel, formlos geschrieben und zum baldigen Wegwerfen bestimmt, hat genau die Eigenschaften wie der journalistische Waschzettel.

1.10 DIE TEXTANZEIGE

Die Textanzeige hat alle Eigenschaften einer Industrienachricht (s. Presseinformation). Als bezahlte Anzeige ist sie jedoch reine Werbung, was durchaus im Text zum Ausdruck kommen kann. Wenn sie mit einem wirksamen Bild als Blickfang ausgerüstet ist und dazu im Text dem Interessenten (und möglichen Kunden) technische Informationen in Kürze vermittelt, dann ist sie verkaufswirksamer als eine bloße

Bildanzeige. Hier geht es nicht mehr nur darum, Aufmerksamkeit zu erregen, sondern direkt Kaufentscheidungen vorzubereiten. Der verhältnismäßig kurze Text (höchstens die halbe Anzeigenfläche füllend) muß sorgsam ausgefeilt sein. Er wird unterstützt durch die wichtigsten (mit den Angaben der Konkurrenz vergleichbaren) technischen Werte und ggf. durch ein Schaubild (Diagramm, Oszillogramm).

1.11 DIE WERBESCHRIFT

Wohlgemerkt: Wir reden jetzt nicht von irgendwelchen Werbeprospekten oder Werbebroschüren mit grellbunten Umschlägen, möglichst mit einem lächelnden Mädchen auf der Titelseite, das zum Verweilen und natürlich zum Studieren der folgenden Seiten einlädt. Diese Art von Werbedrucksachen fällt in das Ressort der Werbefachleute. Die haben gelernt, mit solchen Dingen umzugehen. Sie beherrschen die Elemente der Werbegrafik und verstehen sich auf publikumswirksame Gestaltung von Bildern und Texten. Der Ingenieur möge hiervon die Finger lassen und nicht etwa selbst zu basteln anfangen.

Dieses Buch wendet sich aber an Ingenieure. Unter einer Werbeschrift verstehen wir also hier Druckschriften mit technischem Inhalt, die gut illustriert und mit einem ansprechenden Umschlag versehen sind. Solche Druckschriften dienen der Werbung insofern, als sie an Interessenten verteilt werden, die man mit der eigenen Technik bekanntmachen will; außerdem pflegt man Angeboten geeignete Druckschriften beizulegen, damit der Kunde sich recht intensiv mit dem Gegenstand des Angebots vertrautmachen kann.

Eine solche technische Druckschrift ist also eine seriöse Angelegenheit. Trotzdem können in ihr alle Vorzüge des darzustellenden Fabrikates deutlich und mit voller Offenheit gepriesen werden. Natürlich muß man sich sowohl vor Vergleichen mit Konkurrenzfabrikaten hüten wie vor Übertreibungen und Überschwänglichkeiten. Ein Werbeprospekt darf schon einmal einen Superlativ verwenden; der Leser wird ihn nicht allzu ernst nehmen. Aber in einem technischen Text nehmen sich Ausdrücke wie „äußerst vorteilhaft, unübertreffliche Eigenschaften, höchste Genauigkeit“ oder Ähnliches etwas eigenartig aus. Dem Leser einer solchen Druckschrift muß deutlich werden, daß ihm mit der hier erläuterten Technik ein Vorteil geboten wird. Er darf beim Lesen aber nie das Gefühl haben, daß man ihm vielleicht einen Köder hinwirft, um ihn zu übervorteilen.

Aufbau und grafische Aufteilung des Inhalts mit Text und Bildern sollte man ruhig einem erfahrenen Grafiker übertragen (den Text selbst schreibt natürlich der Ingenieur als Fachmann). Es ist nicht so wichtig, ob der Text zwei- oder dreispaltig gesetzt wird, ob man Blocksatz oder Flattersatz (s. Seite 178 und 180) anwendet. Wenn man sich aber in der Hinsicht entschieden hat, dann sollte dieser grafische Stil auch – zumindest für längere Zeit – beibehalten werden.

Vor einem ungünstigen Verfahren, das früher gang und gäbe war, sei jedoch gewarnt: Manche Bilder sind so schmal, daß sie nicht die Breite einer Textspalte haben. Den freien Raum daneben mit Text auszufüllen, ist kostspielig und zeitraubend. Der Text wird ja zunächst in der Setzerei als Ganzes in Spaltenbreite gesetzt, ohne Rücksicht auf die künftige Bebilderung der Druckschrift. Soll also Text neben ein schmales Bild gebracht werden, so müssen die dafür benötigten Zeilen vor dem Zusammenbau der Druckform erneut gesetzt werden, diesmal im Schmalsatz (mit ganz kurzen Zeilen). Man vermeide dies unbedingt. Abhilfe: Der laufende Text wird durch das Bild unterbrochen; in den freien Raum daneben kommt die (meistens dann mehrzeilige) Bildunterschrift.
Werbeschriften bekommen nicht nur einen Titel, sondern auch ein Registriermerkmal, die sogenannte Drucknorm. Sie enthält die für den Herausgeber wichtigen Daten:

Kurzzeichen des hierfür zuständigen Betriebsteils;
laufende Registriernummer der Druckschrift;
verschlüsselte Angabe der Auflagenhöhe (meist in Tausend Stück);
Ausgabedatum.

Das sieht dann z. B. so aus: K 24.015.3/4.81.
Dieses Zeichen steht auf der ersten oder der letzten Seite der Druckschrift (bisweilen auch auf der zweiten Umschlagseite, wenn diese textfrei ist) am unteren Rande im Kleindruck (6-Punkt-Schriftgrad). Unter diesem Zeichen registriert das Druckschriftenlager der Werbeabteilung die Werbeschriften. Unter Angabe dieser Drucknorm können sie von jedermann angefordert werden.
In ihrem Charakter steht die Werbeschrift dem Fachaufsatz nahe, nur mit dem Unterschied, daß bei diesem auf jegliche Werbung verzichtet werden muß. Im Stil und im Aufbau jedoch haben beide viel Gemeinsames. Zahlreiche Werbeschriften sind sogar ehemalige Fachaufsätze, die zu Werbezwecken wörtlich nachgedruckt worden sind und nur eine andere Umhüllung bekommen haben (s. den Abschnitt „Sonderdrucke“ auf S. 79).

1.12 DER FACHAUFSATZ

Für den Ingenieur ist das Schreiben eines Fachaufsatzes ein Akt echter literarischer Betätigung. In einem Aufsatz legt er Erfahrungen und Ergebnisse seiner Arbeit nieder, um sie nicht nur seinen Kollegen – wie im Technischen Bericht –, sondern einer breiten Öffentlichkeit zugänglich zu machen. Mit seinem Namen muß er für den Inhalt geradestehen und gewärtig sein, daß an seinen Ausführungen öffentlich Kritik geübt wird; auf die muß er dann antworten, um seinen Standpunkt zu behaupten. Fachaufsätze gehen in die Dokumentation ein; ihre Titel kommen in Schrifttumskarteien, und sie werden bisweilen von anderen Verfassern zitiert.

Fachaufsätze werden nicht nur von Ingenieuren im Angestelltenverhältnis geschrieben. Es gibt frei schaffende Ingenieure, sogenannte Fachschriftsteller, die eifrig Material bei Firmen und Instituten sammeln, um es nach Aufbereitung zu technischen Artikeln zu formen, die sie dann den Fachzeitschriften anbieten. Zu einer solchen Tätigkeit gehört viel technisches Verständnis und Einfühlungsvermögen, besonders, wenn man bedenkt, daß diese Schriftsteller meist nicht Spezialisten sind. Da hat es der Angehörige einer Firma leichter, der in den Vorgängen seines Arbeitsgebietes lebt und dessen Wissen stets auf dem neuesten Stand ist. Andererseits fehlt ihm vielfach die leichte Hand, mit der er den Stoff verarbeiten und zu einem entsprechenden Gebilde formen kann.
Zweifellos macht das Schreiben eines guten Fachaufsatzes von allen in diesem Kapitel aufgeführten schriftlichen Betätigungen die meiste Mühe. Von allem, was dazu gehört und was dabei zu beachten ist, soll deshalb in einem besonderen Kapitel die Rede sein.

1.13 DAS FACHBUCH

Für ein Fachbuch gilt im wesentlichen auch das über den Fachaufsatz Gesagte. Es handelt sich hier um die gleiche Art literarischer Betätigung, nur daß sie viel umfangreicher ist. Die Zusammenstellung eines Buchmanuskripts nimmt sehr viel Zeit in Anspruch; die Arbeiten können u. U. Jahre dauern. Nach Fertigstellung des Manuskripts wird dem Ganzen ein Inhaltsverzeichnis vorgeschaltet, das die Überschriften der Kapitel und Abschnitte samt den Seitenzahlen untereinander aufführt. Eine klare Disposition ist hier noch wichtiger als beim Fachaufsatz. An den Schluß des Werkes kommt meist ein Sachverzeichnis, das nicht zu knapp bemessen sein darf, damit der Benutzer auch alle gesuchten Stichwörter findet. Es ist außerdem üblich, ein Vorwort zu schreiben; in ihm kann der Verfasser den Leser persönlich ansprechen und ihm die Absichten kundtun, die er mit diesem Buch verwirklichen möchte. Hinweise auf Umstände, die zur Entstehung des Buches geführt haben, sind hier ebenso am Platz wie ein Dank an Mitarbeiter und Helfer, die den Verfasser bei der Arbeit unterstützt haben.
Niemand sollte ein Buchmanuskript in Angriff nehmen, ehe sich nicht ein Verlag für die Herausgabe interessiert. Alle Arbeit ist umsonst geleistet, wenn kein Verleger bereit ist, das Buch herzustellen und zu vertreiben. Mögliche Gründe hierfür sind:

- vom Thema her gleichartige Bücher existieren schon und sind am Markt gut eingeführt;
- das behandelte Thema ist so speziell, daß nur ein kleiner Interessentenkreis für den Kauf des Buches in Betracht kommt.

Erachtet der angesprochene Verleger die Absatzchancen des neuen Buches für zu gering, so wird er sich hüten, Beträge zu investieren, die durch den Vertrieb nie wieder hereinzuholen sind.

Neu bei einem Buchmanuskript ist gegenüber dem Fachaufsatz der Umstand, daß im Fall der Annahme ein Verlagsvertrag abgeschlossen wird. Der Verfasser, besonders, wenn er in diesen Dingen noch keine Erfahrung hat, sollte einen ihm vorgelegten Vertrag nicht blindlings unterschreiben, sondern sich möglichst erst beraten lassen. Wo dafür kein geeigneter Fachmann zur Verfügung steht, da möge der Verfasser die Vorschriften des Verlagsrechts selbst einsehen. Als Hilfe für solche Fälle enthält dieses Buch gegen den Schluß ein besonderes Kapitel über das Urheberrecht und das Verlagsrecht, dem die wichtigsten Bestimmungen entnommen werden können (S. 197).

Verlagsverträge, auch von verschiedenen Verlagen, haben heutzutage weitgehend das gleiche Gesicht. Es hat sich im Laufe der Zeit fast so etwas wie eine normierte Form herausgebildet. Die Gefahr, daß der Verfasser übervorteilt wird, ist gering. Trotzdem kann es nichts schaden, den Vertragstext genau zu prüfen, um nicht evtl. einem Außenseiter zum Opfer zu fallen.

Manuskripte, die Teile eines Sammelwerks sind, werden den Verfassern gewöhnlich mit einem festen Betrag honoriert. Bei kompletten Werken (Broschüren und Büchern) ist ein Verkauf des Manuskripts an einen Verlag gegen ein Fixum nicht zu empfehlen. Üblich ist hier ein Abschluß auf Beteiligungsbasis; meist werden 10 % vom Ladenpreis eines jeden verkauften Exemplars vereinbart.

1.14 DIE PATENTSCHRIFT

Eine Patentschrift auszuarbeiten gehört nicht zu den literarischen Aufgaben eines Ingenieurs. Es ist Sache des Patentanwalts oder des Patentingenieurs einer Firma, den Text hierfür zu verfassen. Aber der Entwicklungs- oder Laboringenieur, der eine Erfindung erarbeitet hat, muß dem Patentanwalt detaillierte Angaben liefern, damit ein Schutzrecht (Patent oder Gebrauchsmuster) angemeldet werden kann. Da ist es immerhin günstig, wenn auch er zumindest einen Begriff davon hat, wie eine Patentschrift oder die Unterlagen für ein Gebrauchsmuster aufgebaut sein sollen und welche Formvorschriften beim Anmeldeverfahren zu beachten sind.

Gesetzliche Grundlagen für eine Patentanmeldung sind:

1. Das Patentgesetz (PatG) in der Fassung vom 16. 12. 1980, veröffentlicht im Bundesgesetzblatt (BGBl) I 1981, S. 1;
2. Das Münchener Übereinkommen vom 5. 10. 1973 – Europäisches Patentübereinkommen (EPÜ) –, veröffentlicht im BGBl II 1976, S. 826;
3. Das Gesetz über internationale Patentübereinkommen vom 21. 6. 1976, veröffentlicht im BGBl II 1976, S. 649 (entsprechend dem Patent Cooperation Treaty, PCT);
4. Das Gemeinschaftspatentgesetz vom 26.7.1979, veröffentlicht im BGBl I 1979, S. 1269 (entsprechend dem Gemeinschaftspatent-Übereinkommen, GPÜ);
5. Die Anmeldebestimmungen für Patente vom 30. 7. 1968, veröffentlicht im BGBl I 1968, S. 1004.

Gegenstand einer Patentanmeldung können nur technische Erfindungen sein, die

neu sind,
auf einer erfinderischen Tätigkeit beruhen und
gewerblich anwendbar sind.

Nicht hierzu gehören u.a.

Entdeckungen, wissenschaftliche Theorien, mathematische Methoden,
Pläne, Regeln und Verfahren für gedankliche oder geschäftliche Tätigkeiten sowie Programme für Datenverarbeitungsanlagen.

Die Beschreibung einer Erfindung muß vollständig sein und alles Wesentliche enthalten. Ein Schutzrecht kann nur für das erteilt werden, was in der Beschreibung angegeben ist; nachdem die Anmeldung eingereicht wurde, kann sie nicht mehr erweitert werden.
Für den Aufbau der Beschreibung gibt § 3 der Anmeldebestimmungen für Patente die nötigen Anweisungen. Im Kopf der Beschreibung ist der Name des Erfinders bzw. die Firma anzugeben, die den Anspruch auf Erteilung des Schutzrechtes erhebt. Danach kommen folgende Angaben:

a) Titel (technische Bezeichnung) der Erfindung;
b) Angabe des Gebietes, auf dem die Erfindung verwertet werden soll;
c) Kritischer Überblick über den Stand der Technik auf diesem Gebiet; hierzu vollständige, d. h. nachprüfbare Angaben der Quellen in der Fachliteratur, aus denen der Stand der Technik ersichtlich ist;
d) Darstellung der Aufgabe, die durch die Erfindung gelöst werden soll;
e) Lösung dieser Aufgabe; evtl. Einzelheiten zur weiteren Ausgestaltung der Erfindung, für die auch Patentschutz beansprucht wird;
f) Angabe der erzielbaren Vorteile, die den technischen Fortschritt (Verbesserung des Standes der Technik) begründen;
g) Beschreibung mindestens eines Ausführungsbeispiels, ggf. unter Beigabe von Zeichnungen. Hier sind auch die Einzelheiten zur weiteren Ausgestaltung der Erfindung (s. bei Teil e) aufzunehmen.

Es folgt die Formulierung der Patentansprüche, wobei jeder selbständige Anspruch aus einem Oberbegriff (entsprechend Teil a, b, d) und einem kennzeichnenden Teil („dadurch gekennzeichnet, daß . . .“, und dann weiter entsprechend Teil e) besteht. Für die weitere Ausgestaltung der Erfindung können ggf. noch Unteransprüche, ebenfalls bestehend aus Oberbegriff und kennzeichnendem Teil, angefügt werden.

Zur Angleichung an internationales Patentrecht verlangt seit Beginn des Jahres 1981 auch das Deutsche Patentamt, der Patentanmeldung eine Zusammenfassung beizufügen. Diese kann noch bis zum Ablauf von 15 Monaten nach dem Anmeldetag nachgereicht werden. Die Zusammenfassung hat keinen Einfluß auf den Schutzumfang der Erfindung; sie dient nur der internationalen technischen Information. Sie muß folgendes enthalten:

die Bezeichnung der Erfindung (Titel der Patentanmeldung);
eine Kurzfassung der in der Anmeldung enthaltenen Offenbarung mit Angabe des technischen Gebiets der Erfindung;
gegebenenfalls (wenn der Anmeldung Zeichnungen beigefügt werden) *die* Zeichnung, welche die Erfindung am deutlichsten kennzeichnet.

Beim Einreichen einer Patentanmeldung sind gewisse Formvorschriften zu beachten: Beschreibung und Ansprüche müssen in doppelter Ausfertigung auf kräftigem weißem Papier eingereicht werden; Format DIN A 4. Der Text soll mit Maschine geschrieben oder gedruckt sein, und zwar in dunkler Farbe (er wird für die Offenlegungsschrift im Offsetverfahren vervielfältigt und zum Archivieren auf Mikrofilm reproduziert).

Mit dem 1. 10. 1968 hat das Deutsche Patentamt (DPA) zu seiner eigenen Entlastung ein neues Prüfverfahren eingeführt. Das Patentamt prüft nach dem Einreichen einer Patentanmeldung nur noch, ob die geltenden Formvorschriften eingehalten worden sind oder ob einer Patenterteilung aus äußeren Gründen offensichtlich Hindernisse entgegenstehen.

Offenlegungsschrift (OS). Bevor es zur Ausgabe einer Patentschrift durch das DPA kommt, wird zunächst eine Offenlegungsschrift veröffentlicht. Dies ist eine im Offsetverfahren hergestellte Vervielfältigung des inhaltlich ungeprüften Anmeldetextes, die 18 Monate nach der Ersthinterlegung der Erfindung der Öffentlichkeit zugänglich gemacht wird. Von diesem Zeitpunkt an kann jedermann sich die Unterlagen vom Patentamt liefern lassen oder sie dort einsehen. Damit besteht zwar die Möglichkeit, daß nun Fremde die Erfindung unberechtigt benutzen, denn ein Patentschutz besteht zu dieser Zeit noch nicht. Der Anmelder kann aber in einem solchen Falle vom Benutzer eine angemessene Entschädigung verlangen.

Den Gegenstand der Patentanmeldung prüft das Patentamt nur auf besonderen Antrag. Einen solchen Antrag kann der Anmelder (Erfinder) selbst oder jeder andere bis zum Ablauf von 7 Jahren nach Einreichen der Anmeldung stellen. Da der Antrag wie auch schon die Anmeldung gebührenpflichtig ist, wird ein anderer als der Anmelder ihn nur stellen, wenn er den Anspruch auf Schutz der Erfindung zu Fall bringen will.

Ergibt die Prüfung durch das Patentamt, daß keine Bedenken gegen einen Schutz der angemeldeten Erfindung bestehen, so wird das Patent erteilt und eine entsprechende Patentschrift veröffentlicht. Die früher vorgeschriebene Bekanntmachung der Anmeldung in einer Deutschen Auslegeschrift (DAS) entfällt in Zukunft. Mit der Veröffentlichung beginnt also sofort der volle Patentschutz, und der Anmelder hat von da ab gesetzlichen Anspruch darauf, daß Unbefugte es unterlassen, seine Erfindung auszunutzen, sowie ggf. Anspruch auf Schadenersatz.

Das Einspruchsverfahren kann also nach der neuen Regelung erst beginnen, nachdem das Patent erteilt worden ist. Die Einspruchsfrist beträgt (wie bisher nach der Bekanntmachung) 3 Monate nach der Veröffentlichung im Patentblatt.
Das Deutsche Patentamt hat ein Merkblatt für Patentanmelder herausgegeben, das im Blatt für Patent-, Muster- und Zeichenwesen (1968) Heft 9 ab S. 285 veröffentlicht wurde und das vom Patentamt als Sonderdruck mit der Bezeichnung P 2791 bezogen werden kann. Neu hinzu kommt ein Informationsblatt, das über die wichtigsten Änderungen des Patentgesetzes seit dem 1. 1. 1981 Auskunft gibt (Deutsches Patentamt, Zweibrückenstr. 12, 8000 München 2).

1.15 BEMERKUNGEN ZUM AUSARBEITEN VON TEXTEN

Hiermit schließen wir die Darstellung der verschiedenartigen schriftlichen Aufgaben, die auf einen Ingenieur zukommen können. Die vorhergehenden Abschnitte geben detaillierte Hinweise über Aufbau, Gliederung und sonstige Besonderheiten des jeweiligen Schriftsatzes. Damit ist allerdings noch nichts gesagt über das Anfertigen des eigentlichen Textes. Die genannten Hinweise sind gewissermaßen nur das Gerippe, das durch die Formulierung des Textes erst mit Leben erfüllt wird. Sehen wir einmal von der Patentschrift ab; sie ist in dieser Reihe insofern etwas Besonderes, als ihre Formulierung strengen Regeln unterliegt und sie daher von Spezialisten bearbeitet wird. Im übrigen gibt es aber allgemeingültige Grundsätze für das Schreiben solcher Texte. Es ist wichtig, sie zu beachten, damit das Geschriebene auch zu dem gewünschten Erfolg führt.
Der folgende Abschnitt enthält hierzu umfangreiche Ausführungen. Sie decken sich z.T. mit denen im Kapitel 2 „Der Fachaufsatz“, da für eine solche Arbeit die gleichen Bedingungen gelten wie für die hier behandelten kürzeren Schriftsätze. Das Kapitel 5 „Stilprobleme“ enthält darüber hinaus zu den wichtigsten Stichwörtern ausführliche Erläuterungen mit Beispielen.

1.15.1 GEDANKEN ZUM ANFERTIGEN VON TECHNISCHEN SCHRIFTSÄTZEN

Alleiniger Zweck eines technischen Schriftsatzes – gleich welcher Art – ist das Vermitteln von Information. Aufgabe des Schreibers ist es daher, die zu vermittelnden Sachinhalte „in Form“ zu bringen, so daß der Empfänger in möglichst knapper Darstellung genau das erfährt, was er wissen will oder wissen soll.
Jede Information führt zur Meinungsbildung; das soll sie auch. Sie muß nach Form und Inhalt für den Kreis der Angesprochenen interessant und wertvoll sein. Hierbei müssen Form und Inhalt einander entsprechen. Einen edlen Wein füllt man nicht in einen Pappbecher; dagegen kredenzt man in einem kostbaren Pokal nicht etwa ein schales Aufgußgetränk.

Eine Information muß also gut aufgemacht (aber nicht etwa reißerisch!), aktuell, fachlich richtig und unmißverständlich sein.

Der erste Eindruck ist bestimmend. Wichtig ist daher eine geschickt gewählte Überschrift, ebenso die Formulierung der Eingangssätze: kurze Hauptsätze mit einfachem Satzbau.

Der Schreibende sollte immer an den Empfänger (d.h. an den Leser) denken: kein Expertendeutsch (oder Fachchinesisch) schreiben. Wichtig ist hierbei die „geeignete“ Form, d. h. eine dem Niveau des Empfängers angepaßte Darstellung.

Die Menge der möglichen Empfänger ist – je nach dem Verwendungszweck des Schriftsatzes – von großer Unterschiedlichkeit: Wissenschaftler, Vorgesetzte, Fachkollegen, Ingenieure anderer Fachgebiete, kaufmännische Mitarbeiter, eine technisch interessierte Öffentlichkeit, Hausfrauen (als Benutzer von Konsumgütern).

Beim Schreiben ist also möglichst hohe Verständlichkeit anzustreben. Der Schreiber ist gewissermaßen der Sender, der Leser der Empfänger. Klaren Empfang kann es nur geben, wenn beide in ihrer Frequenz (d.h. in ihrer sprachlichen Ausdrucksweise) aufeinander abgestimmt sind. Der Wortschatz von Sender und Empfänger sollte deshalb im Umfang etwa deckungsgleich sein.

1.15.2 RATSCHLÄGE FÜR DAS ERARBEITEN DES TEXTES

Erst nur stichwortartige Notizen machen; ausarbeiten zu einem späteren Zeitpunkt. Einige Zeit lang Gedanken zum Thema laufend notieren (lose Blätter, Heft oder Zettelkasten). Anschließend Notizen ordnen und Gliederung aufstellen. Für Unterlagen größeren Formats (Zeichnungen, Fotos, Schaltpläne u. dgl.) Sammelmappe anlegen.

Beim Ausarbeiten den Text reichlich in mäßig kurze Absätze gliedern (das tut dem Leserauge wohl). Textgliederung durch Haupt- und Zwischenüberschriften übersichtlich machen. Logisch aufbauen: gedankliche Reihenfolge muß stimmen. Vom Allgemeinen zum Speziellen fortschreiten. Der Leser muß die gedankliche Entwicklung des Dargestellten in kleinen Schritten mitvollziehen können. Immer berücksichtigen: Der behandelte Stoff ist dem Schreiber aus seiner Erfahrung her vertraut; für den Leser ist er etwas Neues. Möglichst anschauliche Beispiele einbauen.

So schreiben, als ob gesprochen wird (d.h. natürlich, ungekünstelt, aber auch kein Fachjargon). Allerdings muß deutlich unterschieden werden zwischen Alltagsrede und Schriftsprache.

Alltagsrede: vielfach nur Satzfetzen; läßt (wie beim Eisberg) nur einen kleinen Teil der darin enthaltenen Informationen erkennbar werden.

Schriftsprache: stets ganze Sätze; gepflegte (aber nicht gestelzte) Sprache. Beabsichtigte Information muß lückenlos in ihr enthalten sein.

Konkrete Begriffe sind verständlicher als abstrakte.

Kurze Wörter sind besser als lange; vor allem Bandwurmwörter vermeiden (Wörter aus 4 und mehr Gliedern).
Klare, informative Aussagen machen; deutlich unterscheiden zwischen Tatsachen und Vermutungen.
Keinen Schwulst schreiben, umständliche Formulierungen (Weitschweifigkeiten) vermeiden. Direkte Aussagen machen; entbehrliche Wörter mutig wieder streichen.

Mittellange Sätze bilden: zu kurze Sätze wirken atemlos, zu lange Sätze werden leicht unübersichtlich und verleiten zu gedanklichen und logischen Fehlern (der Schreiber weiß am Ende selbst nicht mehr, mit welcher grammatischen Konstruktion er den Satz begonnen hat). Nach einer alten Regel sind Sätze mit höchstens 18 Wörtern leicht verständlich, Sätze mit mehr als 25 Wörtern lassen sich schwer verdauen.
Die Wortarten sollen sorgfältig ausgewählt werden:

> Substantive sind statisch,
> Verben sind dynamisch,
> Adjektive geben dem Ganzen Farbe.

Die sogenannte „Hauptwörterei" (s. S. 142) unbedingt vermeiden. Sätze werden durch Tätigkeitswörter erst lebendig.
Eigenschaftswörter vorsichtig auswählen; sie sollen wohl Farbe geben, aber keine nur schmückenden Beiwörter sein. Vor übertreibenden Eigenschaftswörtern hüten (die sind eine Krankheit von Werbetextern!).
Keine Schachtelsätze bauen; dafür Relativsätze gebrauchen.
Modewörter der Umgangssprache haben in technischen Texten nichts zu suchen.
Nicht mit Fremdwörtern glänzen wollen. Fremdwörter vorsichtig gebrauchen (nur da, wo sie wirklich unentbehrlich, d.h. nicht durch deutsche Begriffe ersetzbar sind) und notfalls erläutern.
Auch Abkürzungen stets erläutern, zumindest, wenn sie das erste Mal im Text auftreten.
Wenn der Text fertig ist, sollte man ihn einige Tage liegen lassen, ihn danach erneut durchsehen und ggf. verbessern, ergänzen oder umarbeiten, wenn sich inzwischen noch neue oder bessere Gedanken zum Thema eingestellt haben.
Wichtige Regel, vor allem für Anfänger: Den fertigen Text sich selbst laut vorlesen.

1.15.3 KURZGEFASSTE GRUNDREGELN FÜR DAS ANFERTIGEN VON TECHNISCHEN SCHRIFTSÄTZEN (Zusammenfassung der Abschnitte 1.15.1 und 1.15.2)

1. An den Empfänger (oder Leser) denken: kein Expertendeutsch (oder Fachchinesisch) schreiben.
2. Stichwortartige Notizen machen; erst später ausarbeiten.

3. Reichlich in mäßig kurze Absätze gliedern.
4. Logisch aufbauen: gedankliche Reihenfolge muß stimmen. Vom Allgemeinen zum Speziellen fortschreiten.
5. So schreiben, als ob man zum Empfänger spricht (natürlich, ungekünstelt, aber kein Fachjargon).
6. Konkrete Begriffe sind besser als abstrakte, kurze Wörter sind besser als lange.
7. Klare, informative Aussagen machen; deutlich unterscheiden zwischen Tatsachen und Vermutungen.
8. Vor Schwulst hüten: direkte Aussagen, keine Weitschweifigkeiten. Entbehrliche Wörter und Wendungen wieder streichen.
9. Mittellange Sätze bilden (höchstens 25 Wörter lang).
10. Sätze durch Tätigkeitswörter lebendig machen; Hauptwörterei vermeiden.
11. Relativsätze gebrauchen (anstelle von Schachtelsätzen).
12. Modewörter vermeiden.
13. Nicht mit Fremdwörtern glänzen. Fremdwörter nur da, wo sie unentbehrlich sind.
14. Text nach Liegepause nochmals durcharbeiten.
15. Fertigen Text sich selbst laut vorlesen.

2. Der Fachaufsatz

Einen Fachaufsatz schreiben bedeutet für den Ingenieur eine große Chance. Bei allem, was er sonst schriftlich von sich gibt – Technische Berichte, Texte für Bedienungsanleitungen und Betriebshandbücher oder Entwürfe für Presseinformationen und Textanzeigen –, bleibt er letztlich anonym. Als Verfasser eines Fachaufsatzes tritt er namentlich an die Öffentlichkeit.

Jede Chance will richtig genutzt sein. Das Schreiben eines zur Veröffentlichung bestimmten Manuskriptes verlangt schon von einem Privatmann, daß er sich in fachlicher Hinsicht seiner Verantwortung gegenüber den Lesern bewußt ist. Dies gilt in erhöhtem Maße für den Angehörigen eines Unternehmens oder einer Behörde, muß er doch mit seinen Ausführungen auch den Belangen seines Arbeitgebers gerecht werden. So erfordert das Anfertigen eines Aufsatzmanuskripts viel mehr Arbeit als die vorher genannten anderen technischen Texte. Es setzt, wenn ein guter Fachaufsatz daraus werden soll, eine beträchtliche Portion Wissen und Können voraus, nicht nur bezüglich des Inhalts, sondern vor allem auch hinsichtlich des Aufbaues und der Gestaltung.

Es ist erstaunlich, wieviel in dieser Hinsicht gesündigt wird. Gerade fachlich hervorragende Ingenieure zeigen oft eine bemerkenswerte Unsicherheit gegenüber literarischer Betätigung. Natürlich braucht jeder Erstling eine gewisse Anleitung, aber nicht immer ist ein erfahrener Kollege bei der Hand, der ihn behutsam in die Geheimnisse der „schwarzen Kunst" einführt. Im folgenden soll daher ausführlich dargelegt werden, wie der Vorgang abläuft und welche Spielregeln dabei zu beachten sind.

Die Fülle der hierunter aufgeführten Einzelheiten möge auf den Leser nicht gleich abschreckend wirken. Es gibt nun einmal eine Reihe von Vorschriften, die zu befolgen sind; es gibt gewisse Bräuche, die sich in der Praxis herausgebildet haben und die man vernünftigerweise beachten sollte. Mancher hier gegebene Hinweis kann einem in drucktechnischen Vorgängen Unerfahrenen helfen, Mühe, Zeit und Kosten zu sparen. Schließlich darf eines nicht übersehen werden: Je öfter ein Ingenieur sich der Aufgabe unterzieht, Fachaufsätze zu schreiben, um so größer wird seine Routine. Wer erst ein paarmal sich der Prozedur unterzogen hat, für den wird vieles selbstverständlich, was vordem neu und verwirrend vielgestaltig war.

Die folgenden Ausführungen sind bewußt ausführlich gehalten. Es wurde besonderer Wert darauf gelegt, nicht nur Anweisungen zu geben, sondern auch die Gründe dafür zu erläutern und auf diese Weise das Verständnis zu wecken für Vorgänge, die im allgemeinen außerhalb der gewöhnlichen Arbeitssphäre des Ingenieurs liegen.

2.1 RICHTLINIEN FÜR DIE GESTALTUNG

Zunächst sei auf ein Normblatt verwiesen, das diese Dinge in knapper Form behandelt: DIN 1422 „Technisch-wissenschaftliche Veröffentlichungen – Richtlinien für die Gestaltung". Der Inhalt ist gegliedert in die Abschnitte

1. Gestaltung des Textes,
2. Form der Druckvorlage,
3. Ergänzende Normen,
4. Verkehr zwischen Verfasser und Schriftleitung.

Aus dem Vorwort dieses Normblattes seien die folgenden Sätze zitiert, die auch der Autor dieses Buches dem Leser besonders ans Herz legen möchte:

> „Anzustreben ist, daß der Werdegang einer Veröffentlichung von der Vorbereitung bis zur Gestaltung der Druckvorlage (Manuskript) und der Weg über die Schriftleitung bis zur Druckerei so zweckmäßig wie möglich gestaltet werden. Eine technisch-wissenschaftliche Abhandlung erreicht ihren Zweck um so besser, je mehr sie den Leser zur Auswertung anregt und ihm erlaubt, den Inhalt zu erfassen. Kürze, Klarheit und gute äußere Form der Abhandlung ersparen dem Leser Zeit und Mühe, guter Aufbau und Folgerichtigkeit der Gedankengänge bereiten ihm überdies Genuß.“

2.2 ÄUSSERE FORM

Das Manuskript soll auf festes weißes Papier (handelsübliches Schreibmaschinenpapier) im Format A 4 geschrieben werden. Dieses Schreibmaschinen-Original ist grundsätzlich zum Einsenden an die Schriftleitung der in Aussicht genommenen Zeitschrift bestimmt. Der Verfasser braucht zumindest für sich ein zweites Exemplar (Durchschlag oder Kopie), um eventuelle Rückfragen der Schriftleitung oder auch von Dienststellen des eigenen Hauses beantworten zu können. Man muß auch den durchaus möglichen Fall einkalkulieren, daß ein Manuskriptoriginal auf dem Postwege oder gar bei einer Schriftleitung verlorengehen kann. Es kostet dann nicht allzuviel Mühe, anhand eines vorhandenen Durchschlages ein zweites Original herzustellen. Ist der Verfasser Angehöriger eines größeren Betriebes, so muß daran gedacht werden, auch für den innerdienstlichen Verkehr im Rahmen eines Genehmigungsverfahrens (s. hierzu den Abschnitt „Interne Genehmigung“ auf S.62) weitere Exemplare (als Kopien) bereitzustellen; erfahrungsgemäß reichen hierfür 2 bis 3 Stück.

Erwähnt sei noch ein anderes Verfahren, das durchaus zulässig ist. In manchen Fällen ist es üblich, Manuskriptoriginale nicht auf Schreibmaschinenpapier, sondern auf Transparentbogen A 4 zu schreiben, die dann lichtgepaust werden. In diesem Fall behält man natürlich das Original; die Schriftleitung bekommt also auch nur eine Lichtpause. Dieses Verfahren hat den Vorteil, daß sich nach dem Absenden noch beliebig viele Kopien herstellen lassen, falls dies nötig wird. Die Schriftleitung hat es allerdings gern, wenn man ihr beim Einsenden einer solchen Kopie versichert, die anderen lichtgepausten Exemplare seien nur für innerdienstliche Zwecke bestimmt, und der Inhalt sei bisher keiner Stelle außerhalb des Hauses zugänglich gemacht worden. Da die Schriftleitung das Exklusivrecht für den Abdruck des Manuskripts erwerben will, wird sie empfindlich reagieren, wenn der Inhalt schon irgendwo in der Öffentlichkeit bekannt ist, denn das mindert den Aktualitätsgrad der Zeitschrift.

Zur Form des Manuskripts noch einige besondere Hinweise:

Die Blätter dürfen nur einseitig beschrieben werden. Diese Vorschrift wurde nicht aus Schönheitsgründen geschaffen; sie ist rein praktischer Natur. Es kommt vor, daß ein an sich fertiges Manuskript auf Wunsch eines anderen (Vorgesetzten oder Kollegen) noch ergänzt werden muß. Das Zwischenfügen neuer Absätze würde eine nochmalige Reinschrift erfordern. Zeitmangel zwingt aber manchmal dazu, die vorhandenen Blätter zu zerschneiden und die alten Teile zusammen mit den Ergänzungen auf leere Blätter zu kleben, die dann als neue Originale verwendet werden. Mit doppelseitig beschriebenen Blättern wäre dies unmöglich.

Im Setzereibetrieb ist ein ähnlicher Fall denkbar. Wenn ein wichtiges Manuskript, auf das der Schriftleiter nicht verzichten will, zu spät eingeht, wenn also die Zeit drängt, dann wird mitunter ein Manuskript auf zwei Setzer verteilt, die gleichzeitig daran beschäftigt sind. Dabei muß u.U. ein Blatt zerschnitten werden, da der zweite nicht mitten in irgendeinem Satz mit der Arbeit anfangen kann, sondern nur dort, wo ein neuer Abschnitt beginnt.

Der Text darf nicht engzeilig, sondern muß eineinhalb- bis zweizeilig geschrieben werden. Mit einem Manuskript, das engzeilig geschrieben ist, kann keine Schriftleitung etwas anfangen. Der Schriftleiter nimmt sich die Freiheit, gewisse stilistische Änderungen durchzuführen. Sie sind meist einfacher Natur und werden direkt zwischen die Manuskriptzeilen geschrieben. Damit er hierfür den nötigen Platz hat, soll das Manuskript weitzeilig geschrieben werden. Auch der Setzer ist dankbar, wenn er sich nicht durch enge Zeilen hindurchwinden muß; das Auge findet die jeweilige Zeile besser und schneller wieder, wenn die Zeilen Zwischenraum haben.

Für ältere Schreibmaschinen gilt folgendes: Zeileneinsteller auf

1: Text einzeilig (engzeilig);	3: Text zweizeilig;
2: Text eineinhalbzeilig;	4: Text zweieinhalbzeilig.

Neuere Schreibmaschinen haben dagegen eine Skala, deren Ziffern direkt den Zeilenabstand angeben (z. B. 2 = zweizeilig); Zwischenstufen (eineinhalb-, zweieinhalbzeilig) sind markiert, aber unbeziffert.

Am linken Rand jedes Blattes sollen mindestens 4 cm textfrei bleiben, damit der Schriftleiter beim Bearbeiten des Manuskripts drucktechnische Randbemerkungen unterbringen kann.

Einige Schriftleitungen überarbeiten Manuskripte, die sie erhalten haben, dem Stil ihrer Zeitschrift entsprechend und senden sie dann dem Verfasser zur Durchsicht und Genehmigung der Änderungen zurück (der Verfasser ist nicht verpflichtet, alle diese Änderungen zu akzeptieren, sondern kann seine Gegenmeinung äußern). Gleichzeitig schicken sie ihm für die neue Reinschrift Manuskriptpapier, auf dem ein Rahmen als Textbegrenzung sowie Zeilengrundlinien und eine Zeilenzählung vorgedruckt sind. Das erleichtert der Schriftleitung die Umrechnung des Manuskriptumfangs von Schreibmaschinenseiten auf die entsprechende Zahl der Druckseiten. Diese Berechnung ist wichtig für die inhaltliche Planung eines Zeitschriftenheftes, dessen redaktioneller Umfang vorgegeben ist.

2.3 ÜBERSCHRIFT

Der Aufsatztitel soll kurz und treffend abgefaßt sein. Wissenschaftliche Arbeiten vertragen einen ausführlicheren Titel; aber hiervon sollte nur in Ausnahmefällen Gebrauch gemacht werden.

Beispiele:
Erfahrungen beim Stranggießen von Rundquerschnitten.
Elektrische Ausrüstungen für Handelsschiffe.
Die Prüfung von Elektrizitätszählern durch Prozeßrechner.
Wissenschaftliche Arbeiten:
Das Zonenschmelzen von weichmagnetischen Stählen und sein Einfluß auf den Konzentrationsverlauf der Begleitelemente in Stäben bis 60 mm Durchmesser.
Berechnung der Exzentrizitätsfelder und des einseitigen magnetischen Zuges in Drehfeldmaschinen unter Berücksichtigung von Sättigung und Dämpfung.

Die Namen von Firmen oder Warenzeichen gehören nicht in die Überschrift zu einem Fachaufsatz.
Wo der Name des Verfassers zu stehen hat, darüber gibt es zwei verschiedene Meinungen. Die einen setzen ihn über den Aufsatztitel, die anderen darunter. Auch über den Gebrauch des Vorwörtchens „von" oder seine Weglassung entscheidet anscheinend der persönliche Geschmack. Die Schriftleitungen sind der Einheitlichkeit wegen gezwungen, einen einmal eingeschlagenen Weg konsequent weiterzuverfolgen. Nur: von Zeitschrift zu Zeitschrift gibt es Unterschiede.
Im Hinblick auf die allgemeingültige Regel, beim Zitieren von Schrifttum zuerst den Namen des Verfassers, dann den Titel der Arbeit anzugeben, sei folgendes empfohlen: Die erste Zeile soll den Namen des Verfassers enthalten, und zwar mit vollem Berufstitel: Ing. grad., Oberingenieur, Dipl.-Ing., Dr.-Ing. Diese Angabe erspart der Schriftleitung eine spätere Rückfrage.
In die folgende Zeile (oder die folgenden Zeilen) kommt der Titel der Arbeit.
An den Schluß des ersten Blattes kommt als Fußnote die Angabe der beruflichen Stellung des Verfassers sowie die Nennung der Firma, des Instituts oder der Be-

hörde, der er angehört. Der Verfasser wird so dem Leser als Fachmann seines Arbeitsgebietes vorgestellt. Immer mehr Zeitschriften gehen dazu über, den Lesern diese nicht ganz uninteressanten Angaben generell zu vermitteln. Schriftleitungen, die solche Hinweise nicht bringen wollen, werden sie von sich aus streichen. Den anderen erspart man Zeit und Mühe, wenn man sie gleich beifügt.

Beispiele:
Dipl.-Ing. Reinicke ist Planungsingenieur in der Abteilung für Transportanlagen der Firma X.
Volker Bürklen ist Vertriebsleiter des Werkes Efeld der ABC GmbH.
Dr.-Ing. Schmitz ist wissenschaftlicher Mitarbeiter am gärungstechnischen Institut der Universität Zethagen.

2.4 AUFBAU DES MANUSKRIPTS

Ein Manuskript soll in folgende Teile gegliedert sein:

a) Übersicht oder Einführung
b) Aufsatztext
c) Zusammenfassung
d) Tabellen
e) Schrifttum (Literaturhinweise)
f) Bildunterschriften
g) Bildmaterial

Die Teile d) bis g) werden dem Manuskript natürlich nur bei Bedarf angehängt, aber die meisten technischen Fachmanuskripte werden sie notwendigerweise enthalten.

zu a) Übersicht oder Einführung

Die Übersicht soll nur aus wenigen Zeilen bestehen und Ziel sowie Ergebnis der Darlegungen kurz umreißen. Der eilige Leser, der die Zeitschrift nur überfliegt, um für ihn Wertvolles aufzuspüren, soll beim Lesen dieser Zeilen die Gewißheit bekommen, daß der behandelte Stoff für ihn von Interesse ist.

Beispiel[1] *:*
Elektronische Bauelemente, vor allem solche mit Einkristall-Halbleitern, brauchen einen Schutz gegen Überspannungen. Die Wirkungsweise von Überspannungsbegrenzern wird erklärt, und die wichtigsten Kenngrößen werden erläutert. Einige Anwendungs- und Bemessungsbeispiele geben abschließend eine Vorstellung von der Vielfalt der Verwendungsmöglichkeiten.

---

1 Die folgenden Beispiele sind der Literatur entnommen. Sie wurden für die Verwendung in diesem Kapitel im Wortlaut leicht verändert und sind insoweit nicht mehr als Zitate anzusehen. Deshalb ist auch auf Quellenhinweise verzichtet worden.

Auch eine Einführung kann dem Leser den oben geschilderten Dienst leisten. Im Gegensatz zur Übersicht verweist sie aber zunächst auf Bekanntes und leitet von da her auf das in dem Aufsatz behandelte Gebiet über. So ermöglicht sie auch dem Nichtfachmann, über die Voraussetzungen Klarheit zu gewinnen und das Dargebotene mit Nutzen aufzunehmen.

Beispiel:
Das Verfahren der Materialbearbeitung mit Elektronenstrahlen hat nach anfänglichen Schwierigkeiten unter den modernen Technologien seinen festen Platz gefunden. Bis vor etwa 10 Jahren sind vorwiegend Geräte für Versuchszwecke gebaut worden. In der dann folgenden Phase der Entwicklung entstanden Mehrzweckmaschinen für Einzelstücke. Die Weiterentwicklung führte schließlich zu Produktionsmaschinen. In der folgenden Arbeit wird über halb- und vollautomatische Maschinen für die Materialbearbeitung mit Elektronenstrahlen berichtet.

zu b) Aufsatztext

Umfang

Der Umfang des Aufsatzes soll 6 bis 8 Schreibmaschinenseiten betragen, nicht mehr. Rechnet man hinzu, daß der Aufsatz außerdem noch einige Bilder, womöglich auch Tabellen enthält, so kommt man auf das Normalmaß von 3 bis 4 Druckseiten in der ausgewählten Zeitschrift. Längere Manuskripte sind unerwünscht. Abgesehen davon, daß heutzutage bei der erdrückenden Fülle von Literatur niemand mehr Zeit zum beschaulichen Lesen hat, vielmehr jeder dankbar ist für möglichst konzentrierte Information, zwingt der vom Verleger vorgeschriebene Umfang des Textteils den Schriftleiter, mit dem verfügbaren Platz hauszuhalten.
Eine Fachzeitschrift ist nun einmal ein wirtschaftliches Unternehmen. Nicht die Abonnementsgelder geben das finanzielle Fundament, sondern der Erlös aus den verkauften Anzeigenseiten. Deshalb stehen die Umfänge von Text- und Anzeigenteil in einem festgelegten Verhältnis zueinander. Jeder Schriftleiter wird den Unwillen seines Verlegers erregen, wenn er den Umfang des Textteils über das bewilligte Maß hinaus erweitert, nur, weil er ein paar schöne lange Fachaufsätze unterbringen will.

Von der Möglichkeit, ein Manuskript zu teilen und in ein oder zwei Fortsetzungen abzudrucken, wird nur ungern Gebrauch gemacht. Zum einen ist es eine Zumutung für den Leser, auf die Fortführung der behandelten Gedanken zwei oder gar vier Wochen zu warten (inzwischen ist das zuerst Gelesene schon wieder verblaßt), zum anderen wird ja durch solche „Fortsetzungsromane" das Platzproblem in den Zeitschriften nicht gelöst, sondern nur erschwert. Nimmt der eine Verfasser mehrere Nummern – auch nur teilweise – für sich in Anspruch, so müssen andere dafür um so länger auf den Abdruck ihres Manuskripts warten.
So passiert es denn dem schreibfreudigen Verfasser, daß er eines Tages sein Manuskript wieder in Händen hält, und zwar mit der Bitte um meist erhebliche Kür-

zung des Textes und Reduzierung der Bilderzahl. Und dann geht der Ärger los. Einen Aufsatz schreiben ist schon keine leichte Sache; einen vorhandenen Text kürzen ist jedoch für die meisten eine vertrackte Angelegenheit. Hand aufs Herz: Wer bringt es schon fertig zuzugeben, daß ganze Teile von dem, was er sich einmal schriftlich abgerungen hat, wirklich entbehrlich sind? Und so gibt es denn meist ein unerquickliches Tauziehen zwischen Schriftleitung und Verfasser über das, was gestrichen werden soll. Die Ergebnisse schwanken zwischen den beiden Extremen (Schriftleitung: „Leider sehen wir uns außerstande, Ihre Arbeit zu veröffentlichen"; Verfasser: „Ich bitte Sie, mir mein Manuskript zur anderweitigen Verwendung zurückzugeben") und einem vernünftigen Kompromiß. Der so arg strapazierte Verfasser sollte hier nicht allein handeln, sondern den Rat eines erfahrenen Kollegen erbitten, der gegenüber dem Manuskript nicht befangen ist und vielleicht eher das Wesentliche vom Entbehrlichen zu trennen vermag.

Häufig ist es wirklich unmöglich, einzelne Abschnitte zwecks Kürzung des Ganzen zu streichen, da dann der Zusammenhalt der restlichen Teile verlorengeht. In solchen Fällen hilft nur ein völliges Neuschreiben ganzer Partien in stark gestraffter Form. Da, wo Ausführlichkeit wirklich nötig ist, können dann volle Absätze aus dem ursprünglichen Text übernommen werden.

Wissenschaftliche Abhandlungen

Das bisher Gesagte gilt zwar ganz allgemein; die genannten Zahlen für den Manuskriptumfang beziehen sich jedoch auf Fachaufsätze mit dem normalen informativen Charakter. Wissenschaftliche Abhandlungen, die in Spezialzeitschriften („Archiv für . . .") erscheinen sollen und für einen Kreis von Spezialisten bestimmt sind, dürfen auch länger sein. Hier geht es z. B. darum, den Ablauf von Forschungsarbeiten mit aller mathematischen Entwicklung und mit ausführlichem Tabellen- und Kurvenmaterial festzuhalten, damit andere Forscher ggf. an diese Ergebnisse anknüpfen können. Aber auch hier muß davor gewarnt werden, die Gutwilligkeit eines Schriftleiters zu überfordern. Mehr als 15 bis 20 Schreibmaschinenseiten kann im allgemeinen auch eine wissenschaftliche Zeitschrift nicht verdauen.

Werbung ist unerwünscht

Der Verfasser soll in seinen Ausführungen immer sachlich bleiben. Auch wenn er einem Industrieunternehmen angehört, darf er mit seinem Aufsatz keine versteckte Werbung treiben. Werbung, und dann ganz offene, gehört in den Anzeigenteil; im Textteil hat sie nichts zu suchen. Hierüber wacht zwar keine gesetzliche Bestimmung, aber es gibt recht eindeutige Richtlinien der Werbewirtschaft (s. S. 214), die von den Verlagen schon im eigenen wirtschaftlichen Interesse befolgt werden.

Nun gerät der arme Verfasser, sofern er nicht freiberuflich tätig, sondern Angestellter ist, in einen seelischen Konflikt. Erwartet doch sein Chef von ihm, daß er nicht nur eine interessante Abhandlung schreibt, sondern auch im Interesse der Firma handelt. Die Leser sollen nicht nur erfahren, was es auf dem betreffenden Gebiet Neues gibt, sondern auch, wem die Mitwelt dieses Neue zu verdanken hat. Denn schließlich steckt auch hier das wirtschaftliche Interesse dahinter: „Wir wollen nicht nur Neues schaffen, wir wollen es auch verkaufen." Und, offen gesagt, viele Leser interessieren sich auch dafür zu wissen, in welcher Firma der Verfasser seinen Arbeitsplatz hat.

Zwei Möglichkeiten gibt es hier, und die sollen kurz erläutert werden. Eine Anzahl gut geleiteter Fachzeitschriften hat durch mutiges Vorgehen Ventile geöffnet, und dafür verdienen sie Dank. Die erste Möglichkeit wurde auf S. 43 bereits angedeutet. In einer Fußnote oder unter der dem Text vorangehenden Übersicht werden Stellung und Herkunft des Verfassers angegeben, und damit sind klare Verhältnisse geschaffen. Eine zweite Erwähnung kann im Herkunftsnachweis für die Bilder enthalten sein. Sofern sie nicht auf eigene Aufnahmen des Verfassers zurückgehen, sondern, wie in der Industrie meist üblich, Firmenaufnahmen sind, lautet der Hinweis am Schluß des Aufsatzes: „Werkfoto . . . (Name der Firma)". Für Zeichnungen gilt das gleiche wie für Fotografien, denn sie sind echte Dokumente, denen ein Urhebervermerk rechtlich zusteht.

Diese beiden Möglichkeiten auszuschöpfen, heißt auch der eigenen Firma gegenüber Genüge tun. Mehr sollte billigerweise niemand verlangen.

Verbesserungen im Manuskript

Die in DIN 16 511 genormten Korrekturzeichen gelten der Verständigung mit dem Setzer, der nach den hiermit gegebenen Anweisungen den bereits fertiggestellten, aber noch fehlerhaften Satz korrigieren soll. Um ihm das Auffinden der betreffenden Stellen zu ermöglichen, werden solche Zeichen jeweils neben die Zeile geschrieben, die den Fehler enthält.

So klar dieser Fall gewöhnlich allen Beteiligten ist, so sehr verwundert es doch immer wieder, wenn dieses Verfahren schon im Manuskript angewandt wird, zu einer Zeit also, wo noch gar kein Setzer etwas zu korrigieren bekommt. Wenn der Verfasser seinen mit Schreibmaschine geschriebenen Text verbessern will, dann braucht er keine Korrekturzeichen säuberlich an den Rand zu malen. Der Setzer will, wenn er das Manuskript in die Maschine nimmt, kontinuierlich daran arbeiten, denn er wird ja für die Menge der geleisteten Arbeit bezahlt. Da ist es hinderlich, wenn er beim Lesen der Zeilen mehrmals mit den Augen hin- und herspringen muß. Verbesserungen des Manuskripttextes gehören im allgemeinen zwischen die Textzeilen; deshalb ist der Text ja weitzeilig geschrieben. Lediglich umfangreichere Zusätze, für die der Platz nicht ausreichen würde, kann man an den Rand bzw. an den Fuß des Blattes schreiben, oder man klebt an der betreffenden Stelle einen Zettel mit der Ergänzung in den Text.

Muß ein Text nachträglich stark geändert werden, weil neue Tatsachen bekannt werden oder weil ein Beurteiler der Arbeit es wünscht, so ist es besser, die hiervon betroffenen Seiten völlig neu zu schreiben, als dem Setzer Hieroglyphen zuzumuten. Wird von dem neuen Text der Umfang der zu ersetzenden Seite (z. B. S. 5) überschritten, so füge man ein weiteres Blatt – 5a – in das Manuskript ein; dieses braucht nicht gänzlich mit Text voll zu sein. Wichtig ist nur, daß auf beiden Blättern am Fuße je ein Hinweis angebracht wird.

Bei Blatt 5 lautet er: „es folgt Blatt 5a";
bei Blatt 5a heißt es dann: „es folgt Blatt 6".

Solche Deutlichkeit ist keine Pedanterie; jede Exaktheit hilft Fehler und damit Ärger vermeiden.

Hervorheben von Satzteilen

Das Hervorheben von Wörtern oder ganzen Satzteilen soll ihnen besonderen Aufmerksamkeitswert verleihen. Beim Vorlesen pflegt die Stimme solchen Stellen durch gehobene Lautstärke oder besondere Betonung Nachdruck zu geben. Das Satzbild hat hierfür 3 Mittel zur Verfügung:

Fettdruck, S p e r r u n g , *Kursivdruck*.

Wenn die Anwendung dieser sogenannten Schriftauszeichnung nicht eine wohlbegründete Ausnahme bleibt, zerreißen derartige Maßnahmen das Satzbild in unschöner Weise und machen es unruhig.

Der Fettdruck ist heutzutage meist auf Überschriften beschränkt. Die Sperrung wird im Verhältnis zu früher viel seltener angewandt. Der Kursivdruck ist das dezenteste und das zur Zeit häufigst gebrauchte Mittel zum Hervorheben. Er ist beim Lesen auffällig genug, stört aber das Satzbild nicht.

Es ist im allgemeinen Sache der Schriftleitung, ein Manuskript so auszuzeichnen, daß der Setzer an den gewünschten Stellen eine Auszeichnungsschrift (also z. B. Kursivschrift) verwendet. Doch bleibt es dem Verfasser unbenommen, Stellen, die ihm wichtig erscheinen, selbst auszuzeichnen. Zu empfehlen ist, die betreffenden Wörter mit einem Farbstift zu unterstreichen und neben die Zeile von Hand die Wörter „sperren" oder „kursiv" zu schreiben. Nochmaliger Hinweis: Hiervon darf nur relativ selten Gebrauch gemacht werden.

Gliederung des Textes

Der Text soll vernünftigerweise in logisch zusammenhängende, nicht zu lange Absätze unterteilt werden. Durch reichlichen Gebrauch von Haupt- und Zwischenüberschriften gibt der Verfasser dem Leser das Gefühl, immer festen Boden unter den Füßen zu haben. Solche Überschriften sind die Orientierungstafeln, die ihm zeigen, wo er herkommt und wohin der weitere Weg führt. Der Leser muß stets wissen, wo er sich befindet.

Wer Gelegenheit hat, längere Zeit hindurch Manuskripte anderer zu begutachten, dem begegnen alle Spielarten, die zwischen diesen beiden Extremen liegen: Es gibt Verfasser, die schreiben ein Manuskript ohne jeden Absatz in einem Stück herunter, und es gibt dagegen welche, die fangen bei jedem Satz eine neue Zeile an (und machen womöglich nach jedem Satz noch einen Gedankenstrich). Beides ist töricht, denn es erschwert das Lesen in ungeahnter Weise. Ein absatzloser oder ein in wenige überlange Absätze unterteilter Text ermüdet den Leser, der ja dann und wann auch einmal geistig Atem holen muß. Ein in zu kleine Elemente aufgesplitterter Text dagegen verwirrt und läßt Zusammenhänge nicht genügend deutlich werden.

Rechtschreibung

Hierüber wird noch ausführlich in einem gesonderten Kapitel zu reden sein (S. 101 bis 127). Soviel jedoch vorweg: Einer Erklärung der Ständigen Konferenz der Kultusminister von 1955 entsprechend ist die jeweils neueste Ausgabe des Dudens (Band 1: Rechtschreibung) hierfür maßgebend.

Doch hierzu muß eine Bemerkung gemacht werden. Jede lebendige Sprache entwickelt sich fort und ist in ständiger Wandlung begriffen. Eine Reihe von Wörtern, die noch vor Jahrzehnten unsere Sprache schmückten, kommt aus der Mode; neue Begriffe, neue Redewendungen entstehen laufend und sichern sich ihren Platz im deutschen Sprachgebrauch. Das alles ist natürlich, und es wäre nichts falscher, als einen bestehenden Sprachzustand konservieren zu wollen. Aber mit der natürlichen Sprachentwicklung geht stets auch eine Sprachverwilderung parallel. Nicht alles, was da wächst, ist gut. So wie man wilde Schößlinge beizeiten abschneidet, damit der Baum seinen gesunden Wuchs behält, sollte auch bei der Sprachpflege all das ausgemerzt werden, was dem Geist der Sprache zuwiderläuft. Natürlich gibt es Fälle, über die man verschiedener Meinung sein kann. Eben deshalb ist ein Organ nötig, das ordnet, sichtet und klare Werturteile spricht.
Das tut der Duden leider nicht mehr im gewünschten Maße. Er stellt nicht mehr Vorbilder hin, er registriert vielmehr häufig ohne Wertung. Eine bestimmte Schreibweise braucht nur oft genug in der Literatur aufzutauchen, dann steht sie gewiß in der nächsten Auflage des Dudens neben der bisher zulässigen hinter der Bemerkung „häufig auch: . . .“. Und das ist eigentlich schade, denn auf diese Weise schleicht sich manche Mißgeburt ein und wird nicht nur Mode, sondern Gesetz.

Diese Bemerkung mußte gemacht werden; sie soll aber den allgemeinen Gebrauchswert des Dudens nicht herabsetzen. Jedoch empfehlen wir, in Zweifelsfällen auf die neumodische Schreibweise oder das neumodische Wort getrost zu verzichten und die an erster Stelle im Duden stehende Eintragung zu verwenden. Die ist bestimmt unverdächtig.

Formeln

Für mathematische und chemische Formeln soll bei der Reinschrift im Manuskript ausreichend Platz gelassen werden. Nur ganz einfache Formeln lasse man zusammen mit dem Text von der Maschinenschreiberin einsetzen. Im Normalfall sollen Formeln sauber von Hand mit Tinte oder Tusche zwischen den Text geschrieben werden. Auch der stärkst beschäftigte Verfasser tut gut daran, dies nicht einer Schreibdame zu überlassen; er möge es selbst tun.

Deutlichkeit geht hier über alles. Der Setzer ist kein Fachmann und kann in Zweifelsfällen keine Entscheidung treffen. Formelsatz ist besonders schwieriger Handsatz; er ist zeitraubend und daher teuer. Fehler im Formelsatz bedingen häufig ein Umbauen der schon gesetzten Formel und verursachen doppelte Kosten. Noch größer wird der Ärger, wenn Setzfehler in Formeln bei der Korrektur übersehen werden und dann in der fertig gedruckten Arbeit erscheinen.

Das Blatt DIN 1338 „Formelschreibweise und Formelsatz" gibt ausführliche Anweisungen für die Herstellung eines einwandfreien Formelsatzes, der nicht nur ästhetisch ansprechend, sondern vor allem eindeutig und klar lesbar ist. Diese Norm ist nicht nur für Schriftleiter, Setzer und Korrektoren bestimmt; sie kann auch den Verfassern von Fachaufsätzen wertvolle Hinweise geben. Es heißt dort:

> „Das Manuskript für den Formelsatz soll gemäß den vorliegenden Empfehlungen so setzgerecht wie möglich vorbereitet werden, damit auch setztechnisch komplizierte Formeln übersichtlich und ohne Mißverständnisse gesetzt werden können."

Die Entscheidung darüber, ob Formelzeichen senkrecht oder kursiv gesetzt werden sollen, muß spätestens der Schriftleiter treffen. Besser ist es natürlich, wenn sich schon der Verfasser Gedanken darüber macht. Eine Anleitung hierfür gibt Abschnitt 1 der Norm. Über die Kennzeichnung für den Setzer gibt es keine Vorschrift. Es ist jedoch üblich, die kursiv zu setzenden Zeichen mit einem Farbstift zu unterstreichen. Diese Kennzeichnung muß aber, da sie nicht allgemein verbindlich, sondern eine private Vereinbarung ist, am Beginn des Manuskripts einmal erläutert werden.

Weitere Abschnitte der Norm befassen sich mit der Schreibweise von Multiplikationszeichen (Multiplikationspunkt oder Multiplikationskreuz), dem Setzen von Klammern und der Verwendung des schrägen Bruchstrichs.

Der schräge Bruchstrich hilft Platz in senkrechter Richtung sparen, kann aber leicht zum Fallstrick werden. Wer hier nicht exakt die Klammern zu schreiben weiß, schafft Doppeldeutigkeiten. Deswegen seien diese Teile der Norm (Abschnitt 4) der besonderen Beachtung empfohlen.

Formeln, die für eine mathematische Entwicklung wichtig sind, sollen am Rande der Seite fortlaufend numeriert werden. Die Zahlen werden hierbei in runde Klammern gesetzt.

Hinweise auf Bilder, Tabellen und Schrifttum
sind jeweils an der betreffenden Stelle in den Text einzufügen.

Beispiele:

a) Bilder

Bild 2 zeigt die Sollwertvorgabe und die Regelung der Hauptantriebe.
Der Steuerteil ist in mehrere Baugruppen unterteilt (Bild 5).

b) Tabellen

Die wesentlichen technischen Werte der Turbinen sind in Tabelle 1 zusammengefaßt.
Der Anwender kann jetzt unter mehreren Bauformen wählen (Tabelle 2), die den unterschiedlichen Betriebsbedingungen angepaßt sind.

c) Schrifttum

In einem bedeutenden westdeutschen Hüttenwerk wurde eine vollautomatisierte Warmbreitbandstraße errichtet [1], die zu den modernsten Walzanlagen Europas gehört (Bild 1). Diese Anlage ist erstmalig mit einem integrierten Automatisierungssystem ausgerüstet worden [2].
Mit dem schon früher beschriebenen Transportsystem [4, 5] läßt sich die Produktivität beträchtlich steigern.
Theoretische Untersuchungen über die Impulstechnik an Kabeln sind vor allem in Deutschland durchgeführt worden [37 bis 40].

In den letzten Beispielen sind die Hinweise auf Schrifttumsangaben in eckige Klammern gesetzt, wie es dem Setzer vorgeschrieben ist und wie es sich in jeder gedruckten Arbeit mit Schrifttumsangaben findet. Nun gibt es aber solche Zeichen nicht auf der Schreibmaschine, und die Dame, welche die Reinschrift herstellt, kann sie nicht beim Tippen in das Manuskript einsetzen. Es ist – besonders bei vielen Schrifttumshinweisen – einigermaßen umständlich, die eckigen Klammern bei allen Zitaten nachträglich von Hand einzufügen. Wir empfehlen daher, was sich in der eigenen Praxis bewährt hat. Die Schreibdame möge die Hinweisziffern in schräge Striche einschließen: /4/. Dieses Zeichen hat jede Schreibmaschine, und der versierte Setzer versteht das auch.

Fußnoten

Die früher üblichen Zeichen, mit denen auf Fußnoten hingewiesen wurde (ein Sternchen, zwei Sternchen, drei Sternchen, ab Nr. 4 ein, zwei Kreuze usw.) sind ausgestorben. Hinweise auf Fußnoten bestehen jetzt ausnahmslos aus einer Hochziffer ohne Schlußklammer. Auch wenn es auf der betreffenden Seite nur *eine* Fußnote gibt, bekommt sie die [1].
In Fußnoten gehören nur Bemerkungen, Erläuterungen, weiterführende Hinweise,

die nicht unmittelbar im Text benötigt werden oder die den Gedankenfluß beim Lesen unterbrechen würden.

Beispiele:

[1] Über die Ergebnisse beim Arbeiten mit der in Bild 7 dargestellten Schaltung wird der Verfasser in einem der kommenden Hefte dieser Zeitschrift ausführlich berichten.

[2] Die Glimmspitzen werden in den Oszillogrammen für beide Polaritäten in einer Richtung angezeigt.

zu c) Zusammenfassung

Die den Aufsatztext abschließende Zusammenfassung soll dem Leser den Inhalt in kurzer Rückschau verdeutlichen, durch die Wiederholung der Hauptgedanken besser einprägen und ihn dadurch vielleicht sogar veranlassen, diesen oder jenen wichtigen Absatz nochmals aufmerksam zu lesen. Keinesfalls sollen neue Gedanken eingefügt oder schon behandelte weitergeführt oder hier gar Ausblicke auf die künftige Entwicklung gegeben werden. Das gehört in den Aufsatztext.

Beispiel:

Der Aufsatz befaßt sich zunächst ganz allgemein mit den verschiedenen Federarten, die für Stanzwerkzeuge verwendet werden, und weist auf ihre Besonderheiten hin. Die Gummi- und die Kunststoffeder sind im Begriff, sich beim Bau von Großwerkzeugen durchzusetzen. Es ist unvermeidbar, daß Federn beim Gebrauch der Werkzeuge gelegentlich überlastet werden. Für Federn aus nichtmetallischen Werkstoffen ist dies ein geringeres Risiko als für Federn aus Stahl.

zu d) Tabellen

Hier soll nicht der Streit entschieden werden, ob man besser Tabelle oder Tafel sagen sollte. Wem die Tabelle zu fremdsprachig klingt, der darf seine Gebilde ruhig Tafeln nennen (obwohl es ja, wörtlich übersetzt, *Täfelchen* heißen müßte). Nur dürfte er gerechterweise dann nicht *tabellarisch* sagen, sondern *tafelförmig.*

Tabellen gehören nicht in den Manuskripttext, sondern auf besondere Blätter. Begründung: Der laufende Text wird in der Maschinensetzerei verarbeitet; die Tabellen können dagegen nur im Handsatz hergestellt werden. Ein Manuskript, das Tabellen im Text enthält, müßte also für die Setzerei zerschnitten werden.

Jede Tabelle bekommt eine laufende Nummer (arabische Zahl) und eine Überschrift. Das Gerüst der Tabelle kann stehend oder liegend angeordnet werden. Entscheidend hierfür ist einmal der verfügbare Platz, zum andern die Breite der in die Felder einzusetzenden Elemente.

Bei stehender Anordnung ist der Tabellenkopf oben; der Inhalt wird in Spalten darunter geschrieben *(s. Tabelle 1).* Treten viele breite Spalten auf, dann empfiehlt sich oft die liegende Anordnung. Der Tabellenkopf rückt an den linken Rand des Blattes und wird zeilenweise untereinandergeschrieben; die Spalten werden jetzt zu Zeilen *(s. Tabelle 2).*

Es gibt eine Gruppe unter den Grafikern, die den Gebrauch von Linien zwischen den Spalten und den Zeilen als altmodisch ablehnt. Dies mag für Tabellen kleinen Umfangs angehen, bei größeren geht jedoch leicht die Übersicht verloren. Vollends wenn bei stehender Tabelle mehrzeilige Texte in den Spaltenköpfen nicht axial (auf Mitte), sondern linksbündig geschrieben werden, kann es vorkommen, daß Zusammengehöriges nicht mehr als solches erkannt wird. Dies passiert vor allem dann, wenn ein kurzes Wort als Hauptüberschrift für mehrere Spalten dienen soll. Ein paar senkrechte Linien würden hier sofort Klarheit schaffen *(s. Tabelle 3 a und 3 b).*

Tabelle 1. Ausschaltversuche mit kapazitiven Strömen

Ausschalt-strom	Betriebs-spannung	Konden-sator-leistung	Lichtbogen-dauer, erst-löschender Pol	gesamte Licht-bogen-dauer
A	kV	kvar	ms	ms
198	12,9	4 400	2,5	6,5
365	12,1	7 600	3,2	9,0
418	13,3	9 600	1,0	6,0
468	13,3	10 700	2,5	8,0
472	13,3	10 800	0,8	6,2
479	13,3	11 000	1,0	6,0
486	13,9	11 700	3,2	8,9
492	14,0	11 900	0,3	5,0

Tabelle 2. Magnetbandspeicher. Technische Werte für FM-Aufzeichnung

Bandgeschwindigkeit	cm/s	4,75	9,5	19	38	76	152
Trägerfrequenz	kHz	3,375	6,75	13,5	27	54	108
obere Frequenzgrenze	kHz	0,625	1,25	2,5	5	10	20
Fremdspannungsabstand, Mindestwert	dB	40	42	44	47	47	47

Auch waagerechte Linien haben durchaus ihre Berechtigung. Es ist hinreichend bekannt, daß das Auge sich leicht in der Zeile irrt, wenn es in einer vielzeiligen Tabelle von links nach rechts durch die Spalten wandert. Wenn vom Inhalt der Tabelle her nicht eine andere Einteilung nötig ist, dann sollte nach jeder fünften Zeile eine waagerechte Linie dem Auge Führung geben. Moderne Layouter, welche die Linien aus Tabellen verbannen, haben wahrscheinlich noch nie technische Tabellen lesen müssen.

Physikalische Größen, die in den Tabellenkopf zu stehen kommen, sollen verständlich sein, ohne daß man im Text nachschauen muß. Ist dies in knapper Form nicht zu gewährleisten oder reicht der in der Spalte vorhandene Platz nicht aus, so müssen diese Größen durch eine Legende erläutert werden, die der Tabelle beigefügt wird. Auf diese Weise lassen sich komplizierte Spaltenköpfe vermeiden, die unnötig viel Platz in der Breite beanspruchen.

Maßeinheiten, die für eine ganze Spalte unverändert gelten, gehören in den Spaltenkopf (bei liegender Anordnung nach links in eine Spalte für Maßeinheiten). Sie sollen keinesfalls hinter die Maßzahlen gesetzt und bei jeder Zahl wiederholt werden. Der optische Eindruck einer solchen Tabelle wäre schlecht; außerdem wird beim Schreiben und beim Setzen unnötig Zeit vergeudet.

zu e) Schrifttum

Mit Schrifttum bezeichnet man Literaturhinweise, die einen doppelten Zweck verfolgen. Zum einen nennen sie Quellen, aus denen der Verfasser des Fachartikels selber geschöpft hat, zum anderen geben sie Hinweise für solche Leser, die über das in dem Aufsatz Dargebotene hinaus sich näher mit einzelnen der behandelten Probleme beschäftigen wollen. Besonders bei der Darstellung technischer Entwicklungen wäre es Vergeudung von Zeit und Platz, wollte man alle Einzelheiten schildern. Abgesehen davon, daß solche Erörterungen nur andere Entwickler, nicht aber die Anwender interessieren würden, wäre das nur eine Wiederholung von Berichten, die schon an anderen Stellen in der Literatur zu finden sind. Es genügt also, im Text die Tatsachen kurz zu erwähnen und beim Schrifttum einen genauen Quellenhinweis zu bringen.

Firmendruckschriften sollten in Schrifttumsverzeichnissen nicht zitiert werden, da sie der Öffentlichkeit nicht allgemein zugänglich sind.

Wenn der Verfasser als Schrifttum nur einige wenige Positionen anführt, die noch auf der letzten Textseite des Manuskripts Platz haben, dann können sie dort eingefügt werden. Sonst sollte für das Schrifttum grundsätzlich ein besonderes Blatt genommen werden.

Angaben zum Schrifttum, die nicht vollständig oder nicht sorgfältig geschrieben werden, sind ziemlich wertlos. Sie helfen beim Quellenstudium nicht, sondern füh-

Tabelle 3 a. Typreihe von Transduktorgeräten

Typ	Transduktor					Drossel		Halbleiter-ventile			Ventilsicherungen			Ver-stärker	Baugröße	
	P_A kW	U_A V	I_A A	I_N A	Sp	Typ	Kühl-art	An-zahl	Typ	Kühl-art	An-zahl	Typ	Ein-bau	Typ	Gestell	Schrank
A	5	400	12	9	3	1	S	6	12 N	S	3	T 25	Str	RV 31	4 X 30	4 V 33
B	11	400	28	23	3	2	S	6	12 N	S	3	T 25	Str	RV 31	5 X 30	5 V 33
C	18	400	45	37	3	3	S	6	22 N	S	3	T 60	Str	RV 31	5 X 30	5 V 33
D 1	24	400	60	49	3	4	S	6	22 N	S	3	T 60	Str	RV 31	6 X 35	5 V 33
D 2	33	400	83	68	3	4	S	6	42 N	S	3	CD 120	Str	RV 31	6 X 35	5 V 33
E 1	52	400	130	106	3	5	S	6	42 N	S	3	CD 120	Str	RV 31	6 x 35	5 V 33
E 2	56	400	138	111	3	5	S	6	42 N	L	3	CD 120	Str	RV 31	6 X 35	5 V 33
F	79	400	198	162	1	6	S	6	42 N	L	6	CD 120	BZ	2 RV 31	5 X 30	5 V 33
G 1	96	400	240	196	1	7	S	6	42 N	L	6	CD 120	BZ	2 RV 31	6 X 30	5 V 33
G 2	129	400	324	264	2	7	S	12	42 N	L	12	CD 120	BZ	2 RV 31	6 X 30	5 V 33
H 1	157	400	392	320	1	8	S	12	42 N	L	12	CD 120	BZ	3 RV 31	6 X 30	5 V 33
H 2	187	400	468	381	3	8	S	18	42 N	L	18	CD 120	BZ	3 RV 31	6 X 30	5 V 33
K 1	202	350	575	470	1	7,1	Ö	18	42 N	L	18	CD 120	BZ	2 RV 31	6 X 30	7 V 33
K 2	202	350	575	470	2	7,1	Ö	24	42 N	L	24	CD 120	BZ	2 RV 31	6 X 30	7 V 33
K 3	245	350	700	570	1	7,2	Ö	24	42 N	L	24	CD 120	BZ	2 RV 31	6 X 30	7 V 33

Tabelle 3 b. Typreihe von Transduktorgeräten

	Transduktor					Drossel		Halbleiterventile			Ventilsicherungen			Verstärker	Baugröße	
Typ	P_A kW	U_A V	I_A A	I_N A	Sp	Typ	Kühlart	Anzahl	Typ	Kühlart	Anzahl	Typ	Einbau	Typ	Gestell	Schrank
A	5	400	12	9	3	1	S	6	12 N	S	3	T 25	Str	RV 31	4 X 30	4 V 33
B	11	400	28	23	3	2	S	6	12 N	S	3	T 25	Str	RV 31	5 X 30	5 V 33
C	18	400	45	37	3	3	S	6	22 N	S	3	T 60	Str	RV 31	5 X 30	5 V 33
D 1	24	400	60	49	3	4	S	6	22 N	S	3	T 60	Str	RV 31	6 X 35	5 V 33
D 2	33	400	83	68	3	4	S	6	42 N	S	3	CD 120	Str	RV 31	6 X 35	5 V 33
E 1	52	400	130	106	3	5	S	6	42 N	S	3	CD 120	Str	RV 31	6 x 35	5 V 33
E 2	56	400	138	111	3	5	S	6	42 N	L	3	CD 120	Str	RV 31	6 X 35	5 V 33
F	79	400	198	162	1	6	S	6	42 N	L	6	CD 120	BZ	2 RV 31	5 X 30	5 V 33
G 1	96	400	240	196	1	7	S	6	42 N	L	6	CD 120	BZ	2 RV 31	6 X 30	5 V 33
G 2	129	400	324	264	2	7	S	12	42 N	L	12	CD 120	BZ	2 RV 31	6 X 30	5 V 33
H 1	157	400	392	320	1	8	S	12	42 N	L	12	CD 120	BZ	3 RV 31	6 X 30	5 V 33
H 2	187	400	468	381	3	8	S	18	42 N	L	18	CD 120	BZ	3 RV 31	6 X 30	5 V 33
K 1	202	350	575	470	1	7,1	Ö	18	42 N	L	18	CD 120	BZ	2 RV 31	6 X 30	7 V 33
K 2	202	350	575	470	2	7,1	Ö	24	42 N	L	24	CD 120	BZ	2 RV 31	6 X 30	7 V 33
K 3	245	350	700	570	1	7,2	Ö	24	42 N	L	24	CD 120	BZ	2 RV 31	6 X 30	7 V 33

ren irre und verursachen vermehrte Sucharbeit. Häufig erlebt man es, daß die Titel der zitierten Quellen aus dem Gedächtnis, in roher Annäherung an die Wirklichkeit, wiedergegeben werden, ganz zu schweigen von den dann folgenden Zahlenangaben. Zweifellos: ein Schrifttumsverzeichnis korrekt aufbauen kostet Zeit und Mühe. Was der Verfasser hier versäumt, ärgert den Redakteur und ggf. auch den Leser. Einigermaßen gut haben es hier die Angehörigen von großen Firmen mit eigener Literaturstelle. Die dort tätigen Kollegen können in dieser Hinsicht noch manche wertvolle Hilfestellung leisten. Aber jeder Verfasser sollte von sich aus den Ehrgeiz haben, nur saubere und vollständige Arbeit zu liefern.

Jeder Schrifttumshinweis besteht aus einer Reihe von Teilangaben, die in bestimmter Folge anzuordnen sind. Hierüber finden sich in DIN 1505 „Titelangaben von Schrifttum" erschöpfende Angaben. Der Inhalt ist gegliedert in die Abschnitte

1. Allgemeine Richtlinien,
2. Richtlinien für ausführliche Titelangaben,
3. Richtlinien für gekürzte Titelangaben.

Unter 2. und 3. werden behandelt Titelangaben von Büchern, Dissertationen, Patentschriften, Normen, Aufsätzen aus Zeitschriften und Abschnitten aus Sammelwerken.

Aus der Fülle von Beispielen, die dort aufgeführt sind und jeden erdenklichen Fall behandeln, seien hier zwei der wichtigsten zitiert, die gleichzeitig die am häufigsten vorkommenden Fälle behandeln. Es sei besonders darauf hingewiesen, daß nicht nur die Reihenfolge der Angaben verbindlich ist, sondern auch die Art der zwischen den einzelnen Teilen verwendeten Satzzeichen.

Beispiel für Titelangabe eines Buches:
Pfleiderer, Carl: Die Kreiselpumpen für Flüssigkeiten und Gase. Wasserpumpen, Ventilatoren, Turbogebläse, Turbokompressoren. 4., neubearb. Aufl. Berlin, Göttingen, Heidelberg: Springer 1955. XI, 589 S., 386 Bilder. 8°. Lw. 58,50 DM.

Die Angaben über das Format (8° = Oktav), den Einband (Lw. = in Leinwand gebunden) und den Preis sind für Bibliothekskarten wichtig; bei bloßen Literaturzitaten wollen wir auf sie verzichten.

Beispiel für Titelangabe eines Aufsatzes:
Zürcher, Friedrich Wilhelm: Bearbeitungsmaschinen für Mittel- und Grobbleche. Stahl und Eisen, Düsseldorf, 75 (1955) Nr. 18, S. 1182–1188, 21 Bilder, 7 Qu.

Die Angabe des Verlagsortes bei Zeitschriften wird meist weggelassen. Vor der in Klammern stehenden Jahreszahl steht die Nummer des Jahrgangs der Zeitschrift. Qu. bezeichnet die Anzahl der in der betreffenden Arbeit unter „Schrifttum" aufgeführten Quellenhinweise.

Zeitschriftentitel werden wegen ihrer Länge vielfach nur in Kurzform wiedergegeben. Für die Kürzung gibt es in DIN 1502 „Kürzung der Titel von Zeitschriften und ähnlichen Veröffentlichungen; Regeln" besondere Vorschriften, denen eine umfangreiche Liste von Wörtern aus vielen Sprachen beigefügt ist.

zu f) Bildunterschriften

Auch die Bildunterschriften gehören auf besondere Blätter des Manuskripts. Anfänger schreiben sie auf die Rückseite der Bildvorlagen, aber da gehören sie nun eben nicht hin. Ebensowenig haben sie im laufenden Text etwas zu suchen. Die Absichten der Verfasser in allen Ehren, die da meinen, dem Setzer die Arbeit zu erleichtern, wenn sie ihm genau angeben, wo die Bilder plaziert werden sollen. Aber die Frage der Bildverteilung wird nun einmal nicht nach fachlichen Gesichtspunkten entschieden. Wollte man jedes Bild genau an der Stelle in den Text einbauen, zu der es inhaltlich gehört, so ergäbe dies mit Sicherheit eine unerträgliche Häufung in gewissen Partien des Aufsatzes, denen dann weite Strecken unbebilderten Textes gegenüberstünden. Der rein optische Eindruck eines solchen Druckwerkes wäre scheußlich. Eine gute Fachzeitschrift – es gibt leider auch andere – legt großen Wert auf eine grafisch ausgewogene Verteilung der Bilder über die Druckflächen. Es ist klar, daß die Bilder dann nicht immer unmittelbar der passenden Textstelle zugeordnet werden können, wenn man sich auch bemüht, sie wenigstens in deren Nähe zu setzen. Bringt aber ein Verfasser, etwa als Anwendungsbeispiele für eine geschilderte Technik, eine Reihe von Bildern, die im Text nur mit wenigen Worten begleitet werden, dann läßt es sich eben manchmal nicht vermeiden, daß Bilder und Text auf verschiedene Seiten der Zeitschrift kommen. Dies ärgert natürlich den Verfasser, und er schimpft auf die Schriftleitung. Nicht ganz mit Recht; denn wenn sie auch ein solches Verfahren billigt: den Zusammenbau der Seiten und damit die Bildaufteilung nimmt meist der Metteur in der Setzerei vor (es sei denn, der Verlag beschäftige einen Layouter, der die Seitenaufteilung grafisch vorbereitet). Das ist eine Arbeit, die ziemlich spät, erst nach Ausführung der vom Verfasser geforderten Korrekturen, erledigt wird. Bis dahin ist es nutzlos, Vorschriften über die Stellung der Bilder machen zu wollen.

Bildunterschriften gehören also auf besondere Blätter. Sie werden fortlaufend gesetzt (so erscheinen sie auch noch im Korrekturabzug), und erst der Metteur ordnet diese Zeilen den Bildern zu.

Die Unterschriftstexte sollen knapp gehalten, aber nichtsdestoweniger vollständig sein. Mit ihrer Hilfe soll ein Bild verständlich werden, auch ohne daß man erst die zugehörige Textstelle liest. Hinter dem Text der Unterschrift ist kein Schlußpunkt üblich.

Die Bilder werden durchnumeriert (Bild 1, Bild 2, . . .). Das Wort „Abbildung" oder „Abb." gilt als veraltet.

Textliche Erläuterungen zum Bild (Bezeichnung oder Benennung von Konstruktionsteilen, Angabe der Bedeutung von Kurvenästen u. dgl.) sollen keineswegs in das Bild eingetragen werden, sei es nun ein Foto oder eine Zeichnung. In das Bild gehören nur Hinweise in Form von Ziffern oder Buchstaben, die dann unter dem Bild in einer besonderen Legende erläutert werden. „Legende“ kommt aus dem Lateinischen und bedeutet hier etwa: „so möge man sie (die Ziffern oder Buchstaben) lesen, d. h. deuten“.

Der Vorteil eines solchen Verfahrens ist zweifach: Zum einen wird das Bild nicht mit Schrift überladen; es bleibt – sofern die Vorlage gut ist – aussagekräftig. Zum anderen kann man den Druckstock, d. h. die Bildplatte, mit der gedruckt wird, ungeändert weiterbenutzen, wenn etwa derselbe Aufsatz noch in einer Fremdsprache gedruckt werden soll. Der Bildtext, der zusammen mit dem Aufsatztext übersetzt werden muß, steht dann ausschließlich in der Unterschrift und in der Legende. Andernfalls wäre die Anfertigung eines neuen Druckstocks erforderlich.

zu g) Bildmaterial

Die Beschaffung der zur Bebilderung des Textes erforderlichen Unterlagen obliegt dem Verfasser. Er übernimmt der Schriftleitung gegenüber auch die Verantwortung dafür, daß die Bilder zur Veröffentlichung frei sind. Andere Personen, die Rechte an solchen Bildern besitzen, müssen also ausdrücklich um die Erlaubnis zur Verwendung ihrer Bilder gebeten und ggf. finanziell entschädigt werden. Dies betrifft vor allem Aufnahmen von Industriefotografen (sofern nicht die Aufnahmen samt Negativen angekauft wurden), ferner Aufnahmen, die bei Kunden entstanden sind, und schließlich die Wiederverwendung von Bildern, Zeichnungen, grafischen Darstellungen, die schon in fremden Arbeiten benutzt wurden.

Am einfachsten hat es der Verfasser natürlich bei Bildern, die seinem Arbeitgeber gehören, in dessen Diensten er den Aufsatz schreibt. Bei Übersichtsaufsätzen werden vielfach Bilder von konkurrierenden Firmen nebeneinander verwendet, um die Neutralität zu wahren und den Darstellungen eine größere Vielseitigkeit zu geben. Solche Bilder werden von den Firmen auf Ersuchen meist gern übersandt – aus plausiblen Gründen, denn eine bequemere Werbemöglichkeit gibt es gar nicht.

Ebenso töricht wie das Einsetzen der Bildunterschriften in den Text wäre das Verfahren, die Bilder selbst an den passenden Stellen in das Manuskript einzukleben. Es gibt Verfasser, die in bester Absicht ihre Schreibdame anweisen, überall dort, wo ein Bild hinkommen soll, eine genau berechnete Anzahl von Zeilen leer weiterzuschalten, damit die Bildvorlage nach dem Schreiben dort eingefügt werden kann. Schade um die hierfür aufgewendete Mühe! Im vorigen Abschnitt wurde ausgiebig erläutert, warum dieses Verfahren keinen Sinn hat. Hier kommt noch ein wesentlicher Umstand hinzu.

Den Aufsatztext samt Schrifttumsangaben und Bildunterschriften schickt die Schriftleitung in die Setzerei. Das Bildmaterial nimmt dagegen einen anderen Weg.

Es kommt in die Klischeeanstalt, die meist von Setzerei und Druckerei räumlich völlig getrennt ist.

Aus diesem Grunde müssen dem Aufsatz, wenn er an die Schriftleitung geschickt wird, alle Bildvorlagen *lose* beigegeben werden. Jedes Stück ist – am besten auf der Rückseite – mit dem Namen des Verfassers und der laufenden Bildnummer zu kennzeichnen, um Verwechslungen auszuschließen. Weitere Eintragungen, vor allem Bildunterschriften, gehören nicht auf die Bildvorlagen.

Je besser die Vorlagen sind, um so besser wird auch die Wiedergabe der Bilder im fertigen Druckwerk. Deshalb sollen unbedingt Originale von Fotos und Zeichnungen eingereicht werden. Reproduktionen von Fotos als Ausschnitte aus Druckwerken, z. B. Prospekten, sind meist unbrauchbar. Von ihnen lassen sich nur in seltenen Fällen, und dann nur unter großem Zeit- und Kostenaufwand, für den Druck geeignete Vorlagen herstellen. Kein Problem ist das bei einfachen Strichzeichnungen, die sich ohne weiteres aus einer sauberen Vorlage heraus wieder klischieren lassen. Bei gerasterten Vorlagen (gedruckte Reproduktionen von Fotos) ist es schwierig und in der Wirkung unbefriedigend.

Fotos

Am gebräuchlichsten als Bildvorlage sind Vergrößerungen auf hochglänzendem Fotopapier (Hochglanzvergrößerungen) im Format 13 cm x 18 cm. Auch Vorlagen im Format 18 cm x 24 cm werden verwendet, vor allem, wenn großflächige Wiedergabe beabsichtigt ist. Kleinere Formate als diese beiden vermeide man tunlichst.

Retusche, wenn sie nötig ist (und die meisten Fotos vertragen durchaus eine kleine Reinigungsretusche), kann vom Verfasser oder aber von der Schriftleitung veranlaßt werden. Die erste Möglichkeit ist unbedingt vorzuziehen, denn damit behält der Verfasser die Vorbereitung seiner Bildvorlagen in der Hand. Außerdem sind die Schriftleitungen dankbar, wenn sie nicht auch noch mit dieser Sorge belastet werden, und die dem Verlag dadurch entstehenden Kosten könnten leicht auch Einfluß bekommen auf die Höhe des Verfasserhonorars.

Der Verfasser wird den Retuscheur kaum je zu Gesicht bekommen. Trotzdem muß er ihm seine Wünsche in bezug auf die Retusche so klar übermitteln, daß danach gearbeitet werden kann. Zunächst sage man dem Auftragnehmer (das ist meist eine Klischeeanstalt, die einen oder mehrere Retuscheure beschäftigt) deutlich, ob man eine leichte, mittlere oder starke Retusche haben möchte. Retuschen sind teuer; hiermit kann man den Preis nach oben begrenzen. Fotoabzüge oder Vergrößerungen, die retuschiert werden sollen, werden vorher mit einem transparenten Deckblatt versehen, das man auf der Rückseite auf den oberen Rand klebt und dann nach vorne umknifft. Auf diesem Deckblatt markiert man mit einem weichen Bleistift durch Umranden oder durch Schraffur die darunterliegenden Bildpartien, die retuschiert werden sollen. Dazu kommt dann eine kurze Beschriftung, welche die Art der auszuführenden Arbeit angibt, z. B. aufhellen, Flecken entfernen, Konturen schärfer, Glanzlichter dämpfen, Spiegelung beseitigen, Hintergrund gleichmäßig grau und dergleichen mehr.

Im Falle von umfangreicheren Retuschearbeiten ist zu empfehlen, dem Retuscheur für jedes Bild zwei gleiche Vorlagen zuzuleiten. Während er die eine Vorlage retuschiert, benutzt er die andere als Vergleichsobjekt, an Hand dessen er die Wirkung seiner Arbeit besser kontrollieren kann.

Je besser die Vorlage ist, um so weniger Zeit braucht der Retuscheur für seine recht teure Arbeit, das Bild klischierbar zu machen. Hat man eine nicht gerade einwandfreie Aufnahme als Vorlage zur Verfügung gestellt und keine Begrenzung für den Umfang der Arbeit angegeben, so kann es passieren, daß der Retuscheur aus der Vorlage ein Gemälde macht. Ein solches Bild wirkt in der Wiedergabe kalt und unwirklich, und es erweckt den Eindruck, als wollte man dem Leser etwas zeigen, was es in Wirklichkeit noch gar nicht gibt. Manche Messeprospekte entstehen auf diese Weise!

Oszillogramme gelten bezüglich ihrer Wiedergabe als Fotos. Sie sind ihrer Natur nach Dokumente und verlieren ihren Aussagewert, wollte man sie durch Retusche korrigieren. Äußerstes Zugeständnis ist das vorsichtige Nachziehen von eng begrenzten Partien, die der Schreibstrahl nicht deutlich genug auf das Papier gebracht hat, so daß die Linien im Druck nicht wiedergegeben würden. Aber diese Arbeit muß ein Könner vollbringen.

Zeichnungen

Als Beigabe zum Manuskript Tuschezeichnungen mit tiefschwarzen und randscharfen Strichen verwenden. Maßgebend für deren Anfertigung ist DIN 6774, Teil 4 „Gezeichnete Vorlagen für Druckzwecke".

Der Schriftleitung sollen möglichst die Originalzeichnungen eingereicht werden oder, wenn man auf sie nicht verzichten will, weil sie vielleicht im Betrieb noch anderweit gebraucht werden, Lichtpausen mit glänzender Oberfläche (sog. Kontrastpausen).

Zeichnungen, die für die Wiedergabe in einem Druckwerk bestimmt sind, müssen gewissen Anforderungen genügen. Was normalerweise aus den Konstruktions- oder Zeichenbüros kommt, mag für betriebliche Zwecke durchaus brauchbar sein, für Druckzwecke reichen solche Vorlagen meist nicht aus.

Zunächst muß man sich vergegenwärtigen, daß die meisten Zeichnungen eines Aufsatzes maximal in Spaltenbreite wiedergegeben werden, d. h., eine größte Breite von etwa 81 bis 84 mm haben werden. Nur wenige kommen in der Wiedergabe auf Satzspiegelbreite (etwa 170 mm); sie sind dann aber auch mit sehr viel mehr Einzelheiten gefüllt. Es ist nicht nötig, die Originalzeichnungen in der Wiedergabegröße (also 1 : 1) anzufertigen. Im Gegenteil, je größer sie sind, um so besser ist es für den Druck. Sie müssen dann bei der Reproduktion in der Klischeeanstalt um so stärker verkleinert werden, was der Bildqualität zugute kommt, da dann kleine Unsauberkeiten der Strichführung verschwinden.

Im Druck sollen aber Linien nicht dünner sein als 0,15 mm, sonst besteht die Gefahr, daß sie nicht mehr vollständig wiedergegeben werden, sondern Unterbrechungen bekommen. Bei einem Verkleinerungsmaßstab von z. B. 2 : 1 müssen also in der Originalzeichnung die dünnsten Linien mindestens 0,3 mm breit, die anderen Linien entsprechend breiter sein. Diese Bedingung erfüllt keine in üblicher Weise in einem Konstruktionsbüro hergestellte Zeichnung. Solche Vorlagen sollten von einem versierten Klischeezeichner angefertigt werden, zumindest aber von einem Mann, der in diesen Dingen Erfahrungen hat und die Anforderungen kennt, die an eine Klischeezeichnung gestellt werden. Er wird auch darauf achten, daß Ziffern und Buchstaben, welche die Zeichnung enthält, die richtige Größe bekommen. Hier heißt die Forderung, daß Zeichen mit Oberlängen (z. B. b oder d) im Druck 1,2 bis 1,5 mm hoch sein sollen; kleinere sind nicht mehr lesbar. Durch Multiplikation mit dem Maßstab der geplanten Verkleinerung ergibt sich dann die Buchstaben- bzw. Ziffernhöhe in der Originalzeichnung.

Das Ergebnis dieser Betrachtungen: Zeichnungen für Druckzwecke sollen extra hergestellt werden; keine vorhandenen Zeichnungen aus dem Konstruktionsbüro verwenden! Es kommt durchaus vor, daß Verfasser einem Montagezeichnungen vorlegen (z. B. von einem kompletten Dampfturbosatz eines Kraftwerkes oder von einer Lokomotive), Blätter von mehr als einem Meter Länge, natürlich mit allen Einzelheiten, möglichst noch als Schnittzeichnung, und dann ungeniert verlangen, diese Monstren sollten zur Bebilderung ihres Aufsatzes verwendet werden. Selbstverständlich lassen sich auch hiervon Klischees für den Druck herstellen. Es wäre nur schade um den Aufwand. Was bei der Verkleinerung einer normalen Konstruktionszeichnung vielleicht im Maßstab 8 : 1 noch übrigbleibt (man denke an die Strichbreiten und an die Abstände benachbarter Linien!), das kann sich jeder leicht ausmalen.

Es hilft nichts: auch hier muß neu gezeichnet werden, und zwar unter Weglassen aller irgendwie entbehrlichen Einzelheiten. Wem dieser Aufwand zuviel ist, der soll auf ein solches Bild lieber ganz verzichten.

Noch ein Hinweis: Erstklassige Zeitschriften (z. B. die im VDE-Verlag oder im VDI-Verlag erscheinenden) haben eigene Zeichenbüros, in denen – um des einheitlichen Stils willen – grundsätzlich jede Strichzeichnung selbst hergestellt wird. Hier genügt es, wenn der Verfasser seinem Manuskript klare, deutlich beschriftete Bleistiftskizzen beilegt. Erforderlichenfalls erkundige man sich also vorher bei der Schriftleitung, welche Art von Zeichnungen gewünscht wird.

2.5 INTERNE GENEHMIGUNG

Es kostet also eine ganze Menge Schweiß und Sorgfalt, bis ein Manuskript in gebrauchsfertiger Form vorliegt. Wer selbständig ist, möge es nun nach eingehender Prüfung an die Schriftleitung einschicken. Wer Angestellter eines Unternehmens (Firma oder staatliches Institut) ist, für den beginnt jetzt ein Zwischenstadium, für das er einige Geduld und viel Verständnis aufbringen muß.

Wie niemand und nichts in dieser Welt vollkommen ist, so kann man auch von einem Manuskript nicht erwarten, daß es gleich den höchsten Grad der Vollendung aufweist. Schon vier Augen sehen mehr als zwei; wenn es noch mehr sind, kann das Ergebnis nur günstiger werden. Der Verfasser, der mit Recht stolz auf seine geistige Schöpfung ist, möge sich nun etwas in Selbstverleugnung üben und sein Manuskript zunächst seinem direkten Vorgesetzten zuleiten, damit der seiner Arbeit in fachlicher Hinsicht seinen Segen gebe. Damit entlastet er den Verfasser auch von der Verantwortung, daß der Inhalt der Arbeit in keinem Punkte etwa geschäftlichen Belangen entgegensteht.

Je größer die Firma ist, um so mehr Leute werden daran interessiert sein, in das Manuskript Einsicht zu nehmen, denn um so weniger wird der Verfasser in der Lage sein, von seinem Arbeitsplatz aus zu übersehen, welche Äußerungen geschäftlich erwünscht sind und welche nicht. Wenn ein Fachaufsatz gedruckt ist und aus der Veröffentlichung – wie häufig der Fall – hervorgeht, welcher Firma der Verfasser angehört, dann wird er zu einem Dokument, das neben der technischen Information auch Rückschlüsse auf die Firma erlaubt. Ferner könnte ein gedruckter Text patentrechtliche Folgen haben, wenn er nämlich vom Patentamt als Vorveröffentlichung gewertet wird und damit einer von derselben Firma geplanten Patentanmeldung hinderlich entgegensteht. Durch eine ungeschickte Formulierung können ggf. auch Schutzrechte anderer Firmen oder Personen verletzt werden.

Es gibt also eine Reihe von Dienststellen, die das Manuskript sehen und begutachten müssen, ehe es nach draußen gelangt: Entwicklungs- und Patentstellen, der Vertrieb, ggf. korrespondierende Abteilungen (z. B. bei einem Aufsatz, der aus einer Anlagenabteilung kommt, die Abteilung, welche die Bauteile dafür liefert). Je nach dem behandelten Thema kommen u. U. auch die kaufmännische, die Exportabteilung, das Normenbüro in Betracht.

Keinesfalls darf vergessen werden, einen Kunden um seine Zustimmung zu bitten, wenn eine bei ihm errichtete Anlage beschrieben wird. Nicht jeder Kunde ist mit einer Veröffentlichung einverstanden. Vielleicht hat er Sorge, daß die Konkurrenz zu früh über die Einzelheiten ins Bild gesetzt wird, so daß der technische Vorsprung, den er sich mit der Anlage erkauft hat, evtl. in kurzer Zeit zunichte wird. Vielleicht will er selbst eine Veröffentlichung in die Fachpresse lancieren, weil er Wert darauf legt, daß seine Kunden erfahren, mit welch modernen Ausrüstungen er fabriziert.

Wie dem auch sei: der Wille des Kunden ist heilig. Wird er mißachtet, so gibt es riesigen Ärger, der den Geschäftsbeziehungen u. U. schweren Schaden zufügen kann.

Wenn der Kunde, wie oben angedeutet, selbst berichten will, sollte man ihn gern gewähren lassen. Dies ist oft besser als eine Veröffentlichung der eigenen Firma, da der Leser einen Bericht des Anwenders für objektiver halten wird als den des Herstellers.

2.6 KORREKTUREN

Wenn der Text des Manuskripts (einschließlich der Tabellen, des Schrifttums und der Bildunterschriften) fertig gesetzt ist, dann muß er korrigiert werden, um die leider unvermeidlichen Setzfehler zu eliminieren, damit sie nicht zu Druckfehlern werden. Bücher und Zeitschriften wurden früher ausschließlich im Hochdruckverfahren gedruckt (daher auch die Bezeichnung „Buchdruck"), wogegen heutzutage das Flachdruckverfahren (als Offsetdruck) in Verbindung mit dem Fotosatz sich immer weitere Bereiche erobert.

2.6.1 KORREKTUREN IM MASCHINENSATZ (für den Hochdruck)

Für den Hochdruck wird der Satz (= gesetzter Text) auf Setzmaschinen als sogenannter Bleisatz hergestellt. Das Setzmaterial bildet dann in der Setzerei lange Reihen von untereinandergefügten Zeilen, sogenannte Zeilenspalten. In einer Handpresse werden diese dann auf schmale, lange Blätter (etwa 2 x DIN A 5) abgezogen. So entstehen die Korrekturabzüge, wegen ihrer Form auch Korrekturfahnen genannt. Sie dienen zum Eintragen der Korrekturen. Diese sollen in einer Buntfarbe und deutlich lesbar auf die Blätter geschrieben werden.

Es gibt zwei Arten von Korrekturen: Hauskorrekturen und Autorkorrekturen. Hauskorrekturen werden im Hause der Druckerei gelesen, und zwar vom Korrektor, der dort angestellt ist. Autorkorrekturen werden vom Verfasser selbst gelesen, der vom Verlag zwei vollständige Sätze von Korrekturabzügen übersandt bekommt. Das eine erhält die Schriftleitung, versehen mit seinen Korrekturwünschen, möglichst umgehend zurück; das andere verbleibt ihm als Vergleichsstück, das u. U. bei einer telefonischen Rückfrage benötigt wird.

Der Hauskorrektor der Druckerei hat die Aufgabe, die vom Setzer verursachten Setzfehler zu finden, so daß sie vor dem Druck beseitigt werden können. Um sich dem Setzer verständlich zu machen, bedient er sich der Korrekturzeichen, die im Druckergewerbe üblich und für jeden verständlich sind. Sie sind 1929 auch in das Normenwerk übernommen worden und werden heute in überarbeiteter Form als DIN 16 511 „Korrekturzeichen" geführt. Sie stehen übrigens auch im Duden, Band 1, Rechtschreibung, im Abschnitt „Korrekturvorschriften"; außerdem sind sie diesem Buch als Anhang beigefügt.

Auch der Verfasser soll sich bei seiner Korrektur der genormten Zeichen bedienen, damit bezüglich seiner Wünsche zwischen ihm und dem Setzer kein Mißverständnis auftritt. Hierbei gilt als Hauptregel, daß jedes Zeichen, mit dem man im Text eine zu korrigierende Stelle bezeichnet, unbedingt am Papierrand zu wiederholen ist. Die Korrektur selbst gehört nicht in den Text, sondern der Deutlichkeit wegen neben das Zeichen auf dem Rand. Sofern es sich nur um die Korrektur falscher Buchstaben oder Wörter handelt, ist der Verfasser in der Wahl der Form des Korrekturzeichens frei; doch müssen die sich entsprechenden Zeichen im Text und auf dem Rand die gleiche Form haben, und die Zeichen für benachbarte Korrekturen müssen sich deutlich voneinander unterscheiden (siehe Beispiel 1 in DIN 16 511).

Nicht alle Verfasser erkennen beim Lesen, daß es ihre Aufgabe ist, Setzfehler zu finden und anzuzeichnen. Weit öfter finden sie inhaltliche Unzulänglichkeiten und beschäftigen sich damit, ihre eigenen Formulierungen zu verbessern, aber die Setzfehler lassen sie unerkannt stehen. Ja, es gibt Verfasser, bei denen hat man den Eindruck, sie läsen ihren Aufsatztext jetzt das erstemal aufmerksam und fingen nun erst an, ihn richtig zu gestalten. Ganze Absätze werden da umgebaut, neue dazugefügt, und am Ende steht auf dem Korrekturabzug mehr korrigierter als ursprünglicher Text. Solch ein Verfahren ist keine nachahmenswerte Form geistiger Arbeit, sondern, mit Verlaub gesagt, Schluderei. Dann war nämlich die Reinschrift des Manuskripts zum Teil umsonst, vor allem aber wurde ein großer Teil der Setzarbeit unnütz geleistet. Aber das gibt es nicht etwa für umsonst, sondern das verursacht oft enorme Kosten, die vermieden worden wären, wenn der Verfasser vor dem Absenden das Manuskript in eine ausgereifte Form gebracht hätte.

Zugegeben: Bei mehrmaligem Lesen kommt einem manchmal eine Vorstellung, wie man einen Gedanken noch klarer ausdrücken könnte. Es ist nichts dagegen einzuwenden, wenn im Interesse des Lesers einzelne (!) kleine Verbesserungen auch stilistischer Natur vorgenommen werden. Da zwischen dem Abfassen des Manuskripts und der Zusendung der Korrekturabzüge an den Verfasser oft viele Monate liegen, ist es auch durchaus möglich, daß einzelne Angaben, besonders Zahlenwerte, nicht mehr dem neuesten Stand entsprechen und inzwischen überholt sind. Selbstverständlich hat der Verfasser das Recht, hier die entsprechenden Änderungen vorzunehmen.

Im allgemeinen wird sich also der Umfang der Korrekturen in engen Grenzen halten. Aber auch kleine Änderungen können größere Kosten verursachen, wenn sie nicht mit Bedacht vorgenommen werden. Zeitschriftentexte werden maschinell gesetzt, meist im Zeilengußverfahren. Das heißt, jede gesetzte Zeile besteht aus einem einzigen Stück, aus Letternmetall gegossen. Ist auch nur *ein* Buchstabe zu korrigieren, so muß die ganze Zeile neu gesetzt werden; die fehlerhafte Zeile wird wieder eingeschmolzen. Werden aber nun ganze Wörter gestrichen oder neue eingefügt, so würde die Zeile kürzer oder länger; das bedeutet also, die folgenden Zeilen müssen mit herangezogen werden, um den leeren Platz zu füllen oder den Überschuß aufzunehmen. Das kann im ungünstigsten Falle so weit gehen, daß alle folgenden Zeilen bis zum Schluß des davon betroffenen Absatzes in Mitleidenschaft gezogen werden. Ergebnis: Neusatz vieler Zeilen, und das um eines Wortes oder einiger Wörter willen. Der Schaden läßt sich geringer halten, wenn der Verfasser den Text in möglichst kurze Absätze aufgeteilt hat. Wer geschickt handelt, kann die Änderung u. U. sogar auf eine oder zwei Zeilen begrenzen, indem er nämlich für ein zusätzlich nötiges Wort ein anderes entbehrliches streicht oder einen mehrgliedrigen sprachlichen Ausdruck durch einen anderen, kürzeren ersetzt. Mit etwas Mühe und Geduld lassen sich hierfür oft brauchbare Lösungen finden. Dabei brauchen sich die auszutauschenden Partien nicht in der Buchstabenzahl zu gleichen. Es genügt, wenn sie etwa gleich groß sind. Der Setzer hat die Möglichkeit, die Breite der Wortzwischenräume zu variieren.

Zu umfangreiche Korrekturen sieht weder der Schriftleiter noch der Setzer gern. Werden die Kosten hierbei sehr hoch, so hat dies bisweilen Einfluß auf die Höhe des Verfasserhonorars.

Genau so wichtig wie der Aufsatztext sind beim Korrekturlesen Bildunterschriften, Tabellen und Schrifttum. Oft wird ihnen nicht die nötige Sorgfalt geschenkt, manchmal werden sie gar nicht beachtet. Das rächt sich dann, und man merkt dieses Versäumnis am fertigen Druckwerk, wenn diese Partien noch voller Druckfehler stekken.

Eingangs wurde erwähnt, daß Korrekturabzüge auf einer Handpresse hergestellt werden. Dies ist der Grund, weshalb der Text manchmal nur im matten Grau erscheint, manchmal auch nicht gleichmäßig scharf abgedruckt ist oder Unsauberkeiten zeigt; bisweilen stehen einige Zeilen schief zueinander oder sind seitlich um einige Millimeter verschoben. Dies alles ist kein Anlaß für den Verfasser, solche Stellen bei der Korrektur anzustreichen. Das Verfahren des Zurichtens vor dem endgültigen Druck bietet genügend Gewähr dafür, daß solche Unzulänglichkeiten verschwinden.

Korrekturfahnen dürfen nicht zerschnitten werden, etwa um Absätze umzugruppieren oder neue dazwischenzufügen. Der Textumfang auf jeder Fahne entspricht in Menge und Anordnung genau einer Zeilenspalte an Setzmaterial, wie sie zwischen den Arbeitsvorgängen des Setzens und Druckens in besonderen Regalen der Setzerei aufbewahrt werden. Treffen die vom Verfasser zurückgesandten Korrekturabzüge in der Setzerei wieder ein, so ist es dem Setzer ein leichtes, anhand der einzelnen Korrekturblätter in den Zeilenspalten die Stellen zu finden, die korrigiert werden müssen. Hat aber der Verfasser den Stand des Textes im Korrekturabzug durch Zerschneiden verändert, so erschwert das dem Setzer die Arbeit ganz erheblich, wenn sie nicht gar unmöglich gemacht wird.

Von den Bildvorlagen, die der Verfasser als Zeichnungen einsendet, lassen gewisse Zeitschriften, wie weiter oben bereits erwähnt wurde, extra Reinzeichnungen herstellen. Diese erhält der Verfasser zur Durchsicht und Korrektur zugeschickt. Sie sind sorgfältig zu prüfen, und zwar nicht nur die Konturen oder die Linienführung, sondern vor allem die Beschriftung. Erforderliche Korrekturen sind mit Bleistift zu vermerken. Bildfehler, die der Verfasser übersieht, werden mitklischiert und sind dann nicht mehr zu beseitigen, es sei denn, man vernichtet das fertige Klischee und wendet die Kosten für ein neues auf.

Die Schriftleitungen guter Zeitschriften schicken vor dem Druck dem Verfasser auch noch einen Satz von Bildandrucken nach den eingesandten Fotos. Auch hier lohnt es, die Probedrucke sorgfältig zu begutachten. Zwar sind die Klischees in diesen Fällen schon fertig, doch hat der Verfasser immerhin das Recht, falsch ausgeführte Retuschen oder ungünstig gewählte Bildausschnitte zu bemängeln.

Liegen sowohl Text- als Bildandrucke gleichzeitig beim Verfasser vor, so empfiehlt es sich (manche Schriftleitungen verlangen es sogar), die Bildandrucke neben die zugehörige Textstelle auf den Rand des Korrekturabzugs zu kleben. Dies garantiert nicht, daß jedes Bild später im Text genau an dieser Stelle erscheint; die Gründe dafür sind schon im Abschnitt „Bildmaterial“ ausführlich erörtert worden. Der Sinn dieser Maßnahme ist folgender: dem Metteur wird auf diese Weise die Zuordnung der Bilder erleichtert; er braucht nicht mehr auf die Originalvorlagen zurückzugreifen, die sich in der Schriftleitung befinden. Außerdem wird er der Gefahr enthoben, evtl. ein Bildklischee im guten Glauben kopfstehend in den Textsatz einzubauen. Es gibt nämlich Bilder, bei denen selbst ein Ingenieur im Zweifel wäre, wo denn nun oben und unten ist. Da kann nur der Verfasser selbst den richtigen Hinweis geben. Ein solcher sollte bei dieser Art von Bildern schon auf die Bildvorlage geschrieben werden. Klebt der Verfasser den Bildandruck dann noch seitenrichtig auf das betreffende Blatt des Korrekturabzugs, dann hat er das menschenmögliche getan.

Wenn er alle Korrekturen in den Probeabzug eingetragen hat, schickt er einen Satz Korrekturfahnen wieder zurück an die Schriftleitung (nicht an die Druckerei). Werden umfangreiche oder schwierige Korrekturen verlangt, so kann er die abermalige Vorlage eines Probeabzuges fordern, um zu prüfen, ob die Korrekturen ordentlich ausgeführt worden sind. Was er dann erhält, werden keine Korrekturfahnen mehr sein, sondern ein sogenannter Umbruchabzug. Das sind Blätter im Format der Zeitschrift, die den Text samt den eingebauten Bildern enthalten, fertig in Spalten aufgeteilt, wie ihn inzwischen der Metteur aufgebaut hat.

Falls nur wenige, nach Meinung des Verfassers unkomplizierte Korrekturen erforderlich sind, so genügt beim Absenden der Vermerk „Nach Änderung druckreif“. Ein Probeabzug, der fehlerlos ist, bekommt den Vermerk „Druckreif“. Dazu kommt in jedem Fall das Datum und der handschriftliche Namenszug des Verfassers.

Für diesen Druckreif-Vermerk gibt es ein in der Druckersprache gebräuchliches Fremdwort: das Imprimatur (der Ton liegt auf der Silbe „ma“). Das ist lateinisch

und heißt auf deutsch etwa: „es möge so gedruckt werden". Anstelle des Wortes „druckreif" findet man auf den Korrekturabzügen daher bisweilen auch die Bezeichnung „imp." bzw. „impr.". Wir würden jedoch die deutsche Bezeichnung vorziehen.
Wenn eine dieser 3 Bezeichnungen auf dem Korrekturabzug steht, dann muß der Verfasser selbst die etwa noch unentdeckten Fehler verantworten. Werden aber Korrekturen, die er gefordert hat, nicht oder unrichtig ausgeführt, so kann er eine Berichtigung verlangen. Bei einem Fachaufsatz wird diese in einer der nächsten Nummern der Zeitschrift stehen. Bei einem Fachbuch wird der Verlag einen Zettel mit der Berichtigung einlegen. Bei einem anderen, selbständigen Druckwerk (Sonderdruck, Werbeprospekt o.ä.) wird die fehlerbehaftete Stelle überdruckt oder, wenn dafür kein Platz ist, mit dem richtigen Text überklebt. Sind die Fehler, die der Verlag verschuldet hat, umfangreich oder schwerwiegend, so ist ein kostenloser Neudruck oder ein Preisnachlaß zu erwägen.

2.6.2 KORREKTUREN IM FOTOSATZ (für den Offsetdruck)

Die bisherigen Ausführungen beziehen sich, wie eingangs erwähnt, auf den früher allgemein üblichen Bleisatz, der auch heute noch in gewissem Umfang verwendet wird. Anders sieht es aber bei Korrekturen im Fotosatz aus.
Zum Aufbau der Druckvorlage für den Offsetdruck dient ein Film, der über einen Schriftbildträger fortlaufend mit den Schriftzeichen belichtet wird. Im direkten Verfahren wird beim Setzvorgang durch die Tastatur die Belichtungseinrichtung unmittelbar gesteuert. Eine Kopie des entwickelten Films dient als Korrekturvorlage. Die auf ihr vermerkten Fehler lassen sich nur korrigieren, indem die entsprechenden Stellen vom Film weggeschabt werden. Der korrigierte Text wird auf extra dünnen Film gesetzt und exakt auf die Leerstellen geklebt. Das ist zeitraubend und kostspielig, zumal da der Setzer hier Präzisionsarbeit leisten muß.
Günstiger ist das indirekte Verfahren. Bei ihm wird der Text während des Setzvorgangs zunächst auf einem Lochband oder einem Magnetband gespeichert, gleichzeitig aber im Klartext auf einen Papierbogen ausgeschrieben. Dieses in Schreibmaschinenschrift beschriebene Blatt, das mit der vom Bleisatz her bekannten Korrekturfahne nichts mehr gemein hat, ist die Korrekturvorlage. Auf ihr werden Setzfehler vermerkt, und hiernach wird ein zweites Band nur mit den zu korrigierenden Stellen beschrieben. Beide Bänder, das Originalband und das Korrekturband, kommen nun in die Fotosetzmaschine, die sie automatisch entsprechend kombiniert, d. h. an den fehlerhaften Stellen auf das Korrekturband umschaltet. Von den Markierungen auf den Bändern wird die Belichtungseinrichtung gesteuert und erst jetzt der Text Zeichen für Zeichen auf den Film projiziert.
Noch einen Schritt weiter geht ein Verfahren, das dem Setzer (und in Zeitungsredaktionen ist das vielfach der Redakteur selbst) das Satzbild auf den Bildschirm sei-

nes Fotosetzgerätes projiziert. Mit der vorhandenen Tastatur ist er in der Lage, Setzfehler direkt auf dem Bildschirm zu korrigieren, ehe der gespeicherte Text in die Fotosetzanlage eingegeben wird. Die sonst üblichen Korrekturvorlagen gibt es bei diesem Verfahren nicht mehr, es sei denn, man läßt von dem inzwischen belichteten und entwickelten Film eine Kopie herstellen. Ein Verfasser außerhalb des Hauses hat damit meist keine Möglichkeit mehr, auf die Gestaltung seines Textes Einfluß zu nehmen. Er muß sich darauf verlassen, daß der Setzer auch schwierige technische Texte sorgfältig verarbeitet bzw. daß die Redaktion anhand der Kopien selbst noch eine Kontrolle ausübt.
Welches der hier geschilderten Verfahren im jeweiligen Fall angewendet wird, hängt von der maschinellen Ausstattung der betreffenden Druckanstalt ab.

2.7 DAS TECHNISCH-LITERARISCHE BÜRO

Wegen der Vielfalt der beim Abfertigen eines Aufsatzes auftretenden Vorgänge unterhalten große Firmen außer einer Pressestelle meist ein eigenes technisch-literarisches Büro, dem die Verantwortung für den einwandfreien Ablauf des Genehmigungsverfahrens übertragen wird. Die als Verfasser technischer Texte tätigen Ingenieure werden hierdurch von vielen Dingen entlastet, die sie in ihrer eigentlichen Aufgabe stören und die ihnen doch z. T. wesensfremd sind. Die Mitarbeiter eines solchen literarischen Büros erledigen nicht nur das firmeninterne Genehmigungsverfahren. Sie prüfen auch Form und Aufbau der Manuskripte, sie erledigen den Schriftverkehr mit Redaktionen und Verlagen, sie vermitteln die Korrekturabzüge und was dergleichen einschlägige Arbeiten mehr sind. Mit solcher Tätigkeit können nur ausgesuchte Kräfte betraut werden, die sich speziell in die Materie eingearbeitet haben. Sie müssen drei Bedingungen erfüllen, die unerläßlich sind:

1. Sie müssen eine recht gute und breite technische Allgemeinbildung haben.

Spezialkenntnisse sind auf keinem Gebiet vonnöten; wenn jemand welche hat, ist es um so besser. Diese Mitarbeiter müssen jedoch in der Lage sein, beim Lesen irgendeines Manuskripts – gewissermaßen als unbefangene und neutrale, aber mit technischem Verständnis begabte Beobachter – schwache Stellen aufzuspüren, an denen eine Überarbeitung des Textes nötig wird. Fachingenieure sprechen meist einen Fachjargon, der nicht überall verstanden oder zumindest nicht überall als gutes Deutsch empfunden wird. Außerdem ist für sie vieles selbstverständlich, so daß sie Dinge nicht mehr oder nicht ausführlich genug behandeln, für die dem Leser, der kein Spezialist ist, die Voraussetzungen fehlen. Hier muß also der literarische Bearbeiter eingreifen und dem Verfasser entsprechende Hinweise geben.

2. Sie müssen über ausgezeichnete grammatische und rechtschreibliche Kenntnisse verfügen und eine große Liebe zur deutschen Sprache haben.

Die Pflege eines hervorragenden Schreibstils muß ihnen ebenso in Fleisch und Blut übergehen wie der erbarmungslose Kampf gegen die vielerlei Sprachsünden, die in allen Manuskripten immer wieder auftauchen. Sie müssen in der Lage sein, Manuskripte sprachlich zu glätten und dort, wo der Verfasser im stilistischen Mißgriff etwas anderes ausgedrückt hat, als was er dem Sinne nach eigentlich hat sagen wollen, die Dinge wieder zurechtzurücken.

3. Sie müssen willens sein, ihre Aufgaben mit beinahe pedantischer Genauigkeit zu erledigen, tragen sie doch eine große Verantwortung gegenüber dem Verfasser und ihrem Unternehmen ebenso wie gegenüber den Schriftleitungen, mit denen sie verkehren. Auch kleine Ungenauigkeiten oder Unterlassungen in ihrem Aufgabengebiet können ernste Folgen haben.

Die Mitarbeiter eines solchen technisch-literarischen Büros sollten unbedingt Ingenieure sein und keine Journalisten; diese gehören in eine Pressestelle. Nichts gegen einen ehrenwerten Berufsstand; der Verfasser pflegt selbst ausgezeichnete Beziehungen zu vielen seiner Vertreter. Selbstverständlich ist der Journalist in allen Dingen erfahren, die mit dem Pressewesen zusammenhängen. Selbstverständlich weiß auch er die Sprache zu formen und zu pflegen; er tut dies oft meisterlich. Aber welcher Journalist – wenn er das nicht aus privatem Antriebe tut – bekommt schon während der Ausbildung eine exakte Vorstellung von der Technik, von einem tieferen Wissen um ihre Grundlagen ganz zu schweigen. Und das ist doch die Voraussetzung für einen, zu dessen Aufgaben es gehören soll, die Arbeiten von Ingenieuren kritisch zu begutachten. Welcher Journalist hat denn während seines Berufslebens die Gelegenheit, ständig mit der sich dauernd verändernden Technik in engem Kontakt zu bleiben, so eng, daß er stets eine klare Vorstellung von dem hat, was dort vor sich geht. Selbstverständlich gibt es hier, wie überall, Ausnahmen, doch bleiben sie gegenüber dem Normalfall eben wertvolle Einzelerscheinungen.

Der Vorzug des Journalisten liegt in seiner Fähigkeit, mit leichter Hand über Probleme und Vorgänge in Schriftsätzen zu berichten, die für eine breitere Öffentlichkeit bestimmt sind. Hier liegt die Schwierigkeit generell darin, sich dieser Öffentlichkeit verständlich zu machen, ohne allzusehr in die Tiefe der naturwissenschaftlichen Voraussetzungen steigen zu müssen.

Der Ingenieur ist für eine solche Aufgabe meist zu seriös und zu schwerfällig. Er ist mit Fachwissen vollgestopft, trägt ein ganzes Bündel beruflicher Erfahrungen mit sich herum und kann technische Vorgänge meist nicht so gefällig darstellen, daß auch ein Laie daran Interesse gewinnt. Dafür ist er nun doch weitaus geeigneter, reines Fachwissen an Fachleute vermitteln zu helfen, d. h., fachliche Texte zu prüfen und ggf. aufzubereiten.

Großfirmen pflegen eine oder auch mehrere sogenannte Hauszeitschriften in eigener Regie herauszugeben: Fachzeitschriften (für die technische Fachwelt), Händlerzeitschriften (für die Information des Zwischenhandels im technischen Liefergeschäft) und Werkzeitschriften (für die Information der eigenen Belegschaft).

Die Herausgabe einer firmeneigenen Fachzeitschrift ist Aufgabe des technisch-lite-

rarischen Büros. Sie darf nur in der Hand von Ingenieuren (bzw. – je nach der Fachrichtung des Blattes – Mathematikern, Physikern, Chemikern) liegen, und das ist ein weiterer Grund, diese Büros mit Ingenieuren zu besetzen.
Bei der Redaktion von Händlerzeitschriften sollten Ingenieure und Journalisten kameradschaftlich zusammenarbeiten. Hier wird sowohl exakte technische Information als auch eine lockere Art der Darstellung verlangt.
Werkzeitschriften sind dagegen das Feld für den Journalisten; doch kann es nicht schaden, wenn er auch hierfür hin und wieder den Rat eines Kollegen von der technischen Seite anhört.
Ein technisch-literarisches Büro muß recht engen Kontakt mit allen Betriebsabteilungen halten. Es genügt nicht, daß man sich auf die eigene Existenz verläßt und glaubt, die anderen müßten von selbst zu einem kommen. Wenn auch in größeren Firmen feste Vorschriften bestehen für die Abwicklung eines Genehmigungsverfahrens, so muß doch damit gerechnet werden, daß unter dem Zwang eiliger Arbeiten eine Abteilung versäumt, rechtzeitig und vorschriftsgemäß das technisch-literarische Büro einzuschalten. Auch wird häufig vergessen, neue Kollegen, vor allem Jungingenieure, auf diese Dinge hinzuweisen, so daß man immer wieder die Entschuldigung hört: „Davon habe ich nichts gewußt!"

Es genügt auch nicht, mit den Betriebsabteilungen nur schriftlich oder telefonisch zu verkehren. Zumindest der Leiter des Büros, aber auch die Sachbearbeiter sollten einen persönlichen Kontakt zu allen Abteilungen haben und sie regelmäßig besuchen. Nicht nur, daß in einer persönlichen Unterredung manche Frage, aber auch manch ein Mißverständnis leichter geklärt werden kann. Was das Wichtigste ist: Dieser Kontakt schafft eine Vertrauensbasis, die für alle Beteiligten wertvoll ist. Alle Dienststellen des Betriebes müssen das Bewußtsein haben, daß es da ein Büro, eine Gruppe, eine Abteilung gibt, die für sie alle da ist, zu der sie mit ihren Fragen und Sorgen jederzeit kommen dürfen; daß da Kollegen sind, die sie beraten und ihnen den günstigsten Weg weisen, wenn es um das gemeinsame, das betriebliche Interesse geht.

Die Stärke der Besetzung eines technisch-literarischen Büros hängt von der Größe des Unternehmens ab. In Mittelbetrieben mit leicht überschaubaren Verhältnissen mag ein Mann mit einer Hilfskraft genügen. Verkehrt wäre es auf alle Fälle, einen Mitarbeiter mit solcher Aufgabe nebenamtlich zu betrauen. Dafür hängt zuviel Verantwortung an einem solchen Amt. Es würden bestimmt beide darunter leiden, der Mitarbeiter und die Arbeit. Sollte ein Chef der Meinung sein, diese Arbeit würde den Mann nicht auslasten, dann soll er ihm eine zweite Tätigkeit, aber nur als Nebenbeschäftigung, geben, keinesfalls umgekehrt. Denn schließlich ist die literarische Arbeit keine Beschäftigung im stillen Kämmerlein, die etwa zu einem Selbstzweck ausarten könnte. Sie geschieht vielmehr im Interesse und zum Wohle der ganzen Firma, und sie trägt wesentlich dazu bei, das so viel zitierte „Image" der Firma aufzubauen und zu festigen.

Je größer die Firma ist, um so mehr Kräfte müssen auf diesem Gebiet verfügbar sein. Aufgaben wie die Bearbeitung und Herausgabe der Hauszeitschrift oder die Betreuung des betrieblichen Vortragswesens können in diesen Kreis einbezogen werden. Ganz von selbst werden sich so Arbeitsgruppen bilden, die je einen eigenen Gruppenleiter benötigen. Ein solcher muß für ein bestimmtes Ressort zuständig sein, das er – entsprechend den in der Firma geltenden Richtlinien – eigenverantwortlich leitet. So wie die Ressorts unter den Gruppenleitern aufgeteilt und klar gegeneinander abgegrenzt sein müssen, so ist es andererseits günstig, auch den Sachbearbeitern ihr festes Gebiet zuzuweisen, das sie zu bearbeiten haben.
Hier erweist es sich als praktisch, die Firmengliederung auch in das technisch-literarische Büro zu projizieren. Große Firmen sind in viele Bereiche aufgegliedert, die sich bezüglich des Fabrikationsgebietes oft erheblich voneinander unterscheiden. Wenn man – sofern es die Größe der Abteilung erlaubt – jedem Sachbearbeiter einen Firmenbereich zuteilt, dann läßt sich damit zweierlei erzielen. Erstens tritt unter den Mitarbeitern eine gewisse Spezialisierung ein, die sowohl der Urteilsfähigkeit des Sachbearbeiters als auch seinem persönlichen Kontakt mit eben jenem Betriebsbereich zugute kommt. Zweitens kann man die Bearbeiter ihren Neigungen bzw. ihrer Herkunft nach einsetzen. Denn ein jeder hat doch persönliche Interessen auf einem technischen Spezialgebiet, und viele Mitarbeiter eines technisch-literarischen Büros kommen aus dem Betrieb und haben einmal längere Zeit auf einem bestimmten Gebiet gearbeitet, das ihnen nun am meisten vertraut ist.

Aber wie gesagt: auf alle Fälle müssen die Arbeitsgebiete klar abgegrenzt sein. Allerdings dürfen die Schranken dazwischen nicht so hoch werden, daß keiner mehr darüber hinwegzublicken vermag. Urlaub, Krankheit, Dienstreisen, all das sind Anlässe für den Umstand, daß irgendein Arbeitsplatz irgendwann für kürzere oder längere Zeit verwaist ist. Da wird es dann erforderlich, daß sich die Kollegen gegenseitig vertreten. Es muß also jeder so viel Kenntnis von der Arbeit des anderen haben, daß er in eiligen Fällen auch für ihn einspringen kann. Entscheidungen allerdings sollten sich die Kollegen im allgemeinen gegenseitig nicht abnehmen; hier muß der Gruppenleiter eingreifen.

Die persönlichen Kontakte sollten aber nicht nur intern bestehen. Vielmehr ist es wichtig, sie auch außerhalb der Firma zu pflegen. Man sollte den Mitarbeitern, wenigstens aber den Gruppenleitern, erlauben, hin und wieder die Schriftleitung einer Fachzeitschrift zu besuchen. Man sollte vor allem auf Messen und Ausstellungen auch Angehörige des technisch-literarischen Büros schicken; nirgendwo sonst bekommen sie eine umfassendere Bekanntschaft mit den Vertretern der Fachpresse. Diese sind andererseits erfreut, wenn sie während der Zeit, wo sie ohnehin die Messe besuchen, möglichst vielen „Kollegen von der anderen Seite“ begegnen, um ihnen ihre Wünsche oder Klagen vorzutragen oder zumindest die persönliche Bekanntschaft zu festigen.

Eine solche Bekanntschaft hat ja immer zwei Aspekte. Der Vertreter eines literarischen Firmenbüros sucht geeignete Zeitschriften, die ihm die literarischen Erzeugnisse seiner Firma abnehmen, um sie zu veröffentlichen: Fachaufsätze, kurze Mitteilungen, Presseinformationen. Die Vertreter der Zeitschriftenredaktionen müssen ihre Spalten mit Lesestoff füllen, der für die Bezieher der Zeitschrift wertvoll ist. Sie suchen also geeignete Partner, die ihnen dieses Material verschaffen. Da nun Vertreter beider Seiten in reicher Zahl auf Messen anwesend sind, entwickelt sich stets eine Art Börse mit technisch-literarischen Artikeln, die sehr lebhaft ist. Wer hier abseits steht, indem er seine Mitarbeiter daheim einsperrt, ist selber schuld, wenn er wertvolle Gelegenheiten verpaßt.

Noch ein Wort zu der Arbeit im heimischen Betrieb. Vorgänge wie das Genehmigungsverfahren für Fachaufsätze haben es in sich, daß sie aus einer Reihe von Teilvorgängen bestehen, die sich stets in der gleichen Art wiederholen. Rationalisierung der Arbeit ist das Gebot der Stunde. Um den Mitarbeitern, vor allem aber den heutzutage knappen Hilfskräften die Arbeit zu vereinfachen und um jederzeit eine Kontrolle über den vollständigen Ablauf eines Vorgangs zu haben, empfiehlt sich die weitgehende Einführung von Formularen und Vordrucken. In der Praxis hat sich folgendes bewährt:

a) Verfasserkartei

Jedes eingehende Manuskript bekommt eine Karteikarte, auf der alle Vorgänge, die bei der Bearbeitung anfallen, festgehalten werden:

Nummer des Aufsatzes,
Titel und Name des Verfassers,
seine Dienststelle mit Rufnummer,
Titel des Aufsatzes,
Name der in Aussicht genommenen Zeitschrift.

Dann folgt eine Liste derjenigen Betriebsstellen, die das Manuskript genehmigen bzw. sich dazu äußern müssen. Hin- und Rücksendung werden mit Datum festgehalten; ggf. kommen dazu Vermerke über Zustimmung oder Kritik (in Form von Zeichen, nicht mit Worten).

Ebenfalls mit Datum werden in besonderen Feldern auf der Karte festgehalten:

Absendung an die Zeitschrift,
Bestätigung oder Ablehnung durch die Schriftleitung,
Eingang und Weitergabe der Korrekturbogen an den Verfasser,
Rückgabe der Korrekturbogen an die Schriftleitung.

Erforderlichenfalls kann auch ein Vermerk über die Anzahl der gewünschten Sonderdrucke aufgenommen werden.

An den Schluß der Karte gehört ein Feld für den Schrifttumsvermerk. Wenn der Aufsatz erschienen ist, werden hier Jahrgang, Jahreszahl, Heftnummer und Seitenzahl angegeben. Dieser Hinweis bezeichnet den Abschluß des Vorgangs; er ist außerdem wichtig für eventuelle spätere Nachforschungen oder für eine Betriebsstatistik über die literarische Tätigkeit.
Geordnet werden diese Karteikarten alphabetisch nach den Namen der Verfasser.

b) Zeitschriftenkartei

Jedes eingehende Manuskript wird gleichzeitig in eine andersfarbige Karteikarte eingetragen, an deren Kopf der Name der Zeitschrift steht. Diese Eintragung enthält nur die Nummer des Aufsatzes, den Verfassernamen und den Aufsatztitel. Untereinander stehen hier alle Aufsätze, die im Laufe der Zeit an diese Zeitschrift eingesandt werden.
Egal von welcher Seite jetzt eine Anfrage kommt: über Verfasserkartei oder Zeitschriftenkartei ist der laufende Vorgang, der in einer Mappe verwahrt ist, immer leicht zu finden. Bewährt haben sich Mappen einer Hängeregistratur, die in einem Spezialschrank nach Aufsatznummern geordnet aufbewahrt werden.

c) Vordrucke für den Schriftverkehr

Für die verschiedenen Bearbeitungszwecke muß eine Reihe verschiedener Vordrucke vorrätig gehalten werden. Es sind dies:

Eingangsbestätigung an den Verfasser,
Genehmigungsformular zum Einsenden des Manuskripts an die Betriebsstellen (mit angehängtem zweitem Formular für die Rücksendung, zum Eintragen des Urteils),
Mitteilung an den Verfasser, daß der Aufsatz an die Zeitschrift eingesandt worden ist,
Formular für Zusendung der Korrekturbogen an den Verfasser;
ggf. Formular für die Übersendung des Belegexemplars mit dem abgedruckten Aufsatz an den Verfasser.

Für den Verkehr mit der Schriftleitung der Zeitschrift müssen natürlich Briefe geschrieben werden. Jede überflüssige Floskel ist zu vermeiden; knappe und klare Ausdrucksweise fördert die Bereitschaft zur Zusammenarbeit.

2.8 INHALT UND NIVEAU DES MANUSKRIPTS

Bis hierher ist ausführlich über die formalen Dinge gesprochen worden. Der Leser, der sich aufmerksam durch die vielfältigen Erörterungen hindurchgearbeitet hat, besitzt nun ein tieferes Wissen um all die Äußerlichkeiten, mit denen die Anfertigung und die Abfertigung eines Aufsatzes leider verbunden sind. Wenn ihm auch längst noch nicht alles in Fleisch und Blut übergegangen ist, so weiß er doch wenigstens, wo er im Zweifelsfalle nachschlagen kann, um sich zu informieren.

Aber das alles nützt ihm doch nur sehr bedingt. Wenn die Form nicht den rechten geistigen Inhalt umschließt, so gleicht das einem kostbaren Kelch, der statt mit edlem Wein mit einem schalen Getränk gefüllt ist. Über das „Wie“ der schriftlichen Aussage eines Ingenieurs ist genug gesagt worden; das „Was“ haben wir dabei stillschweigend vorausgesetzt. Und gerade das ist das Wesentliche. Äußere Formalitäten und Verhaltensweisen kann man lernen. Aber wie verhält man sich, wenn der Geist gerade dann nicht wehen will, wenn man ihn am nötigsten braucht?

Eugen Roth, der die menschlichen Schwächen so humorvoll bloßgelegt hat, widmete einmal diesem Problem die folgenden Zeilen:

Ein Mensch sitzt kummervoll und stier
Vor einem weißen Blatt Papier.
Jedoch vergeblich ist das Sitzen –
Auch wiederholtes Bleistiftspitzen
Schärft statt des Geistes nur den Stift.
Selbst der Zigarre bittres Gift,
Kaffee gar, kannenvoll geschlürft,
Den Geist nicht aus den Tiefen schürft,
Darinnen er, gemein verbockt,
Höchst unzugänglich einsam hockt.
Dem Menschen kann es nicht gelingen,
Ihn auf das leere Blatt zu bringen.
Der Mensch erkennt, daß es nichts nützt,
Wenn er den Geist an sich besitzt,
Weil Geist uns ja erst Freude macht,
Sobald er zu Papier gebracht.

Wie ist es denn nun? Kann man dem Geist befehlen, oder kann man ihn so trainieren, daß er zur gewünschten Stunde das Gewünschte von sich gibt? Nun, Übung macht, wie in so vielen Dingen, auch hier den Meister. Wer einige Grundregeln befolgt und systematisch trainiert, der wird überrascht sein, wieviel leichter er Erfolge erringt. Die große Kraftanstrengung oder der gewaltige Anlauf machen es nicht. Wer als ein Ingenieur heutzutage im Berufsleben steht, täglich womöglich nicht nur von einer, sondern von vielen Aufgaben umgetrieben wird, vielleicht noch dauernd Überstunden leistet, der kann sich unmöglich hinsetzen und in einem Zuge einen ausgereiften Aufsatz schreiben.

Der erste Schritt heißt: Entspannen. Weg von dem Druck einer Aufgabe, die den Geist soeben noch ganz gefangen hielt. Ein paar Minuten tatenlos zum Fenster hinaussehen und das Geschehen draußen unbeteiligt vorüberziehen lassen[1]. Oder auf den Gang hinausgehen und ein paar Schritte tun. Auf alle Fälle: abschalten. Wer dies befolgt, wird überrascht feststellen, daß ihm plötzlich Gedanken zum Thema kommen, die er während seiner angespannten Arbeit nie gehabt hätte.

Der zweite Schritt: Jeden Gedanken, und sei es nur ein Gedankensplitter, der mit dem Aufsatzthema in irgendeinem Zusammenhang steht, sofort aufschreiben. Auch das, was einem sonst im Laufe des Tages hierzu einfällt, alles untereinander auf ein Blatt Papier notieren. Wer erst einmal damit anfängt, der wird erstaunt sein, wieviel in kurzer Zeit zusammenkommt. Natürlich steht jetzt noch alles kunterbunt durcheinander. Es hat auch keinen Zweck, in diesem Stadium eine Ordnung erzwingen zu wollen, wenn einem nicht gerade ein Geistesblitz geschenkt wird, der vielleicht schon einen zusammenhängenden Abschnitt gebiert.

Der dritte Schritt: Wenn auf die vorher geschilderte Weise genügend Stoff beisammen ist, empfiehlt es sich, die Notizen erst einmal grob vorzusortieren. Inhaltlich Zusammengehöriges wird vor der Zeile mit gleichen Ziffern oder, was noch besser ist, mit gleichfarbigen Zeichen markiert. Dann wird alles, was zu einer Ziffer oder einer Farbe gehört, jeweils auf ein besonderes Blatt geschrieben, wobei man nun den Inhalt eines jeden Blattes tunlichst noch einmal in sich sortieren wird. So kristallisiert sich langsam etwas heraus, das man als Gerüst des kommenden Ganzen bezeichnen kann. Wenn dann jedes Blatt noch eine passende Überschrift erhält, so sind die Vorbedingungen für den nächsten Schritt gegeben.

Der vierte Schritt: Die durch die Überschriften gegebenen Ordnungspunkte zueinander in Beziehung setzen, d. h., eine Gliederung aufstellen. Bei dem Wort Gliederung werden in manchem sicherlich Erinnerungen wach an die eigene Schulzeit. Was so ein richtiger Deutschlehrer war, der hat uns damit geplagt, daß wir üben mußten, für allerhand Themen eine Gliederung aufzustellen. Dies war zwar eine ziemlich freudlose und trockene Angelegenheit; sie war aber eine wertvolle Übung, weil sie zu logischem Denken erzog und uns befähigte, einen gedanklichen Ablauf klar zu formulieren. Das möge uns jetzt zugute kommen. Auch wer ein begnadeter Schreiber ist und auf die drei ersten Schritte verzichten kann: an dieser Klippe kann er sich nicht vorbeidrücken; eine Gliederung muß er entwerfen. Dafür darf er sich dann hinterher bemühen, dies Gerippe mit Stoff zu umkleiden.

Der fünfte Schritt: Der Verfasser, der alle vier bisherigen Schritte getan hat, verfügt jetzt bereits über eine ganze Menge Material. Er kann nun daran gehen, an Hand des schon gesammelten Stoffes die einzelnen Punkte der Gliederung textlich auszuarbeiten. Hierbei wird er sehr schnell merken, wo noch Lücken in seinem eigenen Wissen

---

1 Wie sagte der kluge Vorgesetzte zu seinem Mitarbeiter, der brütend vor einem Blatt Papier saß?: „Stieren Sie doch nicht bloß immer auf dieses blöde Blatt. Schauen Sie lieber zum Fenster hinaus, und lassen Sie sich was einfallen!“

sind, die er durch zusätzliche Informationen schließen muß. Er wird also in Fachbüchern und Zeitschriften nachschlagen, sich bei Kollegen erkundigen u. dgl.
So wächst langsam der Text zu einem richtigen Aufsatz zusammen. Wer seiner Sache nicht ganz sicher ist, lasse sein Konzept von der Schreibdame erst einmal provisorisch und später noch einmal endgültig ins reine schreiben. Die erste Fassung sollte zweizeilig (s. S. 41) geschrieben werden, damit zwischen den Zeilen genügend Platz ist für nachträgliche Änderungen, die durchaus umfangreich sein dürfen. Wenn der Text dann fertig überarbeitet ist, wird er für die Schriftleitung endgültig 1 ½ zeilig geschrieben.
Es ist eine alte Erfahrung: Wer beim Schreiben vielleicht gerade keinen guten Tag hat, um den richtigen Ausdruck ringt, laufend streicht, ändert, darüberschreibt, Fußnoten anhängt, der verliert schließlich die Übersicht über den Zusammenhang des Textes und kann sein eigenes Erzeugnis selbst nicht mehr beurteilen. Erst wenn er dann den gleichen Text in Reinschrift vor sich sieht, kann er stilistische Unebenheiten aufspüren; er merkt, wo Gedankensprünge sind und wo er sich in seinen Ausführungen vielleicht etwas exponiert hat. Dann wird es wieder einfacher, solche Stellen geradezurücken und das Werk gewissermaßen mit Politur zu versehen. Das wiegt die Mühe der doppelten Reinschrift auf und ist hundertmal besser, als wenn dem Verfasser die Unebenheiten erst beim Korrekturlesen auffallen.

Das Niveau des Aufsatzes muß dem Leserkreis der Zeitschrift angepaßt werden. Ob die Arbeit von einem Kreis von Wissenschaftlern und Forschern gelesen werden soll, ob von Betriebsingenieuren oder von Elektromeistern oder vielleicht von Hausfrauen: für jeden Kreis muß sie etwas Neues und Lesenswertes bringen, keiner darf durch die Art der Darstellung überfordert werden. Damit ist klar, daß eben die Art der Darstellung in jedem Falle grundlegend anders sein muß. Es ist zu empfehlen, daß der Verfasser sich vor Beginn seiner Arbeit über die Zusammensetzung des Leserkreises informiert. Die Schriftleitung wird ihm gerne Auskunft geben. Leider haben viele Verlage die Angewohnheit, hinter einem solchen Ersuchen die Bereitschaft zum Aufgeben einer Werbeanzeige zu wittern. Den Werbeleiter einer Firma, der den Anzeigenetat verwaltet, interessiert nämlich das gleiche Problem, und auch er begehrt zu wissen, welche Leserkreise er mit einer Anzeige in diesem Blatt erreicht.

Der Stil des Aufsatzes sei ungekünstelt und aussagekräftig. Mit schwülstigen Ausdrücken und hohlen, inhaltsarmen Sätzen kann man keinen Leser bei guter Laune halten. Im Gegenteil: leeres Geschwafel verleitet zum raschen Weiterblättern. Wer technische Dinge präzise erläutern will, gerät leicht in Gefahr, Bandwurmsätze zu bilden. Wenn solch ein Ungetüm fertig ist – und erst dann erkennt man es gewöhnlich –, dann zerhacke man es sofort in mindestens zwei Teile. Es gibt kaum Schlimmeres als Sätze mit unzähligen Kommas, die einen Haufen Nebensätze begrenzen, und am Schluß des Satzes hat man buchstäblich vergessen, wie er eigentlich angefangen hat. Es ist eine glatte Zumutung an den Leser, wenn er solch Ungeheuer

zwei- oder dreimal lesen muß, ehe er es inhaltlich verdaut hat. Nach einigem Üben gelingt es dem Verfasser sicher, solche Bandwurmsätze in mehrere kurze Partien aufzuteilen, die zwar gedanklich miteinander verbunden, aber grammatisch selbständig sind (s. a. S. 35, Absatz 4).
Auch ein ungeübter Verfasser kann sich selbst erfolgreich daraufhin prüfen, ob sein Text lesbar ist oder nicht. Es gibt ein ganz einfaches Mittel: Er muß sich sein Manuskript selbst laut vorlesen, und zwar so, als ob er im Rundfunk einen Vortrag hielte (wo ja bekanntlich auch abgelesen wird; daß das auch bei anderen Vorträgen geschieht, möchten wir trotz der Häufigkeit dieser Erscheinung nicht als eine Regel ansehen). Mit betonter Absicht ist von einem Vortrag gesprochen worden. Wenn der Verfasser soviel Einbildungskraft hat, daß er nicht nur vor„liest", sondern tut, als spräche er zu jemand, dann wird er sehr schnell merken, welche Stellen schwer sprechbar sind. Genau diese Stellen machen auch beim Lesen Schwierigkeiten; hier ist dann eine stilistische Verbesserung nötig.
Beim Schreiben und erst recht beim nachherigen Lesen muß der Verfasser sich stets in die Mentalität des Lesers hineindenken. Erst recht, wenn der Verfasser ein Spezialist ist, muß er sich sorgsam davor hüten, nur für Spezialisten zu schreiben. Der andere, der es liest, der soll es verstehen, nicht der Autor.

Oft ist es sogar zweckmäßig, allgemeinverständlich für den Nichtfachmann zu schreiben, damit dieser sich auch über Nachbargebiete seines Arbeitsfeldes unterrichten kann. Nichts ist schlimmer, als wenn ein Ingenieur im Laufe der Berufsjahre einseitig wird und nur noch versteht, womit er unmittelbar zu tun hat. Diese Gefahr besteht wohl allgemein. Aber wo findet ein Spezialist die Gelegenheit, sich ohne großen Zeitaufwand und mit wenig Mühe über den Stand des Wissens auf fremden Gebieten zu unterrichten? Er wird zutiefst dankbar sein, wenn es andere verstehen, ihm in allgemeinverständlicher Form das Wesentliche derart darzubieten, daß seine Erkenntnis davon bereichert wird.

Noch etwas Wichtiges sollte unbedingt beachtet werden. Zu den Nichtfachleuten, die angesprochen werden sollen, gehören auch Personen, die bei der Erteilung von Aufträgen Entscheidungsbefugnis haben. Sie müssen oft über große Beträge verfügen, haben aber nicht die Spezialkenntnisse, um eine neue Technik zu verstehen oder gar ihren praktischen Wert zu beurteilen. So sind sie vielfach auf das Urteil nachgeordneter Stellen angewiesen. Sie sind deshalb dankbar, wenn jemand die Gabe hat, ihnen eine fremde Materie so aufzubereiten, daß sie sie verstehen, soweit dies für ihre Entscheidungen erforderlich ist. Natürlich hat nicht jeder diese Gabe. Aber ebenso, wie man eine Anlage im Menschen verkümmern lassen kann, so kann man auch eine kleine Gabe durch Übung und bewußten Gebrauch entwickeln. Nicht erst, wenn eine Firma in Verhandlungen über einen in Aussicht stehenden Auftrag eintritt, soll diese Kunst der allgemeinverständlichen Darstellung angewandt werden. Gerade der Fachaufsatz, der anschaulich über neue Techniken berichtet und der in die Hände von leitenden Männern der Wirtschaft kommt, kann u. U. bis dahin verschlossene Türen öffnen.

2.9 DAS VERFASSERHONORAR

Nach all diesen zeitraubenden Prozeduren kommt schließlich doch der Augenblick, wo der Aufsatz gedruckt in einer Zeitschrift erscheint. Viele Verlage (aber nicht alle!) haben die Gepflogenheit, den Verfasser für seine Mühen zu belohnen. Diese Belohnung bekommt er in der Form des Verfasserhonorars. Eine Entlohnung ist das jedoch nicht. Wollte man etwa den Honorarbetrag durch die Zahl der Stunden dividieren, die für die Arbeit nötig waren, so käme wahrscheinlich ein Stundenlohn heraus, für den heute nur noch Hilfskräfte zu haben wären. Die geistige Arbeit wird unter gar keinen Umständen leistungsgerecht bezahlt. Zusätzlich muß der Verfasser schon eine Portion Ehre darin erblicken, daß seine Arbeit der Öffentlichkeit vorgestellt und daß sein Name bekanntgemacht wird. Darauf deutet schließlich auch die Bezeichnung „Honorar" hin (lat. honor = die Ehre). Der Verfasser betrachte also sein Honorar als ein „Ehrengeld".

Weiter ist zu bedenken, daß die Veröffentlichung in den Fällen, wo der Verfasser einem Unternehmen als Angestellter angehört, auch meist dem Unternehmen nützt. Deshalb ist es auch durchaus in Ordnung, wenn die Firma dem Verlagshonorar von sich aus noch etwas zulegt. Sie tut das im eigenen Interesse, denn dadurch fördert sie die Bereitschaft ihrer Ingenieure, aus ihrem Arbeitsgebiet zu berichten. Das ist eine Tätigkeit, zu der diese vertraglich meist nicht verpflichtet sind. Machen wir uns doch nichts vor: Bei der derzeitigen Beschäftigungslage ist niemand mehr imstande, während des Dienstes noch literarisch tätig zu sein. Das wird vielmehr zu einer Art Freizeitbeschäftigung, der nicht nur die Feierabende, sondern auch so manches Wochenende zum Opfer fallen. Es ist daher kein Zeichen weitsichtiger Politik, wenn man diese Opfer quasi für selbstverständlich annimmt und es nicht für nötig hält, wenigstens in bescheidenem Maße sich für eine solche Extratätigkeit irgendwie erkenntlich zu zeigen.

Wie schon erwähnt: Nicht einmal alle Zeitschriften zahlen ein Verfasserhonorar. Gerade die Verlage bedeutender wissenschaftlicher Zeitschriften pflegen dies nicht zu tun, da wegen der relativ kleinen Auflage und der geringen Einnahmen aus dem Anzeigengeschäft finanziell keine Möglichkeit hierfür gegeben ist. Sie pflegen aber dafür dem Verfasser eine Anzahl (bis 75) Fortdrucke seiner Arbeit kostenlos zuzusenden, über die er dann nach Belieben im Kollegen- und Bekanntenkreis verfügen kann.

Über die Höhe des Verfasserhonorars können aus verständlichen Gründen hier keine Zahlenangaben gemacht werden. Einheitliche Werte gibt es überdies nicht, und die Beträge schwanken stark je nach Verlag und Zeitschrift. Sie sind natürlich auch von der Höhe der Auflage und der Bedeutung der Zeitschrift abhängig.

Für den Zeitraum bis zur Honorarzahlung muß der Verfasser etwas Geduld aufbringen. Die Schriftleitung gibt die Unterlagen, wenn das betreffende Heft ausgeliefert ist, an die Buchhaltung des Verlages. Diese rechnet Verfasserhonorare in gewissen Zeitabständen ab und weist dann die Beträge an. So vergehen meist 6 Wochen seit dem Erscheinen des Aufsatzes, bis die Geldanweisung beim Verfasser eintrifft. Es hat keinen Zweck, vorher ungeduldig zu werden.

Wichtig ist vielmehr, daß der Verfasser bereits beim Einsenden des Manuskripts auch an diese Dinge denkt und der Schriftleitung Angaben über sein Konto macht: die Nummer seines Postscheckkontos oder, falls er ein Bankkonto hat, den Namen und die Postschecknummer der Bank und dazu die Nummer seines Bankkontos.

2.10 SONDERDRUCKE

Es gibt für eine Firma keine Möglichkeit, billiger zu Werbedruckschriften zu kommen, als wenn sie von Fachaufsätzen Sonderdrucke herstellen läßt. Der komplette Satz (Text und Bilder) befindet sich gebrauchsfertig in der Druckerei. Wird er nach dem Druck der Zeitschrift noch für andere Zwecke weiterverwendet, so spart man dafür ein nochmaliges Setzen, die Reproduktion der Bilder und die Korrekturkosten. Jeder Verlag hat übrigens ein Interesse daran, aus dem vorhandenen Satz weiteren Nutzen zu ziehen.

Für Sonderdrucke gibt es vielfache Verwendungsmöglichkeiten: man kann sie Angeboten beilegen, an Interessenten verschicken, auf Ausstellungen auslegen und schließlich für den Firmengebrauch in Informationsmappen sammeln, die den Akquisiteuren, den Außenstellen oder auch anderen Abteilungen des Hauses zur Verfügung gestellt werden.

Um bösen Überraschungen vorzubeugen, sollte die Absicht, Sonderdrucke zu beziehen, der Schriftleitung rechtzeitig mitgeteilt werden, spätestens jedoch beim Zurücksenden der Korrekturabzüge. Es gibt nämlich Druckereien, die nehmen unmittelbar nach Beendigung des Druckes den Maschinensatz auseinander und schmelzen die Textzeilen wieder ein, sofern keine gegenteilige Anweisung vorliegt. Sie gewinnen damit im Lager den Platz, den der Stehsatz einnimmt, und können das Letternmaterial wieder für die Anfertigung neuen Satzes verwenden. Ist aber der Stehsatz auseinandergenommen, dann wird für einen zweiten Druck Neusatz erforderlich, oder aber man läßt mit Hilfe des fotochemischen Verfahrens ein Abbild des Satzes herstellen, von dem dann im Offset nachgedruckt werden kann. Voraussetzung hierfür ist ein völlig einwandfreies Exemplar des Erstdruckes als Reproduktionsvorlage. Arbeitet die Druckanstalt nicht mit Maschinensatz, sondern mit Fotosatz, dann ist die Vorlage für den Offsetdruck bereits vorhanden. Auch in diesem Fall sollte aber der Anspruch auf Sonderdrucke rechtzeitig angemeldet werden.

Eine Entscheidung über die Höhe der Auflage muß man zu diesem Zeitpunkt noch nicht treffen. Es genügt, Alternativstückzahlen anzugeben, für die der Verlag ein

Angebot liefert. Auf Grund dieser Preise kann dann der endgültige Entschluß gefaßt werden. Zu warnen ist jedoch vor übertriebener Sparsamkeit. Es wird billiger, gleich ein paar Hundert Sonderdrucke mehr zu bestellen, als nach wenigen Monaten zu einem Nachdruck gezwungen zu sein, weil der kleine Vorrat schneller dahingeschwunden ist als ursprünglich vermutet.
Bei Auflagen unter 100 Stück wird der Stückpreis zu teuer. Es lohnt nicht, solche kleinen Mengen in einem besonderen Druckgang herzustellen. Wenn daher weniger als 100 Stück gewünscht werden, soll man sich mit Fortdrucken (Aushängebogen) begnügen und dies rechtzeitig dem Verlag mitteilen. Dann werden zusammen mit der Zeitschrift entsprechend viele Exemplare mehr gedruckt. Da dies keinen besonderen Aufwand erfordert, werden Fortdrucke sehr billig.
Sie haben allerdings einen Nachteil: Fortdrucke sind keine grafisch ansprechenden Druckschriften. Sie sind einfach unveränderte Bogen oder Seiten aus der Zeitschrift. Sofern der gewünschte Aufsatz nicht zufällig auf einer rechten Seite oben anfängt, enthalten sie auch noch den (unerwünschten) Schluß des vorangehenden Aufsatzes, evtl. auch den Anfang des folgenden. Die Seitenzahlen stimmen mit denen des Zeitschriftenheftes überein, wogegen man einen echten Sonderdruck mit 1 beginnend paginiert.

Als selbständiges Druckwerk muß der Sonderdruck auch ein besonderes Gesicht bekommen. Verfasser, die auf eigene Faust Sonderdrucke bestellen und deren Ausführung dem Verlag überlassen, geraten leicht mit ihrer Firma in Konflikt. In den meisten Firmen erläßt die Werbeabteilung gewisse Richtlinien, um den Werbedruckschriften ein einheitliches, ansprechendes und werbewirksames Firmengesicht zu geben. Entweder bekommt also der Sonderdruck einen eigenen Titelkopf oder gar eine textfreie Titelseite. Diese beiden enthalten außer dem Firmennamen (und Firmenzeichen) sämtliche vom Quellenhinweis bekannten Angaben, dazu eine Druckschriftennummer. Um diese Dinge soll sich ein Verfasser aber nicht mehr kümmern. Die grafische Gestaltung eines Sonderdrucks ist Sache der Werbeabteilung; sie muß dem Verlag auch die für die Herstellung nötigen Angaben machen.

Im allgemeinen soll der Sonderdruck den unveränderten Text des Aufsatzes enthalten. Da aber zwischen dem Erscheinen der Zeitschrift und der Herstellung des Sonderdrucks meist noch einige Wochen vergehen, kann es um der Aktualität des Inhalts willen nötig werden, geringe Änderungen vorzunehmen, die durch die technische Weiterentwicklung bedingt sind. Bilder können gegen neue, bessere ausgetauscht werden, auf die Titelseite kann ein großes (farbiges) Anlagenbild kommen, und freier Raum auf der letzten Seite kann durch werbliche Eintragungen ausgenutzt werden. Das alles verändert den Charakter des Sonderdrucks in keiner Weise. Nur wenn im Textteil größere Partien geändert werden, darf es im Titel nicht mehr heißen „Sonderdruck aus (Name der Zeitschrift)“, sondern es muß stehen „Veränderter Sonderdruck aus . . .“ oder „Erweiterter Sonderdruck aus . . .“.

Manche Sonderdrucke werden auch zum Verteilen auf Tagungen oder Kongressen benutzt. Sie müssen also zu einem festen Termin verfügbar sein. Sollte sich aber die Veröffentlichung des Aufsatzes aus redaktionellen Gründen über diesen Termin hinauszögern, so gibt es nur noch ein Mittel: die Sonderdrucke vor der Zeitschrift herstellen. Zwar sehen nicht alle Schriftleitungen es gern, wenn deren Inhalt auf diese Weise vorveröffentlicht wird, doch stimmen viele Verlage aus Kulanz einem solchen Verfahren zu.

2.11 KURZER LEITFADEN FÜR VERFASSER VON FACHAUFSÄTZEN

Für Benutzer dieses Buches, die sich noch einmal kurz über Einzelheiten informieren wollen oder die während der Anfertigung eines Manuskripts eine knappe Übersicht der wichtigsten Regeln benötigen, sind aus den vorangegangenen Abschnitten dieses Kapitels die wichtigsten Angaben stichwortartig zusammengefaßt. Die Seitenzahl dahinter gibt jeweils an, wo zu den einzelnen Punkten im Haupttext nähere Erläuterungen zu finden sind.

- Technisch-wissenschaftliche Veröffentlichungen – Richtlinien für die Gestaltung: DIN 1422 (S. 39).
- Äußere Form des Manuskripts (S. 40).
  Schreibmaschinenpapier im Format A 4 (mit mehreren Durchschlägen). Einseitig beschreiben. Zeilenabstand eineinhalb- bis zweizeilig. Linker Rand 4 cm breit.
- Überschrift (S. 42)
  enthält Titel und vollen Namen des Verfassers sowie einen kurzbemessenen Aufsatztitel.
  Dazu als Fußnote Angaben über berufliche Stellung und Arbeitgeber des Verfassers.
- Übersicht bzw. Einführung (S. 43 u. 44)
  vor Beginn des Textes: kurzgefaßte Information zum Aufsatzinhalt.
- Aufsatztext (S. 44).
  Umfang: normalerweise 6 bis 8, bei wissenschaftlichen Arbeiten höchstens 20 Schreibmaschinenseiten (S. 44 u. 45).
  Im Text keine Werbung. Firmennennung nur im Bildhinweis (S. 45 u. 46).
  Hervorheben von Wörtern und Satzteilen durch Kursivdruck (S. 47).

  Gliederung in Abschnitte mit Zwischenüberschriften; Abschnitte in kürzere Absätze unterteilen (S. 47).
  Rechtschreibung nach Duden Band 1 (S. 48).
  Formeln deutlich von Hand mit Tinte oder Tusche in das Manuskript einsetzen. DIN 1338 beachten. Wichtige Formeln am rechten Rand laufend numerieren; diese Zahlen in Klammern setzen (S. 49).

Hinweise auf Bilder, Tabellen und Schrifttum in laufenden Manuskripttext einsetzen; dabei Nummern für Bilder und Tabellen in ( ), Nummern für Schrifttumshinweise in / / einschließen (S. 50).
Auf Fußnoten wird durch Hochziffern verwiesen (S. 50).

- Zusammenfassung (S. 51).
  Kurze Rückschau mit Wiederholung der Hauptgedanken.
- Tabellen (S. 51)
  auf besondere Blätter schreiben. Sie bekommen laufende Nummer und Überschrift.
  Anordnung entweder stehend (Kopf oben, Inhalt in Spalten darunter) oder liegend (Kopf links, Inhalt in Zeilen daneben).
  Maßeinheiten gehören in Spalten- oder Zeilenkopf.
- Schrifttum (S. 53)
  möglichst auch auf besondere Blätter schreiben.
  Angaben korrekt und vollständig machen. Hierzu DIN 1505 beachten.
- Bildunterschriften (S. 57)
  auf besondere Blätter schreiben, keinesfalls auf die Bilder oder in den Aufsatztext.
  Bilder laufend numerieren; vor der Nummer „Bild" statt „Abbildung".
  Hinter Unterschriftstext keinen Punkt setzen.
  Erläuterungen zu Bildeinzelheiten nicht in das Bild, sondern in eine Legende unter der Bildunterschrift bringen.
- Bildmaterial (S. 58)
  lose beilegen, niemals einkleben. Auf die Rückseite Verfassernamen und jeweilige Bildnummer schreiben.
  Fotos: Hochglanzvergrößerungen 13 cm x 18 cm, evtl. 18 cm x 24 cm.
  Retuschen nur, soweit nötig. Retuschewünsche auf transparentem Deckblatt eintragen (S. 59).
  Zeichnungen: Klischeezeichnungen extra anfertigen lassen. Hierfür DIN 6774, Teil 4 beachten. Strichbreite und Schriftgröße dem Verkleinerungsmaßstab entsprechend wählen (S. 60).
- Korrekturen (S. 63).
  Manuskript: in laufenden Text hinein verbessern (S. 46).
  Korrekturabzüge: Korrekturzeichen gemäß DIN 16 511 benutzen (s. Anhang dieses Buches). Korrekturen in Buntfarbe im Text anzeichnen, am Rand deutlich lesbar Art der Korrektur ausschreiben.
  Setzfehler berichtigen, möglichst keine Textänderungen vornehmen.
  Korrekturfahnen nicht zerschneiden.

Bildandrucke prüfen und an zugehöriger Stelle auf den Rand der Korrekturfahnen kleben.
Fertige Korrekturen mit Druckreif-Vermerk versehen und an Schriftleitung zurückschicken.

- Sonderdrucke (S. 79).
  Wunsch nach Sonderdrucken spätestens bei Rücksendung der Korrekturabzüge der Schriftleitung mitteilen. Bei weniger als 100 Stück nur Fortdrucke bestellen, sonst Angebot für mehrere Alternativstückzahlen an Sonderdrucken erbitten.
  Grafische Gestaltung von Sonderdrucken der Werbeabteilung überlassen.
- Stilistische Gestaltung (S. 35 u. 73 – 78):
  „Kurzgefaßte Grundregeln für das Anfertigen von technischen Schriftsätzen“; „Inhalt und Niveau des Manuskripts“.

3. Grammatik

Es ist nicht der Sinn dieses Kapitels, dem Leser einen umfassenden Lehrgang für die richtige Anwendung der deutschen Grammatik zu bieten. Zum ersten darf vorausgesetzt werden, daß ein Ingenieur, der Schriftsätze zu verfassen hat, über das nötige grammatische Rüstzeug verfügt. Zum anderen gibt es ausgezeichnete Lehrbücher über dieses Thema, die in der Lage sind, Zweifelsfragen klären zu helfen.
Immerhin zeigen Erfahrungen aus der Praxis, daß es immer wiederkehrende Fehler gibt, die teils aus Unsicherheit, teils aus Unwissenheit gemacht werden. Die folgenden Ausführungen sollen daher anhand von ein paar Beispielen einige der am häufigsten verletzten Regeln ins Gedächtnis zurückrufen. Sie möchten auf diese Weise dazu beitragen, daß derartige Fehler in Zukunft vermieden werden.

3.1 ZEICHENSETZUNG

In diesem Abschnitt sollen uns nur zwei Satzzeichen beschäftigen, bei denen die Unsicherheit im Gebrauch wohl am größten ist: das Komma und das Semikolon.

3.1.1 DAS KOMMA

Das Komma, auch Beistrich genannt, erfüllt bei einem geschriebenen Satz die Aufgabe der grammatischen Gliederung – im Gegensatz zu einer Rede, die durch Betonung und Sprechrhythmus gegliedert wird. Über den Gebrauch des Kommas sind ganze Broschüren geschrieben worden, die sich nur diesem einen Thema widmen. Wen nach einer gründlichen Anleitung verlangt, der kann Derartiges in jeder guten Buchhandlung erwerben. Und doch erlebt man es täglich, daß beim Schreiben nirgendwo so viel gesündigt wird wie beim Setzen oder Weglassen von Kommas. Anstelle umfangreicher Ausführungen sollen hier nur einige der wichtigsten Regeln folgen.

3.1.1.1 KOMMA ZWISCHEN SATZTEILEN

a) In Aufzählungen werden die Glieder durch Kommas getrennt:

   Lithium, Natrium, Kalium und Rubidium gehören zur Klasse der Alkalimetalle.

b) Mehrere grammatisch gleichwertige Eigenschafts- bzw. Mittelwörter, die vor einem gemeinsamen Hauptwort stehen (Beifügungen gleichen Grades), werden voneinander durch Komma getrennt:

   Die einfache, gefällige Form hat bei den Abnehmern großen Anklang gefunden.
   Der blanke, schwach gelbliche Saft wird über Aktivkohle gefiltert.
   Das Spurplanstellwerk wird aus einheitlichen, universell verwendbaren Bausteinen zusammengesetzt.

Merke: Ein Komma ist immer dann zu setzen, wenn die aneinandergefügten Eigenschafts- oder Mittelwörter sinngemäß auch durch ein *und* verbunden werden könnten.

c) Ein Komma darf *nicht* gesetzt werden, wenn das unmittelbar vor dem Hauptwort stehende Eigenschaftswort mit diesem einen einheitlichen gedanklichen Begriff bildet, also höherwertig ist als das an erster Stelle stehende Eigenschaftswort (Beifügungen verschiedenen Grades):

Die Kohle wird in senkrechte eiserne Zylinder gefüllt. (Die Zylinder sind nicht senkrecht *und* eisern, sondern die eisernen Zylinder stehen senkrecht.)
Das Ziel ist ein weltweiter vollautomatischer Fernsprechverkehr. (Der Fernsprechverkehr ist nicht vollautomatisch *und* weltweit, sondern der vollautomatische Fernsprechverkehr soll weltweit ausgedehnt werden.)

d) Das Komma trennt eine nachgestellte Beifügung ab:

Wir bieten verschiedene Ausführungen an, große und kleine.

e) Das Komma steht vor Bindewörtern (Konjunktionen), die einen Nebensatz mit einer dem Hauptsatz entgegengesetzten oder einschränkenden Aussage einleiten *(aber, allein, doch, jedoch, nur, obwohl, sondern, vielmehr):*

Das ist gut, aber teuer.
Die Teile sind nicht vernietet, sondern verschweißt.
Die Härtungsgeschwindigkeit ist zwar von der Art des Harzes, jedoch auch von der Wahl des Kondensationsmittels abhängig.

Es gibt viele ähnlich gebaute Sätze, die meist völlig richtig geschrieben werden. Merkwürdig ist nur, daß gerade in dem grammatisch völlig gleichen Fall mit *sondern* so häufig das Komma ausgelassen wird. Ob dies nur aus Unachtsamkeit oder aus Unwissenheit geschieht, entzieht sich allerdings der Feststellung.

f) Vergleichssätze (mit einer Satzaussage auch im Nebensatz) erfordern vor dem *als* ein Komma; bloße Vergleiche bleiben ohne Komma:

Die Reaktionszeit ist kürzer, als man angenommen hatte.
Aber: Die Reaktionszeit ist kürzer als vermutet.
Das Versuchsergebnis ist günstiger, als erwartet werden konnte.
Aber: Das Versuchsergebnis ist günstiger als das frühere.

g) Eingeschobene Beisätze (Appositionen) werden im allgemeinen durch Kommas eingeschlossen:

In staubigen Betrieben, z. B. in Mühlen, müssen die elektrischen Geräte explosionsgeschützt sein.
Der Intervallschalter, ein nützliches Zusatzgerät, kann nachträglich eingebaut werden.

Beisätze, die mit dem vergleichenden Bindewort *wie* eingeleitet werden, können gleichfalls in Kommas eingeschlossen werden, müssen es aber nicht. Hier ist es dem

Schreibenden überlassen zu entscheiden, in welchem Grade der eingeschobene Satz den Gedankenfluß unterbricht:

Die für eine optimale Gestaltung entscheidenden Eigenschaften(,) wie Funktionstüchtigkeit und wirtschaftliche Herstellbarkeit(,) wurden eingehend diskutiert. Die Standardisierung der Bausteine auf wenige Funktionen(,) wie Drehzahlregelung und Strombegrenzung(,) ermöglicht eine einfache Projektierung.

Merke: Entweder werden beide Kommas gesetzt oder keins von ihnen.

3.1.1.2. KOMMA BEI INFINITIVSÄTZEN

a) Das Komma steht *nicht* in einfachen Infinitivsätzen:

Wir sind bereit zu verhandeln.
Aber: Wir sind bereit, hinüberzukommen und zu verhandeln. (Hier liegt eine Häufung mehrerer Infinitive vor.)

b) Das Komma ist erforderlich in (auch nur durch *ein* Wort) erweiterten Infinitivsätzen:

Wir sind bereit, sofort zu verhandeln.
Wir sind bereit, mit Ihnen zu verhandeln.
Wir sind bereit, mit Ihnen über das erweiterte Angebot zu verhandeln.

c) Das Komma steht *nicht* in Infinitivsätzen mit Inversion (Umkehrung der Reihenfolge Satzgegenstand – Satzaussage: ich vermag → vermag ich):

Einen Vorteil *vermag* ich darin nicht *zu erkennen.*

Hier hängt der Ausdruck *vermag . . . zu erkennen* grammatisch und logisch so eng zusammen, daß er nicht durch ein Komma getrennt werden darf. Siehe hierzu auch den Abschnitt „Umgedrehtes Bitten" im Kapitel 5.2(S.153).

d) Entgegen der Aussage bei a) ist das Komma auch bei einfachen Infinitivsätzen zu schreiben, wenn ohne dieses mehrere Sinndeutungen möglich sind:

Wir baten, sie sofort zu kaufen (nämlich die Ware).
Wir baten sie, sofort zu kaufen (sie = die Geschäftsfreunde).
Wir baten sie sofort, zu kaufen (also sofortige Bitte).

3.1.1.3. KOMMA ZWISCHEN SÄTZEN

a) Das Komma trennt vollständige Hauptsätze:

Wir besuchten den Kunden, und wir haben ihm das Angebot unterbreitet.

b) Das Komma steht *nicht* zwischen unvollständigen Hauptsätzen, die durch *und* bzw. *oder* verbunden sind:

Wir werden den Kunden besuchen und werden mit ihm verhandeln. (Beide Satzteile haben den gleichen, nur einmal vorhandenen Satzgegenstand.)

c) Das Komma trennt Haupt- und Nebensatz:

Wir hoffen, daß er mit uns kommt.
Das ist die Ausrüstung, die wir brauchen. (*die wir brauchen* ist ein Relativsatz, der immer durch Komma abgetrennt wird.)

d) Nebensätze gleichen Grades, die von demselben Hauptsatz abhängen und die durch *und* bzw. *oder* verbunden sind, werden voneinander *nicht* durch ein Komma getrennt. Solche Nebensätze sind dadurch gekennzeichnet, daß jeder für sich – unabhängig von dem anderen – unmittelbar an den Hauptsatz gehängt werden kann.

Grafisches Schema:

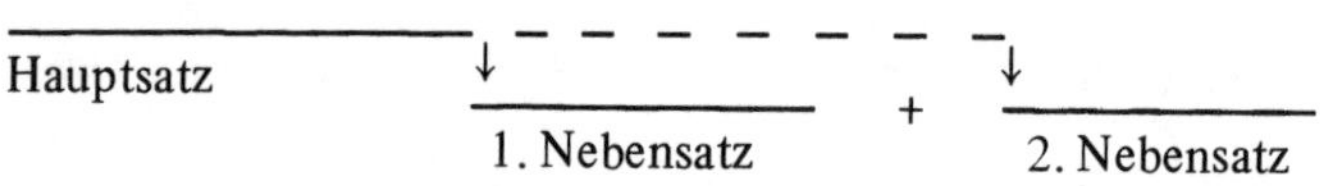

Beispiele:

Der Zusammenhalt der Moleküle rührt von *Kräften* her, *die* zwischen den Molekülen wirken und *die* in der Struktur der Moleküle ihre Ursache haben.
Der Ausbau der Marktposition hängt *davon* ab, *wie* sich die Nachfrage entwickelt und *ob* die Grundstoffe weiterhin preiswert erhältlich sind.

e) Im Gegensatz hierzu werden Nebensätze, die nicht von einem gemeinsamen Hauptsatz, sondern voneinander abhängen (Nebensätze verschiedenen Grades), auch voneinander durch Komma getrennt.

Grafisches Schema:

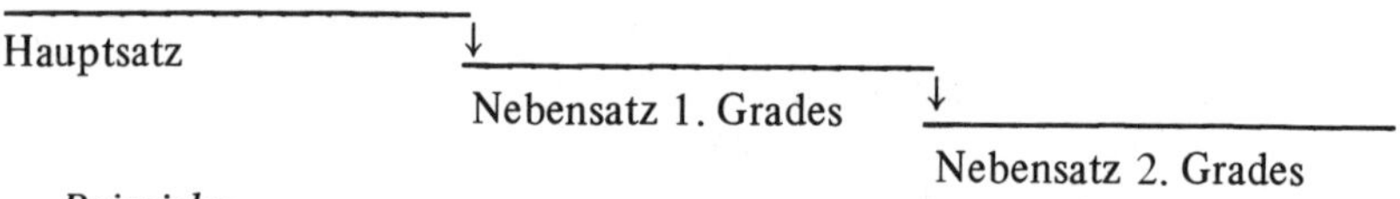

Beispiele:

Nach diesen Ergebnissen war man geneigt, *die Bedenken* zurückzustellen, *die* vor Beginn der Versuche erhoben worden waren.
Die Wirkung des Katalysators beruht darauf, daß sich *eine Zwischenverbindung* bildet, *die* einen rascheren Reaktionsverlauf zur Folge hat.

f) Das Komma steht *nicht* nach einer adverbialen Einleitung (Umstandsangabe am Satzanfang), auch wenn sie lang ist:

Während eines durch plötzlichen Stromausfall verursachten längeren Maschinenstillstandes (hier kein Komma!) hatte sich der Arbeiter von seinem Platz entfernt.

Dies ist nur eine beschränkte Auswahl aus den Regeln, die für den Gebrauch des Kommas gelten. Wer auf diesbezügliche Fragen erschöpfende Auskunft haben möchte, sei auf das Duden-Taschenbuch 1 verwiesen (s. Kapitel 9 dieses Buches).

3.1.2 DAS SEMIKOLON

Das Semikolon (oder der Strichpunkt) ist gewissermaßen ein Mittelding zwischen Punkt und Komma; es gleicht dem *mezzoforte,* das als musikalischer Stärkegrad zwischen *forte* und *piano* steht. Ein Punkt trennt Sätze, ein Komma Satzteile voneinander. Wenn Sätze, die der Form nach selbständig sind, gedanklich enge Verbindung haben, dann ist ein Semikolon am Platze. Es steht anstelle eines Punktes, wenn dieser den über ihn hinwegreichenden Gedanken zu stark trennen, ein Komma aber die Selbständigkeit der beiden Sätze verwischen würde. Eine starre Regel für die Verwendung des Semikolons gibt es nicht; hier muß das sprachliche Gefühl entscheiden.

Eigenartigerweise wird das Semikolon heutzutage relativ selten verwendet, obwohl es manche sprachlich elegante Lösung ermöglicht. Häufig trifft man dort, wo es hingehört, ein schlichtes Komma an, das an solchen Stellen ein bißchen hilflos aussieht und viel zu blaß wirkt. Ein paar Beispiele mögen dies erläutern:

Seit dieser Pioniertat sind 75 Jahre vergangen; das ist ein berechtigter Anlaß zu einer Darstellung der inzwischen vollzogenen Entwicklung.
Es handelt sich um Gase, die Träger beider Vorzeichen enthalten; zum Untersuchen der Träger eines Vorzeichens kann man deshalb kein Galvanometer benutzen.
Diese Formel ist nur bei kleinen Winkeln anwendbar; bei größeren muß sie durch Korrekturglieder ergänzt werden.

3.2 BEUGUNG VON EIGENSCHAFTSWÖRTERN

3.2.1 Jedes Eigenschaftswort hat zwei Beugungsformen. Die starke Beugung wird angewandt, wenn kein Geschlechts- oder Fürwort vorangeht:

großer Aufwand, hohe Spannungen, weiches Material.

Die schwache Beugung tritt ein, wenn ein Geschlechtswort oder ein Fürwort mit starker Beugungsendung vorangeht:

der große Aufwand, diese hohen Spannungen, jenes weiche Material.

Der Gebrauch der starken oder schwachen Beugung schwankt jedoch, wenn in der Mehrzahl stehende Zahlwörter vor dem Eigenschaftswort stehen.

Nach den bestimmten Zahlwörtern *alle, beide, keine* und *sämtliche* wird ausnahmslos schwach gebeugt:

alle möglichen Einflüsse,
beide parallelen Zweige,
keine nennenswerten Verluste,
sämtliche beweglichen Teile.

Nach den unbestimmten Zahlwörtern *manche, solche* und *(irgend)welche* wird meist schwach gebeugt; die starke Beugung ist aber zulässig:

manche industriellen (auch: industrielle) Vorhaben,
solche hohen (auch: hohe) Temperaturen,
irgendwelche unbekannten (auch: unbekannte) Eigenschaften.

Nach den unbestimmten Zahlwörtern *andere, einige, etliche, mehrere, verschiedene, viele* und *wenige* wird stark gebeugt:

andere kritische Situationen,
einige bekannte Persönlichkeiten,
etliche tüchtige Mitarbeiter,
mehrere derartige Anlagen,
verschiedene helle Farbtöne,
viele neue Möglichkeiten,
wenige ausgewählte Objekte.

Nur im Wesfall hat sich die schwache Form neben der starken behauptet:

Das ist das Ziel mehrerer wissenschaftlicher (auch: wissenschaftlichen) Untersuchungen;
Die Erzeugnisse verschiedener ausländischer (auch: ausländischen) Firmen.

Nach dem Wort *folgend* wird das Eigenschafts- bzw. Mittelwort in der Einzahl meist schwach, in der Mehrzahl jedoch meist stark gebeugt. Die jeweils entgegengesetzten Formen sind aber durchaus zulässig.

Beispiele in der Einzahl:
folgender wichtige (auch: wichtiger) Bearbeitungsgang;
folgendes wörtliche (auch: wörtliches) Zitat.
Beispiel in der Mehrzahl:
folgende wesentliche (auch: wesentlichen) Verbesserungen.

Der heutigen Sprachpraxis entsprechend würden wir in allen Fällen, wo es zwei Möglichkeiten gibt, der zuerst aufgeführten den Vorzug geben.

3.2.2 Mehrere vor einem gemeinsamen Hauptwort stehende Eigenschafts- oder Mittelwörter müssen bei der Beugung immer im gleichen Fall stehen:

> Das Problem war das Erreichen eines ruhigen, schwingungsfreien Laufes. Der Kolben ist mit verschleißfestem, hitzebeständigem Material abgedichtet.
> Hingewiesen sei auf den neuen, preisgünstigen Sondertarif.

Der Leser möge hier besonders das mittlere Beispiel beachten: Beide Eigenschaftswörter zeigen auch im 3. Fall die gleiche Endung „em". Die Formulierung „mit verschleißfestem, hitzebeständigen Material" wäre grammatisch falsch.

3.3 OHNE UND MIT

Verhältniswörter wollen sorgfältig behandelt werden; Unachtsamkeit nehmen sie übel. Werden gar zwei Verhältniswörter miteinander gekoppelt, die aus verschiedenen Familien stammen, so ist höchste Vorsicht geboten. Wenn es heißt:

> Diese Anlage kann ohne und mit Zusatzaggregat geliefert werden,

dann ist die Welt noch in Ordnung. Ein einziges schmückendes Beiwort jedoch wirft diese Ordnung über den Haufen:

> Diese Anlage kann ohne und mit angebautem Zusatzaggregat geliefert werden.

Ein kleines Experiment: Wir vertauschen die Wörter *ohne* und *mit.* Der Sinn des Satzes wird dadurch nicht geändert, aber wir können nicht mehr schreiben: mit und ohne angebautem Zusatzaggregat. *Mit* gehört zur Wemfamilie, *ohne* zur Wenfamilie. Wenn wir also schreiben: *angebautes,* dann paßt dies wiederum nicht zu *mit.* Wir merken also, daß wir mit der Verbindung *ohne und mit* in eine Zwickmühle geraten sind. Wie wir uns auch winden, es geht auf diese Weise wirklich nicht. Ein solcher Satz ist grammatisch nicht zu retten; er muß umgebaut werden. In unserem Beispiel können wir sogar auf das *ohne* ganz verzichten und einfach schreiben:

> Diese Anlage kann auf Wunsch auch mit angebautem Zusatzaggregat geliefert werden.

Das Wörtchen *auch* besagt deutlich, daß es daneben die Ausführung ohne Zusatz gibt.
Ein anderes Beispiel, zunächst in falscher Form:

> In dem Bild sind die Ausschaltzeiten ohne und mit verzögerten Schnellauslösern dargestellt.

Hier haben wir das gleiche Problem, das sich in diesem Fall etwa so lösen läßt:

> In dem Bild sind die Ausschaltzeiten von Schnellauslösern dargestellt, die ohne oder mit Verzögerung ansprechen.

Nicht immer kann man jedoch die Schwierigkeit so elegant umgehen, wie das folgende Beispiel beweist:

Die Platten sind einbaufertig erhältlich, und zwar ohne oder mit einer besonderen Schutzschicht.

In diesem Satz können wir das Eigenschaftswort nicht vom Hauptwort lösen wie vordem; vielmehr müssen wir *ohne* und *mit* trennen:

Die Platten sind einbaufertig erhältlich, und zwar mit besonderer Schutzschicht oder ohne eine solche.

3.4 WAS IST RICHTIG: DERER ODER DEREN?

Das ist eine der kniffligsten Fragen aus der Grammatik, die wohl nur wenige ohne Zögern werden richtig beantworten können. Dies bekommen besonders Leser von Zeitungen zu spüren, in deren Artikeln massenhaft, vor allem in Relativsätzen, jeweils die falsche Form gebraucht wird.
Beide Ausdrücke sind Fürwörter, die im 2. Beugungsfall stehen.
Derer ist hinweisendes Fürwort (Demonstrativpronomen) im Sinne von „derjenigen"; es steht vor dem Komma, auf das dann ein rückweisendes Fürwort folgt:

Die Menge *derer,* die nicht einmal ihre Muttersprache beherrschen, ist erschreckend groß.
Erfreulich groß war die Zahl *derer,* die seinen Ausführungen lauschten.

Deren ist rückweisendes Fürwort (Relativpronomen); es steht hinter dem Komma und bezieht sich auf ein vorangegangenes Hauptwort (oder dessen Vertreter, z. B. ein persönliches Fürwort):

Die Teile, *deren* Meßwerte außerhalb der Toleranz liegen, werden automatisch aussortiert.
Die Veranstaltung wurde durch eine Pause unterbrochen, während *deren* die Teilnehmer ihre Eindrücke austauschten.
Das sind die Untersuchungsergebnisse, auf Grund *deren* das Gremium seine Entscheidung gefällt hat.
Ausgestellt waren mehrere Baumuster, an Hand *deren* die Funktion der Teile demonstriert wurde.

Zum Abschluß noch ein gemeinsames Beispiel, das die Bedeutung und die Stellung der beiden Fürwörter ganz deutlich zeigt:

Die Zahl *derer, deren* Anträge noch unerledigt sind, hat ständig abgenommen.

3.5 DIE NACHSILBEN -IG UND -LICH

Beide Nachsilben haben verschiedene Bedeutung; trotzdem werden sie mitunter verwechselt. Bei Zeitangaben bezeichnet *-ig* eine Dauer, *-lich* eine Periodizität:

der dreistündige Vortrag (Vortrag von 3 Stunden Dauer);
der zweiwöchige Kursus (Kursus von 2 Wochen Dauer);
das halbjährige Abonnement (Laufzeit 6 Monate).

Dagegen:

der Briefkasten wird dreistündlich geleert (alle 3 Stunden);
die Zeitschrift erscheint zweiwöchentlich (alle 2 Wochen) oder vierzehntäglich;
das Gremium tritt halbjährlich zusammen (alle 6 Monate).

Eine Besonderheit gibt es noch in Verbindung mit fremden Sprachen:

Fremdsprachlich ist ein Unterricht, der Kenntnisse einer fremden Sprache vermittelt, während dessen die Muttersprache aber Umgangssprache bleibt. Fremdsprachlich ist auch ein Lehrbuch für eine fremde Sprache, in dem die Erläuterungen aber in der Muttersprache gegeben werden.
Fremdsprachig ist ein Unterricht, während dessen sich die Teilnehmer nur in einer fremden Sprache unterhalten. Dies muß nicht einmal Sprachunterricht sein; es können z. B. auch naturwissenschaftliche Kenntnisse vermittelt werden.
Fremdsprachig ist ein jedes Buch, das in einer fremden Sprache geschrieben ist; es muß nicht unbedingt ein Sprachlehrbuch sein. Ausländische Fachzeitschriften in einer anderen als der deutschen Sprache, wie sie von Ingenieuren laufend gelesen werden, sind fremdsprachig.

3.6 DER KONJUNKTIV

Die Möglichkeitsform der Tätigkeitswörter, genannt Konjunktiv, stirbt in der Umgangssprache langsam aus und wird auch in der Schriftsprache immer seltener. Das ist ein Vorgang, der nicht nur auf die deutsche Sprache beschränkt ist; er tritt in allen modernen Verkehrssprachen auf. Man muß dies als Tatsache anerkennen, ob man es nun bedauert oder nicht. Unsere Sprache wird dabei ärmer an Ausdrucksformen. Die an die Stelle des Konjunktivs tretenden Ersatzformen sind jedenfalls blasser und kraftloser und manchmal von etwas zweifelhaftem Charakter. In der Umgangssprache tritt für den Konjunktiv in vielen Fällen der Indikativ (die Wirklichkeitsform) ein, meist aus Bequemlichkeit. Mit einer anderen Ersatzform müssen wir uns jedoch besonders beschäftigen, die wie ein Fremdkörper in unserer Sprache wuchert, und zwar in der Umgangs- wie in der Schriftsprache.

Der Fehler beginnt bereits in der Schule beim Übersetzen englischer und französischer Texte. Die in diesen Sprachen übliche Konditionalform (Bedingungsform) hat dort weit größere Bedeutung als die ihr grammatisch entsprechende Form im Deutschen. In den Konjugationstabellen steht nun aber exakt:

you would take = du würdest nehmen,
he would have called = er würde gerufen haben

beziehungsweise

je viendrais = ich würde kommen,
vous auriez vu = ihr würdet gesehen haben.

Solche „würde"-vollen Formen prägen sich den Schülern ein. Wohl selten wird ihnen klargemacht, daß diesen fremdsprachigen Formen im Deutschen eine ganz andere Konstruktion entspricht. Da diese nicht geübt wird, wendet man sie später auch kaum an. So kommt es, daß man ungläubigem Erstaunen oder gar nachsichtigem Lächeln begegnet, wenn man es wagt, die richtigen konjunktivischen Formen zu gebrauchen, oder wenn man sie gar einer Schreibdame ins Stenogramm diktieren will. „Das klingt so komisch!" bekommt man dann zu hören, und man merkt, wie die Finger sich förmlich sträuben, so ungewohnte Klänge auch noch schriftlich zu fixieren.

Es sei zugegeben, daß es Konjunktivformen gibt, die man heute nicht mehr gebrauchen kann, weil man sich damit einfach lächerlich machen würde. (Hier steht das Wort *würde* übrigens an seinem richtigen Platz!) Sie werden als veraltet empfunden, und der Verfasser wäre der letzte, der einer sprachlichen Konservierung das Wort reden möchte. Aber es gibt so viele elegante Möglichkeiten, ohne das *würde* auszukommen, daß man nur immer die sprachlichen Mißgriffe bedauern kann, die sie nicht ausnutzen.

Statt vieler Worte hier nur zwei kleine Beispiele, die zeigen, wie man beim Übersetzen die Konstruktion mit *würde* vermeiden kann.

englisch: it would be necessary = es wäre nötig;
französisch: je souhaiterais que . . . = ich wünschte, daß . . .

In einem einzigen Artikel einer amerikanischen Fachzeitschrift fand der Verfasser folgende beispielhafte Formulierungen:

He pointed out that it *would* scarcely *be* possible . . .
Er wies darauf hin, daß es kaum möglich *wäre* . . .

As far as 1969 is concerned, it *would seem* that . . .
Was das Jahr 1969 betrifft, so *hat es den Anschein,* als . . .

That raised hopes that he *would look* with some favor on . . .
Das ließ hoffen, er *werde* günstig eingestellt *sein* gegenüber . . .

It *would appear* that the demand for steel will be . . .
Es *sieht so aus,* als werde die Nachfrage nach Stahl . . .

Das *would* ist in der Tat ein im Englischen sehr häufig in Verbalkonstruktionen verwendetes Wort. Nun werden wir ja in zunehmendem Maße mit englischsprachiger Literatur versorgt, und gerade der Ingenieur kann ohne sie nicht auskommen. Wen sollte es da wundern, wenn solche Beispiele auch im Deutschen Schule machen! Wer aufmerksam und mit einem Blick für sprachliche Gestaltung die Zeitung liest, dem wird der Fehler mit dem falschen *würde* bei der Wiedergabe aller Reden, Kommuniqués und Konferenzberichte auffallen, die – oft recht sklavisch – aus einer Fremdsprache ins Deutsche übersetzt worden sind. Von da her ist es dann nur noch ein kleiner Schritt zu dem allseits geübten Verfahren, nun auch in original deutschen Schriftsätzen das *würde* bedenkenlos anzuwenden. Dort wuchert es inzwischen kräftig weiter wie ein Pilzgeflecht.

Wen der Verfasser bis hierher nicht zu überzeugen vermocht hat, dem mögen einige Beispiele das Abgewöhnen erleichtern. Es sind Zitate aus ganz bekannter Literatur. Der Verfasser hat sie nur im Stil der modernen Schreibweise leicht überarbeitet.

Das Volkslied:

> Wenn ich ein Vöglein sein und auch zwei Flügel haben würde, dann würde ich zu dir fliegen.

Das Lied von der Glocke:

> O daß sie ewig grünen bleiben würde,
> die schöne Zeit der Liebe ohne Bürde!

Wilhelm Tell antwortet dem Landvogt (3. Aufzug, 3. Szene):

> Würde ich besonnen sein, ich würde nicht der Tell heißen.

Aus Luthers Bibelübersetzung (Matth. 16, 26):

> Was würde es dem Menschen helfen, wenn er die ganze Welt gewinnen und doch Schaden an seiner Seele nehmen würde!

Und nun eine inständige Bitte an den Leser: Sie kennen die richtigen Formulierungen. Vergleichen Sie sie Satz für Satz mit dem oben Gedruckten und entscheiden Sie selbst, was sprachlich wertvoller ist.

Eine Einschränkung soll gemacht werden: Die lutherische Formulierung „Was hülfe es dem Menschen“ ist heute nicht mehr anwendbar, da diese Verbform wirklich veraltet ist. Hier hat die Form „Was würde es helfen“ ihre Berechtigung, denn es folgt ein Bedingungssatz (Konditionalsatz), in dessen zugehörigem Hauptsatz das *würde* die einzig richtige Verwendung findet.

Die Bedingung steckt also in dem Nebensatz, der mit *wenn* (oder mit *falls*) beginnt, und nach diesen Bindewörtern ist Vorsicht geboten. Wenn in diesem Satzteil nicht eine bloße Aussage steht („Der Überspannungsschutz spricht an, wenn ein Blitz einschlägt“), sondern wenn eine Möglichkeit erörtert wird, dann darf nicht noch einmal *würde* gebraucht werden. Die Einräumung der Möglichkeit erfordert hier die Möglichkeitsform, den Konjunktiv:

Wenn wir Ihre Bestätigung bald *bekämen,* würden wir uns freuen.
Wenn die Sendung noch in dieser Woche *einträfe,* könnten wir mit der Fertigung beginnen. (Beide Beispiele beginnen mit dem Nebensatz!)
Ich bin der Meinung, daß alles besser gehen würde, wenn man mehr *ginge* (Johann Gottlieb Seume auf seiner Wanderung von Sachsen nach Syrakus).

Bekanntlich gibt es bei den Tätigkeitswörtern zwei Arten der Abwandlung (Konjugation): die starke und die schwache. Die Bezeichnung „stark" ist nicht ohne Sinn. Die so gebildeten Formen sind sprachlich volltönend und kräftig, was sich auch besonders in den Konjunktivformen der Vergangenheit ausprägt:

bäte, flöge, gäbe, käme, liefe, trüge, wäre.

Der Verfasser muß gestehen, daß er die kräftigen Akzente, welche diese Umlaute in die Musik der Sprache bringen, niemals missen möchte. Auch die Gegenwartsformen der Hilfszeitwörter haben im Konjunktiv ihre charakteristische Form:

du habest, wir seien, ich müsse, er wolle.

Nicht so deutlich ausgeprägt sind die Konjunktivformen der schwach abgewandelten Tätigkeitswörter; doch sollte man sich vor ihrer Anwendung nicht scheuen, auch wenn sie manchmal etwas ungewohnt sind:

Es wäre gut, wenn jeder die Sicherheitsvorschriften genauer *beachtete.*
Es hörte sich an, als ob jemand den Vorhang *herunterreiße.*
Man hoffte, daß dieser Kunstgriff die Schwierigkeiten *beseitige.*

So bleibt also am Schluß dieses Abschnitts zu hoffen, daß es gelungen sei, die Scheu oder auch die Unerfahrenheit beim Umgang mit dem Konjunktiv zu beseitigen. Das würde die Sprache ausdrucksvoller machen, wenn es die Verfasser über sich brächten, auf das allzu farblose *würde* zugunsten einer besseren Lösung zu verzichten.

3.7 BEUGUNG VON NAMEN

Bei der Beugung von Namen gibt es noch manche Unklarheiten. Dies bezieht sich sowohl auf die Namen von Firmen und Verbänden als auch auf Buch- und Zeitschriftentitel. Ganz natürlich pflegt jeder zu reden und zu schreiben:

aus einem Bericht der Frankfurter Allgemeinen Zeitung;
im Auftrage des Rheinisch-Westfälischen Elektrizitätswerkes;
ein Erzeugnis der Deutschen Edelstahlwerke.

Aber irgendwo kommt dann bei vielen die Scheu, nun auch konsequent so fortzufahren. Es ist, als ob sie vor einer Grenzlinie ständen, die sie nicht zu überspringen wagen. Da heißt es dann plötzlich: Namen dürfen keinesfalls gebeugt werden, schon gar nicht, wenn sie ein Eigenschaftswort enthalten. Diese Ansicht ist falsch. Namen, auch handelsgerichtlich eingetragene, sind für die Grammatik micht tabu. Alle ihre Teile müssen, soweit sie überhaupt flexibel sind, im 2. bis 4. Fall gebeugt werden.

Da hilft auch nicht der Trick, den Namen selbst in Anführungsstriche einzuschließen und ein Geschlechts- oder Verhältniswort einfach davorzusetzen, so als ob die beiden Teile sich nichts angingen, etwa nach dem Motto: Ouvertüre zu „die Hochzeit des Figaro". Falsch gebildet wären also Formulierungen wie:

die Aktien der Allgemeine Elektricitäts-Gesellschaft;
eine Mitteilung der Vereinigte Draht- und Kabelwerke;
die Schriftleitung des Wochenblatt für Papierfabrikation,

gleichgültig, ob man die Namen in Anführungsstriche setzt oder nicht. Wollte man die Namen durchaus nicht verändern, so müßte man in diesen Fällen schreiben:

die Aktien der Firma (des Unternehmens) . . .;
eine Mitteilung der Firma . . .;
die Schriftleitung der Zeitschrift . . .

Den eingangs aufgeführten Beispielen entsprechend muß es unter allen Umständen heißen:

das Bildungswerk des Vereins Deutscher Ingenieure;
eine Vorschrift des Verbandes Deutscher Elektrotechniker;
die Zeitschrift der Physikalisch-Technischen Bundesanstalt.

Bei Buchtiteln ist es genauso. Freilich verändert eine Beugung den genauen Wortlaut des Titels, was an sich unzulässig ist (handelt es sich doch um ein Zitieren). Doch kann man in einfach gelagerten Fällen durchaus von der Beugung Gebrauch machen:

In den „Grundzügen digitaler Rechenautomaten" findet sich ein instruktives Beispiel.

Bei komplizierteren Titeln versagt jedoch dieses Verfahren; entweder verstieße man gegen grammatische Regeln, oder man täte dem Titel Gewalt an. Hier gibt es einen einfachen Ausweg: Der Titel erscheint im Original; davor kommt die Bezeichnung Buch, Werk, Broschüre o. dgl.:

Das ist ein Zitat aus dem Buch: Der sichere Weg zum guten Deutsch.

4. Rechtschreibung
für die Zwecke des Ingenieurs aufbereitet

Wer Zweifel über die richtige Schreibweise eines Wortes oder Ausdrucks hat, der wird ein Rechtschreiblexikon befragen, vor allem den ersten Band des Dudens. Auch Menschen, die im Umgang mit ihrer Muttersprache erfahren sind, befällt zuweilen eine Unsicherheit, wenn es darum geht, ob ein Wort groß oder klein geschrieben werden muß oder ob ein Ausdruck zusammen- oder getrenntgeschrieben wird. Das liegt an der Kompliziertheit unserer Rechtschreibregeln, die manchmal selbst Fachleute verzweifeln läßt.

Hierfür nur ein paar kurze Beispiele:
in bezug auf; aber: mit, unter Bezug auf.
recht haben, behalten, tun; aber: Recht suchen, sprechen, finden.
Ferner:
Soviel ich weiß, wird er heute kommen. Er wird uns dann so viel zu erzählen haben.
Erst werden wir Sie mit dem Vorsitzenden bekannt machen; die Tagesordnung werden wir danach bekanntmachen.

Derartige Beispiele ließen sich ins uferlose vermehren. Aber das soll nicht der Inhalt dieses Kapitels sein. Für solche Fragen stehen genug Auskunftsmittel zur Verfügung. Wie im Untertitel angedeutet, handelt es sich hier um besondere Hinweise für technische Schriftsätze. Damit werden all die kleinen Probleme angesprochen, die beim Abfassen solcher Schriftsätze immer wieder auftauchen, über die aber kein Rechtschreibebuch Auskunft gibt. Solche Probleme tauchen u. a. häufig da auf, wo reiner Text mit Zahlenangaben, Maßbezeichnungen oder Formelgrößen vermengt wird. Daneben werden noch einige Hinweise gegeben auf die Rechtschreibung von scheinbar nebensächlichen Dingen, die sich zwar auch in der allgemeinen Rechtschreibliteratur finden; die Häufigkeit der Fehler zeigt jedoch, daß vielen die richtige Schreibweise gar nicht geläufig ist.

Die kurzgefaßten Hinweise sind nach Stichwörtern alphabetisch geordnet, um das Auffinden zu erleichtern. Am Schluß des Kapitels folgen dann sechs größere Abhandlungen zu etwas schwierigeren Rechtschreibfragen, bei denen zum Teil noch gegensätzliche Meinungen bestehen. In diesen Abhandlungen geht es weniger um die Angabe der richtigen Schreibweise; hier sollen vor allem die Umstände näher erläutert werden, unter denen sich diese oder jene Eigenart entwickelt hat, so daß der Leser in der Lage ist, sich selber ein Urteil im Meinungsstreit zu bilden.

4.1 RECHTSCHREIBLEXIKON VON A BIS Z

Abkürzungen. Abkürzungen sind üblich und zulässig für häufig gebrauchte sprachliche Wendungen: d. h., evtl., ggf., usw., u. U. und andere. Sie sind in der amtlichen Rechtschreibung festgelegt und jedem verständlich. Die genaue Schreibweise ist im Duden verzeichnet. Da beim Schreiben jedoch oft Fehler gemacht werden, seien die betreffenden Abkürzungen im folgenden noch einmal aufgeführt.

falsch	*richtig*
bezw.	bzw.
dergl.	dgl. (aber: desgl.)
ev.	evtl.
sogen.	sog.
u.s.f.	usf.
u.s.w.	usw.
vergl.	vgl.
z. Zt.	z. Z.

Merke: *evtl.* und *sog.* gilt nur für die Grundform. Bei Beugung muß ausgeschrieben werden:

die Widerlegung eines eventuellen Einspruchs;
mit einem sogenannten Raster.

Bei Abkürzungen hüte man sich aber vor eigenen Erfindungen, die nur der persönlichen Bequemlichkeit beim Schreiben dienen und womöglich dann auch gedruckt so wiedergegeben werden. Zu vermeiden sind also Gebilde wie *el., elektr., hydr., hydraul., magn.;* die Wörter *maximal* und *minimal* sollen im laufenden Text ebenfalls ausgeschrieben werden (dies gilt natürlich nicht für Indizes!). Auch das Wort *Trafo* ist ein Stück Ingenieurjargon. Beim Sprechen, in Stücklisten und auf Bezeichnungsschildern möge es geduldet sein; in einem Aufsatztext oder auch nur in einer Bildunterschrift wollen wir es nicht zulassen.
Bei den Elektrotechnikern ist es üblich, für die Bezeichnung der Spannungs- oder Stromarten die Abkürzungen GS, WS, DS zu verwenden. Auch dies gehört zum Ingenieurjargon. Im Dienstgebrauch sind solche Abkürzungen recht wertvoll; sie können eigentlich auch nicht mißverstanden werden. In der Fachliteratur wirken sie jedoch salopp. Man wird gut tun, diese Begriffe stets auszuschreiben:

Gleichstrom, Wechselstrom, Drehstrom;

und wenn es sich um Spannungen handelt:

Gleichspannung, Wechselspannung, Drehspannung.

Sie haben richtig gelesen: das letzte Wort heißt *Drehspannung.* Es ist analog zu den beiden anderen Ausdrücken gebildet und ist vollkommen richtig. Eigenartigerweise hat es sich noch nicht überall eingebürgert, obwohl man ihm immerhin manchmal in der Literatur begegnet. Bisweilen liest man das Wort *Drehstromspannung.* Dem können wir aber keinen Geschmack abgewinnen; man redet ja auch nicht von *Gleichstromspannung* oder *Wechselstromspannung.*

Aufzählungen. Aufzählungen innerhalb eines Textes, die fortlaufend gekennzeichnet werden sollen, bekommen vorgesetzte Ordnungszahlen (Ziffern mit Punkt).

Untergliederungen von Aufzählungen (Unteraufzählungen) bekommen vorgesetzte Kleinbuchstaben, auf die eine Klammer folgt (DIN 1421, Teil 2).

Beispiel 1:

Bei Abnehmern mittelgroßer Energiemengen sind verschiedene Verfahren zur Ermittlung des Grundpreises gebräuchlich:

1. nach dem Anschlußwert;
2. nach der mittleren Höchstbelastung;
3. nach der bestellten Leistung.

Beispiel 2:

3. Banddicke. Die Banddicke kann in einer Warmbandstraße durch folgende Störgrößen beeinflußt werden:

   a) Temperaturschwankungen,
   b) Bandzugschwankungen,
   c) Walzenexzentrizität,
   d) Änderung des Verformungswiderstands längs des Bandes.

Nach der oben zitierten Regel falsch ist die oft recht gedankenlos geübte Schreibweise 1), 2), 3) oder gar 1.), 2.), 3.) usw. Auch die Form a., b., c. usw. ist abzulehnen.

Das Vorsetzen von Ordnungskennzeichen hat allerdings nur Sinn, wenn die Glieder einer solchen Aufzählung danach einzeln in gesonderten Absätzen besprochen oder näher erläutert werden. Ist dies nicht der Fall, handelt es sich also um eine bloße Aneinanderreihung von Begriffen, dann sollte auf das Vorsetzen sowohl von Ziffern als auch von Buchstaben ganz verzichtet werden. Das Einrücken der Wörter und das Untereinanderschreiben in getrennten Zeilen heben solche Aufstellungen genügend deutlich vom übrigen Text ab.

Beispiel 3:

Arten digitaler magnetischer Speicher sind

Magnetbandspeicher
Magnetkartenspeicher
Magnetplattenspeicher
Magnetstreifenspeicher
Magnettrommelspeicher

Auslassungszeichen (Apostroph). Dieses Zeichen gehört in die Umgangs- bzw. Dichtersprache und bezeichnet, wie sein Name sagt, die Stelle, wo in einem Wort ein Buchstabe ausgefallen ist. In den Schriftsätzen des Ingenieurs kommen solche Fälle nicht vor. Auch in Eigenschaftswörtern, die von Eigennamen abgeleitet sind (und eigentlich auf *-isch* endigen müßten, wobei das *i* jedoch ausfällt), wird kein Auslassungszeichen gesetzt:

Boolesche Algebra, Carnotscher Kreisprozeß, Lenzsche Regel, Ohmsches Gesetz, Wagnerscher Hammer.

Binde-s siehe Fugen-s.

bis steht als Bindewort zwischen zwei eingrenzenden Zahlen: *24 bis 56.* Unstatthaft ist die Schreibweise *24–56.* Der waagerechte Strich hat im mathematischen Sinne ausschließlich die Bedeutung eines Minuszeichens, und er soll auch nur so gebraucht werden (obgleich eine Verwechslung zwischen *bis* und *minus* ziemlich ausgeschlossen scheint). Die Verwendung von 3 Punkten in der Bedeutung *bis (24 ... 56)* wird von Normenfachleuten verworfen. In DIN 1302 haben die 3 Punkte andere Bedeutungen zugewiesen bekommen. Allerdings ist nirgendwo ausdrücklich untersagt, sie auch als *bis* zu gebrauchen, und ein solcher Brauch hat sich tatsächlich bis heute erhalten. In der Meßtechnik gibt es in- und ausländische Vorschriften (z. B. VDE 0410), in denen das *bis* durch 3 Punkte dargestellt wird, und in Meßgeräte-Aufschriften findet man das gleiche.
Außerdem ist es ein weithin geübter Brauch, in größeren Zahlentabellen, wo meist akuter Platzmangel herrscht, das Wort *bis* jeweils durch 3 Punkte zu ersetzen, die zusammen weniger breit sind als die Buchstaben.
Auf alle Fälle aber sollte im laufenden Text das Wort *bis* stets ausgeschrieben werden:

Die Schaltzeiten liegen bei 1 bis 10 Nanosekunden.

Zwei Ausnahmen lassen die strengen Regeln jedoch zu. In Literaturzitaten wird bei Seitenangaben der Bindestrich verwendet: S. 38–42. Ebenso ist bei Adressen der Bindestrich erlaubt: Bergstr. 4–6.

cos φ. Hinter *cos* kommt kein Punkt. Da Schreibmaschinen das Zeichen φ normalerweise nicht enthalten, muß es von Hand in das Manuskript eingesetzt werden. Auf keinen Fall soll die Schreibdame das Wort *phi* ausschreiben. Es besteht sonst die Gefahr, daß der Setzer das gleiche tut.

Fugen-s. Das Fugen-s (auch Binde-s genannt) steht, wie sein Name sagt, in der Fuge zwischen zwei aneinandergefügten Wortbestandteilen (Bestimmungswort + Grundwort). Es ist ursprünglich eine Beugungs-Endung (erster Wortteil im Wesfall):

Betriebsausflug, Bahnhofshalle, Übergangsstadium.

Mit der Zeit haben sich jedoch, aus dem Niederdeutschen kommend, analoge Formen auch dort gebildet, wo der Wesfall nicht auf s ausgeht, vor allem bei weiblichen Bestimmungswörtern, wenn sie Abstrakta sind:

Hilfsbereitschaft, Liebesdienst, Sicherheitsnadel.

Rückgängig machen läßt sich ein solcher Vorgang nicht. Kein Mensch wird Wörter in dieser Form gebrauchen:

Geburttag, Liebegabe, vorschriftmäßig, Weihnachtbaum, Wirtschaftgeld.

Dieser Sprachprozeß ist noch nicht abgeschlossen. Das Fugen-s ist weiter im Vordringen begriffen; daher schwanken die Grenzen vielfach. Noch im Übergangsstadium sind z. B. folgende Wörter:

Schaden(s)fall (Kfz-Versicherungen haben ein Schadenbüro zur Annahme von Schadenmeldungen; es gibt auch Finanzämter für Erbschaft- und Verkehrsteuern); Werk(s)besichtigung, Schiff(s)bau.

Das Vordringen des Fugen-s beruht auf seiner Eigenschaft, die Fuge zwischen Bestimmungswort und Grundwort deutlich zu kennzeichnen. Mitunter mögen auch Wohllaut und bessere Sprechbarkeit die Ursache sein für die Bildung von Zusammensetzungen mit Fugen-s, besonders dort, wo Konsonanten sonst hart aneinanderstoßen würden:

Betätigungsgriff, Betriebsbedingung, Wirkungsgrad.

Man versuche einmal, diese Wörter ohne das *s* auszusprechen! Wie soll man sich also beim Schreiben verhalten? Grundsätzlich mit Fugen-s werden Zusammensetzungen gebildet, deren Bestimmungswörter enden auf

-heit, -keit, -ling, -schaft, -tum, -ung, -ut,

ferner bei Fremdwörtern auf *-ion* und *-tät*.
Daher schreiben wir

Sicherheitsvorschrift, Geschwindigkeitszunahme, Frühlingsanfang, Rechenschaftsbericht, Altertumsforscher, Leistungsschalter, Institutsräume; Produktionsablauf, Produktivitätssteigerung.

Nicht immer lassen sich jedoch feste Regeln aufstellen. Es gibt viele Fälle, in denen das Fugen-s anscheinend regellos mal auftritt, mal wegbleibt:

Blutgruppe – Blutsfreund, gehaltreich – inhaltsreich,
rechtmäßig – rechtswidrig, Schafleder – Schweinsleder,
wortbrüchig – vertragsbrüchig, Werkzeug – Handwerkszeug.

Es hat also keinen Sinn, in eines der beiden Extreme zu verfallen: jedes Fugen-s radikal abzulehnen oder aber gedankenlos überall ein Fugen-s einzuschieben. Vielmehr kann das Bestreben nur dahingehen, die Formen ohne *s* überall da bewußt zu verwenden, wo das *s* sich noch nicht im allgemeinen Gebrauch festgesetzt hat. Dies trifft vor allem zu auf deutlich erkennbare Wenfälle, bei denen das Bestimmungswort auf *-ung* endet:

richtungweisend, spannungführend.

Ferner empfehlen wir folgende Formen:

Ausgleichströme, Rückzugfeder.

Zum Schluß sei auf ein paar Fälle hingewiesen, wo beide Formen nebeneinander bestehen, allerdings mit verschiedener Bedeutung:

Landleute – *Landsleute,*
Sommerzeit – *Sommerszeit.*

Getrenntschreibung. Folgende Ausdrücke sind laut Duden stets getrennt zu schreiben:

gar nicht, so daß, um so mehr (weniger).

Indizes. Dies geht hauptsächlich die Elektrotechniker an; auf ihr Konto geht eine Anzahl von Schreibsünden, die, wenn überhaupt, wohl nur als Kavaliersdelikte empfunden werden. Die Indizes *eff, max, min, red, zul* gehören an das Formelzeichen, aber niemals an die Maßeinheit. Und doch liest man häufig:

Das Gerät wird einer Prüfwechselspannung von 500 V_{eff} unterworfen.
Die Stoßspannung beträgt 80 kW_{ss}.
Das Element verträgt eine Belastung von 16 A_{max}.

Gewiß, für den Elektrotechniker sind das klar verständliche Angaben; und doch ist die Formulierung falsch. Volt und Ampere sind gesetzlich festgelegte Einheiten. Daneben gibt es nicht noch ein effektives Volt, ein maximales Ampere o. dgl. Genauso wie wir schreiben:

Kurzschlußstrom I_k = 570 A;
Innenwiderstand R_i = 0,03 Ω,

so muß es natürlich richtig heißen:

eine Prüfwechselspannung U_{eff} von 500 V;
die Stoßspannung U_{ss} beträgt 80 kV;
eine Belastung I_{max} von 16 A,

oder, wenn man die Formelzeichen nicht aufführen will:

eine Prüfwechselspannung von 500 V (Effektivwert);
die Stoßspannung beträgt 80 kV (Spitze–Spitze);
eine maximale Belastung von 16 A.

Kathode oder Katode? Das Wort stammt aus dem Griechischen (kata = hinab; hodos = der Weg) und bedeutet soviel wie der Weg hinab, der Abstieg. Gemäß der Vorsilbe ana = hinauf bedeutet Anode also Aufstieg. Aus penta = fünf und hodos ist dann die Pentode entstanden, eine Verstärkerröhre mit 5 Wegen (Elektroden). In all diesen Wörtern ist der Hauptbestandteil dem griechischen *hodos* entlehnt; sie müßten also exakt alle mit einem *h* in der Mitte geschrieben werden. Es ist eine Sünde unserer Väter, daß sie beim Namengeben so inkonsequent verfahren sind. Aber niemand wird heute bereit sein, ihren Fehler zu korrigieren und Anhode zu schreiben. Im Gegenteil, als viel später die Pentode geboren wurde, hat man – obwohl die Parallele zu Kathode nahelag – das *h* von Anfang an gar nicht erst geschrieben. Was dem einen recht ist, soll dem andern billig sein, sagten sich Fachingenieure und schrieben schließlich auch die Katode ohne *h*, um der Einheitlichkeit willen. Da das *th* in diesem Falle nicht dem griechischen Theta entspricht (wie in Theater, Thermometer), sondern zwei verschiedenen Wortstämmen zugehört, ist sprachlich dagegen nichts einzuwenden. Verschiedene Fachschriftleitungen der Elektronikpresse haben die Schreibweise *Katode* inzwischen für ihren Bereich als verbindlich erklärt.

Kopplung von Wörtern. Das Deutsche hat – im Gegensatz zu anderen Sprachen – die Eigenart, Spezialbegriffe zu bilden, indem mehrere selbständige Wörter zu einem neuen, manchmal recht langen Gebilde zusammengeschweißt werden. Jeder Ausländer, der Deutsch lernt, stößt sich erst einmal an dieser Schwierigkeit. Es müssen nicht gleich solche Ungetüme sein wie der berühmte Donaudampfschiffahrtsgesellschaftskapitän oder gar die Einkommensteuerveranlagungsrichtlinien. Die Sprache der Technik kennt eine Unmenge solcher Wortbildungen. Auch eine Hochspannungsgleichstromübertragungsanlage oder der chemische Stoff Hexamethylentetrammoniummandelat sind ganz ansehnliche Erscheinungen. Lesbar sind solche Wortbildungen schon für einen Deutschen kaum; ein Ausländer wird davor kapitulieren.

Man muß also derartige Wörter durch Zerlegen in ihre Bestandteile lesbar machen. Das Englische hat die Eigenheit, die Teile eines mehrgliedrigen Begriffs lose nebeneinanderzustellen wie Bücher in einem Regal, was das Begreifen auch nicht gerade erleichtert. Wir haben dafür im Deutschen ein besseres Mittel: die Wortkopplung. Wie man hintereinanderstehende Waggons durch eine Kupplung verbindet, damit sie schön gleichmäßig fahren können, so werden die Einzelwörter durch Bindestrich aneinandergekoppelt. Leicht kann man aber dabei des Guten zuviel tun. Zur Beseitigung bestehender Unsicherheiten mögen die folgenden Beispiele beitragen.

Zusammensetzungen aus höchsten 3 Wortbestandteilen werden im allgemeinen nicht gekoppelt:

> Drehstrommotor, Einankerumformer, Hochspannungsanlage, Lokomotivgewicht, Schaufelradbagger, Tonfrequenzgenerator, Umkehrwalzstraße, Zugkraftsprung.

Es gibt jedoch Fälle, wo durch ungekoppeltes Zusammenschreiben Irrtümer, zumindest beim erstmaligen Lesen, entstehen können. Dann soll man ruhig auch Wörter koppeln, die aus nicht mehr als 3 Gliedern bestehen; damit wird die Deutlichkeit erhöht und das Lesen erleichtert:

Ein-Richtungsbetrieb	statt	Einrichtungsbetrieb

(als Gegensatz zum Zwei-Richtungsbetrieb, z. B. bei Walzmotoren);

Energie-Einstrahlung	statt	Energieeinstrahlung,
Kleinst-Abhörgerät	statt	Kleinstabhörgerät.
Lage-Istwert	statt	Lageistwert.

Im Gegensatz dazu sollen auch Wörter aus mehr als 3 Bestandteilen nicht gekoppelt werden, wenn die Wortglieder kurz sind und das Ganze übersichtlich bleibt:

Braunkohlentagebau, Eisenbahnfahrplan.

Im übrigen werden Zusammensetzungen aus mehr als 3 Wortgliedern gekoppelt:

Nebenschluß-Kommutatormotor,
Hochleistungs-Drehmaschine,
Kraftfahrzeug-Wartungsdienst,
Einscheiben-Sicherheitsglas.

Nun gibt es aber Zusammensetzungen, bei denen man im Zweifel sein kann, wo gekoppelt werden soll. Hier muß sorgfältig untersucht werden, welche Bestandteile enger zusammengehören als die übrigen. Wenn man sich also nicht gleich entscheiden kann, schreibe man das ungekoppelte Wort und alle möglichen Kopplungen einfach untereinander, etwa nach diesem Muster:

Thyristorstromrichterlokomotive
Thyristor-Stromrichterlokomotive
Thyristorstrom-Richterlokomotive
Thyristorstromrichter-Lokomotive.

Die dritte Variante entfällt, weil diese Kopplung unsinnig ist. Zur Wahl stehen die zweite und die vierte Lesart. Da es sich um eine Lokomotive handelt, die mit Thyristorstromrichtern ausgerüstet ist, empfiehlt sich die zuletzt aufgeführte Schreibweise.

Eine besondere Bitte sei in diesem Zusammenhang ausgesprochen: Wer Wörter dieser Art verwendet, möge sie sich beim Ausarbeiten eines Schriftsatzes auf ein besonderes Blatt notieren. Dann behält er stets die Übersicht über die bisher verwendete Schreibweise. Nur so läßt sich vermeiden, daß das gleiche Wort im Verlauf eines Textes in verschiedenen Kopplungen auftritt. Leider findet man so etwas häufig in den Manuskripten.

Für Zusammensetzungen mit Familiennamen gilt folgende Regel: Gekoppelt wird nicht, wenn der Name mit dem Grundwort eine geläufig gewordene Bezeichnung bildet. Der Duden nennt als Beispiele u. a.:

Dieselmotor, Röntgenstrahlen, Thomasmehl.

Entsprechend wäre also auch zu schreiben:

Buchholzrelais, Leonardaggregat, Liebenröhre.

Mit Bindestrich gekoppelt wird aber, wenn das Grundwort mehrteilig ist:

Czochralski-Ziehverfahren,
Heusinger-Schiebersteuerung,
Mollier-Wasserdampftafel.

Wenn 2 Personen- oder Ortsnamen bzw. 2 gleichberechtigte Begriffe vor das Grundwort treten, dann wird Doppelkopplung angewendet:

Dortmund-Ems-Kanal,
Kunze-Knorr-Bremse,
Siegfried-Hartmann-Gedenkmünze,
Van-Allen-Gürtel.

Ebenso geschrieben werden:

Diode-Transistor-Logik,
Sollwert-Istwert-Vergleich,
Strom-Spannungs-Kennlinie,
Weg-Zeit-Diagramm.

Zum Thema Kopplung siehe auch S. 115: Zahlen, Absatz b) und c).

Maße und Einheiten. Die Zeichen für die Einheiten sind in DIN 1301 genormt, und zwar in Übereinstimmung mit den Empfehlungen der Kommission für Symbole, Einheiten und Nomenklatur (SUN) der Internationalen Union für reine und angewandte Physik (IUPAP). Leider findet man in Manuskripten immer wieder Schreibweisen, die hiervon abweichen. Die häufigsten Abarten sind:

sec oder sek statt s; Amp statt A; ltr. statt l.

Wenn die Einzelbuchstaben in dem sie umgebenden Text zu Irrtümern führen könnten, dann müssen die Bezeichnungen für die Einheiten ausgeschrieben werden: Sekunde, Ampere (wohlgemerkt: ohne è!), Liter.

Für ein tausendstel Millimeter existiert aus vergangenen Tagen immer noch die falsche Bezeichnung μ (gesprochen: Mikron). μ (gesprochen: mikro) = 10^{-6} ist aber nur noch reines Vorsatzzeichen wie k (kilo) oder m (milli). Die Grundeinheit der Länge im Internationalen Einheitensystem ist das Meter. Ein tausendstel Millimeter ist also ein millionstel Meter. Das Kurzzeichen dafür heißt μm (Mikrometer).

Einheiten für die Geschwindigkeit sind m/s oder km/h. Falsch ist die umgangssprachlich und leider auch in Veröffentlichungen der Tagespresse fast ausschließlich gebrauchte Version Stundenkilometer (stdkm).

Es gibt noch einen ähnlichen Fall einer falsch gebildeten Einheit. In Produktionsberichten findet man jetzt oft das Wort *jato (tato),* was soviel bedeuten soll wie

Jahrestonnen (Tagestonnen). Gemeint ist aber der jährliche (tägliche) Ausstoß einer Menge, die in Tonnen gemessen wird, also Tonnen pro Jahr (Tag). Die Wörter *jato* und *tato* sind zweifach falsch gebildet: Das Kurzzeichen für Jahr ist a (lateinisch: annum), für Tag d (lateinisch: diēs), für Tonne t. Die Kombination beider ist ein Quotient und nicht ein Produkt. Die einzig richtige Schreibweise dieser zusammengesetzten Einheit ist also t/a (bzw. t/d).
Die Zahlwörter Million und Milliarde werden in Berichten oft abgekürzt. Die häufig verwendeten Formen Mio und Mia sind nicht zu empfehlen. Richtig sind die Abkürzungen Mill. und Md. (bzw. Mrd.).
Die Bezeichnungen für Einheiten müssen wörtlich ausgeschrieben werden, wenn sie in einem Text ohne Maßzahlen auftreten:

Das Funksprechgerät hat eine Reichweite von mehreren Kilometern.
Die Eingangsspannung liegt in der Größenordnung von einigen Mikrovolt.

Mitlaut, dreifach. Treffen bei zusammengesetzten Wörtern in der Wortmitte 3 gleiche Mitlaute aufeinander, so entscheidet der auf den dritten Mitlaut folgende Buchstabe über die Schreibweise.
Ist der folgende Buchstabe ein Selbstlaut, so entfällt der dritte Mitlaut:

Kunststoffabrik, Schiffahrt.

Folgt jedoch auf die drei Mitlaute noch ein anderer, vierter Mitlaut, so werden alle ausgeschrieben:

Kunststoffflügel, Schifffracht;
ebenso:
Sauerstoffflasche, Schutttrichter, Stofffransen, Werkstoffffluß.

Für Besitzer von Schreibmaschinen, die keine Type für *ß* haben, auf denen also statt dessen *ss* geschrieben werden muß, gilt folgendes: Bei Zusammentreffen von *ß* und *s* müssen drei *s* geschrieben werden, unabhängig davon, ob ein Selbstlaut oder ein weiterer Mitlaut folgt:

Massstab, Presssitz, Stossstange.

Treffen in einem Wort *ck* und *k* bzw. *tz* und *z* aufeinander, so darf das letzte *k* bzw. *z* nicht ausgelassen werden:

Bockkran, Rückkehr; Blitzzeichen, Schutzzoll.

Motor. Dieses Wort stammt aus dem Lateinischen wie auch die Wörter Doktor, Generator, Traktor, Transformator. Während die Mehrzahl der letztgenannten vier stets richtig gebildet wird (Doktoren, Generatoren usw.), hört und liest man bei dem Wort *Motor* häufig die falsche Mehrzahlbildung *Motore.* Natürlich heißt es richtig: *Motoren.*

ohmscher Widerstand. Von Namen abgeleitete Eigenschaftswörter werden groß geschrieben:

Archimedisches Prinzip, Cardanische Aufhängung, Fouriersche Reihe, Loschmidtsche Zahl, Ohmsches Gesetz.

Wenn dennoch beim ohmschen Widerstand eine abweichende Regelung gilt, so hat dies folgenden Grund: das Wort *ohmsch* wird nicht mehr als von einem Namen abgeleitet empfunden, sondern als reine Kennzeichnung einer Eigenschaft. Es steht damit in einer Reihe mit den Eigenschaftswörtern *induktiv* und *kapazitiv.*

Quarz oder Quartz?

Quarzgesteuerte Uhren tragen meist die Aufschrift *Quartz.* Dieser Schreibweise bedient sich auch die Werbung. Sie kommt, wie so vieles, aus dem Englischen. Um das Wort so aussprechen zu können, wie auch wir es tun, muß der Engländer ein *t* einschieben (das deutsche *z* wird ja als *ts* gesprochen, das englische *z* aber als stimmhaftes *s*). Im Deutschen besteht also keine Notwendigkeit, hier sklavisch nachzuahmen und ein überflüssiges *t* einzufügen. Wir sollten beim *Quarz* bleiben.

® Dieses Zeichen – als Abkürzung für das englische Wort Registered oder das spanische Wort Registrada (eingetragen) – bedeutet, daß das ihm vorangehende Wort warenzeichenrechtlich geschützt ist. Das heißt, dieses Wort oder diese Bezeichnung darf von keinem anderen als dem Inhaber des Schutzrechtes zur Kennzeichnung seiner Waren verwendet werden. Man trifft daher in der Literatur laufend auf entsprechende Hinweise: Logistat®, Plexiglas®, Simatic® und viele andere. Dieser Brauch kommt ursprünglich aus den vorwiegend amerikanischen Ländern, in denen die Gesetzgebung eine besondere Kennzeichnung der als Warenzeichen eingetragenen Wörter vorschrieb. Er wurde in Europa zunächst von der chemischen Industrie, vornehmlich der Pharmazeutik, übernommen. Das ist vielleicht der Grund, weshalb man sich lange Zeit gescheut hat, ein so einfaches und deutliches Kennzeichen auch für die Produkte anderer Zweige der Technik zu verwenden.

Auf der anderen Seite hielt man es aber doch für geboten, die Bezeichnung der geschützten Waren auch irgendwie hervorzuheben. Dies geschah in der Hoffnung, der Leser werde merken, daß mit dem also herausgehobenen Begriff etwas Besonderes los sei. Durch Sperrsatz oder Fettdruck hervorgehobene, in Anführungszeichen eingeschlossene oder in Versalien gesetzte Wörter fallen zwar auf, sind aber kein Hinweis auf ein geschütztes Warenzeichen und auch keine Schutzmaßnahme gegen mißbräuchliche Benutzung. Besonders die Schreibweise in Versalien (Großbuchstaben) ist sehr beliebt, allerdings nicht bei den Schriftleitungen

der Fachzeitschriften. Versalsatz ist sehr auffällig, zerreißt daher optisch die Ebenmäßigkeit des normalen Textsatzes und macht das Ganze unruhig. Die Wiedergabe von Warenzeichen in Versalien – nur zugunsten einer unterschwelligen, deshalb verpönten Firmenwerbung – wird von den Schriftleitungen guter Zeitschriften rückhaltlos abgelehnt. Das ® ist nicht nur unauffälliger und solider, es ist anders als der Versalsatz ein wirklich eindeutiger Hinweis auf den Warenzeichenschutz.
Daneben gibt es noch folgende Möglichkeit zur korrekten Kennzeichnung eines Warenzeichens: In einer Fußnote wird darauf hingewiesen, daß die Bezeichnung in den im einzelnen anzugebenden Staaten als Warenzeichen geschützt oder zum Warenzeichen angemeldet ist. Gegebenenfalls können dabei noch die Nummern der Warenzeichen angegeben werden.

Wer trotzdem auf die Hervorhebung mit Versalien nicht verzichten will, der beschränke sich auf Druckschriften und Anzeigen. Aber das ist nicht mehr eine Sache des Ingenieurs, sondern der Werbefachleute.

Reflexion. Das Wort kommt vom lateinischen *reflectere* (Ton auf der 2. Silbe) = zurückbeugen, wenden. Da sich hiervon auch die Tätigkeit *reflektieren* herleitet, schreiben manche fälschlich *Reflektion.* Sie übersehen dabei (oder sie wissen es nicht), daß die Hauptwörter *Reflex* und *Reflexion* nicht von der Grundform abgeleitet sind, sondern vom Mittelwort der Vergangenheit. Zurückgebeugt heißt auf lateinisch *reflexus.*

Silbentrennung. Bei gewissen Wörtern, die aus dem Griechischen bzw. Lateinischen stammen, ist Vorsicht geboten, wenn sie am Zeilenende getrennt werden müssen. Vor allem dürfen in solchen Wörtern *sk* und *gn* nicht auf verschiedene Silben verteilt werden. Hier die wichtigsten Wörter, bei denen jeweils nur die kritische Trennstelle angegeben ist:

Atmo-sphäre, Inter-esse, inter-essant, Ma-gnet, ma-gnetisch, Manu-skript, Mikro-skop, par-allel, Si-gnal, Si-gnum.

Beachte jedoch die Trennung deutscher Wörter: and-re, nied-rig.

Temperaturangaben. Das Grad-Zeichen bildet mit dem folgenden Buchstaben, der die Art der Temperaturskala angibt, eine physikalische Einheit. Diese darf nicht durch einen Zwischenraum zerrissen werden. Der Zwischenraum gehört vielmehr hinter die Maßzahl: 21 °C.
Die hiervon abweichende alte Buchdruckerregel (21° C), die auch der Duden in den „Richtlinien für den Schriftsatz" (Duden, Band 1) noch gelten läßt, muß vom technischen Standpunkt her als unrichtig bezeichnet werden (siehe hierzu DIN 1345, Anmerkungen, Abschnitt 2).

Typ oder Type? *Der Typ* ist die Bezeichnung einer Bauart, Gattung, Erscheinungsform:

Für die Aufstellung in rauhen Betrieben ist ein anderer Motortyp zu wählen.
Typ GMR 2 hat einen Durchsatz von 5 m^3/h.
Die Typleistung beträgt 1200 Stück in der Stunde.

Die Type, auch Letter genannt, ist ein gegossenes Schriftzeichen, das der Setzer zum Aufbau von Handsatz verwendet.

Zahlen.

a) Zahlen mit mehr als 4 Ziffern werden der besseren Lesbarkeit wegen, von rechts angefangen, in Dreiergruppen abgeteilt:

1830; aber 23 745; 1 600 000.

Bei Dezimalzahlen werden auch die Dezimalstellen in Dreiergruppen zusammengefaßt:

12,438 7; 0,000 167 29.

Punkte dürfen zwischen den Gruppen nicht gesetzt werden.

b) Zahlen mit angehängtem Wort sollen im Text möglichst ausgeschrieben werden:

dreipolig, vierfach, zwölfmal, fünfzigperiodig.

Müssen aus zwingenden Gründen (Tabellen!) statt der Zahlwörter Ziffern gesetzt werden, so wird kein Bindestrich verwendet:

3polig, 4fach, 7mal, 50periodig.

Allerdings muß entsprechend der Schreibweise

sechs- bis achtfach

auch geschrieben werden:

6- bis 8fach.

c) Werden Wörter mit Maßangaben verbunden, so daß daraus eine Spezialbedeutung entsteht, so ist zweifache Kopplung erforderlich:

Der Speicher hat 20 Liter Inhalt;
aber: Dies ist ein 20-l-Speicher.
Die Leitung führt 6 kV Spannung;
aber: Das Werk ist an eine 6-kV-Leitung angeschlossen.
Der Kolben hat 2 kg Gewicht;
aber: Ich brauche ein 2-kg-Gewichtsstück.

d) Nach einer alten, seltsamerweise auch in Laienkreisen weitverbreiteten Buchdruckerregel sollen Zahlen von 1 bis 12 in Worten, ab 13 in Ziffern gesetzt werden. Abgesehen davon, daß die Zwölf eine seltsame Grenze wäre (bisweilen liest man ein so groteskes Schriftbild: *Der Vorgang dauert zwölf bis 15 Stunden*), kann man diese Vorschrift heute nicht mehr aufrechterhalten. Auch Zahlen von 1 bis 12 sind dann in Ziffern zu setzen, wenn die Zahl die Aufmerksamkeit auf sich lenken, also besonders hervorgehoben werden soll:

Die Strecke ist in 4 Baulose unterteilt.
Ein Arbeitsspiel dauert nur 10 Sekunden.

e) Bei Zahlenbereichen müssen die Grenzen exakt angegeben werden. 20 bis 50 000 min^{-1} bedeutet einen Drehzahlbereich von 20 min^{-1} bis 50 000 min^{-1}. Ist dies nicht gemeint, so muß man deutlich schreiben: 20 000 bis 50 000 min^{-1}.

f) Maßzahlen gehören vor die Einheit und nicht dahinter:

20 m^3, 6 kN, 45 s, 220 V, 17 °C.

Diese Regel ist so selbstverständlich, daß wohl noch kaum jemand darüber nachgedacht hat. Sonst wäre es schon aufgefallen, daß es ganz im Gegensatz dazu fester kaufmännischer Brauch ist zu schreiben:

DM 60.24; £ 280.–; $ 1.600.–.

An den verschiedenen Währungsarten kann es nicht liegen. Der mögliche Einwand, das Unterscheidungsmerkmal müsse vorn stehen, ist kein ausreichender Grund. Die Zahl der Währungseinheiten ist bestimmt nicht vergleichbar mit der Menge der physikalischen Einheiten, und doch versteht jeder, was gemeint ist, auch wenn er zuerst die Zahl lesen muß (in Wirklichkeit erfaßt das Auge sogar beide, Maßzahl und Einheit, mit einem Blick). Was also ist der Grund? Vermutlich schreibt man so aus Tradition. Noch ein weiterer Fehler steckt in der kaufmännischen Schreibweise: Vor der ersten Dezimalstelle muß stets ein Komma stehen und nicht ein Punkt.
Diese beiden Fehler sind in einer solchen Weise Allgemeingut geworden, daß keine Hoffnung besteht, sie jemals auszurotten. Wir können nur den Ingenieur, der dies liest, auffordern, seinerseits Währungsangaben stets korrekt zu schreiben.

g) Daß die Zahlwörter *eins* bis *drei* gebeugt werden können, scheint nicht allgemein bekannt zu sein. Vor allem darf in einem Beugungsfall die Eins nicht als Ziffer geschrieben werden. Falsch ist:

Hierfür braucht man nur 1 Dichtring.
Es genügt, täglich 1 Füllung vorzunehmen.

Einen bzw. *eine* muß hier ausgeschrieben werden. Ebenso muß es lauten:

In einer Wohneinheit befinden sich 24 Wohnungen.
Das ist ein Bauelement mit nur einem Sperrschichtkontakt.
Mit Hilfe zweier Kräne wurde das Brückenteil eingesetzt.

zwischen. Im Gegensatz zu einem Bereich (z. B. von 30 bis 80 cm) werden bei dem Wort *zwischen* nur die Grenzwerte betrachtet. Das verbindende *bis* ist daher hier fehl am Platze; die beiden Zahlen müssen durch *und* verbunden werden:

Die Höhe variiert zwischen 30 und 80 Zentimeter.
Der Energieverbrauch schwankt zwischen 800 und 1000 kWh.

4.2 SONDERFÄLLE DER RECHTSCHREIBUNG

Bis hierher sind in diesem Kapitel Vorschriften und Regeln vermittelt worden. Im Interesse einer einheitlichen Schreibweise im Bereich der ganzen Technik ist es wünschenswert, wenn alle Beteiligten beim Verfassen von Schriftsätzen danach verfahren.

Einige Fragen sind jedoch noch offengeblieben. Es gibt Probleme, über die sich trotz aller Versuche einer Schreibregelung bis heute keine einheitliche Meinung gebildet hat. Diese Probleme enthalten z. T. viel Zündstoff, und fast bei jedem von ihnen existieren zwei Gruppen mit gegensätzlichen Ansichten; jede von ihnen behauptet natürlich, die allein richtige zu vertreten. Über diese Probleme muß in diesem Buch auch gesprochen werden. Eine letztlich gültige Antwort auf die Fragen, die dabei auftauchen, kann auch der Verfasser nicht immer geben. Was der Leser in den folgenden Abschnitten finden wird, ist eine Darstellung jedes Problems nach historischen und sprachlichen Gesichtspunkten. Der Verfasser ist auch so frei, seine eigene Meinung zu diesen Dingen zu sagen. Eine Aussage, die den Benutzer dieses Buches verpflichtet, kann und soll damit aber nicht gegeben werden. Die Entscheidung für diese oder jene Schreibweise muß im gegebenen Augenblick jeder für sich selbst treffen.

Eine Bemerkung ist noch anzufügen, damit kein Mißverständnis entsteht. In die Bemühungen um die Schreibregelung sind auch so ehrenwerte Organisationen verflochten wie z. B. das Deutsche Institut für Normung (DIN) mit seinen Fachnormenausschüssen. Dort wird viel wertvolle Arbeit geleistet, und über den Wert des Normenwerkes reden hieße Eulen nach Athen tragen. Normen sind, so hieß es in einer früheren Verlautbarung des DIN, verpflichtende Empfehlungen. Dem ist ohne weiteres zuzustimmen, wenn es sich um die Festlegung von Ausführungsarten, Maßen und Begriffen handelt. Die Frage aber, ob eine in Normblättern für irgendein Wort verwendete Schreibweise allgemein verbindlich ist, kann nicht uneingeschränkt mit ja beantwortet werden. Die Normen sind kein Rechtschreiblehrbuch; schon deshalb nicht, weil gewisse Begriffe in verschiedenen Normblättern auch verschieden geschrieben werden, je nachdem, welcher Fachnormenausschuß die Blätter bearbeitet hat. Vielfach ist dabei die persönliche Meinung des Ausschußvorsitzenden maßgeblich gewesen. Von daher kann man keinen Anspruch ableiten, es sei nur eine bestimmte Schreibweise normgemäß, wie man es hin und wieder zu hören bekommt.

Behörden und große Firmen pflegen ohnehin meist für ihren Bereich Anwendungsrichtlinien zu erlassen, an die sich die Mitarbeiter zu halten haben, damit in dem jeweiligen Bereich einheitlich geschrieben wird. Wer aus privatem Antrieb schreibt, ist in dieser Hinsicht ungebunden.

ph oder f?

Das ist eine Frage, die schon viele Gemüter erhitzt und endlose Debatten verursacht hat. Der Doppellaut *ph* stammt aus dem Griechischen und ist dort als *phi* wohlbekannt. Ursprung für viele aus dem Griechischen entlehnte Wörter, die in der Sprache der Technik gebraucht werden, sind folgende:

graphein = schreiben; phonein = sprechen, tönen;
phos (2. Fall photos) = das Licht.

Bei vielen der hiervon abgeleiteten Wörter (graphisch, Telephon, photoelektronisch) hat in der Schreibweise seit langem ein Eindeutschungsprozeß eingesetzt; statt *ph* wird häufig schon *f* geschrieben, und der Verfasser dieses Buches hat es auch getan. Der Prozeß ist aber keineswegs abgeschlossen; es gibt keine verbindliche Regel für eine einheitliche Schreibweise, dafür aber eine große Uneinheitlichkeit der Meinungen. Die Verfechter des *ph* weisen darauf hin, daß im englischen (amerikanischen) und im französischen Fachschrifttum ausschließlich das *ph* verwendet wird. Um ausländischen Lesern das Studium deutscher Fachliteratur zu erleichtern, müsse man, so meinen sie, unbedingt die betreffenden Fachwörter auch im Deutschen mit *ph* schreiben. Sie übersehen dabei zweierlei. Erstens wird ein Ausländer, der sprachlich in der Lage ist, deutsches Schrifttum zu lesen und zu verstehen, nicht scheitern, wenn er *Telefon* statt *Telephon* zu lesen bekommt. Zweitens führen von den europäischen Sprachen nur die englische und die französische in den aus dem Griechischen entlehnten Wörtern das *ph;* alle übrigen Fremdsprachen benutzen das *f.* Dies betrifft sowohl Spanisch, Portugiesisch, Italienisch und Niederländisch wie auch die skandinavischen und die slawischen Sprachen, soweit diese lateinische Schriftzeichen gebrauchen. Wir lesen dort sogar:

fas bzw. fase; fosfor(o); fotograf(o); fisika bzw. fysik.

Es liegt also im Ermessen der Deutschen selbst, wie weit sie sich diesem Prozeß anschließen wollen. Wir raten durchaus nicht dazu, nun auch im Deutschen *Fase, Fos-*

for und *Fysik* zu schreiben. Aber wer es mit seinem Gewissen vereinbaren kann (und hier ist neben etwas Mut eine Gewissensentscheidung nötig), ohne etwa gegen behördliche oder innerbetriebliche Vorschriften zu verstoßen, der möge ruhig schreiben:

fotoelektronisch,
Fotoelement, -widerstand, -zelle,
Fotograf, Fotografie, fotografisch,
Grafik, grafisch,
Telefon, telefonisch, Telegraf, telegrafisch.

Wie einer sich nun entscheidet: wichtig ist, daß er dann konsequent bei einer Schreibweise bleibt und nicht in einem Schriftsatz mal so, mal anders schreibt. Wir haben in Manuskripten schon das Wort *Fotographie* gelesen! Bei allem Mut zum Neuen muß aber deutlich festgehalten werden, daß es Wörter gibt, bei denen das *ph* keinesfalls durch *f* ersetzt werden darf. In der Mathematik wird für den Begriff „Zeiger" auch das Wort „Graph" verwendet. Das ist natürlich etwas anderes als ein Graf.

Ferner ist das „Phon" genormt als Einheit der Lautstärke. Davon abgeleitet sind das Wort phonetisch sowie die als Warenzeichen eingetragenen Bezeichnungen Grammophon und Magnetophon.

Code oder Kode?

Dieses Wort steht als Muster für mehrere, bei denen die Schreibweise umstritten ist. Noch um die Jahrhundertwende schrieb man selbstverständlich Cassette, Centrale, Coordinate, Cylinder, Excenter, Procura, Vacuum. Als die neue Rechtschreibung eingeführt wurde, begann die Eindeutschung dieser nun schon zu Lehnwörtern gewordenen Fremdwörter auch in bezug auf die Schreibweise. Das *c* wurde – je nach Aussprache – durch *k* oder *z* ersetzt. Das ist ein Prozeß, der sich in unserer Sprache laufend vollzieht und alle Wörter erfaßt, die zwar aus Fremdsprachen stammen, die aber nicht mehr als Fremdwörter empfunden werden, nachdem sie fester Bestandteil unserer Begriffswelt geworden sind. Einige der alten Formen mit *c* haben sich allerdings neben der modernen Schreibweise noch erhalten. So schreiben die Werbetexter auch heute noch grundsätzlich *Cigarette*. Wahrscheinlich meinen sie, daß das vornehmer aussieht; diese Schreibweise gebraucht sonst niemand mehr. Bisweilen prangt auf Ladenschildern das Wort *Conditorei*. Seien wir ehrlich: als normal empfinden wir das nicht.

Daß die Allgemeine Elektricitäts-Gesellschaft sowie die Hamburgischen Electricitäts-Werke in ihren Namen das *c* führen, liegt am Zeitpunkt der Gründung dieser Unternehmen. Was einmal in Wirtschaftskreisen zum festen Begriff geworden ist, ändert man nicht so leicht.

Der Code (nach den Etymologen lateinisch-französisch-englischer Herkunft) ist uns geläufig vom *Code Napoléon* und vom *Code civil* her. Auch er wurde bereits eingedeutscht zum *Kode,* wie die bisherigen Ausgaben des Dudens zeigen.
Nun aber setzt eine Entwicklung ein, die man, historisch betrachtet, als rückläufig bezeichnen muß. Verursacht durch den verstärkten Zufluß amerikanischen Fachschrifttums und infolge der Mitarbeit deutscher Organe in internationalen Gremien wächst die Neigung, das *k* wieder über Bord zu werfen und sich der amerikanischen Schreibweise anzugleichen. Angeblich soll das die Verständlichkeit im internationalen Schrifttumsaustausch fördern. Wir sind nicht ganz dieser Ansicht, denn wenn – wie schon im vorigen Abschnitt betont wurde – ein Ausländer deutsche technische Texte liest, dann wird er solche Wörter auch kapieren, wenn sie mit *k* geschrieben sind. Wir verwenden ja im Fachschrifttum ohne Bedenken die Schreibweise *Zyklotron* (obwohl es im Englischen *cyclotron* heißt), und Ausländer, die das Wort lesen, verstehen es sogar.
So begegnen wir heute wieder Wörtern wie Code, codieren, Codex, Colloquium. Es gibt sogar das Congreß-Centrum und die Compact-Cassette. Einige plädieren dafür, neben dem Kollektor für die elektrische Maschine einen besonderen Collector für den Transistor zu pflegen. Wir bezweifeln, ehrlich gesagt, die Notwendigkeit hierfür, denn Verwechslungen dürften ausgeschlossen sein.
Jedoch die Schreibweise *Code* sowie *Collector* haben bereits in das deutsche Normenwerk Eingang gefunden, und es gibt viele, die darauf pochen, nun müsse auch stets so geschrieben werden. Hier scheiden sich die Geister.
Wenn jetzt der Leser fragt: Wie soll ichs denn nun halten?, so kann der Verfasser nicht auf eine Vorschrift verweisen, die es ja nicht gibt. Er kann lediglich den Rat geben, die Schreibweise mit *k* überall dort zu gebrauchen, wo es irgend angeht. Wer allerdings die Schreibweise in den Normblättern nicht nur als Empfehlung, sondern als Verpflichtung auffaßt, sich der Fremdschreibung zu bedienen, der möge nicht sein Gewissen belasten und entsprechend handeln. Wichtig ist nur, daß der Brauch innerhalb eines Schriftstücks einheitlich bleibt.

Oxid oder Oxyd?

Auch das ist eine Frage, welche die Gemüter bewegt. Unter Verfassern und Lesern von technischem Fachschrifttum gibt es in dieser Hinsicht teilweise große Unsicherheit. Selbst der Verfasser dieses Buches muß bekennen, daß es ihm lange Zeit schwergefallen ist, eine von den Vätern ererbte und jahrzehntelang geübte Schreibweise zugunsten einer neuen, fremd anmutenden aufzugeben.
Die International Union of Pure and Applied Chemistry (IUPAC) hat bereits 1938 Richtsätze für die Nomenklatur der anorganischen Chemie ausgearbeitet. Die letzte, überarbeitete Fassung stammt aus dem Jahre 1959. Die nach dem englischen Original hergestellte deutsche Fassung der „Richtsätze" empfiehlt u. a. die Schreibweise

-oxid anstelle der bisher gebräuchlichen *-oxyd*. Dies ergibt natürlich Schriftbilder, die zunächst völlig ungewohnt sind.
Von einer Angleichung der deutschen Schreibweise an eine international gebräuchliche kann man hier eigentlich nicht sprechen. Zwar heißt es auf englisch *oxide*, spanisch *ossido*, aber französisch und niederländisch *oxyde*. Der Grund für die deutsche Empfehlung ist vielmehr der Wunsch nach einer einheitlichen Systematik.

Zum besseren Verständnis sei hier für den Nichtchemiker eine kleine fachliche Abhandlung eingeschaltet:
In der Chemie gelten als Salze die Verbindungen zwischen einem Metall und einem Säurerest (das ist das, was übrigbleibt, wenn eine Säure den Wasserstoff abspaltet). Die Namen der Salze werden im Deutschen folgendermaßen gebildet: der Name des Metalls (elektropositiver Teil der Verbindung) steht am Anfang; danach kommt der Name des Säurerestes (elektronegativer Bestandteil). Als Endung wird die Silbe *-id* angehängt, falls der negative Bestandteil einatomig ist, d. h. aus Atomen nur eines chemischen Elementes gebildet wird.

Hierzu ein Beispiel:
Das Metall Natrium Na und der Rest Cl der Salzsäure HCl verbinden sich zum Kochsalz NaCl; chemischer Name der Verbindung: Natriumchlorid (der Säurerest Cl ist einatomig). Ebenso gebildet werden Namen folgender Verbindungsgruppen: -bromid, -fluorid, -jodid, -nitrid, -phosphid, -sulfid usw.
Über die salzartigen Verbindungen mit mehratomigen Säureresten, deren Namen auf *-at* oder *-it* endigen, soll hier nicht gesprochen werden, da sie für unsere Erörterungen ohne Belang sind.

Bei der Oxidation tritt nun ebenfalls zu einem elektropositiven Bestandteil (Metall oder Nichtmetall) ein elektronegativer, nämlich der Sauerstoff (Oxygenium).

Beispiel:
Das Metall Zink Zn verbindet sich mit Sauerstoff O zu ZnO.
Konsequenterweise müßte man also diese Art von Verbindung *Oxy-id* nennen. Die bisher übliche Schreibweise *Oxyd* unterdrückt also das *i*, wogegen jetzt (wahrscheinlich als gerechter Ausgleich) empfohlen wird, das *y* wegzulassen (analog zur Bildung von Nitrid aus Nitro-id, Sulfid aus Sulfur-id usw.).

Die Sache wird nicht leichter dadurch, daß die IUPAC-Richtsätze nur für den Bereich der anorganischen Chemie gelten; für die organische Chemie gibt es solche Richtsätze nicht. Verzweifelt wird der Leser fragen, ob er denn nun erst einen Kursus in Chemie absolvieren müsse, um die richtige Schreibweise zu lernen. Inzwischen ist man aber im chemischen Fachschrifttum freiwillig dazu übergegangen, grundsätzlich in jedem Fall *Oxid* zu schreiben. Hierzu ein paar Beispiele:

- Anorganische Oxide
  Aluminiumoxid, Schwefeldioxid, Phosphorpentoxid, Eisen(III)-oxid.
- Organische Oxide
  Äthylenoxid, Propylenoxid, Epoxid(harz), Pyridin-N-oxid.
- Spezielle Arten von Oxiden
  Hydroxid, Peroxid, Hyperoxid.
  ferner: Oxidation, Oxidationsmittel, oxidieren, Oxidierung, oxidierbar, oxidisch, Oxidoreduktion.

Weiterhin mit *y* wird jedoch geschrieben:

Oxygenium; Carboxyl, Hydroxyl, Hydroxysäuren, Hydroxycellulose und ähnliche.

Silicium oder Silizium?

Die bei dem Stichwort Oxid (S. 120) erwähnten Richtsätze der IUPAC geben auch Anweisungen, wie die Namen chemischer Elemente zu schreiben sind. Leitmotiv hierbei war das Bestreben, international möglichst gleiche Bezeichnungen und einheitliche Schreibweisen einzuführen. Diese Absicht hat sich jedoch – auch bei der Übersetzung der englischen Originalfassung der Richtsätze ins Deutsche – nur zum Teil verwirklichen lassen, weil man alteingeführte Namen nicht einfach verschwinden lassen kann. So bestehen weiterhin nebeneinander z. B.:

deutsch	englisch	französisch	lateinischer Fachname
Sauerstoff	Oxygen	Oxygène	Oxygenium
Stickstoff	Nitrogen	Azote	Nitrogenium
wichtige Metalle:			
Blei	Lead	Plomb	Plumbum
Eisen	Iron	Fer	Ferrum
Quecksilber	Mercury	Mercure	Hydrargyrum
Wolfram	Tungsten	Tungstène	Wolframium
Zinn	Tin	Etain	Stannum

Lediglich die Elemente, deren Namen lateinisch gebildet worden sind, sollen in Zukunft international einheitlich geschrieben werden: Cadmium, Calcium, Cäsium, Cer, Scandium, Silicium. Daraus folgt, daß die weitverbreitete eingedeutschte Schreibweise mit *k* oder *z* anstelle des lateinischen *c* bei den Namen chemischer Elemente oder Verbindungen nicht mehr erwünscht ist. Im chemischen Fachschrifttum ist sie ohnehin wohl nie verwendet worden. Aber in der allgemeinen technischen Literatur war es jahrzehntelang üblich, Kadmium, Kalzium, Zäsium, Zer, Skandium und natürlich auch Silizium zu schreiben, getreu dem Brauch, alle aus dem Lateinischen stammenden oder lateinisch geformten Lehnwörter einzudeutschen (konzentrisch, Manuskript, Oszillogramm, Zäsur, Zentrum, Zyklus).

Das *c* ist im Deutschen kein eigenständiger Buchstabe. Es taucht unter in den Verbindungen *ch, ck, sch;* als Sprachlaut ist es ein Zwitter und wird daher bei Lehnwörtern folgerichtig durch *k* oder *z* ersetzt, ähnlich wie in Wörtern griechischen Ursprungs das *ph* langsam dem *f* weicht. Das ist ein Vorgang, der nicht aufzuhalten ist.

Dies mußte gesagt werden, um begreiflich zu machen, daß die Forderung, sich jetzt einheitlich der in der chemischen Fachliteratur streng geübten Schreibweise anzuschließen, zunächst wie die Rückkehr zu einem altertümlichen Brauch anmutet. Trotzdem: Die Redaktionen der Fachverlage für das Chemie-Schrifttum haben sich hierauf festgelegt. Der Duden verzeichnet beide Schreibweisen. Das Deutsche Normenwerk verfährt auch nicht einheitlich. Im allgemeinen wird zwar der Standpunkt der Chemiker vertreten und *Silicium* geschrieben. Aber der Fachnormenausschuß Elektrotechnik verwendet in den Normen über Einkristallhalbleiter z.T. noch die eindeutschende Form *Silizium.*

Als Kuriosum sei noch erwähnt, daß mit der Festlegung auf die Chemiker-Schreibweise *Silicium* nicht etwa eine international einheitliche Schreibung erreicht wird. Während sich die Wörter im Deutschen und im Französischen gleichen, lautet der Ausdruck im Englischen *silicon* (worin der *c*-Laut als *k* gesprochen wird!).

Wie soll also geschrieben werden? Einen verbindlichen Rat zu geben fällt schwer, solange selbst unter Fachleuten Uneinigkeit herrscht. Die Fachwelt hat sich zum größten Teil dafür entschieden, die latinisierten Formen anzuwenden. Wer also in diesem Sinne *Silicium* schreibt, begeht bestimmt keinen Fehler. Aber ein gewisses Bedauern läßt sich nicht unterdrücken, wenn man sich die Konsequenzen solcher Schreibweise vor Augen hält. Wir schreiben dann (gemäß den Richtsätzen der Chemiker):

Kalk, aber calcinieren,
Zellstoff, aber Cellulose,
Zitrone, aber Citronensäure,
Zyklus, aber cyclisch.

Skala oder Skale?

Die Skala (lateinisch scala = Leiter) hat einen Konkurrenten bekommen: die Skale. Seitdem ertönen die Kampfrufe: „hie Skala!", „hie Skale!", und die Fronten der beiden Parteien verlaufen quer durch die gesamte Meßtechnik. Im Jahre 1927 hat der Bearbeiter einer Eichvorschrift aus unbekannt gebliebenen Gründen das Wort *Skale* aus der Taufe gehoben. Sein Name ist uns nicht überliefert, und die Nachwelt wird ihm darob keine Kränze flechten. In einer Zeit des wachsenden Nationalismus wurde diese Wortveränderung wahrscheinlich als Eindeutschung empfunden, was sie in Wirklichkeit gar nicht ist[1]. Das Wort *Skala* ist bereits eingedeutscht. Nach 1933, als die Vorliebe zum Verdeutschen hohe Wellen schlug, gab es allerhand seltsame Sprachblüten. Vorgeschlagen wurde der Gebrauch von *Bern* für *Elektrizität, Zieh* für *Lokomotive* (besonders reizvoll war die Zusammensetzung *der Bernzieh* für *die Ellok*), von *Falt* für *Scharnier, Schmalt* für *Emaille, Kehrlipf* für *Paternoster* u. dgl. mehr. Wen wundert es, wenn auch die Skale sich so weit ausbreitete, daß sie 1942 in das Normenwerk einging. DIN 1319 „Grundbegriffe der Meßtechnik" war wohl das erste Blatt, in dem sie ihren Niederschlag fand.

In Fachbüchern wird man die *Skale* selten finden. Fast das gesamte Fachbuchangebot einschl. der Lehrbücher verwendet ausschließlich die Bezeichnung *Skala.* Im Normenwerk ist es unterschiedlich. Die einschlägigen Normblätter des Ausschusses für Einheiten und Formelgrößen verwenden das Wort *Skale,* in den Normblättern anderer Fachnormenausschüsse heißt es nach wie vor *Skala.*

Eine sachliche Begründung für die Bildung des Wortes *Skale* hat bis heute noch niemand gegeben. Da es nun mal existiert, hat man allerdings versucht, eine Definition zu konstruieren, die auch die verschiedene Schreibung in den Normen erklären soll. Hiernach soll *Skale* eine Folge von Strichen und Ziffern auf dem Zifferblatt sein, *Skala* eine Reihe bestimmter Festpunkte zu Eichzwecken. Ob die Erfinder dieser Theorie selber daran glauben? Daß ausgerechnet für Eichzwecke die *Skala* gelten soll, wo doch die *Skale* aus einer Eichvorschrift stammt, kann man allenfalls mit Humor ertragen.

Wer sich in der Entwicklung dieser Dinge etwas auskennt, der weiß, daß es bei den Beratungen über eine Neufassung von DIN 1319 keine einheitliche Meinung gab. Ein Teil der Ausschußmitglieder verlangte, die Bezeichnung *Skala* zumindest als gleichwertig zuzulassen. Das hat in der Ausgabe vom Dezember 1963 in den Anmerkungen bei Punkt 3 zu dem etwas matten Hinweis geführt: „Vielfach wird an Stelle von Skale noch Skala geschrieben." Bemerkenswert ist das „noch", das dem Satz den Unterton der Duldung eines Zustands gibt, der doch zum Aussterben verurteilt ist. Interessanterweise lautet dieser Satz in der Ausgabe vom Dezember 1968 so: „Vielfach wird an Stelle von Skale auch Skala geschrieben."

Es gibt aber noch andere Quellen. Die vom VDE herausgegebenen Regeln für elektrische Meßgeräte (VDE 0410/3.68) verwenden ausnahmslos das Wort *Skala.*

Im Duden, Band 1 (Rechtschreibung) erscheint in der 14. Auflage (1954) erstmals der Hinweis: „Skale, eindeutschende Nebenform von Skala", womit der Duden auch dem Irrtum bezüglich der „Eindeutschung" erlegen ist. Der erste, verbesserte Neudruck der 14. Auflage (1958) enthält den Hinweis auf die Skale nicht mehr, nachdem u. a. auch wir mit der Sprachberatungsstelle der Dudenredaktion hierüber

[1] Beispiele für Eindeutschungen: Kamera für camera, Prokura für pro cura, Skala für scala.

korrespondiert hatten. In den neueren Ausgaben des Dudens erscheint dann die Skale wieder, und zwar als eigenes Stichwort neben der Skala, mit dem Hinweis auf ihre Verwendung in der Fachsprache; dies geschieht im Einklang mit dem Grundsatz des Dudens, nur noch zu registrieren sowie Umgangs- und Fachsprache gegeneinander abzugrenzen.
Soweit die geschichtliche Entwicklung und der augenblickliche Stand der Dinge. Wir sind überzeugt, daß wir nicht jeden überzeugt haben, die *Skale* sei eine Fehlgeburt gewesen. Wer jahrelang, vielleicht seit Beginn seiner Laufbahn, mit der Skale umgegangen ist, wird schon aus Gewohnheit davon nicht abgehen wollen; wie wir Menschen ja überhaupt, sei es im sachlichen oder im persönlichen Bereich, unsere Gunst nicht so sehr nach den Merkmalen „besser oder schlechter" zuzuteilen pflegen als nach den Kriterien „vertraut oder ungewohnt".
Für diejenigen, welche die *Skale* auf ihr Banner geschrieben haben, hier noch eine Anregung, nun aber auch wirklich konsequent weiterzudenken:

> Kurt Halbe ist Mitarbeiter des Hauses Jeschke & Co. Nachdem seine Firme ihm Prokure erteilt hatte, konnte er sich einen alten Wunsch erfüllen. Er kaufte sich eine Ville inmitten eines Gartens mit üppiger Flore; nachträglich ließ er noch eine Saune einbauen.
> Seine Tochter Klare, von Beruf Zoologin, beschäftigt sich gerade mit der Faune von Chile. In ihrer Mußezeit liest sie ein Drame, das in Prose geschrieben ist.
> Sein Sohn, der Jure studiert, ißt mittags in der Mense. Auf seinen Ausflügen hat er stets eine Kamere bei sich. Den richtigen Lichtwert für die Aufnahmen liest er auf der Skale seines Belichtungsmessers ab.

Natürlich ist dieser Text konstruiert. Aber wir hoffen, daß er deutlich zeigt, wohin es führt, wenn man sprachlichen Entartungen nicht rechtzeitig entgegentritt.

Transistorieren oder transistorisieren?

Auch bei diesem Wort bestehen zwei Schreibweisen nebeneinander. Es hat die Bedeutung: ein elektronisches Gerät mit Transistoren (anstelle von Elektronenröhren) ausrüsten (der Ingenieur sagt: bestücken). Aus dem englischen *transistorize* abgeleitet ist das zunächst in der deutschen Fachliteratur auftauchende Wort *transistorisieren*. Es wurde jahrelang allein verwendet, bis sprachlich versierte Leute dahinterkamen, daß es eigentlich falsch gebildet ist. Hierzu eine kleine Erläuterung:
Die deutschen Wörter auf *-isieren* (im Englischen auf -ize, im Französischen auf -iser) haben etwa die Bedeutung: in einen Zustand versetzen, verwandeln, eine besondere Eigenschaft geben (... machen; z. B. immunisieren = immun machen). Hierzu gehören beispielsweise:

> atomisieren, automatisieren, egalisieren, elektrisieren, homogenisieren, hypnotisieren, magnetisieren, mechanisieren, motorisieren, normalisieren, pasteurisieren, polarisieren, spezialisieren, standardisieren.

Die deutschen Wörter auf *-ieren* (im Englischen gibt es hierfür eine Vielzahl von möglichen Endungen; im Französischen enden die entsprechenden Wörter einfach auf -er bzw. auf -ir, -ire, -ier) sind meist aus dem Lateinischen oder Französischen übernommen. Neben solchen Wörtern wie fabrizieren, markieren, reservieren, telefonieren gehören dazu Gruppen von Wörtern in der Bedeutung: mit etwas ausrüsten, versehen, anreichern, etwas ermitteln. Beispiele hierfür sind:

> bronzieren, brünieren, chlorieren, chloroformieren, extrapolieren, grundieren, interpolieren, kadmieren, nitrieren, plattieren, sulfatieren, tarieren, uniformieren.

Bei Betrachtung dieser beiden Wortgruppen fällt es nicht schwer, unser Bezugswort der zweiten Gruppe zuzuordnen: *transistorieren.* Es geht ja nicht darum, ein Gerät transistorisch zu machen; das wäre ein unsinniger Begriff.
Im Einklang mit dieser Meinung stehen die Ausführungen des VDI-Ausschusses Sprache und Technik (VDI-Richtlinie 2274) und die Ansicht der Gesellschaft für deutsche Sprache. Wir zitieren eine ihrer Äußerungen:

> „Professor Leo Weisgerber spricht in seiner Schrift ‚Verschiebungen in der sprachlichen Einschätzung von Menschen und Sachen‘ (Wissenschaftliche Abhandlungen der Arbeitsgemeinschaft für Forschung des Landes Nordrhein-Westfalen, Bd. 2) davon, daß die Endung -ieren zur Bildung sogenannter Ornativa geeignet sei: uniformieren = mit einer Uniform ausstatten; während die Endung -isieren zur Bildung sogenannter Effektiva tauge: atomisieren = zu Atomen machen. Wir meinen, auf Grund der Weisgerberschen Überlegungen sei die Endung -ieren am besten geeignet, aus ‚Transistor‘ ein Verb mit der Bedeutung ‚mit Transistoren ausstatten‘ abzuleiten. Das entsprechende Partizip (Adjektiv) ist dann ‚transistoriert‘.“

Dem Verfasser sind 3 gegenteilige Meinungen bekanntgeworden, die hier kurz erwähnt werden sollen.

a) In der Fachliteratur fand sich vor einiger Zeit der Einwand: Das Wort *transistorieren* sei abzulehnen, denn wer so sage, der müsse dann auch *röhrieren* sagen (= mit Röhren versehen). Dies geht am Kern der Sache vorbei. *Transistor* ist ein nach lateinischer Art gebildetes Fremdwort, das man ohne weiteres mit der Endung *-ieren* versehen kann. Bei dem deutschen Wort Röhre ist dies sprachlich nicht möglich.
In einem stimmen wir allerdings dem Kritiker zu: Besonders schön finden wir das Wort *transistorieren* auch nicht. Es ist aber im Gebrauch praktisch. Wer es nicht gebrauchen will, der muß allerdings umständlicher schreiben: mit Transistoren ausrüsten, versehen. In Verbindung mit Hauptwörtern empfiehlt sich: Transistorgerät, Transistorverstärker.

b) Es ist eingewendet worden, wer *transistorieren* sage, der müsse dann statt motorisiert auch sagen: *motoriert.* Das ist nicht richtig. Das Wort motorisiert wird ja nie in dem Sinne gebraucht: ein Fahrzeug wird mit einem Motor ausgerüstet. Gemeint ist vielmehr: ein Fuhrpark oder der Verkehr allgemein wird auf motorischen Betrieb umgestellt (gewissermaßen motorisch gemacht).

c) Im Englischen heißt das entsprechende Wort *transistorize,* im Französischen *transistoriser.* Wir meinen, daß dies ebenso unüberlegt gebraucht wird wie das Wort transistorisieren im Deutschen. Und allein der falsche Gebrauch in einer fremden Sprache sollte kein Grund für uns sein, diesen Fehler nachzumachen.

4.3 UMSTELLUNG AUF NEUE EINHEITEN

Laut „Gesetz über Einheiten im Meßwesen“ vom 2. Juli 1969 ist die Verwendung der folgenden Einheiten seit dem 1. Januar 1978 nicht mehr zulässig:

Pond (Kilopond), Kalorie, Pferdestärke, Atmosphäre, Millimeter Wassersäule, Millimeter Quecksilbersäule.

An ihrer Statt dürfen seitdem nur die von den Basiseinheiten

Meter, Kilogramm, Sekunde, Ampere, Kelvin und Candela (die Betonung liegt auf der Silbe „de“)

abgeleiteten Einheiten verwendet werden. Ihnen liegen die SI-Basiseinheiten zugrunde (SI = Système International d'Unités; Internationales Einheitensystem).

a) Einheit der Kraft ist das Newton (N):	1 N	= 1 kg m/s^2
Umrechnung:	1 kp	= 9,81 N
b) Einheit der Arbeit, Energie, Wärmemenge ist das Joule (J):		
	1 J	= 1 Nm = 1 Ws
Umrechnung:	1 cal	= 4,2 J
c) Einheit der Leistung ist das Watt (W):	1 W	= 1 J/s = 1 Nm/s
Umrechnung:	1 PS	= 736 W = 0,736 kW
d) Einheit des Drucks ist das Pascal (Pa):	1 Pa	= 1 N/m^2
oder das Bar (bar):	1 bar	= 0,1 MPa
	1 mbar	= 10^2 Pa
Umrechnung: 1 kp/cm^2	= 1 at	= 98 100 Pa
		= 0,981 bar
		= 981 mbar

5. Stilprobleme

> Wenn die Sprache nicht stimmt, so ist das, was gesagt wird, nicht das, was gemeint ist; ist das, was gesagt wird, nicht das, was gemeint ist, so kommen die Werke nicht zustande, so gedeihen Moral und Kunst nicht; gedeihen Moral und Kunst nicht, so trifft die Justiz nicht; trifft die Justiz nicht, so weiß die Nation nicht, wohin Hand und Fuß setzen. Also dulde man keine Willkür in den Worten. Das ist es, worauf alles ankommt. Konfuzius

Nicht nur Grammatik und Rechtschreibung lassen sich lernen, auch einen guten Stil kann man sich durch Anleitung und Übung aneignen. Schon während der Schulzeit muß der junge Mensch sich mit diesen Problemen befassen. In Aufsätzen und Niederschriften gibt er Proben seines Könnens von sich, und aus den Korrekturen und Verbesserungsvorschlägen des Lehrers lernt er (oder auch nicht), was guter deutscher Schreibstil ist. Wieweit in unseren Schulen systematisch Stilkunde getrieben wird, wieweit die Schüler schlechte und gute Formulierungen zu unterscheiden lernen, wieweit vor allem in den jungen Menschen die Neigung geweckt wird, diese Kenntnisse später auch praktisch zu verwerten, das läßt sich generell nicht feststellen. Zieht man jedoch Rückschlüsse aus den Erfahrungen der Praxis, dann kommt man zu dem betrüblichen Ergebnis, daß die Pflege eines guten deutschen Stils doch wohl ziemlich im argen liegt.

Die Schüler bekommen zwar klassische und moderne Literatur in Form von Dramen und Novellen geboten, und vieles Lesen schult bekanntlich das Ausdrucksvermögen. Aber im Berufsleben gibt es keinen klassischen Stil. Dort herrscht eine nüchterne Alltagssprache. Die Fachsprache der Technik, die Sprache der Werbung, der Geschäftskorrespondenz: es sind beinahe ganz neue Sprachen, die der Berufsanfänger lernen muß. Wenn er einigermaßen geschickt ist, lernt er sie schnell. Vor allem eignet er sich – da ihn ja niemand hierüber aufklärt – alle Schreibunarten an, die seine Vorgänger gebraucht haben und die er in den Arbeitsunterlagen vorfindet. So etwas erbt sich von Jahr zu Jahr wie eine Krankheit fort. Wenn er es oft genug liest, glaubt der junge Mensch, dies sei üblicher und darum richtiger Geschäftsstil; wenn es außerdem ungewöhnlich klingt, meint er, es sei fortschrittlich.
Wer heute durchschnittliche Geschäftsbriefe in die Hand nimmt oder in der Presse Nachrichten und Berichte liest (die Fachpresse sei hier nicht ganz ausgenommen!), der hat manchmal nicht mehr das Gefühl, unsere Sprache sei ein architektonisches Gebilde, das nach festen Regeln aufgebaut ist, sondern er wähnt sich in einem seichten Gewässer voller Schlinggewächse.
Literatur über die Fragen der Stilbildung gibt es allerdings genug, und es besteht reichlich Gelegenheit, sich in dieser Kunst zu üben. Hier soll deshalb nicht Ähnliches aufgetischt werden (einige der bemerkenswertesten Erscheinungen am Büchermarkt nennt das am Schluß befindliche Bücherverzeichnis). Worauf es vielmehr ankommt, sind zwei Dinge.

Zunächst muß die Erkenntnis wachsen, daß in sprachlicher Hinsicht oft und viel gesündigt wird. Sprachliche Entgleisungen oder falsche Formulierungen sind aus Nachlässigkeit zu Objekten des täglichen Gebrauchs geworden, und viele merken gar nicht mehr, wie ungeschickt sie häufig reden und schreiben.

Das zweite: Der Wille, wieder zu einer sauberen, einwandfreien Sprache zurückzukehren, muß gestärkt werden. Wenn Fehler als solche erkannt sind, bedarf es nur ständiger Aufmerksamkeit, um sie in Zukunft zu vermeiden. Im Geschäftsleben – sei es in der Rede oder in Briefen, Schriftstücken, Aufsätzen – wirkt eine ungepflegte oder künstlich aufgebauschte Sprache abstoßend; eine ungeschickte Formulierung gar kann den Urheber der Lächerlichkeit preisgeben. Jeder geschriebene Satz ist eine Werbechance; man kann sie zu seinem Vorteil nutzen oder nutzlos vertun. In einem Artikel „Gutes Deutsch in der Wirtschaft", den wir in der Frankfurter Allgemeinen Zeitung fanden, lasen wir folgendes:

> „Das Bemühen eines Unternehmens, seine Mitarbeiter an klare Ausdrucksweise, an sorgsamen Umgang mit der Sprache zu gewöhnen, braucht keineswegs einer bloßen kulturpolitischen Beflissenheit zu entspringen, sondern es dient auch dem eigenen Betriebsinteresse. Mißverständnisse werden verhindert, die Verständigung wird erleichtert, das klare Denken gefördert."

Ähnlich hörten wir es von Ludwig Reiners, dem Textilkaufmann und bekannten Sprachpädagogen:

> „Wer seinen Stil verbessert, schult sein Denken."

In diesem Sinne sollen die folgenden Ausführungen Fehler aufdecken und Sprachtorheiten geißeln, aber vor allem auch Wege aufzeigen, wie man an ihre Stelle bessere Formulierungen setzen und guten deutschen Stil pflegen kann.

Dieses Kapitel ist in drei Abschnitte gegliedert. Der erste Abschnitt behandelt Fehler, die beim Gebrauch bestimmter Wörter vorkommen (falsche Wortbildung, falsche Wortanwendung, ungeschickte Satzkonstruktion). Die Stichwörter sind alphabetisch geordnet, so daß man sie im Bedarfsfall schnell finden kann. Der zweite Abschnitt bringt Ausführungen über solche Stileigenheiten, die sich nicht unter einem bestimmten Stichwort aufführen lassen. Im dritten Abschnitt werden schließlich ein paar ausgesprochene Stilblüten serviert.

Die in diesem Kapitel verwendeten Beispiele sind fast ohne Ausnahme aus der Literatur aufgelesen. Sie sind zum Teil leicht verändert worden, um sie in möglichst prägnanter Form zitieren zu können. Sollte jemand jedoch glauben, in irgendeinem Beispiel eine ihm bekannte Textstelle wiederzuerkennen, so möchte der Verfasser darauf aufmerksam machen, daß es sich wahrscheinlich um eine rein zufällige Ähnlichkeit handelt.

5.1 STILLEXIKON VON A BIS Z

abhängig, Abhängigkeit. Das Eigenschaftswort *abhängig* verlangt nach einer Erläuterung, wovon denn der Satzgegenstand abhängig ist. Es hat also stets das Wörtchen *von* im Gefolge. Mit der *Abhängigkeit* ist es nicht anders. Das Wort tritt meist auf in der Wendung „in Abhängigkeit von ...“. Unklar bleibt, weshalb manche das Wörtchen *von* unterdrücken und statt des Wemfalls mit dem Wesfall fortfahren:

> In Abhängigkeit der Temperatur ändert sich die Härtungsgeschwindigkeit.
>
> Besonders zu beachten ist die Änderung der Kühlwirkung in Abhängigkeit des Wasserdrucks.

Richtig muß es natürlich heißen:

> in Abhängigkeit von der Temperatur;
> in Abhängigkeit vom Wasserdruck.

beinhalten. Dieses Wort ist nichts als eine Modetorheit; trotzdem gehört es zur Zeit zu den beliebtesten Neuerscheinungen auf dem Sprachmarkt. Der Verfasser ist immer versucht, das Wort *bein-halten* dreisilbig zu lesen; aber nach dem Willen seiner Anwender soll es ja viersilbig sein. Es hat mit dem *Bein* nichts zu tun, wenn es auch dem guten Geschmack ein Bein stellt.

Hier einige schlechte, aber gängige Beispiele:

> Es herrschte noch Unklarheit über das, was das Vertragswerk beinhalten sollte.
>
> Die Listenpreise beinhalten keinerlei Umsatzsteuervorbelastung.
>
> § 24 beinhaltet eine Sonderregelung für den Fall, daß der Betroffene seinen Wohnsitz ins Ausland verlegt hat.

Ein Gebildeter sollte dieses Wort nicht verwenden, denn es ist sprachlich falsch gebildet. Tätigkeitswörter mit der Vorsilbe *be-* drücken eine Aktivität aus, die aus einem Hauptwort abgeleitet ist: aus dem Aufschlag wird *beaufschlagen,* aus dem Druck *bedrucken,* aus der Gicht *begichten,* aus der Leuchte *beleuchten,* aus dem Wasser *bewässern.* Wenn jedoch ein Gefäß einen Inhalt umschließt, so ist das keine Aktivität, sondern ein Zustand. Das Tätigkeitswort heißt daher nicht be-inhalten, sondern *enthalten.* Dieses Wort läßt sich in allen Fällen verwenden, wo fälschlich *beinhalten* geschrieben wird. Den ersten Beispielsatz könnte man auch noch so formulieren:

> Es herrschte noch Unklarheit über das, was das Vertragswerk umfassen (bzw.: was Inhalt des Vertragswerkes werden) sollte.

Der Gebrauch des Wortes *beinhalten* nimmt leider immer noch zu; man bekommt es überall zu hören und zu lesen. Nun sollten die Anwender aber konsequent sein und auch statt *Inhalt* sagen: *Be-inhaltung.* Davon zu unterscheiden ist allerdings die Bein-haltung beim Ballett.

besitzen. Ein Beispiel für die richtige Verwendung dieses Wortes: „Was du ererbt von deinen Vätern hast, erwirb es, um es zu besitzen." Was ich besitze, ist mein Besitz, und ich bin der Besitzer. Besitzen ist eine Angelegenheit, die juristisch geregelt ist. Etwas besitzen können nur Personen (natürliche und juristische), niemals aber Sachen. Aber auch Personen besitzen nicht nur. Eine Eigenschaft, eine Krankheit, ein gesundes Aussehen, ein Ansehen bei den Mitmenschen kann man haben, nicht besitzen.

Haben ist, entgegen einem verbreiteten Irrtum, nicht nur Hilfszeitwort, sondern auch selbständiges Tätigkeitswort. Diese Eigenschaft teilt es mit *sein* und *werden:*

> ich habe Hunger, ihr seid unsere Gehilfen, er wird Ingenieur.

Dinge haben also etwas, sie besitzen es aber nicht. Falsch sind daher folgende Formulierungen, die einem in dieser oder ähnlicher Form häufig begegnen:

> Die umgebende Luft darf nur geringen Staubgehalt besitzen. (Was geschieht aber mit ihr, wenn sie – entgegen dem Gebot – ihren Besitz vergrößert?)
>
> Die meisten Industrieöfen besitzen ein Thermoelement, das in der Wand einer Zone montiert ist. (Wenn der Ausstoß des Ofens ungenügend ist, so daß die Kosten seinen Nutzen übersteigen, wird man ihm dann etwa seinen Besitz pfänden?)

Natürlich muß es heißen:

> Die umgebende Luft darf nur geringen Staubgehalt haben. Die meisten Industrieöfen haben ein Thermoelement, . . .

(Für Schreiber, die das Wort *besitzen* besonders lieben, noch eine Anregung: Ich besitze Sorge, daß etwas nicht klappen wird. Er besitzt heute keine Zeit für mich. Wie wärs denn damit?)

darstellen. Darstellen heißt, ein Abbild der Wirklichkeit geben, ohne daß diese selbst gegenwärtig ist. Die Darstellende Geometrie vermittelt ein ebenes Abbild der Lage von Linien, Flächen und Körpern. Da diese Figuren räumlich angeordnet sind, erscheinen sie nicht selbst; sie werden in einer Fläche dargestellt.

Wenn Gustav Gründgens auf der Bühne stand, stellte er oft den Mephistopheles dar; er war aber nicht Mephistopheles. Hieraus möge deutlich werden, welchen Sinn das Wort *darstellen* hat.

Es gibt jedoch nach neuestem Brauch noch andere Möglichkeiten, etwas darzustellen. Wie sich *besitzen* an die Stelle von *haben* gedrängt hat, so ist auch *darstellen* im Begriff, das Zeitwort *sein* zu verdrängen:

> Die neue Brücke stellt die kürzeste Verbindung zwischen den beiden Stadtteilen dar. (Vorsicht beim Überqueren des Flusses: die neue Brücke ist nämlich gar keine Verbindung; sie stellt nur eine dar!)
> Polyester- und Polyacrylfasern stellen Schwerpunkte des Fasergeschäfts dar. (Man sieht es förmlich: Die Kunststoffasern sind zu einem unentwirrbaren Knäuel geballt, und das ist ein Abbild des Schwerpunkts. Schwerpunkte selbst sind ja unsichtbar. Dieser Satz enthält 2 Sprachtorheiten: das falsch verwendete darstellen und den verschwommenen Ausdruck Schwerpunkt.)
> Von allen Mikrowellenröhren stellt die Wanderfeldröhre die Lösung des Verstärkerproblems mit den besten Übertragungseigenschaften dar. (Die eigentliche Lösung ist das noch nicht; die Wanderfeldröhre ist nur ein Abbild der Lösung.)

Und hier unsere Gegenvorschläge:

> Die neue Brücke ist die kürzeste Verbindung zwischen den beiden Stadtteilen.
> Im Geschäft mit Kunststoffasern werden die höchsten Umsätze mit Polyester- und Polyacrylfasern erzielt (oder: sind P.fasern die bedeutendsten Handelsobjekte).
> Von allen Mikrowellenröhren ermöglicht die Wanderfeldröhre den Bau von Verstärkern mit den besten Übertragungseigenschaften.

„daß"-Treppe. Bei dem Ausdruck „Treppe" sei an die kleine Grafik erinnert, die sich auf S. 90 unten befindet. Was damit gemeint ist, macht diese Skizze klar: die stufenweise voneinander abhängenden Satzteile. Solche Satzkonstruktionen gibt es die Fülle, und nichts ist dagegen einzuwenden. Ärgerlich wird es jedoch, wenn die Nebensätze verschiedenen Grades beide mit *daß* anfangen. Beim Sprechen hört man dann, daß es da im Getriebe klappert:

> Wir möchten daran erinnern, daß wir vereinbart hatten, daß Sie uns das gewünschte Angebot bis zum 1.4. unterbreiten.
> Schon beim Entwurf wurde klar, daß der Umstand, daß hohe Beanspruchungen zu erwarten sind, zu sorgfältiger Wahl der Werkstoffe zwingt.
> Es ist nicht möglich, daß das Personal alle Einflußgrößen so beherrscht, daß eine stets gleichbleibende Produktion gewährleistet ist.

Hier muß die jeweilige Satzkonstruktion erheblich umgebaut werden; anders geht es nicht. Unsere Vorschläge:

> Wir erinnern an unsere Vereinbarung, wonach Sie uns das gewünschte Angebot bis zum 1. 4. zugehen lassen werden. (Das *möchte* ist ebenfalls ausge-

merzt. Wir möchten ja nicht nur erinnern: wir tun es doch bereits.)
Schon beim Entwurf wurde klar, daß die zu erwartenden hohen Beanspruchungen eine sorgfältige Wahl der Werkstoffe nötig machen. (. . . daß der Umstand, daß . . . ist – schlicht gesagt – Schwulst.)
Das Personal kann unmöglich alle Einflußgrößen so beherrschen, daß eine stets gleichbleibende Produktion gewährleistet ist.

der-, die-, dasselbe. Das ist nicht das gleiche wie *der, die, das* gleiche. Wenn ein Kraftfahrzeug zu einer Motorreparatur in die Werkstatt kommt, und der alte Motor wird hinterher wieder eingebaut, dann handelt es sich um denselben Motor. Bekommt das Fahrzeug aber einen Austauschmotor, dann hat es nachher den gleichen Motor.
In dem ersten Fall ist *derselbe* richtig gebraucht. Leider ist der Brauch weit verbreitet, *der-, die-, dasselbe* anstelle von *er, sie, es* oder *dieser, diese, dieses* zu gebrauchen. Die Literatur des vorigen Jahrhunderts ist voll von diesem Mißbrauch. Obwohl dem Umfang nach geringer, hat er sich aber bis heute gehalten:

Wir danken für die Übersendung der gewünschten Ansichtsstücke. Anbei erhalten Sie dieselben wieder zurück. (Ein Glück, daß es nicht andere sind!)
Es ist zweckmäßiger, einen Bericht über die Anlage erst nach Inbetriebnahme derselben zu veröffentlichen.
Bei der laminaren Strömung schieben sich koaxiale Schichten aneinander vorbei, ohne daß dieselben sich mischen.

Die Verbesserung ist einfach:

Anbei erhalten Sie sie zurück.
. . . einen Bericht über die Anlage erst nach ihrer Inbetriebnahme zu veröffentlichen.
. . . koaxiale Schichten aneinander vorbei, ohne daß sie sich mischen.

dick, nicht stark. Von einem Menschen, der an Gewicht zugenommen hat, behaupten wir, er sei stärker geworden. Das ist ein altes Sprachübel, das aus der Umgangssprache wohl nicht mehr zu beseitigen ist. Um so mehr wollen wir wenigstens in technischen Schriftsätzen richtig schreiben. Die Normblätter verwenden in diesem Sinne ausnahmslos das Wort *dick,* auch in allen Zusammensetzungen. Es darf also nicht mehr geschrieben werden:

Die Drahtstärke beträgt 5 mm,

sondern (und hierbei verzichten wir gleich auf das Wort *betragen*):

Der Draht ist 5 mm dick.

Ebenso muß es heißen: Wanddicke, Blechdicke, Schichtdicke.

durch. Das Wort *durch* hat 2 Bedeutungen:

a) hindurch (Die Luft tritt durch einen seitlichen Stutzen aus);
b) mit Hilfe von (Der Deckel wird durch 8 Schrauben gehalten).

Häufig wird *durch* jedoch falsch verwendet, nämlich als Begründung, also da, wo die Wörter *wegen, infolge, dank* am Platz wären. Auch eine Konstruktion mit *da* oder *weil* hilft manchmal den Fehler vermeiden.

Der Flug mußte durch starke Stürme umgeleitet werden. (Da sind die armen Passagiere bestimmt luftkrank geworden!)
Der Stromverbrauch der Elektroheizung ist durch die Isolierung des Hauses erstaunlich niedrig. (Wahrscheinlich schaltet die Isolierung die Heizung selten ein.)
Die Einstellskalen der Schleifmaschine können durch die starke Abnutzung der Schleifscheibe nicht benutzt werden. (Gewöhnlich benutzt der Schleifer die Skalen, nämlich zum Einstellen; hier scheint die Abnutzung seine Rolle übernommen zu haben.)
Durch die hochwertige Wärmeisolation können dem Speicher auch kleine Heißwassermengen wirtschaftlich entnommen werden. (Man sollte dieses Gerät unbedingt auf der nächsten Kölner Hausratmesse vorführen. Man stelle sich die Konstruktion vor: das Wasser läuft nicht aus dem Hahn, sondern wird durch die Wärmeisolation entnommen.)

Und nun die Verbesserungsvorschläge:

Wegen starker Stürme mußte der Flug umgeleitet werden.
Der Stromverbrauch der Elektroheizung ist dank der Isolierung des Hauses erstaunlich niedrig.
Die Einstellskalen können infolge der starken Abnutzung der Schleifscheibe nicht benutzt werden.
Weil der Speicher eine hochwertige Wärmeisolation hat, arbeitet er auch wirtschaftlich, wenn nur kleine Mengen von heißem Wasser entnommen werden.

dürfen. Bei Rednern erfreut sich das *dürfen* großer Beliebtheit. Ob Versammlungsleiter, Festredner, Rundfunksprecher, alle dürfen sie:

Ich darf Sie herzlich begrüßen.
Ich darf hierauf folgendes erwidern.
Ich darf zum Schluß noch darauf hinweisen.

Wenn man das hört, ist man immer versucht, dem Redner zuzurufen: „Wer hat Ihnen denn das erlaubt?“ – Dieses *ich darf* und ebenso das oft gebrauchte *ich möchte* sind reine Verlegenheitsfloskeln, welche die Sprache nicht bereichern, sondern nur aufblähen. Aber alle reden in dieser Art, weil sie meinen, so klinge es besonders vornehm.

Wie zu erwarten, hat das *dürfen* jetzt auch die Schriftsprache erobert, und man findet es in Aufsätzen und Briefen:

Wir dürfen Sie bitten, uns ein Belegexemplar des Buches zu übersenden.

In all diesen Beispielsätzen ist das *darf* oder *dürfen* überflüssig. Viel klarer ist:

Ich begrüße, ich erwidere, ich weise darauf hin.
Wir bitten Sie, uns ein Belegexemplar des Buches zu senden (nicht *übersenden!*).

Richtig ist aber dieser Satz:

Wir dürfen uns nicht zu der falschen Annahme verleiten lassen, bei der derzeitigen Auftragslage sei jegliche Werbung unnötig.

Einsatz, einsetzen. Das sind zwei etwas anrüchige Wörter mit dunkler Vergangenheit. Zum Einsatz kommen, im Einsatz stehen, das klingt nach Militarismus, nach totalitärem Anspruch auf Beherrschung von Individuen und Gruppen von Menschen. Tatsächlich haben diese Wörter ihre Blütezeit während der tausend Jahre gehabt, in denen vom ganzen deutschen Volk der höchste Einsatz gefordert wurde.

Gemeint ist hier nicht die durchaus richtige Verwendung des Wortes *Einsatz* in der Bedeutung

a) Geldbetrag beim Glücksspiel,
b) selbständiger Teil eines Gerätes (auswechselbare Baugruppe),
c) Charge, mit der ein Hochofen, Industrieofen, Konverter u. dgl. beschickt wird.

Gemeint ist vielmehr der Gebrauch etwa in der Kopplung Arbeitseinsatz, Fronteinsatz. Nun sind wir allerdings heute wieder friedlicher und weihen unsere ganze Kraft dem technischen und wirtschaftlichen Fortschritt. Hier setzen wir alles ein, was verfügbar ist: Geldmittel, Materialien, Arbeitskräfte, Maschinen, Wissen und Erfahrungen.

Bei einigen Motorenfabriken sind derartige Anlagen bereits im Einsatz.
Wir haben uns entschlossen, für dieses Projekt einen Betrag von 500 000 DM einzusetzen.
Die Entwicklung ist abgeschlossen; die ersten Geräte des neuen Typs werden demnächst zum Einsatz kommen.

Einsatz ist ein Schablonenwort, das immer dann gebraucht wird, wenn einem nichts Besseres einfällt. Versuchen wir es mal andersherum:

Bei einigen Motorenfabriken sind derartige Anlagen bereits in Betrieb.
Wir haben uns entschlossen, für dieses Projekt einen Betrag von 500 000 DM bereitzustellen.

Die ersten Geräte werden demnächst geliefert, installiert werden, in Betrieb kommen.

Weitere brauchbare Ersatzwörter sind *anwenden, arbeiten mit, benutzen, verwenden.*

erfolgen. „Erfolg durch *erfolgen*" könnte man über diesen Abschnitt schreiben. Eine der Krankheiten unserer Zeit ist die sogenannte „Hauptwörterei" (s. a. dieses Stichwort). Tätigkeitswörter sind wegen ihrer Eigenschaft, die Satzaussage zu bilden, die wichtigste Wortart im Satz; sie machen die Sprache erst lebendig. Wenn man aus ihnen Hauptwörter macht, werden sie zu blassen, abstrakten Gebilden. Da es aber ohne Tätigkeitswort im Satz nicht geht, wird dann ein ebenso blutleeres, abstraktes Wort eingefügt: erfolgen (notfalls auch: geschehen). Hier liegt ein ähnlicher Fall vor wie beim englischen Allerweltswort *to get,* das bekanntlich auch überall hinpaßt und den Vorteil bietet, daß man seinen Verstand beim Schreiben nicht übermäßig strapazieren muß. Das Wort *erfolgen* grassiert durch sämtliche Manuskripte. Wer viele Schriftsätze zu begutachten hat, dessen Herz schlägt höher vor Freude, wenn dieses Wort weniger als dreimal je Manuskriptseite auftaucht. Wir leben wirklich in einer „erfolg"-reichen Zeit. Was erfolgt aber da auch alles:

Die Abnahme der Anlage erfolgt durch die zuständige Kommission.

Die Zahlung der Gebühr erfolgt durch den Tagungsteilnehmer selbst.

Vor 10 Tagen erfolgte die Absendung der Ware.

Die Nachreichung der Bilder erfolgt in Kürze (aus dem Begleitbrief zu einem Manuskript).

Die Belichtung (!) der Hallen erfolgt durch Leuchten mit 300 Lux.

Der Kühlluft-Ein- und -Austritt erfolgt seitlich in den Lagerschilden, um Bodenstaubansaugung zu vermeiden.

Nach erfolgter Prüfung wurde ein Gütezeugnis ausgestellt.

Die Fülle der Beispiele möge andeuten, wie ernst wir den Mißbrauch beurteilen, der mit diesem Worte getrieben wird. Um so entschlossener sollten wir alle uns bemühen, dieses Wort aus unseren Schriftsätzen zu verbannen. Es geht wirklich; die folgenden Vorschläge beweisen es:

Die zuständige Kommission wird die Anlage abnehmen.

Der Tagungsteilnehmer zahlt die Gebühr selbst.

Vor 10 Tagen haben wir die Ware an Sie abgesandt.

Die Bilder senden wir in Kürze nach.

Die Hallenbeleuchtung erzeugt eine Beleuchtungsstärke von 300 Lux.

Um keinen Bodenstaub mit anzusaugen, wird die Kühlluft in den Lagerschilden seitlich ein- und ausgeführt (mit dieser Formulierung vermeidet man auch die verwirrenden Bindestriche der ursprünglichen Fassung).

Nachdem die Prüfung befriedigend verlaufen war, wurde ein Gütezeugnis ausgestellt. (*Nach erfolgter Prüfung* ist Unsinn, denn eine nicht erfolgte Prüfung ist gar keine Prüfung.)

Na also! Seien wir eifrig bemüht, dann *erfolgt die Ausrottung* dieses törichten Modewortes gewiß in Kürze. Guten Erfolg!

erstellen. Auch dies ist ein Modewort. Allerdings ist es nicht so verbreitet wie *erfolgen.* Erstellt werden heutzutage Anlagen, Gebäude, Maschinen. Erstellt werden aber auch Listen und Formulare. Dabei gibt es eine Menge brauchbarer Wörter, die an die Stelle von *erstellen* treten können: anfertigen, aufbauen, aufstellen, ausarbeiten, bauen, bereitstellen, errichten, hinstellen, schaffen. Bei einer solchen Auswahl dürfte es nicht schwer sein, für jeden Fall das Richtige zu finden, ohne daß das nichtssagende *erstellen* verwendet wird.
Schiller, noch im alten deutschen Stil befangen, schrieb in dem Lied von der Glocke:

„Heute muß die Glocke werden" (mit *werden* als einem selbständigen Zeitwort).

Als moderner Schriftsteller würde er wohl so formulieren:

„Heute soll erstellt sie werden" (*werden* ist hier nur noch Hilfszeitwort).

-fähig. Wer häufig Fachaufsätze liest, der wird erstaunt sein, wieviele Arten von Fähigkeiten da zu finden sind; Fähigkeiten, von denen sich frühere Generationen nichts haben träumen lassen.
Das meist einem Tätigkeitswort angehängte *-fähig* verschmilzt mit ihm zu einem Eigenschaftswort. Dieses drückt aus, daß der mit dem zugehörigen Hauptwort bezeichnete Gegenstand in der Lage ist, eine bestimmte Tätigkeit auszuüben (mögliche Aktivität):

Diese Teile bilden ein schwingfähiges System.[1]
Das Fundament muß bis auf den tragfähigen Grund hinabgeführt werden.
Ein leistungsfähiges Transportsystem ist Voraussetzung für ausreichende Versorgung.

Man beachte: das System ist fähig zu schwingen, es kann schwingen; der Baugrund ist fähig zu tragen, er kann tragen; das Transportsystem ist fähig, etwas zu leisten oder kann etwas leisten.

---

[1] besser als: schwingungsfähiges System.

Seit einiger Zeit greift jedoch die Unsitte um sich, die Endung *-fähig* auch dort anzuhängen, wo mit einem Gegenstand (oder einer Person) etwas geschehen kann (mögliche Passivität). Wörter in dieser Bedeutung bekommen die Endsilbe *-bar:* auswechselbar, dehnbar, heizbar, lesbar, regelbar, steuerbar. In all diesen Fällen kann etwas gemacht werden. Die Teile können ausgewechselt werden, der Schlauch kann gedehnt werden, der Raum kann geheizt werden, der Text kann (mühelos) gelesen werden usw.
Leider werden da viele inkonsequent. Sie schreiben z. B. *verbesserungsfähig,* wo doch etwas, das verbessert werden kann, *verbesserbar* ist. Wem dies zu ungewohnt klingt, der muß die etwas längere Form mit *werden kann* wählen. Aber das ist nur eine Sache der Gewöhnung. Ein Lob ist hier den Elektrotechnikern zu spenden. Eine Drosselspule mit Eisenkern, der sich bis zur Sättigung aufmagnetisieren läßt, heißt bei ihnen eine sättigbare Drossel.

Und nun wollen wir rücksichtslos die Unsitte mit dem falsch gebrauchten *-fähig* bekämpfen. Eine Mischung kommt nicht etwa *gebrauchsfähig* in den Handel; sie ist *brauchbar* oder aber *gebrauchsfertig.* Bilder, welche die Verfasser ihren Manuskripten beilegen, müssen so beschaffen sein, daß sie sich klischieren lassen. Sie können also nicht *klischierfähig* sein, denn noch nie hat ein Bild auch nur die Neigung gezeigt, etwas zu klischieren, also Klischees herzustellen. Noch schrecklicher ist der Ausdruck *klischeefähig.* Nein, solche Bildvorlagen sind *klischierbar.*

Eine Erfindung ist nicht *patentfähig,* sondern *patentierbar*, eine Warenmarke nicht *schutzfähig*, sondern *schützbar* (auch wenn alle Patentingenieure grollen sollten, denn sie gebrauchen weitgehend die falschen Formen). Ein Kranker ist nicht *transportfähig*, sondern *transportierbar*. Negative sind nicht *archivfähig*, sondern *archivierbar.*

Nicht die *Überlastungsfähigkeit* schützt ein elektrisches Meßgerät vor Zerstörung, sondern seine *Überlastbarkeit.* Ein Zählertyp ist nicht *eichfähig,* sondern *eichbar;* statt *beglaubigungsfähig* zu sein, *kann* er durch ein Prüfamt *beglaubigt werden.*

Wie in jeder Kunst gibt es auch hier Avantgardisten, die Neuschöpfungen präsentieren, von denen die meisten noch kaum etwas ahnen. In einer Anzeige lasen wir von einem Nockenschalter, der *kombinationsfähig* sein soll. Kombinationsfähig (zum Kombinieren fähig) ist höchstens ein Mensch. Dem Schalter würden wir zugestehen, daß er aus Bauteilen *kombinierbar* ist.

Nun wird es immer besser: Eine Fachzeitschrift berichtete von einem Waschautomaten, der *etagenfähig* ist. Für dieses Fremdwort gibt es keine Verdeutschung. Gemeint ist offenbar, daß der Besitzer nicht mehr auf eine Waschküche als Aufstellort angewiesen ist, sondern den Automaten in seine Wohnung, also auf die Etage stellen kann. Aber diese Deutung ist für eilige Schriftsteller natürlich sehr lang.

Kürzlich wurden wir noch mit zwei Fähigkeiten bekannt gemacht, die an Eisenbahnwagen zu finden sind. Von einem Speisewagen wurde behauptet, er sei *fährfähig.* Das ist kein Druckfehler; es heißt nicht fahrfähig. Hiermit sollte angedeutet werden, daß der Wagen auf Fährschiffen transportierbar ist. Und jetzt kommt das Meisterstück: Einem Spezialwagen wurde bescheinigt, er sei *RIC-fähig.* Hut ab vor solcher Schöpfung! Das Bundesfähigkeitskreuz in Gold wäre die einzig richtige Auszeichnung hierfür. (Für Nichtwissende: RIC = Reglamento Internazionale Carrozze enthält Bauvorschriften für Bahnfahrzeuge, die in grenzüberschreitenden Zügen verkehren.)

-freundlich (und dergleichen). Wir alle lieben es wohl, freundlichen Menschen zu begegnen, die freundliche Gesichter machen. Auch freundliche Dinge gibt es: Räume, Landschaften, das Wetter. Aber damit nicht genug: die Technik bringt laufend neue Produkte hervor, für die eine einfache Freundlichkeit nicht mehr ausreicht. So erfährt der staunende Mitbürger, daß es eine ganze Palette von durchaus verschiedenen Freundlichkeiten gibt.

Zu der schon erwähnten etagenfähigen gesellt sich die *etagenfreundliche* Waschmaschine. Gewährt ihre Konstruktion eine einfache Wartung, so ist sie außerdem *servicefreundlich.* Auch bei anderen Dingen der Technik, z. B. Baugruppen der Regelungstechnik, rühmt man ihre *Wartungsfreundlichkeit.*

Nicht übersehen wollen wir den Werbeprospekt eines Verlages, der ein neues Fernsehmagazin geschaffen hatte. Besonders gepriesen wurde sein *blätterfreundliches* Format. Ja, wenn so viele freundliche Blätter darin enthalten sind, sollte man es doch eigentlich abonnieren.

„Freundlichkeit mit Variationen“ könnte man über diesen Abschnitt schreiben. Aber die Möglichkeit, *-freundlich* mit Hauptwörtern zu erstaunlichen Gebilden zu koppeln, hat unsere Erfinder nicht ruhen lassen. Sie versuchten es nun auch mit anderen Eigenschaften.

Um nochmals die Waschmaschine zu zitieren: Sie wird jetzt auch *steckerfertig* angeboten (wie das wohl aussieht?). Das Auto ist *bergfreudig,* der Lautsprecher *klangobjektiv,* die Seife wirkt *hautsympathisch,* die Textilien sind *atmungsaktiv,* und der neue Sendesaal einer Rundfunkanstalt wird als *stereotüchtig* gerühmt.

Es ist die Sprache der Werbung, die solche Sumpfblüten gedeihen läßt. Aber, und das ist das Bedenkliche, auch Ingenieure bleiben nicht verschont. Sie, die doch rational denken gelernt haben, bedienen sich zunehmend solcher Wortkombinationen und merken gar nicht, wie die Sprache dabei entartet. Darum Hände weg von Kopplungen zwischen Haupt- und Eigenschaftswörtern!

Hauptwörterei. Dieses Wort ist so scheußlich wie die Sache, die es benennt. Es bezeichnet eine ernste Krankheit (substantivitis perniciosa), von der viele unserer

Zeitgenossen befallen sind, ohne es zu wissen. Die Symptome dieser Krankheit sind folgende: Beim Reden und Schreiben werden einfache, klare und verständliche Zeitwörter vermieden und durch Kombinationen von Hauptwörtern mit schablonierten Zeitwörtern ersetzt. Naive Gemüter glauben, je mehr Wörter sie gebrauchten, um so überzeugender seien ihre Ausführungen. Das Gegenteil ist der Fall. Nur Menschen, die ihren Worten keine Überzeugungskraft zutrauen, blähen ihre Sprache auf und ersetzen Qualität durch Quantität. Das wirkt aber keineswegs eindrucksvoller, sondern eher geistlos.
Statt umfangreicher Beispielsätze folgt hier nur eine Aufzählung derartiger Ausdrücke; sie erhebt keinen Anspruch auf Vollständigkeit. Wenn wir ehrlich sind, werden wir erkennen, daß wir alle irgendwie von dieser Krankheit infiziert sind.

aufgeblähte Sprache	natürliche Sprache
zum Abschluß bringen	abschließen
seinen Anfang nehmen	anfangen, beginnen
in Anrechnung bringen	anrechnen
zur Anwendung bringen	anwenden
zur Anwendung kommen	angewandt werden
zum Ausdruck kommen	ausdrücken
zur Ausführung bringen	ausführen
zur Auslieferung kommen	geliefert werden
unter Beweis stellen	beweisen
einer Durchsicht (Prüfung) unterziehen	durchsehen, prüfen
in Erscheinung treten	erscheinen
der Meinung sein	meinen
in Rechnung stellen	berechnen
zum Versand bringen	versenden
Verwendung finden	verwendet werden

„In“ mit Jahreszahl. In fremdsprachigen Veröffentlichungen lesen wir:

> In 1969 this examination will be continued.
> La commission fut constituée en 1956.

Von daher haben wir, da wir getreue Nachahmer sind, den Brauch übernommen, auch unsere Jahreszahlen mit einem „in“ zu schmücken:

> Es wird erwartet, daß in 1970 die Industrieproduktion nur halb so stark wachsen wird wie im Jahr davor.
> Das Investitionsvolumen beträgt in diesem Industriezweig im laufenden Jahr rund 200 Mill. DM gegenüber 170 Mill. DM in 1968.

Das ist neuer Stil, aber nicht deutsch. Im ersten Beispiel kann das *in* entfallen; es ist überflüssig. Im zweiten Beispiel müßte es heißen: *im Jahre 1968.* Es sage niemand, das sei für einen, der es eilig hat, zu umständlich. Du liebe Güte, wieviel überflüssige Wörter flicken wir in unsere Sätze (dieses ganze Kapitel ist voll von Beispielen dafür), und für solche Verschwendung ist immer Zeit übrig!

in etwa. Auch dieser Ausdruck gehört zur Luftballonsprache: aufgeblasen, aber ohne Inhalt. Irgendeiner hat mit diesem Unfug begonnen. Er wurde als modisch empfunden, man fand Geschmack an ihm, und nun steht er seit Jahren schon im Duden. Das Wort *etwa* sagt genau dasselbe; es klingt natürlicher und ist obendrein kürzer. Man lese die folgenden Sätze zweimal; zuerst, wie sie geschrieben stehen, dann ohne das *in.* Die Wirkung wird überraschend sein.

> Ablehnende und befürwortende Stimmen dürften sich in etwa die Waage halten.
> Die Sehzellen unseres Auges arbeiten in etwa wie eine fotografische Platte.
> Der in den Vertrag aufzunehmende Passus sollte in etwa folgendermaßen lauten: . . .
> Die beim Testflug erreichte Geschwindigkeit betrug in etwa 950 km/h.

insbesondere. Auf dieses Wort kann getrost verzichtet werden; es ist auch ein Luftballon.

> Die Ausstellung zeigt, daß der Grad der Automatisierung in der mechanischen Fertigung zunimmt; insbesondere Werkzeugmaschinen mit numerischer Steuerung werden verstärkt angeboten.

Insbesondere läßt sich bequem ersetzen durch *besonders* oder *vor allem.*

Irritieren. Dieses Wort wird meist gebraucht im Sinne von *irreführen, irreleiten.* Hier liegt eine ähnliche Begriffsverwechslung vor wie bei dem Modewort *rasant* (s. dieses). Irritieren kommt vom lateinischen irritare und bedeutet soviel wie erregen, (auf)reizen, ärgern. Wenn mich etwas irritiert, dann ärgere ich mich darüber. Mit einem Irrtum hat das nichts zu tun.

langjährig. Hier liegt eine falsche Wortbildung vor.

> Diese Erfahrung stammt aus langjähriger Praxis. Das ist das Ergebnis einer langjährigen Entwicklung. Dieses Antriebsaggregat hat sich in langjährigem Betrieb bewährt.

Wenn das richtig sein sollte, dann gäbe es auch eine kurzjährige Praxis, Entwicklung, einen kurzjährigen Betrieb. Gemeint ist in all diesen Fällen auch gar nicht *langjährig,* sondern *jahrelang.*

-mäßig. Die Anhängewörter haben es so in sich. Schon bei *-fähig* und *-freundlich* haben wir warnend unseren Finger heben müssen. Hier ist ein weiterer Fall von falscher Wortbildung.

Mäßig kommt her von Maß und bedeutet *(das richtige) Maß haltend:* ebenmäßig, verhältnismäßig. Es gibt noch eine andere Ableitung; sie lautet *gemäß* und bedeutet *angemessen:* pflichtgemäß, standesgemäß. Im Gebrauch werden beide oft verwechselt. So liest man denn *normmäßig* anstatt *normgemäß, auftragsmäßig* für *auftragsgemäß.* Daneben gibt es noch eine Anzahl anderer Formen, die „wortmäßig" barer Unsinn sind und die man auch nicht durch Anhängen von *-gemäß* sanieren kann:

Die Firma erhielt den Auftrag zur ingenieurmäßigen Planung des Bauvorhabens. (Dieses *ingenieurmäßig* begegnet einem oft; es lehnt sich an das amerikanische *engineering* an und sollte, wie dieses, durch *technisch* wiedergegeben werden: Die Firma erhielt den Auftrag zur technischen Planung des Bauvorhabens.)
Die strommäßige Belastbarkeit läßt sich hierdurch auf das Doppelte steigern. (*Strommäßig* ist überflüssig; *Belastbarkeit* allein genügt.)
Aufgabenmäßig ist das Institut zweigeteilt. (Den Aufgaben entsprechend . .)
Die hydrostatische Kraftübertragung ermöglicht stufenlose Geschwindigkeitsregelung, was handhabungsmäßig gesehen von besonderem Vorteil ist. (. . . was beim Bedienen von besonderem Vorteil ist. Zur falschen Wortbildung kommt hier noch typischer Schwulst: nicht nur handhabungsmäßig, sondern sogar handhabungsmäßig *gesehen.*)
Schaltungsmäßig unterscheiden sich die beiden Ausführungen nur im Eingangsteil. (Nur im Eingangsteil ist bei beiden Ausführungen die Schaltung verschieden. Oder: Nur im Eingangsteil sind die beiden Ausführungen verschieden geschaltet. Oder: Die beiden Ausführungen unterscheiden sich nur durch die verschiedene Schaltung des Eingangsteils.)

Mehrzahl ist nicht immer möglich. Ein Bauteil hat seine bestimmte Lebensdauer. Zwei Bauteile können wohl jedes eine andere Lebensdauer haben, aber nicht verschiedene *Lebensdauern.* In einem Oszillogramm hat jede Kurve einen ihr eigentümlichen Verlauf. Obwohl jede Kurve anders verläuft, haben sie alle zusammen doch nicht mehrere *Kurvenverläufe.* Vielmehr zeigen die Kurven in ihrem Verlauf eine bestimmte Tendenz (steigend, fallend o. dgl.).
Merke: Wörter wie Dauer, Verhaltensweise, Verlauf, Zuwachs vertragen keine Mehrzahlbildung.

mittels. Dieses Wort stammt aus einer Reihe, deren Ahn das Verhältniswort *mit* ist. Die Reihe lautet:

mit, mittels, vermittels, vermittelst.

Findige Köpfe werden es sicher fertigbringen, diese Reihe noch zu verlängern. Auf die 3 letztgenannten Formen kann getrost verzichtet werden. Das Wort *mit* sagt genau dasselbe aus. Wer es im gegebenen Fall nicht gebrauchen möchte, kann dafür, je nach Satzinhalt, auch *durch, von, über* verwenden.

Mittelwort der Vergangenheit, auch Partizip des Perfekts genannt. Dieses Mittelwort ist nicht ungefährlich. Wenn man es nicht vorsichtig genug behandelt, dann rächt es sich durch Bilden von mißglückten Sätzen. Das lautet dann etwa so:

Die 1979 begonnene erhöhte Aktivität der Sonne spielte sich überwiegend auf ihrer nördlichen Halbkugel ab.

Die gestern stattgefundene Versammlung war gut besucht.

Die Sonnenaktivität hat 1979 begonnen; damit ist sie aber keine „begonnene Aktivität". *Begonnen* ist ein Tätigkeitswort, das im Perfekt mit *haben* verbunden wird, ebenso wie *stattfinden:* ich habe begonnen, ich habe stattgefunden. In beiden Beispielsätzen ist das Tätigkeitswort aktivisch (d. h. handelnd) gebraucht; die einfache Gegenwartsform macht dies deutlich: die Aktivität beginnt, die Versammlung findet statt. In solchen Fällen (aktivisch, mit *haben* gebildet) darf aus dem Tätigkeitswort kein Mittelwort der Vergangenheit gebildet werden, das als Eigenschaftswort vor ein Hauptwort tritt.

Die obigen Sätze müssen also umgebaut werden:

Die Aktivität der Sonne, die 1979 begonnen hat, spielte . . . (Wie so oft, hilft auch hier ein Relativsatz.)

oder: Im Jahre 1979 begann die Sonne wieder verstärkt aktiv zu werden. Dies spielte . . .

Die Versammlung, die gestern stattgefunden hat, war gut besucht. (Relativsatz!)

oder einfacher und deshalb besser: Die gestrige Versammlung war gut besucht.

Anders ist die Situation bei den sogenannten zielenden (transitiven, d. h. eine Ergänzung im 4. Fall fordernden) Tätigkeitswörtern, deren Perfekt mit *sein* gebildet wird und die passivischen Charakter haben. Beispiel: ausstellen (Die Bescheinigung *ist* ausgestellt *worden*). Daher heißt es völlig richtig:

Die ausgestellte Bescheinigung, der erlittene Unfall, die gehaltene Rede, die gekaufte Ware, die erteilte Genehmigung.

rasant. Hier haben wir ein gern gebrauchtes Modewort, das aber von den meisten Benutzern gar nicht verstanden wird. Der dem Worte *rasend* ähnelnde Klang verleitet dazu, es auch in diesem Sinne zu gebrauchen.

Ein Eisenbahnzug, ein Kraftfahrzeug jagt mit *rasantem* Tempo durch die Gegend; unseren Fußballgrößen bestätigt man, daß sie ein *rasantes* Spiel geliefert haben; die Technik der Datenverarbeitung hat eine *rasante* Entwicklung hinter sich.

Alles ist falsch ausgedrückt. Das Fahrzeug jagt in hohem (meinetwegen mit rasendem) Tempo dahin; das Fußballspiel ist lebhaft, forsch, munter, aufregend gewesen; die Entwicklung war stürmisch. *Rasant* war aber gar nichts. Das ist ein hohles Wort mit verschwommenem Sinn.

Was bedeutet *rasant* wirklich? Es ist das Mittelwort der Gegenwart vom französischen *raser;* dieses aber bedeutet rasieren (d. h. flach über etwas hinweggleiten), dem Erdboden gleichmachen (eine Festung schleifen). *Rasant* heißt also *flach hinweggleitend.* In der Sprache der Artilleristen bezeichnet man mit *rasant* die Flugbahn eines Geschosses, das sich flach über den Boden bewegt (im Gegensatz zum Steilfeuergeschoß).

Ein letztes betrübliches Beispiel: In einer Werbung für neue Schuhmodelle lasen wir

rasant – markant – extravagant.

Wir fanden das frappant, waren aber so intolerant und haben wutentbrannt das ganze Blatt verbrannt.

Sektor. Wieder ein Modewort, das den Vorzug hat, dem Anwender vieles Denken zu ersparen. Gedankenlos wird es an alle möglichen Begriffe angehängt, mit denen es dann zu unmöglichen Wortgebilden verschmilzt. Es stammt, wie so manches, was wir heute unerkannt mit uns herumführen, aus dem Wortschatz des Tausendjährigen Reiches. Dort war die ganze Wirtschaft in Sektoren unterteilt: Chemiesektor, Maschinensektor, Luftfahrtsektor usw. Ganz wichtig war der Unterschied zwischen zivilem und militärischem Sektor. Wie der Deutsche so ist: was ihm einmal eingeimpft wurde, das gibt er so leicht nicht preis. So leben wir denn heute mit und zwischen unzähligen Sektoren. Der Erfindungskraft sind keine Grenzen gesetzt. Ein ganz kleiner Strauß von Blüten, die der Verfasser nur nebenbei am Wege aufgelesen hat:

Erztransport-Sektor,
Haushaltssektor,
Kochgeschirr-Sektor,
Kostensektor,
Krankenhaus-Sektor,
Sektor der Nachtstromverbrauchswerbung.

Es gibt hier nichts, was es nicht gibt. Dabei sind passende Wörter genug vorhanden, um den Sektor zu vermeiden. Wir nennen zur Auswahl:

Branche, Gebiet, Gewerbe, Industrie, Markt, Wesen, Wirtschaft, Zweig.

Aus dem Agrarsektor wird so ein Agrarmarkt, aus dem Bausektor das Baugewerbe oder die Bauwirtschaft, aus dem Krankenhaus-Sektor das Krankenhauswesen.

Oft läßt sich das angehängte Wort überhaupt vermeiden, indem man den Hauptbegriff umschreibt: im Haushalt, bei der Kostenentwicklung, auf dem Gebiet der (oder bei der) Werbung für Nachtstromverbrauch.

Steigerung von Eigenschaftswörtern. Bei der Steigerung von Eigenschaftswörtern, die aus 2 Teilen zusammengesetzt sind, können Zweifel auftauchen, wie gesteigert werden soll, besonders, wenn der zweite Teil ein Mittelwort ist.
In den Fällen, wo beide Teile so miteinander verschmolzen sind, daß man das Ganze nicht mehr als zusammengesetzt, sondern nur noch als Einheit empfindet, wird der letzte Teil gesteigert:

großzügig, großzügiger, am großzügigsten;
leichtfüßig, leichtfüßiger, am leichtfüßigsten;
vielseitig, vielseitiger, am vielseitigsten.

Meist jedoch ist es richtiger, den ersten Teil zu steigern. Vor allem kann man Mittelwörter nicht dieser Prozedur unterwerfen (etwa: liegend, liegender, am liegendsten). Logisch ist daher die Steigerung in folgender Art:

hochwertig, höherwertig, höchstwertig;
naheliegend, näherliegend, nächstliegend;
schwerwiegend, schwererwiegend, schwerstwiegend;
weitgehend, weitergehend, weitestgehend.

Weitgehendst ist ein beliebtes Modewort. Abgesehen davon, daß es falsch gebildet ist, läßt es sich – ohne jede Ausnahme – durch *weitgehend* ersetzen. Für den Schreibenden tritt kein Prestigeverlust ein, wenn er sich auf die Grundform beschränkt.
Mit Superlativen sollte überhaupt vorsichtig umgegangen werden. Es wirkt marktschreierisch, wenn von der „neuartigsten Konstruktion", dem „höchsten Wirkungsgrad", der „zuverlässigsten Ausführung", der „kürzesten Anheizzeit" u. dgl. gesprochen wird. In den meisten Fällen handelt es sich ja gar nicht um eine abwägende Wertung innerhalb einer Reihe von konkurrierenden Produkten, sondern um ein überbetontes Herausstellen eines einzelnen Gegenstandes. Durchaus genügen würde eine *völlig neue Konstruktion,* ein *sehr hoher Wirkungsgrad,* eine *zuverlässige Ausführung* (zuverlässiger als zuverlässig klingt sowieso verdächtig!), eine *außerordentlich kurze Anheizzeit.*
Nun gibt es aber Leute, denen ist auch der Superlativ noch nicht *super* genug. Sie schreiben *der einzigste,* obwohl nichts einziger als einzig sein kann. Andere verdoppeln den Superlativ und schreiben *größtmöglichst.* Höher gehts nimmer, aber auch *größtmöglich* wäre falsch. Es muß heißen *möglichst groß*, wie auch *möglichst bald* statt *baldmöglichst* geschrieben werden soll.
Vom Größten nun noch ein Sprung ins Kleinste:

Vor allem interessiert die Zuverlässigkeit im Betrieb, d. h. die Möglichkeit, mit *minimalsten* Zusatzkosten für Instandhaltung und Reparatur auszukommen. (Minimalster geht es nicht, sonst braucht der Buchhalter schließlich ein Mikroskop, um die Zusatzkosten verbuchen zu können.)

-technisch. Das ist das Gegenstück zu *-mäßig.* Wem nichts weiter einfällt, der hängt ein solches Wörtchen hinten dran:

In abrechnungstechnischer Hinsicht muß nach Kostenarten aufgegliedert werden.
In gerätetechnischer Hinsicht sollten noch einige Verbesserungen vorgenommen werden.
Die Unterbringung in getrennten Einschüben hat wartungstechnische Vorteile.

Das ist alles furchtbarer Schwulst, wieder typisch Luftballonsprache. Und doch wäre es so einfach, hieraus klare Sätze zu machen:

Bei der Abrechnung muß nach Kostenarten aufgegliedert werden.

An den Geräten sollten noch einige Verbesserungen vorgenommen werden.

Die Unterbringung in getrennten Einschüben ist vorteilhaft für die Wartung.

tragbar. Tragbar sind Dinge, die einen oder mehrere Griffe haben, so daß man sie mit der Hand forttragen kann. Nicht „tragbar", sondern unerträglich ist dagegen die weitverbreitete Unsitte, irgendeinen erträglichen Umstand als *tragbar* zu bezeichnen. Es gibt also keine *Beanspruchung, die in tragbaren Grenzen bleibt,* keine *Kosten, die noch tragbar sind.* Geradezu grotesk ist jedoch die Vorstellung, daß eine Person *untragbar* geworden ist (dann kann man sie wahrscheinlich nicht mehr auf den Arm nehmen). Wir wollen daher in Zukunft korrekterweise *erträglich* oder *unerträglich* schreiben.

um . . . zu. Hiermit wird eine Absicht kundgetan. Es geschieht irgend etwas, um damit etwas anderes zu erreichen:

Statt der mechanischen Welle wurde eine elektrische vorgesehen, *um* die durch Torsion hervorgerufenen Winkelfehler *zu eliminieren.*

Leider wird diese Voraussetzung nicht immer beachtet. Groteske Situationen entstehen, wenn in der Abhängigkeit der beiden Teilsätze nicht eine Absicht, sondern eine unbeabsichtigte Handlungsfolge steckt:

Das Gußstück wurde an den Kran gehängt, *um* gleich darauf *herunterzufallen.* (Das käme einem Sabotageakt der Transportkolonne gleich!) Der Ausschuß hat eine Reihe von Vorschlägen diskutiert, *um* sie dann als unbrauchbar *zu verwerfen.* (Sinnlos vertane Zeit, meine Herren! Wenn der Wille zum Verwerfen von vornherein bestand, wozu dann erst der Aufwand einer Ausschußsitzung?)

Natürlich ist in diesen beiden Fällen etwas anderes gemeint, als was diese schlecht gebauten Sätze ausdrücken. Es muß also unbedingt geschrieben werden:

Das Gußstück wurde an den Kran gehängt; aber gleich darauf fiel es herunter. Der Ausschuß hat eine Reihe von Vorschlägen diskutiert, sie jedoch als unbrauchbar verworfen.

-ung. Diese 3 Buchstaben sind des Deutschen liebster Wortschluß. Schon bei den Stichwörtern „erfolgen" und „Hauptwörterei" sind wir einer Menge von Wörtern auf *-ung* begegnet. Ohne daß auf diese Wortart besonders hingewiesen wurde, haben wir ihren Vertretern jeweils mit dem Mittel „zurück zum Zeitwort" den Garaus gemacht. Vielleicht hat es der Leser gemerkt.
Grundsätzlich haben Wörter auf -ung schon ihre Daseinsberechtigung. Sie sind von Tätigkeitswörtern abgeleitet und bezeichnen ursprünglich einen Vorgang, eine Handlung. Später wandelte sich die Bedeutung, und die Wörter charakterisieren den durch die Handlung erreichten Zustand:

Bedienung, Beleuchtung, Beschreibung, Einrichtung, Sendung.

Daneben gibt es Begriffe, bei denen zwischen Vorgang und Zustand deutlich unterschieden wird:

Das *Messen* ist eine Tätigkeit, die *Messung* ihr Ergebnis.
Das *Schalten* ist der Übergang von einem Schaltzustand in den entgegengesetzten; die *Schaltung* ist eine Kombination von elektrischen Bauteilen (auf dem Papier oder in der Wirklichkeit).
Das *Schwingen* (z. B. von Federn) ist ein technischer Vorgang; die *Schwingung* ist ein mathematisch-physikalischer Begriff.

Nicht diese Wortbildungen sind es, denen wir den Kampf ansagen. Unsere Sorge gilt vielmehr der immer mehr um sich greifenden Angewohnheit, Tätigkeiten formelhaft erstarren zu lassen, indem man hierfür Wörter mit *-ung* verwendet, manchmal wahre Wortungetüme wie

Inbetriebnehmung, Inbetriebsetzung, Außerdienststellung, Zurverfügungstellung, Verungleichmäßigung, Vereinnahmung.

Es zeugt auch von schlechtem Stil, wenn ein Satz mit Wörtern auf *-ung* überladen wird. Das klappert dann beim Lesen wie ein Eisenbahn-Wagenrad, das beim Bremsen blockiert hat und dessen flachgeschliffene Stelle bei jeder Umdrehung auf die Schienen hämmert. Hierzu einige Beispiele mit Vorschlägen zur Abhilfe:

Die Regelung der Verstärkung erfolgt durch eine Änderung der Gittervorspannung der Röhre. (Die Verstärkung wird geregelt, indem man die Gittervorspannung der Röhre ändert.)

Wir erhoffen von dieser Tagung eine Bestätigung unserer Zielsetzung und Ermutigung zu weiterer Bemühung. (Wir hoffen, daß diese Tagung die Richtigkeit unserer Bestrebungen bestätigt und dazu ermutigt, in unseren Bemühungen fortzufahren.)

Die Entstehung der Verformung war Gegenstand einer Untersuchung, deren Durchführung auf Veranlassung des mit der Fertigung Beauftragten geschah. (Der mit der Fertigung Beauftragte veranlaßte eine Untersuchung über die Ursachen der Verformung).

Die Einhaltung des Toleranzbereiches der Heizspannung und die Anwendung der Phasenverschiebung zwischen Anodenspannung und Heizspannung tragen zur Erzielung einer langen Lebensdauer bei. (Um eine lange Lebensdauer zu erreichen, muß der Toleranzbereich der Heizspannung eingehalten und es müssen Anodenspannung und Heizspannung gegeneinander phasenverschoben werden.)

Zum ersten Beispiel noch ein Nachtrag: In dem Gegenvorschlag steckt das Wörtchen „man“. Viele scheuen sich, es anzuwenden. Dazu besteht kein Grund. Wenn man es vorsichtig, d. h. hin und wieder gebraucht, hilft es manche vertrackte Satzkonstruktion auf elegante Weise entwirren und sonst erforderliche Passivsätze vermeiden.

vollinhaltlich. Auch dies ist ein aufgeblasenes Modewort.

Mit dem von Ihnen gemachten Vorschlag erklären wir uns vollinhaltlich einverstanden.

In diesem Satz ist das Wort *vollinhaltlich* überflüssig; nichts fehlt an der Aussage, wenn es ganz wegbleibt. Sollte in einem ähnlichen Fall das Bedürfnis bestehen, der Aussage besonderen Nachdruck zu geben, so kann man das Wort ersetzen durch: *ganz, gänzlich, voll, völlig, vollständig.*

Wärmetauscher oder Wärmeaustauscher? Das sind zwei Ausdrücke für die gleiche Sache, die beide wahllos nebeneinander gebraucht werden und die beide falsch sind. Tauschen bedeutet: Ich gebe dir etwas; du gibst mir etwas anderes dafür. In der betreffenden Apparatur wird aber nichts getauscht. Es geht eine Wärmemenge von einem strömenden Medium mit höherer Temperatur auf ein anderes Medium mit geringerer Temperatur über. Das heißt, die Wärme wird einfach durch eine Zwischenwand übertragen. Leider hat sich der Ausdruck *Wärme(aus)-tauscher* bei den Fachleuten und in der Fachliteratur derart festgesetzt, daß es wohl eines besonderen Mutes bedarf, um davon abzugehen. Ob wir es wohl erleben, daß einmal der *Wärmetauscher* gegen den *Wärmeübertrager* ausgetauscht wird?

Im Gegensatz hierzu steht der *Ionenaustauscher*. Sein Name ist völlig richtig gebildet, denn in ihm findet wirklich ein Austauschvorgang statt: Anionen gegen Anionen anderer Art oder Kationen gegen andere Kationen.

-weise. Dies ist eine „weise“ Angelegenheit. Aber nicht jeder ist so weise zu wissen, daß die Menge der Wörter mit der Nachsilbe *-weise* zur Gruppe der Umstandswörter (Adverbien) gehört. Eigenschaftswörter (Adjektive) dienen zur näheren Charakterisierung eines Hauptwortes; sie sind daher eng mit ihm verbunden und werden auch gemeinsam mit ihm dekliniert. Umstandswörter lassen sich nicht deklinieren und dürfen deshalb nicht adjektivisch gebraucht werden. Falsch sind also Formulierungen wie diese:

Mit der teilweisen Verlagerung des Personenverkehrs von der Schiene auf Omnibusse soll 1978 begonnen werden.

Aus einem Wetterbericht: Nach Auflösung gebietsweiser Nebelfelder heiter bis wolkig.

Mit der Einführung des neuen Abfertigungssystems wurde eine schrittweise Verbesserung erreicht.

Das Umstandswort muß also unter allen Umständen aus der Bindung an das Hauptwort gelöst werden:

Mit der Verlagerung des Personenverkehrs von der Schiene auf Omnibusse soll 1978 teilweise begonnen werden.

(Sinngemäßer wäre allerdings die folgende Formulierung: 1978 soll damit begonnen werden, den Personenverkehr teilweise von der Schiene auf Omnibusse zu verlagern.)

Nach Auflösung gebietsweise auftretender Nebelfelder . . .

Mit der Einführung des neuen Abfertigungssystems wurde Schritt für Schritt eine Verbesserung erreicht.

wesentlich. Dieses Wort wird oft gedankenlos gebraucht. Wesentlich ist, was dem Wesen einer Sache entspricht:

Wesentlicher Bestandteil der Lageregelung ist ein digitales Rechengerät.

Leitlinien, ein wesentliches Element des Nomogramms, berücksichtigen den Einfluß der meßtechnisch nicht erfaßbaren Größen.

In den meisten Fällen, wo das Wort *wesentlich* gebraucht wird, handelt es sich jedoch nicht um etwas Wesentliches:

Diese Untersuchungen haben zu einer wesentlichen Verbesserung der Fahreigenschaften beigetragen. (Die Verbesserung läßt sich messen und in Zahlenwerten angeben; das hat aber mit dem Wesen der Fahreigenschaften nichts zu tun.)

Bei Berücksichtigung dieser Einflüsse ergaben sich wesentlich genauere Werte als mit der alten Versuchsanordnung. (Hier gilt das gleiche wie im Beispiel 1.)

Dies ist eine wesentliche Bedingung für das Zustandekommen des Vertrages. (Hier wird nicht das Wesen des Vertrages angesprochen, sondern die Wichtigkeit der Vorbedingung.)

Das Wort *wesentlich* läßt sich – je nach Lage des Falles – ersetzen durch

> beachtlich, bedeutend, deutlich, erheblich, merklich, viel, wichtig; unerläßlich; charakteristisch, eigentümlich, kennzeichnend.

zwischenzeitlich. Das ist ein neumodisches Wort, auf das wir verzichten können:

> Ursprünglich war eine Ringdichtung vorgesehen; zwischenzeitlich haben wir jedoch die Ausführung geändert.

Das Wort *inzwischen* ist kürzer, bedeutet dasselbe und ist besseres Deutsch. Zur Abwechslung gibt es auch noch

> dazwischen, einstweilen, seither, unterdessen.

Bisher haben wir uns mit dem Gebrauch (oder Mißbrauch) einzelner Wörter beschäftigt. Guter oder schlechter Stil ist aber nicht nur hiervon abhängig. Weit gefährlicher sind noch die Fehler, die durch falschen oder ungeschickten Satzbau entstehen. Die falsche Verwendung von Wörtern kann beim Leser Ärger hervorrufen; ungeschickte Satzkonstruktionen können den Verfasser jedoch u.U. der Lächerlichkeit preisgeben. Ganze Sammlungen von Stilblüten geben hiervon Zeugnis. Die folgenden Abschnitte werden sich mit diesen Problemen beschäftigen.

5.2 DIVERSE SPRACHSÜNDEN

Umgedrehtes Bitten *(oder mißverstandener Infinitivsatz)*

„Den beigefügten Fragebogen bitten wir* bis zum 10. 4. an uns zurückzugeben."
An der mit * bezeichneten Stelle macht Ihre Schreibdame garantiert ein Komma, so daß ein unbefangener Leser zunächst glauben könnte, Sie hätten den Fragebogen um etwas gebeten. Natürlich verteidigt sich die Dame mit dem Hinweis auf die Regel, daß in Infinitivsätzen (mit *zu* oder *um zu*) die erweiterte Grundform durch ein Komma abzutrennen ist. Diese Regel ist jedoch hier nicht anwendbar, da der Satz eine von der normalen abweichende Wortstellung hat (sog. Inversion: Satzergänzung – Satzaussage – Satzgegenstand; normalerweise steht die Satzergänzung am Schluß). Die Wortfolge *bitten wir zurückzugeben* bildet eine gedankliche Einheit, die nicht durch ein Satzzeichen zerrissen werden darf. Hierzu weitere Beispiele:

> Zusammen mit den Bildern bitten wir, uns entsprechende Druckschriften mitzusenden. (Wenn das nicht hilft, daß wir zusammen mit den Bildern bitten! Da muß ja der Angesprochene weich werden.)
> Den Versand der Teile, bitten wir, direkt an unsere Abteilung vornehmen zu lassen. (Das wirkt noch vornehmer, wenn in einem solchen Satz gleich 2 Kommas stehen. Das *bitten wir* sieht dann wie ein zwischengeschobener Beisatz aus.

Man versuche einmal, den Satz ohne diesen Einschub zu lesen, und man wird erkennen, was für ein Unsinn entsteht.)

Geradezu komisch wirkt das falsche Komma in folgendem Satz, den wir einem Brief entnahmen:

Den Kühlschrank bitten wir, nächsten Freitag an uns zu liefern. (Hoffentlich vergißt der Kühlschrank das nicht und liefert pünktlich zum gewünschten Termin!)

In all diesen Beispielen darf also nicht ein einziges Komma gesetzt werden. Auch das Einfügen einer zweiten Satzergänzung hilft nicht, den Sinn des Satzes deutlicher zu machen:

Den Abnahmetermin bitten wir *Sie* uns rechtzeitig mitzuteilen. (Wen bitten wir nun, den Abnahmetermin oder Sie?)

Ersparen Sie sich, Ihrer Dame und den Lesern alle grammatischen Komplikationen, indem Sie von vornherein die Inversion der Satzteile vermeiden. Ordnen Sie das Satzgefüge vernünftigerweise so:

Bitte geben Sie uns den beigefügten Fragebogen bis zum 10. 4. zurück.
Senden Sie uns bitte zusammen mit den Bildern auch entsprechende Druckschriften.
Lassen Sie bitte diese Teile direkt an unsere Abteilung senden. (Wir sind so vornehm, auf das farblose *vornehmen* zu verzichten.)
Liefern Sie uns den Kühlschrank bitte am nächsten Freitag.
Bitte teilen Sie uns den Abnahmetermin rechtzeitig mit.

Noch eine Bitte *(aber am falschen Platz)*

Nach Gebrauch bitten wir Sie, uns die Retuschen zurückzusenden.
Zu gegebener Zeit bitten wir Sie, uns ein Belegexemplar zukommen zu lassen.

Es ist ziemlich sicher, daß der jeweilige Empfänger solcher Sätze verstehen wird, was der Schreiber ihm sagen will. Nichtsdestoweniger sind die Sätze falsch konstruiert; sie sagen etwas anderes aus, als was tatsächlich gemeint ist. Nicht *nach Gebrauch* oder *zu gegebener Zeit* will der Schreiber den Adressaten um etwas bitten; er tut es nämlich bereits jetzt. Logischerweise muß es also heißen:

Wir bitten Sie, uns die Retuschen nach Gebrauch zurückzusenden.
Wir bitten Sie, uns zu gegebener Zeit ein Belegexemplar zukommen zu lassen.

Drittenabschlagen

Wir alle kennen wohl dieses Spiel, das – zumindest früher – gern von lustigen Gesellschaften im Freien veranstaltet wurde. In einer Gruppe von 3 Personen war die letzte stets in Gefahr, abgeschlagen zu werden. Heute hat man andere Spielregeln.

Moderne Verfasser zielen gern und oft auf einen Dritten auch in solchen Fällen, wo es gar keinen Zweiten gibt. Das ist wie ein neuzeitliches Hexeneinmaleins. So lautet ein weitverbreiteter Standardtext:

> Ohne unsere vorherige Zustimmung darf diese Unterlage weder vervielfältigt noch *Dritten* zugänglich gemacht werden.

Wenn man sich sehr anstrengt, bringt man hier tatsächlich 3 Personen zusammen: den Absender der Unterlage, den Empfänger und den unberechtigten „Dritten". Genau genommen scheidet allerdings der erste aus; ihm wird ja die Unterlage nicht zugänglich gemacht. Er ist schließlich der Urheber und Eigentümer. Der Adressat, der das Dokument von ihm erhält, ist der erste, an den es weitergegeben wird. Gemeint ist doch wohl folgendes:

> Ohne unsere vorherige Zustimmung darf diese Unterlage weder vervielfältigt noch *anderen* zugänglich gemacht werden. (Wir entsinnen uns: der *andere* und der *zweite* haben dieselbe Bedeutung.)

Wenn es aber in einem Vertragstext heißt:

> Über den Inhalt dieser Vereinbarung ist gegenüber Dritten Stillschweigen zu bewahren,

dann stimmt diesmal die Zahl. Den beiden Vertragspartnern, den Wissenden also, steht hier eine weitere, dritte Person gegenüber, die unwissend bleiben soll. Ein stilistischer Fehler steckt trotzdem in dem Satz: ein Dritter kann nur *eine* Person sein; es kann nicht mehrere Dritte geben. Ganz und gar falsch ist daher folgender Satz:

> Immer mehr Unternehmen in den EWG-Ländern greifen infolge der Vollbeschäftigung zur Deckung des zusätzlichen Arbeitskräftebedarfs auf Kräfte aus dritten Ländern zurück.

Das Land, in dem das jeweilige Unternehmen seinen Sitz hat, bekomme die Nummer Eins. Von einem zweiten Land ist nicht die Rede; infolgedessen kann es in der Aussage kein drittes Land geben und schon gar nicht eine Reihe von „dritten Ländern". Was der Schreiber sagen wollte, ist offenbar dies:

> Immer mehr Unternehmen in den EWG-Ländern greifen infolge der Vollbeschäftigung auf Arbeitskräfte aus Ländern außerhalb der EWG zurück, um ihren zusätzlichen Bedarf zu decken.

Der *Dritte* stammt aus der Begriffswelt der Juristen. Dieser Ausdruck bezeichnet einen Berechtigten, der im Eventualfall anstelle eines anderen, verhinderten Berechtigten in Beziehung zu einem gemeinsamen Partner tritt. Soweit ist die Bezeichnung in Ordnung. Wie die obigen Beispiele zeigen, wird der Ausdruck zum sprachlichen Klischee und gerät dann leicht außer Kontrolle. Darum Vorsicht beim Drittenabschlagen; man kann sich dabei selber treffen!

Eigenschaftswörter verlieren ihre Eigenschaft

Früher, als die Leute noch viel freie Zeit hatten, widmeten sie sich ausgiebig ihren kleinen Kindern. Bei schönem Wetter spielten sie mit ihnen im Garten. Im Herbst wurde viel frisches Obst genossen. Es gab noch kaum Kühlschränke, in denen man zubereitete Speisen, ja ganze fertige Menüs bei tiefen Temperaturen hätte aufbewahren können. Wenn der Vater, ein junger Ingenieur, abends bei schlechtem Wetter aus dem großen Betrieb nach Hause kam, dann erquickte ihn ein Bad, das man schnell mit heißem Wasser bereitete.

Was diese Erzählung mit der deutschen Sprache zu tun hat? Nun, die Zeiten haben sich gewandelt, und da die Leute nur noch durchs Leben hetzen, weil sie keine Zeit mehr haben, ist auch ihre Sprache knapper geworden. Heute heißt es ausschließlich: Freizeit, Kleinkind, Schönwetter, Frischobst, Fertigmenü, Tieftemperatur, Jungingenieur, Schlechtwetter, Großbetrieb, Heißwasser. Wir könnten diese Reihe beliebig fortsetzen.

Es wäre müßig, wollten wir versuchen, diesen Prozeß rückgängig zu machen. Wörter wie Kleinstadt, Schnellpaket, Hochzins sind bereits Umgangssprache. Und doch sind wir der Ansicht, daß nicht alle diese Neuwörter nötig sind; manche von ihnen empfinden wir als Schlechtdeutsch. Man sollte also beim Gebrauch solcher zusammengesetzten Gebilde vorsichtig sein. So sehr wir Kürze schätzen: nicht immer ist das Kürzeste das Beste. Zum Schluß noch ein paar abschreckende Beispiele:

> Der Tiefdruckwirbel verursachte Starkschneefälle (aus einem Wetterbericht).
> Bei extremen Tieftemperaturen müssen Gesichtsmasken getragen werden. (Hier sollte es doch wohl vernünftigerweise heißen: Bei extrem tiefen Temperaturen.)

Der fünfköpfige Familienvater

Weitere populäre Titel zu diesem Betreff sind der eisgekühlte Limonadenverkäufer und die vierstöckige Hausbesitzerstochter. Wir haben absichtlich diese grotesken Formulierungen vorangestellt, damit der Leser anhand der Beispiele leichter erkennt, wo der Fehler in solchen sprachlichen Mißbildungen steckt.

Es handelt sich immer um Zusammensetzungen von mindestens zwei Hauptwörtern (im Titel: Familie, Vater). Nach den Gesetzen der deutschen Sprache ist das am Ende stehende (Vater) das sinngebende Grundwort, das davor stehende (Familie) ein einschränkender oder näher bestimmender Zusatz, genannt Bestimmungswort. Ein hinzutretendes Eigenschaftswort kann sich daher nur auf das Grundwort beziehen, niemals auf den Zusatz. Wird diese simple Regel außer acht gelassen, dann entstehen solche Ungeheuer wie der fünfköpfige Vater, der eisgekühlte Verkäufer, die vierstöckige Tochter. Vielleicht wird jemand einwenden, der seriöse Verfasser technischer Texte sei vor solchem Unsinn sicher, da er sowieso seine Gedanken klar ordnen müsse? Bitte sehr, hier eine Blütenlese in Originalsätzen aus der technischen Literatur:

Der wachsende *elektrische Energiebedarf* zwingt die Versorgungsunternehmen zu verstärkten Investitionen.
In ländlichen Versorgungsnetzen gibt es bisweilen *lange Ausläuferstationen.*
Die *zweipolige Ausschaltmöglichkeit* ist gerade in Störungsfällen von besonderem Vorteil.
Um Ausfällen vorzubeugen, wird dieser Verstärker in *auswechselbarer Kartenbauweise* geliefert. (Bei diesem Beispiel werden wir immer an den ersten Akt der „Meistersinger von Nürnberg" erinnert. Dort gibt es die *grüne Lindenblühweise* und die *abgeschiedene Vielfraßweise.*)

Da haben wirs also: der elektrische Bedarf, die lange Station, die zweipolige Möglichkeit, die auswechselbare Weise. Hoffentlich helfen diese Beispiele, daß derartiger Unsinn in Zukunft nicht mehr geschrieben wird. In richtigem Deutsch muß es heißen:

Der wachsende Bedarf an elektrischer Energie;
Netzstationen am Ende langer Ausläufer (gemeint sind Stichleitungen);
die Möglichkeit, zweipolig abzuschalten;
Verstärker mit auswechselbaren Karten.

Fremdwörter um jeden Preis

Um ein mögliches Mißverständnis von vornherein auszuschließen: Der Verfasser dieses Buches ist kein Fremdwortjäger, und er hat nichts gegen den vernünftigen Gebrauch von Fremdwörtern. Diese haben zu allen Zeiten ihre Berechtigung gehabt. Ein Fremdwort ist überall dort am Platze, wo es eine Sache oder einen Vorgang mit einem knappen Ausdruck bezeichnet, für den man im Deutschen eine längere Erklärung geben müßte (z. B. Interview, Marketing, Niveau). So ist auch nichts gegen den Transformator einzuwenden, obwohl manche den Umspanner bevorzugen, und wer Ventilator statt Lüfter sagt, darf des Einverständnisses sicher sein.

Der Einfluß der USA auf unser gesamtes öffentliches Leben, vornehmlich auf wirtschaftlichem und technischem Gebiet, aber auch in Unterhaltung und Sport, hat eine wahre Flut von Fremdwörtern herangeschwemmt. Sie haben in der Fach- und Umgangssprache festen Fuß gefaßt. Die fremden Vokabeln gehen uns oft leichter von der Zunge (oder der Feder) als die ihnen entsprechenden deutschen Wörter; ja, manchmal merken wir es gar nicht mehr, daß wir sie gebrauchen. Umgekehrt spürt man aber auch bei anderen oft das Bestreben, durch übermäßige Verwendung von Fremdwörtern darzutun, daß man eben mehr kann als bloß deutsch reden, daß man also „gebildet" ist.

Wie sieht das in der Praxis aus? Wir bauen das *Image* eines Unternehmens auf und sind auf die nötige *Publicity* bedacht. Im Betrieb pflegen wir *Human Relations,* und damit jeder sich wohlfühlt, haben wir natürlich *Air-conditioning*. Wir treiben *Operational Research* und führen *Case studies* durch. Der *Computer* erleichtert es

uns, Entscheidungen zu treffen. Wenn der *Level* bei einer Beratung zu niedrig ist, dann veranstalten wir ein *Brainstorming*. Der *Boss* unserer Firma hat einen harten *Job;* ihm droht die *Manager*krankheit. Auf einer *Party* nimmt er nur wenige *Drinks* zu sich. Im Betrieb versucht er, sich durch *Tonic*-Wasser *fit* zu halten. Aber schließlich erliegt er dem *Stress* seiner Tätigkeit. *Teamwork* heißt die Losung des Tages. Eine *Crew* von Experten ist am Werk. Wir unterrichten den Kunden über unser *Engineering* und verkaufen ihm gern unser *know-how*. Das *Marketing* hilft uns, den *Trend* des Absatzmarktes frühzeitig zu erkennen. Wir haben einen *new look* geschaffen, und mit *Sales promotion* versuchen wir, einen größeren Marktanteil zu erobern. Wenn wir uns den *Goodwill* des Kunden erhalten, dann werden wir auch den *Outsider* aus dem Felde schlagen, und der Kunde wird uns seine *Order* schicken. Ehe wir die Anlage liefern, wird sie nach einer *Checklist* getestet. Für den Fall, daß in der Anlage ein *Interrupt* auftritt, ist natürlich ein guter *Service* von Bedeutung. Zu einer guten Werbung braucht man geschickte Leute, sogenannte *Kreative. Designer* helfen sowohl Werbeentwürfe gestalten als auch mit einem gekonnten *Styling* das Äußere der Geräte formen. Ein *Akquisiteur* darf beim Kunden keine *Show* abziehen, sondern muß mit *facts* operieren. Tritt er nicht seriös auf, wird er leicht als *Time-waster* empfunden.
Das war ein Bericht aus dem Wirtschaftsleben. In dieser Gedrängtheit wirkt er vielleicht gekünstelt. Aber seien wir doch ganz ehrlich: Reden wir, schreiben wir nicht tatsächlich solche Sätze?

Zum Beweis seien hier noch ein paar echte Beispiele aufgeführt. Sie stammen aus redaktionellen Texten und Anzeigen in der Fachpresse:

Die Sportfanfare: ein neuer Sound auf den Straßen.
Die Wahl der richtigen Ausrüstung setzt erfahrene und mit ingenieurmäßigem(!) know-how versehene Fachpartner voraus.
Die leistungsstarke Airless-Spritztechnik ermöglicht feinsten Finish.
Für die nachts arbeitenden Wissenschaftler ist ein sog. Daysleepinggebäude vorgesehen.

Wenn man so etwas liest, dann versteht man den Ausspruch, den einmal ein Inder tat: „Deutsch ist eine Sprache, die man mühelos vom Englischen ins Französische übertragen kann."
Ganz abscheulich klingt es jedoch, wenn deutsche Wörter mit amerikanischen zu Bastardausdrücken verschmolzen werden: das Environmental-Labor, das Firmenmanagement, der Flüssigkeitscontainer, der radioaktive fallout, die Round-table-Konferenz. Das sind keine konstruierten Ausdrücke, sondern gute Bekannte, denen man oft bei der Lektüre begegnet.
Es gehört fast schon ein wenig Mut dazu, bei allen bisher aufgeführten Beispielen statt der fremdsprachigen die entsprechenden deutschen Ausdrücke zu benutzen, obwohl dies sprachlich keine Schwierigkeit bereiten dürfte. Wir wollen es daher

nicht denen gleichtun, die sich über den Sinn ihres Geredes oder Geschreibsels kaum noch Gedanken machen, sondern unsere Muttersprache etwas sorgfältiger gebrauchen. Wo es angeht (und es geht in den meisten Fällen wirklich ohne große Mühe), sollte man seine Bildung gerade dadurch beweisen, daß man für den fremdsprachigen Ausdruck treffsicher den richtigen deutschen setzt.
Das soll nun nicht ins andere Extrem führen, und wir schätzen nichts weniger als einen sturen Verdeutschungsapostel. „Das Anwenden wie das Vermeiden von Fremdwörtern muß so natürlich sein, daß der Leser gar nichts merkt. Aber stets daran denken: Je weniger Fremdwörter, desto besser der Stil." (Werner Staib in den Deutschen Sprachbriefen)

Lage und Liege

Es gibt im Deutschen ein Verfahren, neue Wörter auf recht primitive Weise zu erzeugen. Mit dem Einheitsartikel „die" werden Hauptwörter gebildet, die von Tätigkeitswörtern unter Weglassen des Schluß-n abgeleitet sind. Dieser Vorgang ist zwar nicht neu. Seit Jahrhunderten sind derartige Wortbildungen im Deutschen nachweisbar; teils war hierbei das Tätigkeitswort, teils das Hauptwort die Wurzel, aus der jeweils das andere Wort entstand, so zum Beispiel:

Klemme	aus	klemmen,	feilen	aus	Feile,
Labe	aus	laben,	reden	aus	Rede,
Weiche	aus	weichen.	wiegen	aus	Wiege.

Daneben gibt es noch die Umlautbildung. Es wird

fahren	zur	Fuhre,
geben	zur	Gabe,
liegen	zur	Lage.

Alle diese Wörter sind im Laufe der Zeit zu einem festen Bestandteil unseres Sprachschatzes geworden. Bedenklich stimmt jedoch der Umstand, daß heute geradezu eine Massenproduktion neuer Wörter auf diese Art stattfindet. So hat die Lage einen Konkurrenten bekommen: die Liege. Natürlich ist die Bedeutung verschieden; *Lage* bezeichnet einen Zustand, *Liege* ein Möbelstück, das man eigentlich Liegesofa, Liegestatt benennen müßte.
Die *Leuchte* (in der Bedeutung Lampenkörper) ist ein technisch festgelegter Begriff, an dem nicht mehr zu rütteln ist.
Die Küchengerätehersteller haben uns bereits die Schütte und die Spüle beschert. Unter *Schütte* verstand man bisher (so auch heute noch im Duden!) ein auf dem Boden ausgebreitetes Bund Stroh; heute meint man damit einen Behälter für Nahrungsmittel oder Gewürze, die man aus ihm schütten kann.
Die *Spüle* ist ein Spülbecken, in dem Geschirr gespült wird.
Wenn dieser sprachliche Vorgang fortschreitet, dann wird sich der Liege wohl näch-

stens die *Sitze* und die *Fahre* zugesellen. Und bei den Hausgeräten bieten sich neben der Spüle folgende Möglichkeiten an: die *Koche* mit *Backe*, die *Kühle* (statt der umständlichen Kühltruhe), die *Mixe*, die *Wasche*. Eventuell käme dazu noch die *Brate* mit einer *Grille*.
Nun sage keiner, *Backe, Kühle* und *Grille* seien ja doch rein komisch gemeinte Wortkonstruktionen. Niemand würde so schreiben – wegen der bereits in einem anderen Sinne festliegenden Begriffe. Da darf man skeptisch sein. Durch technische Schriftsätze geistert nämlich bereits die *Anzeige*. Das ist beileibe kein Inserat; auf solchen Gedanken kämen nur Nichttechniker. (Das Inserat wird neuerdings schon *die Werbe* genannt.) Gemeint ist vielmehr eine Anzeigevorrichtung. Der Ingenieur spricht ohne Bedenken von einer *Zifferngroßanzeige*, womit er nicht den Vorgang meint, sondern das Gerät, das etwas anzeigt.
In einem Prospekt wurde eine *Abrichte* angeboten. Das ist kein Gerät zur Hundedressur, sondern ganz schlicht ein Elektrowerkzeug für die Holzbearbeitung.
Sehr schön finden wir all die neuen Wortbildungen nicht. Ihr Vorzug ist, daß sie recht kurz sind; zu kurz aber, um sprachlich als musterhaft und nachahmenswert zu gelten. Der Himmel möge uns bewahren, daß die bei den Hausgeräten scherzhaft aufgeführten Wortschöpfungen je in den Sprachgebrauch übergehen. Wir wollen daher diesen Wortbildungsprozeß nicht fortsetzen. Die deutsche Sprache ist nicht so arm, daß wir gezwungen wären, solche konfektionierten Wörter in Massen zu verwenden. Gebrauchen wir also in Zukunft exakte und begrifflich klare Wortgebilde, auch wenn sie unwesentlich länger sind als die neuen Modewörter.

Meßgenauigkeit

Immer wieder liest man in Manuskripten und Aufsätzen folgendes:

> Das Meßinstrument hat eine Genauigkeit von ± 0,1 %.

Hand aufs Herz: Möchten Sie ein Instrument kaufen, das so wenig genau anzeigt? Da ist ja jede Schätzung genauer. Versucht man dann, den Verfasser zu überzeugen, daß er gar nicht den Grad der Genauigkeit meint, sondern den möglichen Anzeigefehler, dann protestiert er: „Ich kann doch nicht schreiben, daß mein Instrument fehlerhaft arbeitet!“ Das ist töricht, denn es gibt nun mal kein Instrument, dessen Anzeige absolut genau ist. Besser sollte also geschrieben werden:

> Das Meßinstrument hat eine Anzeigetoleranz (oder Meßunsicherheit) von ± 0,1%,
> oder:
> Das Meßinstrument mißt bis auf ± 0,1 % genau.

Ein anderes Beispiel:

> Das Verfahren erlaubt, den gewünschten Wert mit 99 % Genauigkeit (oder: bis auf eine maximale Abweichung von 1 %) zu ermitteln.

Pleonasmus und Tautologie

Diese beiden Wörter griechischen Ursprungs bedeuten fast dasselbe; eine genaue Grenze läßt sich schwer ziehen. Pleonasmus ist definiert als überflüssige Häufung sinngleicher Ausdrücke (z. B. *es kann möglich sein* anstatt *es kann sein* oder *es ist möglich*). Tautologie liegt vor, wenn der gleiche Sachverhalt mit zwei synonymen (d. h. sinnverwandten) Wörtern wiedergegeben wird (z. B. *weißer Schimmel*). Hier haben wir es mit einer weit verbreiteten Unsitte zu tun. Wer seiner Rede oder Schreibweise keine Kraft mit auf den Weg geben kann, weil er nicht ausdrucksvoll und bildhaft zu reden und zu schreiben weiß, der glaubt, vielleicht durch Wiederholung zu überzeugen. Das ist ein Irrtum. Zweimal Null gibt immer nur Nichts.

Im folgenden ist hierzu eine Reihe von Beispielen aufgeführt, ohne daß ein Unterschied zwischen den beiden Stilfehlern gemacht wird.

*Außen*fassade	(von französisch *la face* = das Gesicht; eine Innenfassade ist undenkbar)
*Einzel*individuum	(Individuum ist eine einzelne Person)
*Glas*vitrine	(von lateinisch *vitrum* = das Glas; eine Vitrine ist ein Glaskasten)
*Grund*prinzipien	(Prinzipien sind Grundsätze)
*Rück*antwort	(haben Sie schon eine Vorwärtsantwort gesehen?)
*Rück*erstattung	(erstatten heißt zurückgeben)
*Test*versuch	(ein Test ist ein Versuch zu Prüfzwecken)
*Vorder*front	(französisch *le front* = die Stirn; *frontal* heißt: von vorn. Eine Seiten- oder Rückfront wäre Unsinn)
*vor*planen	(hinterher hat noch niemand geplant)
*Zeit*epoche	(eine Epoche ist ein Zeitabschnitt)
*zusammen*addieren	(addieren heißt zusammenzählen)
bereits schon	(wird aus Unachtsamkeit oft gebraucht; jedes dieser Wörter für sich genügt)
kritischer Einwand	(wenn ich unkritisch bin, werde ich nichts einzuwenden haben)
letzten Endes	(man bilde einmal: vorletzten Endes oder gar: ersten Endes. Ersatzwörter: endlich, schließlich, zuletzt)
quantitative Zahlenangaben	(Zahlen sind immer etwas Quantitatives)
zwingende Notwendigkeit	(was notwendig ist, übt auch einen Zwang aus)
bewußt verzichten	(im Schlaf hat noch niemand verzichtet)
meistbietend versteigern	(beim Versteigern bekommt sowieso nur der Meistbietende den Zuschlag)

neu renovieren	(lateinisch *re* = wieder; *novus* = neu)
noch einmal wiederholen	(wiederholen heißt: ein zweites Mal tun. Noch einmal wiederholen würde also bedeuten: ein drittes Mal tun)

Zu unserem Bedauern sind wir *leider* gezwungen, Sie an unsere Vereinbarung zu erinnern. (*Zu unserem Bedauern* oder *leider,* eins von beiden ist überflüssig.)
Er *pflegt gewöhnlich* um 6 Uhr aufzustehen. (Er *pflegt* aufzustehen oder: er steht *gewöhnlich* auf.)
Noch während des Baues der Anlage wird es *möglich sein,* einzelne Teile in Betrieb nehmen zu *können.* (. . . wird es *möglich sein,* einzelne Teile in Betrieb zu nehmen oder: . . . wird man einzelne Teile in Betrieb nehmen *können.*)

Relativsätze

Hier haben wir einmal ein Fremdwort gewählt, weil die Verdeutschung dieses Begriffs („Bezugswortsätze") denn doch zu ungewohnt klingt.
Manchmal hat man das Gefühl, daß die Verfasser eine gewisse Scheu vor dem Gebrauch von Relativsätzen haben. Dafür packen sie alles, was ihnen unter die Finger kommt, sardinengleich in ein einziges Satzgebilde. Auf diese Weise erscheinen dann die erläuternden Beifügungen vor dem zugehörigen Hauptwort, und der arme Leser muß den Satz zweimal durchgehen, ehe er ihn versteht. Wir raten daher, in allen Fällen, wo sich beim Schreiben ein kompliziertes Satzgefüge zu bilden beginnt, sofort zu prüfen, ob etwa ein Relativsatz günstiger wäre:

> Charakteristisch für diese Art ist das häufige Auftreten einiger weniger Grundformen für die Verknüpfungen *zwischen den die Rechengrößen darstellenden Werten.*

Es ist nicht schwer, hieraus einen Relativsatz zu formen:

> . . . für die Verknüpfungen zwischen den Werten, welche die Rechengrößen darstellen.

Zu dem letzten Satz noch eine Bemerkung: Das dort gebrauchte Wort *welche* wird von vielen verworfen, aber zu Unrecht. Zwar ist *der, die, das* für gewöhnlich vorzuziehen. Aber in den folgenden Sätzen empfiehlt sich unbedingt der Gebrauch von *welcher, welche, welches,* um den Gleichklang der beiden auf das Komma folgenden Wörter zu beseitigen:

> Wir gedenken des Mannes, *der der* Erfinder dieses Verfahrens ist.
> Das sind Symbole, *die die* Art der Verknüpfung bezeichnen.
> Bei Gefahr ertönt ein Signal, *das das* Bedienungspersonal warnt.

Als Eigenschaftswörter gebrauchte Mittelwörter der Gegenwart *(der laufende Motor, die kommende Entwicklung, das bestehende Verhältnis)* oder der Vergangenheit *(der verwendete Ausdruck, das gemessene Drehmoment)* sowie Gerundivformen *(die zu behandelnde Stelle)* haben durchaus ihre Berechtigung. Bei ungeschicktem Gebrauch werden sie jedoch zu einem Mittel, mit dem sich Sätze bis zur Unverständlichkeit komprimieren lassen:

> Es ist klar, daß die Höhe der Kosten von Einfluß auf die Art der zur Erzielung eines einwandfreien Laufes zu treffenden konstruktiven Maßnahmen sein muß.

Wenn man solchen Satz gelesen hat, ist zunächst noch nichts klar. Bei näherem Durchleuchten erweist sich das Gebilde zwar als grammatisch richtig; aber stilistische Ungeheuer dieser Art sollten im allgemeinen durch einen angehängten Relativsatz entwirrt werden:

> Es ist klar, daß die Höhe der Kosten von Einfluß sein muß auf die Art der konstruktiven Maßnahmen, die zum Erzielen eines einwandfreien Laufes getroffen werden. (Noch besser aber: Natürlich hat die Höhe der Kosten Einfluß darauf, welche konstruktiven Maßnahmen getroffen werden, um einen einwandfreien Lauf zu erzielen.)

Weitere Hinweise zum Thema „Relativsätze“ sind unter dem Stichwort „Verhältniswörter“ zu finden.

Schachtelsätze

Schachtelsätze können einem den Geschmack am Lesen verderben. Sie sind zum Glück seltener geworden, tauchen aber doch immer noch in der Literatur auf. In der Rede wird man sie vergebens suchen, weil kaum ein Mensch über so viel konstruktives Geschick verfügt, daß er beim Sprechen mehrere Satzteile speichern und dann wieder einzeln hervorzaubern kann. Nein, beim Reden bilden wir einfache Sätze, bringen einen Gedanken zu Ende und fangen erst dann den nächsten an.

Schachtelsätze kann man nur einem Leser, nicht einem Hörer bieten. Allein beim Lesen kann man einen solchen Satz entwirren, weil man die Möglichkeit hat, mit den Augen über den Text mehrmals hin- und herzuwandern, um Zusammengehöriges einander wieder zuzuführen. Denn das gehört zum Wesen des Schachtelsatzes: Vollständige Sätze werden in zwei Teile zerrissen, und in die Fuge wird ein Nebensatz gestopft; diesen kann man wieder zerreißen und einen zweiten Nebensatz hineinstopfen und so fort. Künstler bringen es hierin oft erstaunlich weit:

> Es ist nicht zu leugnen, daß die Erfahrungen, die mit dem neuen Gerät, das an die Stelle des früheren, das noch verschiedene Mängel aufwies, trat, gemacht wurden, günstig gewesen sind.

Rein grammatisch ist der Satz völlig in Ordnung. Aber die unverdauliche Häufung der Tätigkeitswörter am Satzschluß sollte eigentlich jedem den Geschmack am Gebrauch von Schachtelsätzen verderben.

Schon eine Neuordnung der Satzteile, die Zusammengehöriges unverändert aneinanderfügt, bringt Klarheit in die Aussage, wenn auch der Satz noch nicht besonders schön klingt:

> Es ist nicht zu leugnen, daß die Erfahrungen günstig gewesen sind, die mit dem neuen Gerät gemacht wurden, das an die Stelle des früheren trat, das noch verschiedene Mängel aufwies.

Wie ersichtlich ist jeder Satzabschnitt durch seine Satzaussage vervollständigt worden, so daß er gedanklich klar ist, wenn der nächste Abschnitt beginnt. Man hat manchmal den Eindruck, daß die Verfasser hiervor zurückscheuen. Zweifellos besteht im Deutschen eine verhängnisvolle Neigung, Satzgefüge zugunsten von Einschüben zu zerreißen, so daß die Satzaussage erst dann erscheint, wenn der arme Leser den Anfang des Satzes inzwischen vergessen hat.
Dieses Übel hat der bekannte amerikanische Humorist Mark Twain bereits gegeißelt („Die Schrecken der deutschen Sprache"). Daß er dabei maßlos übertreibt, wollen wir ebenso humorvoll ertragen, wie es geschrieben worden ist:

> „Von der Schwierigkeit dieser Sprache kann die nächste beste Zeitung überzeugen. Ein Normalsatz in einer deutschen Zeitung ist eine überraschende Merkwürdigkeit; er nimmt eine Viertelstunde ein und enthält sämtliche Redeteile dieser Sprache, nicht in einer geregelten Ordnung, sondern durcheinander. Er besteht hauptsächlich aus zusammengesetzten Wörtern, von dem Verfasser eigens für seinen Zweck gebaut und nirgends im Wörterbuch zu finden; oft sechs bis sieben Wörter an einem Stück ohne Nähte und Einschnitte; der Satz handelt von 14 bis 15 verschiedenen Gegenständen, von denen jeder einen Zwischensatz bildet; bisweilen schließt ein Hauptzwischensatz mehrere kleinere ein, und damit sie nicht auseinanderfallen, werden sie zum Teil mit Klammern zusammengehalten; – nach alledem kommt endlich das Zeitwort, woraus man erst klug wird, was der Verfasser eigentlich sagen wollte; nach dem Zeitwort schließt der Verfasser – wie mir scheint, lediglich aus dekorativer Spielerei – mit den Wörtern „haben zu sein", „gewesen sein dürfen" oder ähnlich. Vermutlich ist dieser Schlußknalleffekt so etwas wie der Schnörkel, den man unter seine Unterschrift zu machen pflegt; was nicht gerade nötig ist, aber hübsch aussieht . . .
> In den Zeitungen . . . steht das Zeitwort immer erst auf der nächsten Spalte, und mir wurde gesagt, es käme oft vor, daß der Verfasser eines Artikels, der sich ein bis zwei Spalten lang mit Einreihungen und Zwischensätzen aufgehalten hat, sich am Ende so beeilen muß, daß der Satz ohne Zeitwort in die Druckpresse geht."

Es sei nochmals ausdrücklich betont, daß es nicht nötig ist, das rückbezügliche Fürwort unmittelbar an das zugehörige Hauptwort anzuschließen; sofern die dazwischen stehende Satzaussage kurz ist, bleibt auch über sie hinweg die gedankliche Beziehung bestehen.

Um den eingangs zitierten Beispielsatz nun auch in eine sprachlich schöne Form zu bringen, sei er hier ein drittes Mal aufgeführt. Diese Fassung möge als Muster dienen:

> An die Stelle des früheren Gerätes, das noch verschiedene Mängel aufwies, ist inzwischen ein neues getreten. Mit ihm sind recht günstige Erfahrungen gemacht worden.

Die Aufteilung in zwei getrennte Sätze nimmt dem Gedankenfluß das Atemlose und schafft einen wohltuenden Ruhepunkt. Diese Maßnahme ist auch zeitsparend für den Leser; man darf hoffen, daß er den Sinn des Gesagten gleich beim ersten Lesen versteht.

Der Schnitt und die Absicherung

Sprache ist zwar etwas Lebendiges, das sich ständig weiterentwickelt. Regeln und Formen von gestern können morgen durchaus überholt sein und neuen Gebilden Platz machen. Manchmal aber beobachtet man Entwicklungen, die so kurios und unlogisch sind, daß man ihnen doch rechtzeitig steuern muß, damit sie nicht die Sprache verseuchen.
Verhältniswörter können mit anderen Wörtern zu neuen Gebilden verschmelzen. Sie werden dabei zu Vorsilben, die dem Grundwort eine ganz spezielle Bedeutung geben (aus *Gabe* wird so: Angabe, Aufgabe, Beigabe, Übergabe usw.). Der richtige Gebrauch solcher Vorsilben ist augenscheinlich in eine Krise geraten.
Hauptwörter, die auf diese Weise gebildet wurden, erleiden heute vielfach ein beklagenswertes Schicksal. Man schlägt ihnen den Kopf ab, indem man die begrifflich mit ihnen verwachsenen Vorsilben einfach ignoriert.
Umgekehrt ist es Mode geworden, Tätigkeitswörtern völlig unnötige Vorsilben aufzupfropfen.
Der Grund für diese Entgleisungen kann also nicht das Streben nach Kürze sein, da den Amputationen an anderer Stelle oft eine pleonastische Ausdrucksweise gegenübersteht. Es liegt vielmehr an der Gleichgültigkeit oder auch Unsicherheit der Benutzer. Die Sprache gerät dabei in Gefahr, ihre Ausdruckskraft einzubüßen.

Hauptwörter.

Wir lasen einmal folgendes, das schon beinahe Normaldeutsch geworden ist:

> Ein Omnibus kann im *Schnitt* etwa 50 Personen, mit *Hänger* vielleicht 90 Personen befördern. (Gemeint ist natürlich *im Durchschnitt* und *mit Anhänger.*)

Wie wäre es, wenn wir dazu ein neues Umstandswort schaffen? Hier ist es:

> Der Omnibus befördert *schnittlich* 50 Personen.

Weiter geht es:

> Eine *Lichtung* kostet 40 Pfennig.

Hier ist nicht von einem Platz im Walde die Rede. Der Schreiber meinte allen Ernstes eine *Ablichtung* (das ist ein schlechtes deutsches Wort für *Kopie*). Auch die Wörter *Ruf* (statt Anruf) und *Schluß* (statt Verschluß) sind bereits im Gebrauch. Wie wird das weitergehen? Im Geiste hören wir den Bericht eines Ingenieurs aus dem Jahre 1990:

> „Während meiner jüngsten *Wesenheit* in E. las ich in einer Zeitschrift den *Satz* eines *Fassers,* dessen *Führungen* mir gut gefallen haben. Er gab eine *Läuterung* der neuesten *Schriften* für *Lagen* der *Fahrenstechnik.* Dank seiner *ragenden Drucksweise* hat er – trotz des trockenen *Standes* – seine *Gabe gezeichnet* gelöst."

Wie gefällt Ihnen das? Seien wir doch avantgardistisch und bekennen wir uns zu diesem gewaltigen Sprachfortschritt! Wie umständlich dagegen reden und schreiben wir im Augenblick noch, wenn wir statt dessen die Wörter

> Anwesenheit, Aufsatz, Verfasser, Ausführungen, Erläuterung, Vorschriften, Anlagen, Verfahrenstechnik, hervorragenden, Ausdrucksweise, Gegenstand, Aufgabe, ausgezeichnet

gebrauchen. Wer aber der Ansicht sein sollte, daß diese Wörter besser sind, der möge mit uns dafür sorgen, daß der eingangs zitierte Unfug bald wieder aufhört.

Tätigkeitswörter.

Bei dem Brauch, Tätigkeitswörter durch unnütze Vorsilben zu schmücken, steht das Wörtchen *ab* weitaus an der Spitze. Ausdrücke wie

> abklären, abmildern, absenken, absichern, absinken, abspeichern

sind stark in der Mode. Daneben gibt es

> ausliefern (in bezug auf Waren), herabmindern, vorplanen, zerbersten usf.

Man lese einmal alle diese Wörter ohne Vorsilbe und beachte, daß ihre Bedeutung nicht nur ungeändert bleibt, sondern sogar klarer wird.
Die Vorsilbe *ab* hat die Bedeutung: weg, fort. Völlig richtig – und gedanklich ganz anders gebildet – sind daher die Ausdrücke abbiegen, abblenden, abkratzen, ablehnen, abnehmen, abwaschen. *Absteigen* (ab = herab) ist richtig, denn es gibt auch ein *aufsteigen. Absinken* ist nicht nur überflüssig lang, sondern sogar falsch, denn es gibt kein *aufsinken.* Und wenn der Ingenieur durchaus *absichern* will: bauen wir dann demnächst in unsere Anlagen *Absicherungen* ein?

Auch hier also sei an den Benutzer solcher Wörter die Bitte gerichtet: Keine unnötigen Schnörkel, dafür mehr gedankliche Klarheit!

Verhältniswörter, doppelt und dreifach

Verhältniswörter treten bisweilen in Gruppen auf und machen in solcher Zusammenstellung leicht einen komischen Eindruck. Die folgenden Beispiele enthalten ganz natürlich gebildete Sätze, wie sie in Manuskripten ständig zu finden sind:

Die Wicklungen der Motoren müssen *mit gegen* Seewasser sicherer Isolation ausgeführt werden.

Die Streckengleise können *mit von* der Weichenstellung unabhängigen Signalen ausgerüstet werden.

Die lange Reihe *von in über* 40 Jahren gesammelten Erfahrungen trug zu der Neugestaltung bei.

Die *von den in die* Kompensationskreise eingeführten Zusatzspannungen verursachten Ströme fließen über den Kondensator.

Für von uns verauslagte Kosten berechnen wir Ihnen ansteilig 24,50 DM.

Unter dem Stichwort „Relativsätze" haben wir schon den Fehler gegeißelt, der auch in den obigen Sätzen steckt: In der Absicht, sich möglichst kurz auszudrücken, wird der Satz zur Sardinenbüchse gemacht. Kürze ist an sich wünschenswert; sie darf aber nicht auf Kosten der Deutlichkeit gehen oder komische Formulierungen erzeugen. Übrigens: Im Gespräch würde niemand solche Sätze bilden. Sie laufen dem natürlichen Sprachempfinden zuwider und sind reines Papierdeutsch. Das Heilmittel, um hieraus vernünftiges Deutsch zu machen, sind wiederum Relativsätze:

Die Wicklungen der Motoren müssen mit einer Isolation ausgeführt werden, die gegen Seewasser schützt.

Die Streckengleise können mit Signalen ausgerüstet werden, die von der Weichenstellung unabhängig sind.

Die lange Reihe von Erfahrungen, die in mehr als 40 Jahren gesammelt wurden, trug zu der Neugestaltung bei.

Die Ströme, welche die in die Kompensationskreise eingeführten Zusatzspannungen verursachen, fließen über den Kondensator.

Für Kosten, die wir verauslagt haben, berechnen wir Ihnen anteilig 24,50 DM.

Das folgende Beispiel enthält eine Häufung von Verhältniswörtern, die man nicht durch einen Relativsatz entwirren kann:

Nach dem Einbau des neuen Regelorgans ergab sich eine Steigerung des Wirkungsgrades *von bis zu* 5 %.

In einem solchen Fall kann man getrost auf das Wörtchen *von* verzichten: *bis zu* 5 % ist eine klare Aussage.

Weitschweifigkeiten

Manche Verfasser haben, sicherlich unbewußt, einen schweren, zähflüssigen Stil und ziehen Sätze durch unnötige Einschübe in die Länge, ohne daß hierbei Wesentliches ausgesagt wird. Der Leser, der knapp und sachlich informiert zu werden wünscht, ist von solchen umständlichen Floskeln meist unangenehm berührt; das Geschriebene bewirkt also das Gegenteil von dem, was erreicht werden soll, nämlich das Wohlwollen des Lesers zu erringen. Hierfür ein paar Beispiele:

> Dies ist seit kurzem anders geworden, *und zwar dadurch, daß* diese Arbeit jetzt von Maschinen übernommen wird.
>
> Die Temperaturwähler sind des weiteren *so ausgebildet, daß sie die Möglichkeit geben,* die Heizung mit einer Wählscheibe von Hand ein- oder auszuschalten.

So schwülstig das klingt, wird es doch weit übertroffen durch die Formulierung in einem überhöflichen Geschäftsbrief:

> Bitte erlauben Sie uns, Sie davon in Kenntnis zu setzen, daß wir die Absicht haben, zu Anfang des nächsten Jahres in U. ein Zweigbüro zu eröffnen.

Hier die Verbesserungsvorschläge:

> Das hat sich seit kurzem geändert, weil diese Arbeit jetzt von Maschinen übernommen wird.
>
> Mit der Wählscheibe läßt sich ferner die Heizung von Hand ein- und ausschalten.
>
> Wir teilen Ihnen mit, daß wir Anfang des nächsten Jahres in U. ein Zweigbüro eröffnen wollen.

5.3 STILBLÜTEN

Nachdem wir nun Wörter und Satzkonstruktionen unter stilistischen Gesichtspunkten abgehandelt haben, wollen wir dieses Kapitel mit einem bunten Strauß von Stilblüten beschließen. Sie sollen den Leser davor warnen, beim Schreiben ähnliche Ungeschicklichkeiten zu begehen, zugleich sollen sie – nach so viel anstrengender Lektüre – einen heiteren Ausklang geben.

> Es *darf* gesagt werden, daß mit dieser gelungenen Schau eine *echte Lücke* im Ausstellungsgeschehen ausgefüllt worden ist.

Da ist also wieder dieses *dürfen;* diesmal nicht als *ich darf,* sondern *es darf.* Bemerkenswert ist die echte Lücke. Versuchen wir uns einmal vorzustellen, wie eine unechte Lücke aussehen mag, dann merken wir, wie schief dieser Ausdruck liegt. Verbesserungsvorschlag:

> Wir können feststellen, daß diese gelungene Schau sich einen festen Platz in der Reihe der Ausstellungen erobert hat.

Diese Firma hat *mit den an die in der* Notiz genannten Firmen erteilten Aufträgen nichts zu tun.

Eine großartige Leistung! Ein so hochgradig unklares Deutsch hat man selten gelesen. Das kommt davon, wenn jemand keine Relativsätze bauen kann. Dabei ist es doch so einfach:

Diese Firma hat nichts mit den Aufträgen zu tun, welche die in der Notiz genannten Firmen erhalten haben.

Der Übergang vom Seiten- zum Heckfänger beim Nachstellen des Rohstoffes Fisch ist in aller Welt erfolgt.

Was in diesem Satz alles erfolgt, kann einem die Tränen in die Augen treiben. Der Fisch ist zum bloßen Rohstoff geworden, der sich zu Halb- und Fertigfabrikaten verarbeiten läßt. Daß dieser Rohstoff auch noch nachstellt (wem eigentlich?), ist erstaunlich. Der Übergang vom Seiten- zum Heckfänger (beide sind ja Schiffe) „erfolgt" wahrscheinlich über einen Laufsteg. Doch genug des Unsinns. Vernünftigerweise sollte man die gewollte Aussage so formulieren:

Der bisher bei der Jagd auf das Nahrungsmittel Fisch verwendete Typ des Seitenfängers ist überall in der Welt durch den Heckfänger abgelöst worden.

Durch den günstig gelagerten Schwerpunkt besitzt dieses Hausgerät ein enorm geringes Handgewicht.

Das ist ein Satz mit vielen Fehlern, stilistischen und logischen. Hier treffen wir zunächst das falsche *durch.* Weiter *besitzt* ein Hausgerät etwas, nämlich ein Handgewicht. Das Gerät muß also Hände haben, sehr kleine vermutlich, mit einem enorm geringen Gewicht. Das Gerät *besitzt* natürlich auch einen Schwerpunkt. Bemerkenswert, daß dieser (abstrakte) Schwerpunkt irgendwie gelagert ist. Offen bleibt allerdings, ob es sich um Gleitlager oder um Wälzlager handelt. Wollen wir mal hören, wie dieser Satz auf deutsch klingt:

Bei diesem Hausgerät hat der Schwerpunkt eine günstige Lage; infolgedessen wird die Hand beim Führen des Gerätes nur außerordentlich wenig belastet.

Um die Zeit bis zur Grundüberholung der Drehstromgeneratoren weiter zu erhöhen, dient nun der Drehstrom-Generator gemäß Bild 1, der keine Schleifkohlen mehr besitzt.

Auch an diesem Satz ist beinahe alles falsch. Das *um . . . zu* des einleitenden Nebensatzes findet keine Entsprechung im folgenden Hauptsatz. Eine Zeit kann man nicht erhöhen; höchstens läßt sich ein Zeitraum vergrößern oder verlängern. Die Schreibweise *Drehstromgenerator* steht neben *Drehstrom-Generator.* Das Wort *dient* fordert die Ergänzung *dazu,* die hier fehlt. *Schleifkohlen* ist eine unübliche Bezeichnung. Zum Schluß kommt das falsch gebrauchte *besitzen.* Der besseren Verständlichkeit wegen sollte mit dem zweiten Satzteil begonnen werden:

Der Drehstromgenerator nach Bild 1 hat keine Kohlebürsten mehr; dadurch wird der Zeitraum zwischen 2 Hauptuntersuchungen verlängert.

Nachdem *die Feuerwehr* die durch Öl verschmutzte Fahrbahn mit Bindemitteln bestreut hatte, wurde *sie* wieder für den Verkehr freigegeben.

Natürlich: als die Arbeit beendet war, hat der Brandmeister das Signal „Fahrt frei" gegeben, und die Feuerwehr verkehrte dann anderswohin. Das kommt davon, wenn man ein Wort rückbeziehen will und den richtigen Anschluß verpaßt. So wird ein Schuh daraus:

Die durch Öl verschmutzte Fahrbahn wurde wieder für den Verkehr freigegeben, nachdem die Feuerwehr sie mit Bindemitteln bestreut hatte.

Bei vielen Frauen wurde eine deutlich erhöhte Ermüdung festgestellt, die als Ersatz für das Frühstück geraucht hatten.

Nein, so geht das denn doch nicht! Relativsätze sind zwar wichtige Bestandteile der Satzkonstruktion; sie erfüllen ihre Aufgabe aber nur, wenn sie am richtigen Platz stehen. Hier ist die gedankliche Brücke zwischen *Frauen* und *die* zu lang, um noch tragfähig zu sein. Außerdem steht kurz vor dem rückbezüglichen Fürwort *die* das weibliche Hauptwort *Ermüdung;* der unbefangene Leser wird zunächst beide aufeinander beziehen, bis er beim Weiterlesen enttäuscht merkt, daß er hinters Licht geführt worden ist. Richtig lautet dieser Satz so:

Bei vielen Frauen, die anstelle des Frühstücks geraucht hatten, wurde deutlich eine stärkere Ermüdung festgestellt.

Bildunterschrift in einem Aufsatz über die Weiterentwicklung der Eisenbahn: Röhrenhochbahn in einer bereits bestehenden Stadt, die an einer Straßenkreuzung ihre Richtung ändert.

Es gibt ja viele moderne Städte. Da ist es nicht verwunderlich, wenn eine bereits bestehende Stadt so fortschrittlich ist, daß sie ihrer Entwicklung eine ganz neue Richtung gibt. Unverständlich bleibt allerdings, warum sie dies gerade an einer Straßenkreuzung tut. Ja, hier haben wir den gleichen Fehler wie im vorigen Beispiel: Rückbezügliches Fürwort und Bezugswort stehen zu weit auseinander, ein Pseudo-Bezugswort im gleichen Geschlecht schiebt sich dazwischen, und der Unsinn ist fertig. Eine vernünftige Ordnung sieht etwa so aus:

In einer bestehenden Stadt nachträglich errichtete Röhrenhochbahn, die an einer Straßenkreuzung ihre Richtung ändert.

Es sollen Fernsehgeräte-Teile gegen Lieferung von griechischen landwirtschaftlichen Produkten importiert werden, die in dem neuen Werk zu Fernsehgeräten zusammengebaut werden.

Hoppla! Wie geht das vor sich? Landwirtschaftliche Produkte sollen zu kompletten Fernsehgeräten zusammengebaut werden! Auch hier liegt wieder der gleiche Fehler mit dem rückbezüglichen Fürwort vor, und der Schreiber hat es nicht gemerkt.

Dafür beschert er uns einen so herrlich komischen Satz, den man nicht ohne Schmunzeln lesen kann. Weniger unmöglich klingt er allerdings so:

> Man will – gegen Lieferung von griechischen landwirtschaftlichen Produkten – Fernsehgeräte-Teile importieren, die in dem neuen Werk zu kompletten Geräten zusammengebaut werden.

> Da es sich bei diesen Luftschützen um Schalter mit Rückzugkraft ohne Sperre handelt, fallen sie bei Spannungseinbrüchen im Netz ab.

Daß dieser Satz etwas komisch wirkt, liegt am Jargon der Elektrotechniker: ein Schalter fällt ab. Man möchte den Vorschlag machen, doch stärkere Befestigungsbolzen zu nehmen, damit das Luftschütz auch bei Spannungseinbrüchen (genau solcher Jargon) noch an der Wand hängen bleibt. Wie wollen wir es nun halten? Hier der Gegenvorschlag:

> Bei diesen Luftschützen wird die Kontaktbrücke im Einschaltzustand mechanisch nicht gesperrt; bei starker Spannungsminderung werden sie daher durch die Rückzugfedern ausgeschaltet.

> Aus der Kritik über eine Literaturübersicht:
> Was besonders auffällt, ist das Fehlen des gesamten einschlägigen Schrifttums der letzten 5 Jahre, das bedauerlich ist und nachgeholt werden müßte.

Wenn man den Satz genau liest, dann sagt er ganz deutlich folgendes aus: Das Fehlen des betreffenden Schrifttums muß nachgeholt werden. Wie man das tut, darüber sagt der Verfasser nichts. Natürlich können wir uns denken, was er meint, aber das sollte man dann so ausdrücken:

> Es fällt besonders auf, daß das gesamte einschlägige Schrifttum der letzten 5 Jahre fehlt. Das ist bedauerlich; man sollte es unbedingt nachtragen.

> Als ausreichend haben sich Drahtseile von 3 mm Durchmesser erwiesen; diese Drahtstärken erhitzen sich selbst bei mehreren aufeinanderfolgenden Blitzschlägen nicht bis zum Schmelzpunkt.

Der Leser wird es gemerkt haben: es handelt sich um Blitzableiter. Zunächst einmal heißt es *Drahtdicke* und nicht *Drahtstärke*. Aber auch Drahtdicke paßt nicht hierher, da es sich um Drahtseile handelt und nicht um Einzeldrähte. Am interessantesten ist aber die Behauptung, daß Drahtstärken sich bis zum Schmelzpunkt erhitzen können; das Ergebnis wäre dann geschmolzene Stärke. Was hat der Verfasser wirklich sagen wollen? Vermutlich dieses:

> Als ausreichend haben sich Drahtseile von 3 mm Durchmesser erwiesen. Seile von diesem Durchmesser erhitzen sich selbst bei mehreren aufeinanderfolgenden Blitzschlägen nicht bis zum Schmelzpunkt.

6. Kleines Lexikon grafischer Fachausdrücke

Das folgende Kapitel ist nicht für den Fachmann bestimmt, der hauptberuflich mit der Drucktechnik zu tun hat. Als kleines Nachschlagewerk soll es vielmehr dem eine Hilfe bieten, der nur nebenbei sich mit der Drucktechnik beschäftigen muß, sei es, daß er ein Manuskript für ein Fachbuch oder einen Fachaufsatz geschrieben hat oder daß er an dem Entstehen einer Werbedruckschrift beteiligt ist. Nachdem er das Manuskript abgeliefert hat, wird er in jedem Falle mit einer Anzahl von grafischen Fachwörtern konfrontiert werden. Manches Mißverständnis läßt sich vermeiden, wenn über die Begriffe Klarheit herrscht. Diesem Zweck soll das kleine Lexikon nützen.

Der Fachmann möge unter diesem Gesichtspunkt verstehen, daß manche Erläuterung Dinge verschweigt oder nur kurz andeutet, die für ihn wichtig sind, die aber den Benutzer dieses Büchleins nur mit einem überflüssigen Wissen belasten würden. Andererseits sind manche Erklärungen bewußt umfangreich gehalten, damit die Ursache für gewisse Vorgänge auch dem deutlich werde, der keine fachlichen Voraussetzungen mitbringt. So wird der Leser auch begreifen, warum bisweilen unerwünscht hohe Druckkosten entstehen, und lernen, wie man sie vermeidet. Einige Tips aus der Praxis, die hier und da eingestreut sind, werden sicher nützlich sein.

Ein Teil der hier aufgenommenen Stichwörter bezieht sich ausschließlich auf den Bleisatz und das dazugehörige Hochdruckverfahren (z.B. die Sammelbegriffe: ablegen, Blindmaterial, Druckstock, Handsatz, Steg, Type). Dieses früher überwiegend angewandte Verfahren wird zunehmend von Fotosatz und Offsetdruck abgelöst. Vor allem Druckereien großer Verlage haben sich inzwischen weitgehend auf diese neue Technik umgestellt. Da aber der Hochdruck immer noch eine gewisse Bedeutung behalten hat, konnte nicht darauf verzichtet werden, auch die Menge der hierzu gehörenden Begriffe eingehend zu erläutern.

Die im Text der Erläuterungen im *Kursivdruck* erscheinenden Wörter sind selbständige Stichwörter, unter denen der Benutzer ggf. weitergehende Erklärungen findet.

Ablegen. Schriftsatz ablegen: Nach vollendetem Druck wird der nun nicht mehr benötigte Schriftsatz auseinandergenommen. Beim *Handsatz* werden die Einzelbuchstaben in die Setzkästen zurückgelegt; das Schriftgut aus dem *Maschinensatz* wird wieder eingeschmolzen. Soll der gleiche Text später nochmals gedruckt werden, so ist *Neusatz* erforderlich. Um die erheblichen Kosten hierfür zu vermeiden, empfiehlt sich fotomechanischer Nachdruck im *Offset*verfahren. Voraussetzung hierfür ist eine saubere, ungeknifffte Vorlage aus dem Erstdruck.

Absetzen. s. Setzen

Andruck. s. Klischeeandruck

Angeschnittener Druck. Für Bilder oder Tonflächen (s. *Tonplatte*), die bis zum oberen, rechten oder unteren Papierrand reichen sollen, wird die Druckvorlage etwas größer gemacht, als der Platz auf der betreffenden Seite erfordert. Beim Beschneiden des Druckbogens auf das endgültige Format wird dann das Bild angeschnitten, d. h. der überschüssige Bildrand wird hierbei entfernt. Auf diese Weise vermeidet man, daß nach dem Beschneiden noch ein unerwünschter schmaler weißer Rand neben dem Bild stehen bleibt.

Anhängen. Wegfall eines Absatzes, indem gefordert wird, daß die ersten Wörter eines neuen Absatzes ohne Unterbrechung in die letzte unvollständige Zeile des vorhergehenden Absatzes eingerückt werden sollen. Korrekturzeichen hierfür s. DIN 16 511. Anhängen eines Absatzes verursacht hohe Korrekturkosten, weil sich sämtliche Zeilenanfänge verschieben. In den meisten Fällen muß dann der ganze Absatz völlig neu gesetzt werden. Man prüfe daher zuvor genau, ob die Durchführung einer solchen Maßnahme das finanzielle Opfer lohnt.

Antiqua. s. Schriftarten

Aufbleien. Die *Druckstöcke,* welche die Form flacher Metallplatten haben, werden auf Bleiuntersätze geklebt, damit sie in der *Druckform* genau auf die Höhe der *Typen* des Schrifttextes kommen.

Aufklotzen. Ein älterer Ausdruck für den Vorgang des *Aufbleiens* (früher wurden statt der Bleiuntersätze Holzfüße verwendet).

Auflage. Anzahl der zu einem Druckauftrag gehörenden Exemplare. Bei Bemessung der Auflagenhöhe ist zu beachten, daß bei steigender Auflage das einzelne Druckexemplar immer billiger wird, weil die Druckkosten nicht proportional steigen. Die fixen Kosten (*Setzen, Korrektur*arbeiten, *Umbrechen, Zurichten* der *Druckform*) entstehen bei jedem Druck; deswegen sind niedrige Auflagen von Werken mit kompliziertem Formelsatz oft extrem teuer. Die Mehrkosten einer im *Fortdruck* hergestellten größeren Auflage sind dagegen nur noch von Papiermenge und Druckzeit sowie der *buchbinderischen Weiterverarbeitung* abhängig.
Die Lieferung darf von der Höhe der bestellten Auflage um ± 10 % abwei-

chen (bei entsprechend höherem oder geringerem Preis). Grund: Die von der Druckerei eingekaufte Papiermenge wird stets etwas reichlich bemessen, um für die bei Beginn des Druckvorgangs zunächst anfallenden *Makulatur*bogen genügend Material zu haben. So kann am Schluß Papier übrigbleiben, das man für den Mehrdruck verwendet, um es nicht auf Lager nehmen zu müssen. Andernfalls kann bei größerem Anfall von Makulatur auch einmal die Papiermenge für den Druck der Auflage zu knapp werden. Nachbeschaffung von Papier birgt aber die Gefahr in sich, daß bis zum Eintreffen der Lieferung der Druckvorgang unterbrochen werden muß (Stillstand der Maschine oder erneutes Zurichten der Druckform).

Ausbringen. Den Schriftsatz durch Vergrößern der Wortzwischenräume absichtlich ausdehnen, um die Zeilenzahl zu erhöhen. Dies ist manchmal nötig, damit eine in den Text gesetzte Tabelle oder ein Bild mit dem in der Nebenspalte stehenden Text in der Höhe glatt abschneidet. Andererseits hilft das Ausbringen einer Zeile manchmal den Neusatz des ganzen restlichen Absatzes vermeiden, wenn bei der Korrektur z.B. der Wegfall eines im Satz stehenden Wortes gefordert wird. Gegenteil: *einbringen.*

Aushängebogen. Fertiger und gefalzter Druckbogen, wie er zum Heften einer Zeitschrift oder zum Binden eines Buches benötigt wird. Bei Zeitschriftenaufsätzen, die in geringer Zahl (unter 100 Stück) weiterverwendet werden sollen, ist es oft günstiger, anstelle eines teuren Sonderdrucks (s. hierzu Stichwort *Auflage*) eine entsprechende Anzahl von Aushängebogen im *Fortdruck* herstellen zu lassen. Allerdings enthalten diese meist nicht nur den gewünschten Aufsatz, sondern auch das Ende des vorhergehenden und den Anfang des folgenden Artikels; außerdem beginnt die Seitenzählung nicht mit 1, sondern entspricht derjenigen in dem betreffenden Zeitschriftenheft.

Ausschließen. Beim Setzen muß jede Zeile genau auf die vorher festgelegte Satzbreite gebracht werden, damit kein Stück lose ist und evtl. herausfallen kann, nachdem die *Druckform* in der Hochdruckpresse geschlossen worden ist. Beim *Blocksatz* wird die Zeile durch Verbreitern oder Verringern der Wortzwischenräume ausgeschlossen. Bei Schlußzeilen von Textabsätzen sowie bei *Flattersatz* wird jede Zeile nach dem letzten Schriftzeichen durch *Blindmaterial,* das niedriger ist als die Schrifttypen, aufgefüllt (ausgeschlossen).

Ausschluß. Typenmaterial ohne Schriftbild und von geringerer Höhe als die Schrifttypen. Es dient zum Füllen der Wortzwischenräume.

Aussparen. Bei *Tonplatten* für Farbdrucke das Weglassen bestimmter Stellen, die in dieser Farbe nicht gedruckt, dafür evtl. mit einem Aufdruck in anderer Farbe oder mit Text im Schwarzdruck ausgefüllt werden sollen (z. B. mehrfarbige Titelseiten).

Auszeichnen. Bestimmte Teile des Schriftsatzes durch *Sperren* oder durch Schriften hervorheben, die von der Grundschrift abweichen (kursiv, halbfett, fett, *Versalien, Kapitälchen,* ggf. auch Druck in anderer Farbe; andere *Schriftart*).

Autorkorrektur. Änderungswünsche, die der Verfasser in den ihm zugesandten *Korrekturabzug* einträgt. Sofern sie nicht die Berichtigung von Setzfehlern betreffen, verursachen sie Korrekturkosten, die der Besteller des Druckwerkes bezahlen muß, sobald sie einen gewissen Betrag – üblicherweise 10 % der gesamten Setzkosten – übersteigen (s. *Anhängen*). Gegensatz: *Hauskorrektur.*

Autotypie (im Fachjargon: Auto). Rasterätzung, *Druckstock* zur Bildwiedergabe. Bildvorlagen mit reiner Schwarzzeichnung auf weißem Grund führen zur *Strichätzung* (s. d.). Bildvorlagen mit Halbtönen (alle Graustufen zwischen reinem Schwarz und reinem Weiß), vorzugsweise also Fotografien, können im Druck nicht ohne weiteres wiedergegeben werden. Bei der Reproduktion, die der Klischeeätzung vorausgeht, wird das Bild deshalb durch einen dem Negativ vorgeschalteten *Raster* in feine Punkte zerlegt. Endprodukt der anschließenden Ätzung ist die Autotypie, in der diese Punkte Träger der Druckfarbe werden. Beim gedruckten Bild werden dann dem Auge Graupartien unterschiedlicher Helligkeit dadurch vorgetäuscht, daß die je nach der Vorlage verschieden dicken Druckpunkte zu dem sie umgebenden Weiß des Papiers in einem wechselnden Mischungsverhältnis stehen.
Dient als Bildvorlage nicht ein Schwarzweißbild, sondern ein Farbfoto, so werden über Filter mehrere Farbauszüge gemacht, die zu ebensovielen Autotypien verarbeitet werden. Diese bilden einen kompletten *Farbsatz* für den Druck des Farbbildes (s. *Mehrfarbendruck*).

Autotypie mit Strichätzung (im Fachjargon: Auto/Strich). Kombinierte Raster/Strich-Ätzung. *Druckstock* zur Wiedergabe einer Vorlage, die sowohl Flächen mit Halbtönen enthält als auch Partien in reiner *Strichzeichnung* (z. B. Beschriftungen technischer Fotos mit Ziffern, Buchstaben und Bezugslinien), die bei der Klischeeaufnahme nicht gerastert werden dürfen, damit die Zeichen nicht an Deutlichkeit einbüßen.
Umgekehrt (Strich/Auto) gibt es auch Strichzeichnungen, die gerasterte Flächen enthalten.
Die Vorlage besteht in beiden Fällen aus einem Blatt mit den Hauptbildteilen und aus einem transparenten Deckblatt, das die in der andersartigen Manier einzuarbeitenden Teile enthält. Von beiden wird auf die Klischeeplatte je eine Aufnahme gemacht, die eine ohne, die andere mit *Raster.*

Barytabzug. Auf faserlosem Barytpapier gedrucktes Schriftbild, das wegen seiner Hochwertigkeit für Reproduktionszwecke verwendet wird (z. B. für *Druckstöcke* von Firmenzeichen).

Besprechungsstück (Rezensionsexemplar). Exemplar eines Buches oder einer Broschüre, das vom Verleger an Redaktionen von Fachzeitschriften oder Zeitungen gesandt wird, damit es dort in der Rubrik „Neue Bücher" besprochen (rezensiert) und der Leserschaft bekanntgemacht werden kann. Um den Redaktionen die Arbeit zu erleichtern, schickt der Verleger häufig gleich einen *Waschzettel* mit, der in sachlicher Form das Wichtigste über Zweck, Inhalt und Preis des Druckwerkes enthält.

Bildlegende. s. Legende

Blindexemplar. Musterstück eines Buches oder einer Broschüre, das nur der Prüfung des Umfanges und des Einbandes dient. Es enthält unbedruckte Blätter des Originalpapiers in der für das spätere Druckwerk benötigten Anzahl.

Blindmaterial. Dient in der Setzerei zum Ausfüllen von Stellen, die nicht mitdrucken sollen: Wortzwischenräume *(Ausschluß),* Zeilenabstände (Regletten, Durchschuß), freie Flächen im Schriftsatz *(Stege).*

Blockade, blockieren. Stellen im Manuskript, die der Setzer nicht lesen kann, oder Angaben, die der Verfasser erst später einsetzen kann (z. B. Zahlen für Seitenhinweise), werden im Satz durch auffällige Buchstabengruppen oder Zeichen (sog. Blockaden) etwa in der Breite des ausgesparten Textes ersetzt. Dem Verfasser obliegt es, bei der *Autorkorrektur* diese Stellen zu ergänzen.

Blocksatz. Bedingt durch die unterschiedliche Länge von Wörtern bzw. Silben sind die Druckzeilen von Natur aus verschieden lang. Durch entsprechende Verbreiterung oder Verringerung der Wortzwischenräume werden die Zeilen gleich lang gemacht (s. *Ausschließen*). Gegenteil: *Flattersatz.*

Buchbinderische Weiterverarbeitung. Dazu gehört das Falzen der Druckbogen, das Zusammentragen der einzelnen Bogen, das Kleben oder Heften des Buchblocks oder der Zeitschrift, das Umhängen des Umschlags und das Beschneiden der fertigen Drucksache bzw. das Anfertigen der Einbanddecke und das Einhängen des Buchblocks in diese Decke. Alle diese Arbeiten beanspruchen Zeit. Der Besteller eines Druckwerkes muß also dem Hersteller auch nach Beendigung des Druckvorganges noch genügend Zeit lassen, damit er in der Lage ist, eine qualitativ befriedigende Ausführung zu liefern.

Buchdruck. s. Hochdruck

Bundsteg. s. Steg

Cicero. s. Schriftgrad

Composersatz. s. Schreibsatz

Dreifarbendruck. Bildwiedergabe mit drei Druckplatten für die Farben Gelb, Purpurrot und Cyanblau in drei getrennten Druckvorgängen (s. *Mehrfarbendruck*).

Druckerlaubnis (lat. imprimátur = es möge gedruckt werden). Wird vom Verfasser oder Besteller auf dem druckfertigen *Korrekturabzug* eingetragen („druckreif", früher auch: „imp." oder „impr."; notfalls „nach Änderung druckreif", wenn der Verfasser wegen der Geringfügigkeit der noch vorzunehmenden Korrektur auf nochmalige Vorlage eines Korrekturabzuges verzichtet). Dieser Vermerk enthebt den Drucker der Verantwortung für alle etwa übersehenen Fehler. Andererseits ist der Drucker haftbar für Fehler in voreilig hergestellten Drucken, für die der Verfasser noch nicht das Imprimatur erteilt hatte. (Bitte beachten: Imprimatur ist Neutrum und wird auf der dritten Silbe betont!)

Druckform. Der Schrift- und Bildsatz für alle Buch- oder Zeitschriftenseiten, die gemeinsam auf einer Seite eines ganzen Druckbogens untergebracht werden sollen. Aus Gründen der *buchbinderischen Weiterverarbeitung* werden (von Ausnahmefällen abgesehen) stets mehrere Seiten (4, 8 oder 16) gleichzeitig gedruckt, wobei der Bogen erst auf der Vorderseite (Schöndruck), dann mit einer zweiten Druckform auf der Rückseite (Widerdruck) bedruckt wird. Anschließend wird der Bogen auf das künftige Seitenformat gefalzt. Der Schriftsatz muß also in der Druckform so angeordnet werden, daß die Seiten nach dem Falzen die richtige Reihenfolge haben.

Drucknorm. Bei Firmendruckschriften die (meist auf der ersten oder letzten Seite unten) im Kleindruck eingesetzten Zahlengruppen, welche die laufende Nummer der Druckschrift, ihre Auflage und das Ausgabedatum bezeichnen.

Druckreif-Erklärung. s. Druckerlaubnis

Druckstock oder Klischee. Eine Metallplatte zur Wiedergabe von Zeichnungen und Fotografien im *Hochdruckverfahren*. Arten von Druckstöcken: Strichätzung, Autotypie, Autotypie mit Strichätzung, Stereo, Galvano (siehe das jeweilige Stichwort).
Zur Anfertigung von *Strichätzungen* oder *Autotypien* wird die Bildvorlage fotografisch reproduziert, wobei gleich eine Verkleinerung auf das gewünschte Bildformat stattfindet. Im Klischierauftrag muß deshalb stets die gewünschte Klischeebreite in Millimetern vermerkt werden. Bei Autotypien ist auch der gewünschte *Raster* anzugeben. Das Negativ wird direkt auf die lichtempfindlich gemachte Metallplatte kopiert, die dann in einem Säurebad stufenweise geätzt wird. Hierbei bleiben die belichteten Partien, die später die Druckfarbe aufnehmen sollen, stehen, während die übrigen Partien der Platte zum Teil herausgeätzt werden.
Ein moderneres Herstellverfahren verzichtet auf die chemische Ätzung; es bedient sich der Elektrogravur. Ein Lichtstrahl tastet die Bildvorlage ab und steuert über ein elektronisches Rechensystem einen Schneidstichel, der das Bild in die für den Druck bestimmte Metall- oder Kunststoffplatte mechanisch einarbeitet. Einstellbare Parameter im Rechner erlauben beliebige Wahl von Bildformat und *Raster*.
Durch *Aufbleien* oder *Aufklotzen* bringt man die verhältnismäßig dünne Druckplatte auf die genormte Höhe des Schriftmaterials.

Duplex-Autotypie. Wenn nur eine Bildvorlage in Schwarz-Weiß existiert, aber doch der Bildeindruck beim Betrachter lebhafter werden soll, werden von der Vorlage zwei *Autotypien* hergestellt, deren *Raster* um 30° gegeneinander gedreht sind. Von der einen wird ein Untergrund in einer beliebigen Farbe gedruckt. In einem zweiten Druckvorgang wird von der anderen Druckplatte ein Schwarzdruck darübergesetzt. Infolge der unter verschiedenen Winkeln verlaufenden Raster scheint der farbige Untergrund zwischen den Bildpunkten des Schwarzdruckes hindurch und erweckt so den Eindruck der Wiedergabe einer Farbaufnahme.

Durchschuß. s. Blindmaterial

Einbringen. Den Schriftsatz durch Verkleinern von Wortzwischenräumen oder Herausnehmen entbehrlicher Wörter so zusammendrängen, daß sich der Raum für eine oder mehrere Zeilen einsparen läßt, für die beim *Umbrechen* kein Platz mehr ist. Meist geht es darum, die Wörter der nicht ganz gefüllten Schlußzeile eines Textabsatzes noch in den darüberstehenden Zeilen unterzubringen. Gegensatz: *ausbringen.*

Einziehen. Das Einrücken der Anfänge einer Zeile oder eines ganzen Absatzes um ein gewisses Maß nach rechts. Die so am linken Rand gekürzten Zeilen heben sich deutlich vom übrigen Schriftbild ab.

Fahne, Fahnenabzug. s. Korrekturabzug

Farbsatz. Kompletter Satz aller zu einem Farbbild gehörenden Stücke (Negative, Positive, Kopien oder Druckstöcke; s. *Mehrfarbendruck*). Die Anzahl der Stücke entspricht der Zahl der verwendeten Farben (z. B. *Dreifarbendruck, Vierfarbendruck* usw.).

Farbskala. Beim *Mehrfarbendruck* liefert die Klischeeanstalt eine Skala der zu verwendenden Druckfarben mit, die Angaben über den Farblieferanten sowie die Bestellnummern enthält und gleichzeitig die Farbmenge der Einzelfarbe sowie die Farbreihenfolge erkennen läßt. So ist es auch möglich, beim Nachdruck in den Bildern die gleiche Farbkomposition zu erzielen wie beim Erstdruck.

Fette Schrift. s. Schriftschnitt

Flachdruck. Im Gegensatz zu den Verfahren des *Hochdrucks* und des *Tiefdrucks* befinden sich hier die druckenden Partien der Druckfläche in einer Ebene mit den nichtdruckenden. Durch chemische Vorbehandlung werden die einen farbaufnehmend, die anderen farbabstoßend gemacht. Flachdruckarten: Steindruck, *Offsetdruck,* Lichtdruck.

Flattersatz. Schriftsatz mit linksbündig gesetzten, unterschiedlich langen Zeilen, aber gleichgroßen Wortzwischenräumen. Typisches Beispiel: Schreibmaschinentext. Flattersatz wird in der Werbegrafik häufig verwendet. Gegenteil: *Blocksatz.*
Beispiel für einen Flattersatz:

Der Druckregisterregler hat die
Aufgabe, bei Mehrfarben-Rotations-
Druckmaschinen die einzelnen
Druckwerke auch bei Einwirkung
von Störgrößen so zu regeln, daß die
einfarbigen Teilbilder konturengetreu

(registerhaltig) übereinander gedruckt werden, da sonst störende Farbränder und Unschärfen entstehen.

Fortdruck. Im Anschluß an die bestellte *Auflage* (s.d.) weitergedruckte Exemplare, ohne daß zwischendurch an der *Druckform* Änderungen vorgenommen werden oder diese auch nur aus der Maschine gehoben wird (s. *Zurichten*). Fortdrucke werden deshalb besonders billig, weil sie keine zusätzlichen Arbeiten erfordern.
Gegensatz: *Sonderdruck.*

Fotochemisches Verfahren. Aufeinanderfolge fotografischer und chemigrafischer Prozesse zum Erzielen der getreuen Wiedergabe eines Originals. Es wird vor allem angewandt beim Nachdruck von Druckschriften, wenn *Neusatz* vermieden werden soll.

Fotomechanisches Verfahren. s. fotochemisches Verfahren

Fotosatz. Ein modernes Setzverfahren, das die Vorlagen für den *Offset-* und *Tiefdruck* liefert. Fotosetzgeräte haben ein Anwendungsgebiet, das dem der Handsetzerei entspricht (s. *Handsatz*). Fotosetzmaschinen verarbeiten laufenden Text und Tabellen (für Bücher, Broschüren, Zeitungen, Zeitschriften; s. *Maschinensatz*). Sie ermöglichen sehr große Setzgeschwindigkeiten. Der Text wird auf einem Lochband gespeichert; dieses steuert dann den Belichtungsvorgang in der Setzmaschine. Der so belichtete und anschließend entwickelte Film kann unmittelbar zur Montage der Druckvorlage auf einem Leuchttisch verwendet werden. Somit erspart man den früher üblichen Umweg über den Bleisatz, der im *Hochdruck* auf *Barytpapier* gedruckt und dann erst fotografisch auf einen Film umkopiert wurde.
Bei Verwendung eines Datensichtträgers (Bildschirm) wird der zu setzende Text zunächst in einen Kleinspeicher eingegeben und von dort auf den Bildschirm abgerufen. Hier können Fehler durch Tastendruck korrigiert werden. Erst danach wird der Speicherinhalt auf ein Lochband übertragen, das den Belichtungsvorgang steuert.

Fraktur. s. Schriftarten

Galvano. Klischeeart; auf galvanischem Wege hergestellte Vervielfältigung (meist einer *Autotypie*). Die hierbei zunächst entstehende Kupferhaut wird mit einer Bleilegierung hintergossen oder mit Kunststoff hinterfüttert, um sie für den Druck widerstandsfähig zu machen. Aus Gewichtsgründen und wegen der Zollabfertigung versendet man an ausländische Druckereien anstelle von Bleigalvanos die bloßen Kupferhäute, vorausgesetzt, daß die betreffende Druckerei sich die fertigen Galvanos durch Hintergießen selbst herstellen kann.

Gemeine (Minuskeln). Gesamtbegriff für die kleinen Buchstaben des Alphabets. Gegensatz: *Versalien.*

Gemischter Satz enthält außer der jeweiligen Grundschrift noch andere Schriften (sog. Auszeichnungsschriften), z. B. halbfett, Kursivschrift u. dgl.
Gegenteil: *glatter Satz.*

Geviert. *Typen*körper ohne Schriftbild, dessen Breite genau der Dicke *(Kegel)* des zugehörigen *Schriftgrades* entspricht. Teilung in der Breite: Halbgeviert, Drittelgeviert, Viertelgeviert. Die beiden letztgenannten dienen als *Ausschluß*stücke für Wortzwischenräume.

Glatter Satz. Ein aus nur einer Schrift (ohne Auszeichnungsschriften) hergestellter *Blocksatz.* Gegenteil: *gemischter Satz.*

Groteskschrift. s. Schriftarten

Halbfette Schrift. s. Schriftschnitt

Handsatz. Der vom Schriftsetzer aus dem Setzkasten entnommene und aus Einzeltypen aufgebaute Schriftsatz (Gegenteil: *Maschinensatz*). Von Hand gesetzt werden Gelegenheitsdrucksachen (Akzidenzdruck), Werbedrucke, Formulare, Titelblätter sowie Formel- und Tabellensatz und Überschriften.

Hauskorrektur. Die in der Druckerei vom hauseigenen Korrektor gelesene Korrektur, die dem Beseitigen von Setz- und Rechtschreibfehlern dient. Fehler, die sich auf den Inhalt beziehen (Fachausdrücke, Zahlenwerte, falsch zitierte Quellen u. dgl.) müssen durch die *Autorkorrektur* erfaßt werden.

Hochdruck. Druckverfahren, bei dem die zum Abdruck kommenden Teile der Druckform höher liegen als die nicht druckenden. Es ist das älteste und bekannteste aller Druckverfahren. Der Hochdruck wird auch als Buchdruck bezeichnet, weil Bücher früher ausschließlich im Hochdruck hergestellt wurden (s. hierzu das Stichwort *Offsetdruck*). Die *Druckform* besteht aus vielen Einzelteilen (Lettern bzw. Zeilen, *Druckstöcken, Blindmaterial*). Im Gegensatz hierzu besteht bei anderen Druckverfahren die Druckform nur aus einem Stück: Metallplatte (beim *Offsetdruck*), Metallzylinder (beim *Tiefdruck*).
Zum Hochdruckverfahren gehören folgende Stichwörter: *Autotypie, Blindmaterial, Druckstock, Galvano, Handsatz, Klischee, Maschinensatz, Reglette, Setzen, Steg, Stereo, Stereotypie, Strichätzung.*

Impressum. In Büchern, Broschüren, Zeitungen und Zeitschriften befindlicher Vermerk mit Angaben über den Verleger, die Druckerei und das Erscheinungsjahr des Druckwerkes. Hierzu kommen bei Zeitschriften meist noch Angaben über das Redaktionskollegium, die Werbeabteilung des Verlages und dgl.

Imprimatur. s. Druckerlaubnis

Kapitälchen. Großbuchstaben *(Versalien)* in Antiquaschrift, aber in der Höhe gleich den Kleinbuchstaben ohne Ober- und Unterlängen: OTTO HAHN. Kapitälchen werden im laufenden Text verwendet, um Wörter (meist Eigennamen) optisch hervorzuheben.

Kegel. Die Schriftzeichen des Setzmaterials sitzen auf Typenkörpern, deren Ausdehnung in Richtung der Vertikalen des Schriftbildes etwas größer ist als das längste Schriftzeichen. Dieses Maß, der sogenannte Kegel, ist für alle Typen eines Schriftgrades gleich groß, damit beim Setzen Zeilen völlig gleichmäßiger Dicke entstehen. Der Kegel ist also ein typografisches Längenmaß; er hat mit dem gleichnamigen geometrischen Körper nichts zu tun. S. hierzu die Stichworte *Schriftgrad* und *Type.*

Klischee. s. Druckstock

Klischeeandruck. Um dem Besteller die Möglichkeit zu geben, die gelieferten Klischees auf ihre Güte zu prüfen, werden von der Klischeeanstalt Bildandrucke (auf Kunstdruckpapier) mitgeliefert. Wer die Bildwiedergabe, besonders bei Vierfarbsätzen, genau prüfen will, sollte sich die Andrucke auf dem Papier machen lassen, auf dem auch das künftige Druckwerk hergestellt wird. Anderes Papier kann gerade bei Bildern völlig andere Druckergebnisse bringen.
Siehe hierzu auch das Stichwort *Korrektur.*

Kolonne. Bezeichnung für eine mit Text oder Zahlen gefüllte Spalte einer Tabelle.

Kolumne. Schriftsatz für eine Druckseite, wie ihn der *Metteur* durch *Umbrechen* für die *Druckform* fertigmacht.

Kompreß nennt man einen Schriftsatz, bei dem die Zeilen ohne jeden Abstand (Durchschuß) unmittelbar aneinanderstehen. Gegenteil: durchschossener Satz.

Korrektur. Berichtigen des Schriftsatzes vor dem Druck. Hierfür liefert die Setzerei Korrekturvorlagen, auf denen der Verfasser *(Autorkorrektur)* bzw. der Korrektor der Druckerei *(Hauskorrektur)* die Fehler anzeichnet. Das Normblatt DIN 16 511 enthält die genormten und daher jedem Setzer verständlichen *Korrekturzeichen* (s. Anhang).
Von dem für den *Hochdruck* bestimmten Bleisatz stellt der Setzer auf der Handpresse Probeabzüge her (s. *Korrekturabzug*). Von dem für den *Offset-* und *Tiefdruck* bestimmten *Fotosatz* gibt es entweder Kopien des Films, der Träger des Schriftsatzes ist, oder eine in Schreibmaschinenschrift ausgefertigte Kopie des Textes, der beim Setzen auf einem Lochband oder einem Magnetband gespeichert worden ist.
Korrekturen sollen sich auf das Notwendigste beschränken, um die Korrekturkosten, die besonders beim Fotosatz recht hoch werden können, möglichst gering zu halten.
Das Korrigieren von *Klischeeandrukken* ist – mit Ausnahme von wenigen einfach gelagerten Fällen – nicht sinnvoll. Aus *Strichätzungen* lassen sich überflüssige Zeichen, ggf. auch Linien, durch Wegfräsen entfernen. Zusätzliche Zeichen können evtl. nachträglich eingelötet werden (zeitraubend und kostspielig), Linien aber nicht. In solchen Fällen und bei Fehlern in *Autotypien* bleibt nur Neuanfertigung übrig. Deshalb ist genaue Prüfung der *Reinzeichnung* durch den Verfasser vor dem Klischieren äußerst wichtig.

Korrekturabzug, Korrekturandruck. Der vom Setzer in der Form des Bleisatzes für den *Hochdruck* hergestellte Schriftsatz besteht aus kompletten Zeilen, die zunächst zu langen Spalten aneinandergereiht werden. Diese werden in der Handpresse zum

Zwecke der ersten *Korrektur* auf lange, lose Papierstreifen abgezogen, deren Größe unabhängig vom Format des künftigen Druckwerkes ist. Ihres Formates wegen (etwa 2 DIN A 5) nennt sie der Drucker auch Fahnen. Da es sich um Handabzüge handelt, sind sie nicht für die Güte des Drukkes maßgebend, was von manchen Autoren bei der Korrektur mißverstanden wird.

Korrekturbogen. Korrekturabzug eines Schriftsatzes nach dem *Umbruch;* dient zum Lesen der Bogen- oder *Umbruchkorrektur.*

Korrekturfahne. s. Korrekturabzug

Korrekturzeichen dienen der Verständigung zwischen Autor bzw. Korrektor und dem Setzer, der die verlangten *Korrekturen* auszuführen hat. DIN 16 511 enthält die hierfür genormten Kurzzeichen (s. Anhang).

Kupferhaut. s. Galvano

Kursivschrift. s. Schriftarten

Layout. Eine (ggf. textlose) Gestaltungsskizze für ein geplantes Druckwerk, aus welcher der Setzer alles Nötige über *Satzspiegel, Schriftart, Schriftgrad* und Anordnung der Bilder entnehmen kann. Verwendung bisweilen im Buch- und Zeitschriftendruck, hauptsächlich aber in der Werbegrafik.

Legende (von lat. lĕgere = lesen; bedeutet etwa: „wie es gelesen werden soll"). Zusatz zur Bildunterschrift, der die Bedeutung der im Bild verwendeten Ziffern und Buchstaben erläutert.

Letter. s. Type

Logotype. Aus mehreren Buchstaben bestehende *Type,* die häufig in dieser Kombination verwendet wird, z. B. Kurznamen von Firmen: **AEG**

Lumbecken. Verfahren nach Lumbeck zum Herstellen von Broschüren aus Einzelblättern durch eine Klebebindung; es vermeidet das Anwenden der zeitlich aufwendigeren Heft- oder Bindeverfahren. Durch einen Spezialleim werden die Einzelblätter unter Druck und Wärme am Rücken dauerhaft miteinander verbunden.

Magere Schrift. s. Schriftschnitt

Majuskel. Großbuchstabe (s. *Versalien*). Gegensatz: *Minuskel.*

Makulatur. Allgemein jedes bedruckte Papier, das nicht mehr seinem eigentlichen Zweck dient. Unverwendbare Druckbogen, die beim Einrichten der Druckpresse (s. *Zurichten*) so lange anfallen, bis die Güte des Druckbildes den gestellten Anforderungen entspricht. Sie werden als Packmaterial verwendet oder der Altpapierverwertung zugeführt.

Makulieren. Bücher oder Druckschriften, die nicht mehr verkäuflich oder sonst verwertbar sind, werden als *Makulatur* zum Einstampfen an eine Papierfabrik gegeben.

Marginalie. Außerhalb der Satzfläche am Rande stehende Bemerkung, Stichwort u. dgl.; hat die Wirkung einer Zwischenüberschrift.

Maschinensatz. Es gibt Setzmaschinen für Einzelbuchstabensatz (Monotype), für Zeilensatz (Linotype, Intertype) und für *Fotosatz* (Monophoto, Linofilm, Fotosetter).
Das Verfahren für Einzelbuchstabensatz verwendet Matrizen mit je einem Schriftzeichen. Die für eine *Schriftart* und den gewählten *Schriftgrad* benötigten Matrizen stecken in einem Gießrahmen, sind aber austauschbar. Das ist besonders vorteilhaft bei wissenschaftlichem Satz, der viele Sonderzeichen und Indizes enthält. Beim Einzelbuchstabensatz können auch Formeln müheloser eingebaut werden als beim Zeilensatz.
Auch das Zeilensetzverfahren verwendet Matrizen, die jedoch in einem Magazin gespeichert sind. Aus ihm werden sie Zeichen für Zeichen durch Tastendruck abgerufen und zu einer Matrizenzeile gesammelt. Ein solches Magazin läßt sich nur mit einer begrenzten Zahl von Sonderzeichen ausstatten, so daß der Maschinensetzer die außerdem benötigten Sonderzeichen von Hand in die zu setzende Matrizenzeile einfügen muß.

Bei beiden Setzverfahren wird das *Ausschließen* der Zeilen automatisch von der Maschine durchgeführt. Der für den Druck benötigte Schriftsatz wird in einem Gießapparat durch Ausgießen der Matrizen mit flüssigem Letternmetall erzeugt, je nach dem Setzverfahren getrennt für jedes einzelne Schriftzeichen oder in einem Stück für eine ganze Textzeile. Dieser Schriftsatz dient zum Druck des Textes im *Hochdruck*verfahren; er wird nach Gebrauch wieder eingeschmolzen.
Für Fotosetzmaschinen wird der Text zuvor mit einer Spezialschreibmaschine in ein Lochband gestanzt. Ein fotoelektronischer Setzautomat, der vom Lochband gesteuert wird, belichtet durch einen Schriftbildträger hindurch einen lichtempfindlichen Film, auf dem die Schriftzeichen fotografisch festgehalten werden. Dieser Film dient zum Vorbereiten der Druckvorlage für *Tief-* oder *Flachdruck*.
Der Maschinensetzer kann bedeutend schneller arbeiten als der Handsetzer. Vor allem die modernen lochbandgesteuerten Setzmaschinen erlauben enorme Setzgeschwindigkeiten. Das Tätigkeitsfeld des Maschinensetzers ist jedoch hauptsächlich auf die Herstellung von Schriftsatz aus laufenden Texten beschränkt (s. *Handsatz*).

Mater. Eine Art Papptafel, in die eine *Strichätzung* bzw. ein ganzer gesetzter Text zum Zwecke der Vervielfältigung eingeprägt wird (Tätigkeit: matern). Von *Autotypien* lassen sich brauchbare Matern nur bei grobem *Raster* herstellen. Matern lassen sich bequem und billig an jeden Ort versenden. In einer besonderen Gießapparatur stellt sich der Empfänger aus der Mater eine *Stereo*platte her, mit der genauso gedruckt werden kann wie von der Strichätzung bzw. dem Original-Schriftsatz.
Bei den Vorarbeiten zum Rotationsdruck (Zeitungsdruck) dienen Matern

als Zwischenform, um aus der ebenen Hochdruckform, die den *Maschinensatz* enthält, halbzylinderförmige Druckplatten für den Druckzylinder der Rotationsmaschine zu gewinnen.

Mehrfarbendruck. Beim Mehrfarbendruck werden die einzelnen Farben nacheinander in getrennten Druckvorgängen auf das Papier gebracht. Hierfür werden über geeignete Filter vom Original Farbauszüge gemacht und zu entsprechend vielen (2, 3, 4 oder beim Kunstdruck auch mehr) Druckplatten geätzt (beim Hochdruck zu *Strichätzungen* oder *Autotypien*), die dann gemeinsam einen *Farbsatz* bilden. Nach Festlegen der Farbtöne *(Farbskala)* werden die einzelnen Druckplatten mit je einer Farbe eingefärbt (Gelb-, Rot-, Blau-, Schwarzplatte usw.).
Damit beim Druck die Teilbilder genau übereinanderkommen, wird bei jedem Druckvorgang am Rande eine sogenannte *Passermarke* mitgedruckt. Das Bild ist dann richtig, wenn alle diese Marken genau übereinandergedruckt sind (*Register*haltigkeit). Da beim Rotations-Mehrfarbendruck wegen der Arbeitsgeschwindigkeit nicht mehr Bogen für Bogen kontrolliert werden kann, verwendet man fotoelektronische Registerregler, welche diese Marken berührungslos abtasten und danach die Lage des Druckwerks laufend justieren.

Metteur. Dieses französische Wort bedeutet „Setzer". Es bezeichnet den Mann, der die aus der Setzmaschine stammenden, für den Druck von Büchern, Zeitschriften oder Zeitungen bestimmten Zeilenspalten, wenn sie korrigiert sind (s. *Korrekturabzug*), mit den aus der Klischeeanstalt gelieferten *Druckstöcken* zu kompletten Seiten zusammenbaut (s. *Umbrechen, Umbruch*).

Minuskel. Kleinbuchstabe (s. *Gemeine*). Gegensatz: *Majuskel.*

Nachdruck. s. Neusatz

Neusatz eines Druckwerkes wird nötig, wenn die Auflage vergriffen ist und der Schriftsatz hierfür nicht mehr existiert (s. *Ablegen*). Die hierbei entstehenden Satz- und Korrekturkosten sind ebensogroß wie beim Herstellen der ersten Auflage. Neusatz lohnt sich daher nur, wenn ein entsprechend großer Bedarf für das Druckwerk vorhanden ist. Es ist im allgemeinen billiger, die erste Auflage reichlich zu bemessen, als kurze Zeit danach einen oder gar mehrere unveränderte Nachdrucke zu bestellen. Wenn keine zu umfangreichen Änderungen des ursprünglichen Druckwerkes erforderlich sind, hilft ein fotomechanischer Nachdruck (s. *fotochemisches Verfahren*) den teuren Neusatz vermeiden; außerdem entfallen die nochmaligen Korrekturarbeiten und -kosten.

Nutzen. Als Nutzen bezeichnet der Drucker die Anzahl der Druckbogen, die man durch Aufteilung eines größeren Ausgangsformates in das für den betreffenden Auftrag benötigte kleinere Format erhält. Das Ziel ist, durch geschickte Formataufteilung den Nutzen möglichst groß und den Abfall möglichst gering zu machen, weil die Papierkosten vom Ausgangsformat abhängen und der Abfall mitbezahlt werden muß.

Offsetdruck. *Flachdruck*-Verfahren, bei dem der Zylinder mit der *Druckform* nicht unmittelbar das Papier bedruckt. Zwischen beide ist eine Walze mit einem Gummituch geschaltet, auf welches das Druckbild zunächst abgesetzt wird (engl. = offset) und das es dann auf das Papier überträgt. Die Textvorlage wird im *Fotosatz* oder im *Schreibsatz* (s. d.) auf einen Film übertragen; die Bildvorlagen werden ebenfalls auf Filmmaterial aufgenommen. Beides stellt man dann – genau wie beim Bleisatz – seitenweise zu ganzen Druckbogen zusammen. Dieser komplette Film wird auf eine lichtempfindlich gemachte Metallplatte kopiert, aus der mit Hilfe eines Ätzvorganges die fertige Druckform entsteht.

Das Offsetdruckverfahren hat in letzter Zeit immer mehr an Boden gewonnen und ist heute schon gleichrangig mit dem *Hochdruck*verfahren. Viele Bücher, vor allem solche mit umfangreicher Bebilderung, werden jetzt im Offsetdruck hergestellt. Das Verfahren hat viele Vorzüge: Für die Bildwiedergabe brauchen keine *Druckstöcke* mehr angefertigt zu werden. Das Aufbewahren der Druckform für einen späteren Nachdruck (sog. Stehsatz) benötigt erheblich weniger Raum als beim Bleisatz; man spart auch die entsprechenden Mengen an Letternmetall, die beim Stehsatz für eine gewisse Zeit ungenutzt lagern. Weiterhin entfällt beim Nachdruck ein erneutes *Zurichten* in der Maschine. Nachteilig ist indessen, daß sich im Gegensatz zum Bleisatz die fertig geätzte Druckform nicht mehr ändern läßt. *Korrekturen* können nur an der Ätzvorlage (Film) vorgenommen werden. Nachträgliche Änderungswünsche (vor allem bei *Sonderdrucken*) bedingen also die Anfertigung einer neuen Druckform.

Paginieren (von lat. pagina = Seite). Ein Druckwerk mit Seitenzahlen versehen. Beim Herstellen von *Sonderdrucken*, die Teile aus größeren Druckwerken (Bücher, Zeitschriften) sind, ist darauf zu achten, daß die Seiten neu paginiert werden müssen, weil sie sonst die Seitenzahlen des ursprünglichen Druckwerks tragen.

Papiergewichte werden in g/m^2 angegeben; sie sind ein Maß für die Papierdicke. Übliches Gewicht für technische Drucksachen ist 100 g/m^2, doch kann man in Sonderfällen bis auf 80 g/m^2 zurückgehen. Luftpostpapier hat etwa 25 g/m^2, leichte Umschläge für Werbedruckschriften 135 g/m^2, Kartonumschläge 190 bis 300 g/m^2. Schwerere Papiere (etwa ab 170 g/m^2) werden als Karton bezeichnet.

Papiersorten. Die hier allein interessierenden Maschinenpapiere gliedern sich bezüglich der Zusammensetzung in Hadernpapiere, holzfreie und holzhaltige Papiere. Ferner gibt es ungeleimte Papiere (saugfähig, z. B. Löschpapier) und mehr oder weniger stark geleimte (Schreibpapier) sowie gestrichene (Kunstdruckpapier).

Passer, Passermarke. Eine feine Linie oder ein Linienkreuz (Paßkreuz); wird beim *Mehrfarbendruck* von jeder Druckplatte außerhalb der Bildfläche mitgedruckt, um das genaue Aufeinanderpassen der einfarbigen Teilbilder kontrollieren zu können (s. a. *Register*).

Planobogen sind ungefalzte, flachliegende Papierbogen, wie sie aus der Druckpresse kommen. Die Druckerei liefert Planobogen, wenn diese andernorts buchbinderisch weiterverarbeitet oder mit den Erzeugnissen anderer Druckereien vereinigt werden sollen (z. B. gemeinsamer Sonderdruck aus verschiedenen Zeitschriften).

Punkt. Der typografische Punkt als Maßeinheit des typografischen Maßsystems ist ein nichtmetrisches Längenmaß: 1 p = $^{1}/_{2660}$ m = 0,376 mm. Es existiert nur deswegen noch, weil das gesamte, Millionenwerte darstellende Setzmaterial, das die Druckereien benutzen, auf dieses altertümliche Maß abgestimmt ist (s. *Schriftgrad*). Für überschlägliche Rechnungen kann man mit genügender Genauigkeit setzen: 1 p = $^{3}/_{8}$ mm.
Mit der Einführung des *Fotosatzes* hat allerdings auch in der Drucktechnik der Übergang zum metrischen System begonnen.

Raster. In der Form des meistverwendeten Kreuzrasters eine aus 2 Scheiben zusammengekittete Glasplatte mit eingeätzten feinen, geschwärzten Linien. Die Scheiben sind so gegeneinander versetzt, daß die Linien sich rechtwinklig kreuzen.

Das bei der Reproduktion von Fotografien hinter dem Raster sitzende Negativ wird also nur an einer Vielzahl von punktförmigen Stellen belichtet, während die Linien die übrigen Partien abdecken (s. *Autotypie*). Die Rasterzahl gibt die Anzahl der Linien je Zentimeter Rasterbreite an; je größer die Zahl, um so feiner ist der Raster. Raster 24 oder 27 wird für Zeitungsdruck verwendet; Raster 36 bis höchstens 48 ist für Wiedergabe auf satiniertem Papier (Zeitschriften) üblich. Feinere Raster (48, 54 oder mehr) erfordern Kunstdruckpapier und ergeben höhere Bildgüte.

Rasterätzung. s. Autotypie

Register. Ausdruck für eine Stelleinrichtung. In der Drucktechnik gebräuchlich in der Form „Register halten". Beim *Mehrfarben*-Rotationsdruck wie auch beim Zerschneiden bedruckter Papierbahnen (Werbedrucksachen, Umschläge, Tüten) müssen Toleranzen in der Länge der Papierbahn ausgeglichen werden, die durch Recken des Papiers oder durch schwankende Feuchtigkeit entstehen. Bei der oft in die Tausende gehenden Menge gleichartiger Druck- oder Schneidvorgänge würden auch geringe Toleranzen sich bald zu beachtlichen Abweichungen summieren. Deshalb muß der Druck- oder Schneidapparat entsprechend nachgestellt werden, und zwar entweder von Hand oder automatisch (Registerregelung).

Reglette. s. Blindmaterial

Reinzeichnung. Nach einer Handskizze des Verfassers angefertigte Tuschezeichnung, die als Unterlage für die Herstellung einer *Strichätzung* oder Fotolithografie (beim *Offsetdruck*) dient. Sie muß klischierbar oder zur Herstellung einer Lithografie geeignet sein, d.h. Strichbreite und Schriftgröße müssen von vornherein so bemessen werden, daß die Linien und Zeichen auch nach der Verkleinerung auf das endgültige Bildformat noch deutlich im Druckbild erscheinen (Linien mindestens 0,15 mm breit, Schriftzeichen – ohne Unterlängen – 1,2 bis 1,5 mm hoch). Beachte hierfür DIN 6774, Teil 4 „Gezeichnete Vorlagen für Druckzwecke".

Remittenden (lat. remittere = zurückschicken). Buch- oder Zeitschriftenexemplare, die an den Verlag zurückgesandt werden, weil sie entweder Mängel aufweisen oder ein Restposten einer in Kommission bezogenen Menge sind, der bis zu einem vereinbarten Abrechnungszeitpunkt nicht verkauft werden konnte.

Retusche. Bearbeitung einer fotografischen Bildvorlage im Positiv (Positivretusche) oder Negativ (Negativretusche) zum Beseitigen von Bildfehlern, zum Verbessern der Bilddarstellung oder zum Erzeugen eines gleichmäßigen Bildhintergrundes, schließlich auch zum Hervorheben von Bildteilen. Das retuschierte Bild (oft ebenfalls als „Retusche" bezeichnet) dient u. a. als Vorlage für die Anfertigung von *Autotypien.*
Eine Retusche soll sich stets auf das Notwendige beschränken, Kontraste herausarbeiten, Linien nachziehen, Spiegelungen beseitigen und dgl. Jedes Zuviel ist vom Übel. Ein fotografiertes Gerät soll auch im gedruckten Bild noch als Fotografie und nicht als Gemälde wirken. Um Ärger zu vermeiden und Kosten zu sparen, präzisiere der Besteller beim Erteilen des Auftrages seine Wünsche: leichte, mittlere oder starke Retusche.

Retuscheur. Hochwertige Fachkraft in Klischeeanstalten. Das Werkzeug des Retuscheurs bei der Positivretusche ist eine mit Druckluft betriebene Spritzpistole, mit der ein feiner Farbstrahl auf die Vorlage gelenkt wird. Bei der Negativretusche wird ein Farbpinsel verwendet.

Retuschieren. s. Retusche, Retuscheur

Revisionsabzug. Letzter an den Verfasser gesandter *Korrekturbogen,* in dem alle zuvor gewünschten Änderungen berücksichtigt sind. Auf ihm vermerkt der Verfasser die *Druckerlaubnis.*

Rezensionsexemplar. s. Besprechungsstück

Satzspiegel heißt die bedruckte Fläche einer Buch- oder Zeitschriftenseite einschließlich der Spalten-Zwischenräume, jedoch ohne Seitenzahlen. Der Satzspiegel wird in der Form „Breite x Höhe" (in *Cicero* und *Punkt,* seltener auch in Millimetern) angegeben. Er bildet die Grundlage beim Anfertigen des *Layouts.*

Schmalsatz wird erforderlich, wenn neben einem Bild noch Text untergebracht werden soll, der mit dem Bild zusammen erst Spaltenbreite ergibt. Die Forderung nach Schmalsatz tritt gewöhnlich beim *Umbrechen* auf. Da die ursprünglich vom Setzer gelieferten spaltenbreiten Zeilen nicht neben das Bild passen, muß der betreffende Text also nochmals gesetzt werden. Hierdurch entstehen zusätzliche Kosten. Deshalb soll Schmalsatz möglichst vermieden werden; besser ist es, dafür die Bildunterschrift in den freien Raum neben das Bild zu setzen.

Schmutztitel. In der Druckersprache ein besonderes Titelblatt, das meist nur Verfassernamen und Buchtitel enthält und vor dem Haupttitel eingefügt wird (sog. Vor- oder auch Schutztitel).

Schöndruck. s. Druckform

Schreibsatz. Der zu setzende Text wird mit einer Art Schreibmaschine verarbeitet. Er wird elektronisch auf einem Magnetband gespeichert und gleichzeitig zu Korrekturzwecken in Klarschrift auf einem Papierbogen ausgeschrieben. Nach dem Korrekturlesen wird ein zweites Magnetband mit den zu korrigierenden Zeilen beschrieben. Die Ausgabeeinheit (Composer) wird dann mit beiden Magnetbändern beschickt und fügt beim Setzvorgang die Korrekturzeilen automatisch an den richtigen Stellen ein. Die Schrift wird auf *Barytpapier* oder auf Polyesterfilm geschrieben und dann in üblicher Weise für die Wiedergabe im *Offsetverfahren* (s.d.) verarbeitet. Schreibsatz ist ein hohen typografischen Ansprüchen noch nicht ganz genügendes Setzverfahren, da das Schriftbild nicht die Ausgewogenheit des Blei- oder *Fotosatzes* hat. Er ist aber ein wirtschaftliches Verfahren für Druckwerke, bei denen es mehr auf den Inhalt als auf typografische Ebenmäßigkeit ankommt.

Schriftarten (Schriftgattungen, Stilarten der Schrift) in den heute verwendeten Formen gliedern sich in die sog. lateinische Schrift oder Antiqua und die deutsche Schrift oder Fraktur. Dieses Buch ist in einer Antiquaschrift (Press Roman) gesetzt.

Eine Gruppe der Antiquaschriften sind die Groteskschriften. Sie haben wegen ihrer klaren und einfachen Schriftzüge in der Gegenwart große Bedeutung für den Druck von Zeitschriften und technischen Druckwerken erlangt (z.B. Futura, Helvetica, Akzidenz-Grotesk). Schräge Antiqua nennt man *Kursivschrift.*

Schriftgrad. Die Größenabstufungen einer Schrift basieren auf einem System, dessen Maßeinheit der typografische *Punkt* (p) ist. Die verschiedenen Größen einer Schrift unterscheiden sich durch das Maß des *Kegels* (s. a. *Type*).
Die für Buch- und Zeitschriftendruck gebräuchlichen Schriftgrade sind:

Schriftgrad (Kegel)	alte Bezeichnung	Verwendung als
6 p	Nonpareille	Bildunterschrift
7 p	Kolonel	laufender Text
8 p	Petit	laufender Text
9 p	Borgis	laufender Text
10 p	Korpus	Überschriften
12 p	Cicero	Überschriften
16 p	Tertia	Titelzeilen
20 p	Text	Titelzeilen

1 Cicero = 12 p = 4,513 mm bildet eine übergeordnete Einheit. Größere Schriften (in der Werbegrafik) sowie Längenmaße im *Layout* werden in diesem Maß angegeben: 3 Cic., 18½ Cic. usw.
Der Schriftgrad Petit, eine normale Textschrift, würde also im Layout

durch „8 p" bezeichnet werden. Die Angabe „8/10 p" (8 auf 10-Punkt-Kegel) bedeutet, daß eine 8-Punkt-Schrift mit Regletten von 2 Punkt Dicke durchschossen wird oder direkt auf eine Unterlage mit 10 Punkt Dicke kommt (Gießvorgang in den Setzmaschinen). Werden diese Maschinenzeilen aneinandergereiht, so haben sie einen Abstand (Durchschuß) von je 2 Punkt, ohne daß besondere Regletten (s. *Blindmaterial*) eingefügt werden müssen.

Schriftgröße. s. Schriftgrad

Schrifthöhe. Maß für die Länge einer Drucktype vom Typenfuß bis zur Schriftfläche. Sie beträgt seit Festlegung der Deutschen Einheitshöhe $62^2/_3$ typografische Punkte = 23,567 mm (s. *Type*). Merke: Schrifthöhe ist nicht die Höhe des gedruckten Schriftbildes!

Schriftkegel. s. Kegel

Schriftsatz. s. Setzen

Schriftschnitt. Innerhalb der Antiqua-Schriftfamilie gibt es einzelne Gruppen, die sich durch die Dicke der Grundstriche, die Breite der Buchstaben oder durch die Richtung der Grundstriche unterscheiden, z.B.
mager, **halbfett**, **fett**,
schmalmager, **schmalhalbfett**,
kursiv mager, ***Kursiv halbfett*** usw.

Setzen. Den Text eines Manuskripts in der Setzerei in die Form des Schriftsatzes bringen. Dies geschieht durch Aneinanderfügen einzelner Typen von Hand *(Handsatz)* oder mit der Setzmaschine (Monotype-*Maschinensatz*) bzw. durch Herstellen ganzer Zeilen auf der Zeilenguß-Setzmaschine (Linotype- oder Intertype-*Maschinensatz*). Das modernste Verfahren ist der *Fotosatz* mit dem Fotosetzgerät (vergleichbar dem *Handsatz*) oder der Fotosetzmaschine (s. *Maschinensatz, Fotosatz*). Daneben gibt es noch den *Schreibsatz* (s. d.). Die Art des Satzes hat Einfluß auf die Kosten eventueller Satzkorrekturen (s. *Korrektur*).

Setzmaschine. s. Maschinensatz

Sonderdruck. Nachdruck eines Teils aus einem größeren Druckwerk (Buch, Zeitschrift). Er bekommt (im Gegensatz zum *Fortdruck*) eine besondere Gestaltung durch Titelseite oder Umschlag, in die auf Wunsch auch ein (farbiges) Bild aufgenommen werden kann. Außerdem ist eine Korrektur etwa im Original noch stehengebliebener Setzfehler sowie in geringem Umfang eine Änderung inzwischen überholter Angaben möglich. Jeder Sonderdruck muß einen Hinweis auf das Originalwerk enthalten: „Sonderdruck aus . . .", und zwar mit allen nötigen bibliografischen Angaben (Jahrgang, Heft, Seitenzahlen).
Da der Sonderdruck von dem Schriftsatz gedruckt wird, der noch vom Druck des Originals her stehengeblieben ist (Stehsatz), kann er zu einem billigen und doch ansprechenden Werbemittel werden. Er ist allerdings teurer als ein *Fortdruck,* und zwar wegen der besonderen Aufmachung sowie auf Grund der Tatsache, daß für den gesonderten Druckvorgang ein erneutes *Zurichten* der *Druckform* in der Maschine nötig ist. Die Druckerei muß über einen geplanten

Sonderdruck rechtzeitig unterrichtet werden, damit sie den Schriftsatz nach dem Ausdrucken des Originals noch stehen läßt.

Spalte. Zu lange Zeilen, vor allem bei kleinen *Schriftgraden,* ermüden den Leser. Deshalb wird der *Satzspiegel* in der Breite zu Spalten unterteilt. Spalten werden in Nachschlagewerken und Zeitungen meist durch eine senkrechte Linie, sonst aber nur noch durch Zwischenräume voneinander getrennt.
In Tabellen bezeichnet Spalte (im Gegensatz zur Tabellenzeile) die Gesamtheit der senkrecht untereinander befindlichen Angaben, die zu einem im Tabellenkopf stehenden Oberbegriff gehören.

Spaltenbreite. Das dem Setzer übergebene Manuskript muß Angaben über die Spaltenbreite enthalten; sie ist das Maß für die von ihm einzuhaltende Zeilenlänge.

Spatium (Mehrzahl: Spatien). *Ausschlußstück* von geringer Dicke (½ bis 2 *Punkt*). Es dient beim Setzen von Hand zum Abstandhalten zwischen Schriftzeichen (Spationieren). Verwendung u. a. beim *Sperren* von Wörtern und beim Formelsatz.

Sperren ist ein A u s e i n a n d e r z i e h e n von Wörtern durch Einfügen von *Spatien* zum Zwecke des optischen Hervorhebens im Schriftbild.

Steg. Der freie Raum zwischen den in eine Druckform eingebrachten *Kolumnen,* der nach dem Falzen und Beschneiden des ausgedruckten Bogens den Rand darstellt, welcher den Satzspiegel allseitig umgibt. Je nach Lage des Steges spricht man von Bundsteg, Kopfsteg, Außensteg und Fußsteg. Metallstücke, die zum Abstandhalten zwischen die Kolumnen geschoben werden, damit die Stege vom Druck frei bleiben, heißen Formatstege (Schließstege).

Stehsatz. s. Sonderdruck

Stereo. Metallplatte, die durch Ausgießen einer *Mater* mit Letternmetall entsteht und als Kopie der Original-*Strichätzung* zum Drucken verwendet wird (s. *Stereotypie*).

Stereotypie. Verfahren zum Abprägen einer *Strichätzung* oder eines Schriftsatzes in Form einer *Mater.*

Strichätzung (im Fachjargon: Strich). *Druckstock* zur Wiedergabe von *Strichzeichnungen* ohne Halbtöne (vgl. dagegen *Autotypie*). Strichätzungen können für einfarbige Wiedergabe (meist Schwarz) oder als Farbsatz für mehrfarbigen Druck (z. B. Leitungspläne) dienen.

Strichautotypie. s. Autotypie mit Strichätzung

Strichzeichnung. Mit Ausziehtusche gefertigte, nur aus schwarzen Strichen bestehende Vorlage (technische Zeichnung oder bildhafte Darstellung), die sich zur ungerasterten Wiedergabe als *Strichätzung* eignet (s. a. *Reinzeichnung*).

Tiefdruck. Druckverfahren, bei dem die zum Abdruck kommenden Partien auf der Druckplatte vertieft angeordnet sind. Halbtonbilder können in den Schattierungen äußerst fein abgestuft wiedergegeben werden. Wegen des Kreuzrasters, der beim Umkopieren von Text- und Bildvorlagen auf die Druckplatte verwendet wird, läßt sich bei Schriften die Schärfe des *Buchdrucks* oder auch des *Offsetdrucks* nicht erreichen. Der Tiefdruck wird hauptsächlich beim Illustrationsdruck auf Rotations-Druckmaschinen angewandt. Hierbei wird zunächst die ganze Druckplatte eingefärbt; ein Stahlmesser (Rakel) schabt die Farbe von der Oberfläche wieder ab; in den Vertiefungen bleibt sie aber haften und wird von dort auf das Papier übertragen.
Der Rotationstiefdruck ist das bei weitem schnellste Druckverfahren. Er wird daher vorzugsweise zur Herstellung der Massenauflagen von illustrierten Zeitschriften angewandt. Auch Fachzeitschriften mit hoher Auflage werden in großen Verlagen mitunter im Tiefdruck hergestellt.
Andere Druckverfahren: *Hochdruck, Flachdruck.*

Titelei. Gesamtheit aller Seiten eines Buches oder einer Broschüre, die der ersten Textseite vorangehen (*Schmutztitel,* Titelseite, Inhaltsverzeichnis, *Vakat*seiten).

Tonplatte. Ebene Platte zum Druck größerer Flächen in einem bunten Farbton (daher der Name), meist als Untergrund für ein Druckblatt. Die Tonplatte kann an bestimmten Stellen für die Wiedergabe von Schrift oder Bildern in einer anderen Farbe (meist Schwarz) ausgespart werden.

Type (Letter). Nach typografischen Maßen (s. *Punkt*) gegossenes Schriftzeichen, das zum Aufbau des Schriftsatzes im *Handsatz* dient.

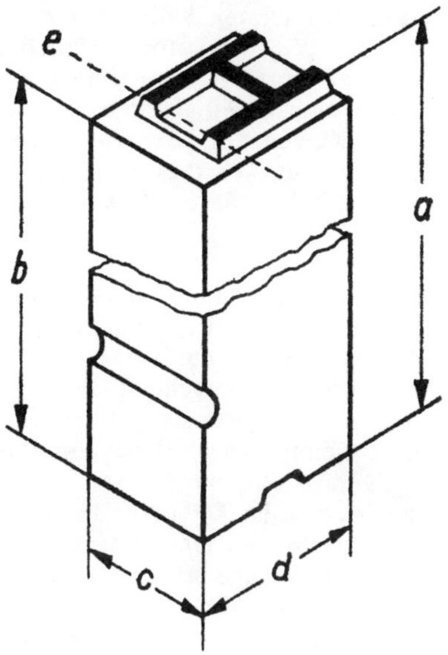

In der Zeichnung bedeuten
a Schrifthöhe ($62\frac{2}{3}$ Punkte = 23,567 mm)
b Achselhöhe (Maximalhöhe des Blindmaterials)
c Nutzbreite
d Kegel
e Schriftlinie

Typografischer Punkt. s. Punkt

Typografisches Maßsystem. s. Punkt

Übersatz. Beim *Umbrechen* bleiben bisweilen einige wenige Zeilen übrig, für die auf der letzten Seite des Druckwerks kein Platz mehr ist, für die es andererseits nicht lohnt, einen ganzen Papierbogen zu opfern, oder für die keine neue Seite zur Verfügung steht, weil der Umfang genau begrenzt ist (z. B. Textanzeige). Der *Metteur* pflegt diese Zeilen an den Rand der letzten Seite quer zu stellen, wo sie der Autor anläßlich der *Umbruchkorrektur* vorfindet. Die Mittel zum Beseitigen des Übersatzes sind: Kürzen des Textes durch Neufassen eines Absatzes oder Streichen entbehrlicher Sätze bzw. Verzicht auf ein Bild.

Umbrechen (Betonung auf der zweiten Silbe) nennt man die Tätigkeit des *Metteurs.* Wenn der Setzer die Satz*korrektur* entsprechend den Wünschen des Verfassers durchgeführt hat, nimmt der Metteur den rohen Zeilensatz auseinander (er „bricht" gewissermaßen Teile von den Zeilenspalten ab) und fügt Zeilenkolonnen geeigneter Länge mit den inzwischen von der Klischeeanstalt für die Bebilderung gelieferten *Druckstöcken* zu ganzen Buch- oder Zeitschriftenseiten zusammen. Sofern nicht ein *Layout* mit detaillierten Angaben vorliegt, bleibt es dem Geschick des Metteurs überlassen, die Bilder nach grafischen Gesichtspunkten harmonisch über die Seiten zu verteilen, wobei sie jedoch möglichst in der Nähe der zugehörigen Textstelle stehen sollen. Beim Umbrechen gilt es, gewisse Regeln einzuhalten. So darf niemals die Schlußzeile eines Absatzes an den Anfang einer *Spalte* kommen, besonders wenn sie nicht die Spaltenbreite ausfüllt. Entweder muß man dann die Zeile *einbringen* oder es wird noch mindestens eine Zeile aus der vorhergehenden Spalte in die neue herübergenommen, wofür jene mehr *Durchschuß* bekommt.

Umbruch. Fertig umbrochener Schriftsatz (s. *Umbrechen*).

Umbruchkorrektur. Ein Abzug vom *Umbruch* geht dem Verfasser zu (bei Aufsätzen in Zeitschriften nur auf Verlangen; aus Zeitnot oftmals unmöglich), damit er prüfen kann, ob seine in den *Korrekturabzug* eingetragenen Wünsche berücksichtigt worden sind. Außerdem soll er den Stand der Bilder, den seitenrichtigen Einbau der *Druckstöcke* und die richtige Zuordnung der Bildunterschriften prüfen; diese Tätigkeit kann man dem Hauskorrektor der Druckerei nicht überlassen, da man von ihm keine Fachkenntnisse in bezug auf den Inhalt des Druckwerkes erwarten darf.

Umbruchspiegel. Ein auf leeren Blättern vorgedruckter oder vorgezeichneter *Satzspiegel*rahmen. In diesen werden Abzüge von Text und Bildern eingeklebt, so daß der *Metteur* nach dieser Vorlage *umbrechen* kann.

Vakat (lat. vacare = freibleiben). Bezeichnung, die im *Layout* oder bei der *Umbruchkorrektur* auf Seiten geschrieben wird, die völlig textfrei bleiben sollen (z. B. Rückseite des Titelblattes).

Verfasserkorrektur. s. Autorkorrektur

Versalien. In VERSALIEN gesetzte Wörter bestehen aus lauter Großbuchstaben *(Majuskeln)*. Gegensatz: *Gemeine.*

Versalsatz. Nur aus Großbuchstaben *(Versalien)* bestehender Satz. Anwendung z. B. bei Titeln von Büchern oder Broschüren sowie in der Werbegrafik. Man berücksichtige jedoch, daß längerer Versalsatz erheblich schwerer lesbar ist als ein Satz aus Groß- und Kleinbuchstaben.

Vierfarbendruck. Bildwiedergabe mit vier Druckplatten für die Farben Gelb, Purpurrot, Cyanblau und Schwarz (sog. Tiefe) in vier getrennten Druckvorgängen (s. *Mehrfarbendruck*).

Waschzettel. Mit Maschine geschriebener und vervielfältigter oder auch gedruckter Text, der an die Redaktionen von Zeitungen und Zeitschriften versandt wird. Er soll dem Redakteur, der über die betreffende Sache zu berichten hat, als Arbeitsunterlage dienen und ihn vor allem mit dem benötigten Tatsachen- und Zahlenmaterial versehen. Themen für Waschzettel: Voranzeige von Veranstaltungen, Bericht über Ausstellungen, Bekanntgabe von Jubiläen, Buchbesprechungen (s. *Besprechungsstück*). Über die Herkunft des Wortes „Waschzettel" ist nichts Genaues bekannt, obwohl es hierfür mehrere Deutungen gibt.

Widerdruck. s. Druckform

Zurichten. Beim *Hochdruck*verfahren die letzte Tätigkeit vor dem Druck. Wenn die *Druckform* in die Maschine gehoben worden ist, macht der Drukker Probeabzüge (s. *Makulatur*), die im allgemeinen noch kein befriedigendes Druckbild ergeben, da einzelne Teile gut, andere nur matt wiedergegeben werden. Dies liegt daran, daß die Druckform noch geringe Höhenunterschiede aufweist. Die zu tief liegenden Teile, die der Probeabzug ersichtlich macht, werden dann mit Papier unterlegt, wofür die betreffenden Partien aus den Probebogen einfach herausgerissen oder auf ein Zurichtepapier abgepaust werden. Dieser Vorgang wird u. U. mehreremal wiederholt, auch am Druckzylinder, der das Papier über die Druckform führt, bis die Probeabzüge befriedigen. Das Zurichten ist eine langwierige und umständliche Arbeit, die oft viele Stunden erfordert. Ist eine Druckform wieder aus der Maschine herausgenommen und wird sie erneut gebraucht, so beginnt der Vorgang des Zurichtens von neuem; es entstehen also auch wieder die hierfür anfallenden Kosten (dies erklärt u. a. den Preisunterschied zwischen *Fortdrucken* und *Sonderdrukken*).

Zweifarbendruck. Bildwiedergabe mit zwei Druckplatten für zwei Komplementärfarben (Orange und Blau, Rot und Grün oder Gelb und Violett) in zwei getrennten Druckvorgängen (s. *Mehrfarbendruck*). An Stellen, wo die beiden Komplementärfarben übereinanderdrucken, entsteht durch Mischung der Eindruck einer dritten Farbe.

7. Urheber- und Verlagsrecht

Für jeden, dessen Werke – welcher Art sie auch sein mögen – der Öffentlichkeit zugänglich gemacht werden, ergeben sich rechtliche Auswirkungen im Hinblick auf die Umwelt. Wer Urheber eines Werkes ist, hat Anrecht auf Schutz seines geistigen Eigentums. Wer sich zur Veröffentlichung seines Werkes eines Vermittlers bedient, auf den finden die Bestimmungen des Verlagsrechts Anwendung.

7.1 GESETZLICHE GRUNDLAGEN

a) Das Gesetz über Urheberrecht und verwandte Schutzrechte (Urheberrechtsgesetz, abgekürzt zitiert als UG) vom 9.9.1965 mit Geltung ab 1.1.1966. Das Gesetz ist veröffentlicht im Bundesgesetzblatt I 1965 ab S. 1273 und umfaßt 143 Paragraphen.

b) Das Gesetz über das Verlagsrecht (abgekürzt zitiert als VG) vom 19.6.1901 in der Fassung des Gesetzes vom 22.5.1910. Es ist veröffentlicht im Reichsgesetzblatt 1910 ab S.793 und umfaßt 50 Paragraphen, von denen drei (die §§ 3, 13 und 42) durch § 141, Abs. 4 des UG aufgehoben sind.

Durch das Urheberrechtsgesetz aufgehoben sind ferner u.a. das Gesetz, betreffend das Urheberrecht an Werken der Literatur und der Tonkunst (LUG) vom 19.6.1901 und das Gesetz, betreffend das Urheberrecht an Werken der bildenden Künste und der Photographie vom 9.1.1907 (beide in der Fassung des Gesetzes zur Ausführung der revidierten Berner Übereinkunft zum Schutze von Werken der Literatur und Kunst vom 22.5.1910 und des Gesetzes zur Verlängerung der Schutzfristen im Urheberrecht vom 13.12.1934).

Auffällig ist hierbei, daß das Verlagsgesetz, das nun schon über 80 Jahre alt ist kaum Veränderungen erfahren hat, während das neue Urheberrechtsgesetz an die Stelle einer Reihe von z. T. ebenso alten Vorgängern getreten ist. Der Grund liegt darin, daß das Verhältnis zwischen Urheber und Verleger und ihr geschäftlicher Verkehr miteinander sich im großen und ganzen heute noch in den gleichen Formen abspielen wie ehedem.

Das Urheberrecht mußte dagegen auf eine neue Grundlage gestellt werden, da die Möglichkeiten, Werke zu schaffen, und die Formen, in denen diese Werke sich darbieten, im Laufe der letzten Jahrzehnte bedeutend vielgestaltiger geworden sind. Die Schallplatte, das Tonband, Film, Rundfunk, Fernsehen und die Menge der Kopierverfahren haben das ihre hierzu beigetragen.

Der Ingenieur als Verfasser technischer Manuskripte wird von beiden Gesetzen betroffen. Er ist Urheber von Werken der Fachliteratur und genießt insoweit den Schutz, den das Gesetz seinem geistigen Eigentum gewährt. Bei der Veröffentlichung seiner Schöpfungen, seien es nun Aufsatz- oder Buchmanuskripte, bedient er sich der Vermittlung eines Verlegers und tritt zu diesem in Rechtsbeziehungen.

7.2 GEGENSTAND DES URHEBERRECHTS

Das Urheberrecht ist das Recht an den geistigen Gütern und bildet damit das Gegenstück zum Sachenrecht. Als Recht des geistig schöpferischen Menschen regelt es die geistigen Beziehungen. Das Urheberrechtsgesetz trifft Bestimmungen über die zu schützenden Güter und ihre Urheber, über den Rechtsverkehr, die Dauer des Urheberrechtsschutzes sowie über die Ahndung von Rechtsverletzungen.
Gegenstand des Urheberrechts sind literarische, wissenschaftliche und künstlerische Schöpfungen. Zu den literarischen Schöpfungen gehören fachliche und schöngeistige Werke sowie Reden. Die künstlerischen Schöpfungen umfassen Werke der Musik, der Tanzkunst, der bildenden Künste (Malerei, Bildhauerei) und der Baukunst, Lichtbildwerke, Filmwerke sowie Darstellungen wissenschaftlicher oder technischer Art: Zeichnungen, Pläne, Karten, Skizzen, Tabellen und plastische Darstellungen (§ 2 UG).
Mit einbezogen ist der Leistungsschutz. Er bezieht sich auf Werke, die nicht als Schöpfungen anzusehen sind, aber doch einen gewissen Originalitätswert haben, z. B. Erzeugnisse eines Lichtbildners (§ 72 UG).
Das Urheberrecht ist ein Mittel, um dem Schöpfer eines Werkes zu einem Lohn für sein Schaffen zu verhelfen, ihn vor Ausbeutung zu schützen und den Diebstahl seines geistigen Eigentums zu verhindern.
Nicht immer war es selbstverständlich, daß geistiges Eigentum geschützt werden muß. Das Urheberrecht ist vielmehr das Ergebnis einer Erweiterung des Rechtsdenkens, wie sie durch die kulturelle Entwicklung notwendig geworden ist. Etwas Ähnliches hat der zivilisatorische Fortschritt bewirkt, als der Schutz materieller Güter auch auf den Schutz nichtgegenständlicher Waren ausgedehnt werden mußte (z. B. bei der Erzeugung elektrischer Energie).
So erfährt auch der Begriff des Urheberrechts ständig eine Ausweitung und erfordert immer wieder eine Anpassung an die neuen Möglichkeiten, die durch die technische Entwicklung geboten werden.
In diesem Zusammenhang sei noch kurz darauf hingewiesen, daß der Benutzer urheberrechtlich geschützter Werke auch dann Handlungen im Sinne des Urheberrechtsgesetzes begeht, wenn er z. B. Fotokopien oder Überspielungen auf Tonband oder Videoband anfertigt oder anfertigen läßt.

7.3 BEGRIFF DER KULTURWIRTSCHAFT

Unter den heutigen Verhältnissen ist es einem Urheber nur noch selten möglich, für die Verbreitung seines Werkes in der Öffentlichkeit selbst zu sorgen. Vor allem gehört dazu meist ein umfangreicher und kostspieliger Apparat an Inventar und Verwaltungseinrichtungen, die der Herstellung bzw. Vervielfältigung und der Verteilung des Werkes dienen. Notwendigerweise hat sich also ein ganz neuer Wirtschaftszweig gebildet, der als Mittler zwischen dem Urheber und denjenigen steht, für die sein Werk bestimmt ist; man faßt diese Einrichtungen unter dem Begriff „Kulturwirtschaft“ zusammen. Hierzu gehören

a) sogenannte Verwertungsgesellschaften: GEMA = Gesellschaft für musikalische Aufführungs- und mechanische Vervielfältigungsrechte; GVL = Gesellschaft zur Verwertung von Leistungsschutzrechten; VG Wort = Verwertungsgesellschaft Wort.
b) Verlage (Buch-, Zeitungs- und Zeitschriftenverlage).
c) Hersteller von Schallplatten und bespielten Ton- oder Videobändern.
d) Rundfunk- und Fernsehanstalten.

Die Verwertungsgesellschaften wachen darüber, daß Urheber literarischer und künstlerischer Schöpfungen sowie solcher Werke, für die Leistungsschutz besteht, für die Benutzung ihrer Werke eine Vergütung bekommen.

Nimmt ein Urheber (Verfasser) für die Verbreitung seines Werkes eine der unter b) bis d) genannten Institutionen in Anspruch, so sollten die gegenseitigen Beziehungen unbedingt vertraglich geregelt werden.

7.4. GEGENSTAND DES VERLAGSRECHTS

Für den Ingenieur als Verfasser von Fachschrifttum wird in der überwiegenden Zahl der Fälle ein Verlag sein Geschäftspartner sein. Für diese Zwecke – und hierauf wollen wir uns, der Aufgabe dieses Buches entsprechend, beschränken – sind die Bestimmungen des Gesetzes über das Verlagsrecht maßgebend.

Das Verlagsrecht regelt den Ablauf der Beziehungen zwischen dem Verfasser eines Werkes und seinem Verleger, und zwar im Rahmen der allgemeinen gesetzlichen Bestimmungen des Bürgerlichen Gesetzbuches (BGB).

7.5 VERTRAGSVERHÄLTNIS ZWISCHEN VERFASSER UND VERLEGER

Die Modalitäten der geschäftlichen Beziehungen zwischen Verfasser und Verleger regelt ein vertragliches Abkommen, ein Verlagsvertrag.

Grundgedanke eines Verlagsvertrages ist folgender Vorgang: Der Inhaber des Urheberrechts, also in unserem Fall der Verfasser eines Fachmanuskriptes, überträgt dem Verlag das Nutzungsrecht an seinem Werk und verpflichtet sich zum Verzicht auf eigene Nutzung, solange der Vertrag besteht. Dafür verpflichtet sich der Verleger, dieses Werk zu vervielfältigen und zu verbreiten (§§ 1 und 14 VG).

Für das Zustandekommen eines Verlagsvertrages ist keine bestimmte Form, nicht einmal die schriftliche Festlegung, vorgeschrieben. Schon durch die Erklärung der Schriftleitung einer Fachzeitschrift, daß sie ein vom Verfasser unverlangt eingesandtes Manuskript zur Veröffentlichung annimmt, kommt rechtlich ein Verlagsvertrag zustande. Bei Buchmanuskripten oder auch, wenn ein Verfasser nur einen Beitrag zu einem Sammelwerk beisteuern soll, wird jedoch gewöhnlich ein förmlicher Verlagsvertrag geschlossen.

In einem solchen Vertrag müssen nicht alle Einzelheiten aufgeführt werden, obwohl es sich empfiehlt, gewisse Bedingungen schriftlich festzulegen (z. B. die Auflagenhöhe, die Art der Vergütung usw.). Es ist außerdem anzuraten und auch durchaus üblich, in einem Verlagsvertrag genau festzulegen, welche Nutzungsrechte der Verfasser dem Verlag einräumt (z. B. über den im Augenblick geplanten Abdruck hinaus das Recht zur Übersetzung in eine andere Sprache, zur Veröffentlichung in Taschenbuch-, Volks- oder Schulausgaben, zur Dramatisierung oder Verfilmung des Textes u. dgl. m.). Fehlen solche Abmachungen, so erlangt der Verleger das Nutzungsrecht nur in dem Umfang, der zur Erfüllung der mit dem Vertrag übernommenen Pflichten nötig ist (§ 31, Abs. 5 UG).
Was im Verlagsvertrag nicht ausdrücklich geregelt ist, wird durch die Bestimmungen des Verlagsgesetzes gedeckt. Sonderfälle, die etwa damit noch nicht juristisch zu erfassen sind, unterliegen schließlich den allgemeinen Vorschriften des Bürgerlichen Gesetzbuches (BGB) über das Schuldrecht.
Das Verlagsgesetz regelt im Verhältnis zwischen Verfasser und Verleger auch die gegenseitigen Rechte und Pflichten. Es ist daher nicht unbedingt nötig, sie in einem Verlagsvertrag alle extra aufzuführen. Die Verlage pflegen jedoch in ihre Verträge eine Reihe von diesen Punkten aufzunehmen, teils um von vornherein klare Verhältnisse zu schaffen, teils um einzelne Bestimmungen zu präzisieren. Deshalb sollen die wichtigsten Bestimmungen, wie sie im Verlagsgesetz festgelegt sind, nachstehend aufgeführt und eingehend erläutert werden.

Das Werk in Händen des Verlegers

a) Bestimmungen über das Nutzungsrecht.
   Wenn der Verfasser dem Verleger sein Manuskript zur Veröffentlichung übergibt, so überträgt er ihm damit das ausschließliche Nutzungsrecht an diesem Werk (§ 8 VG). Dies kann er natürlich nur, solange er selbst noch voll im Besitz dieses Rechtes ist, d. h. wenn er es zuvor (auch teilweise) nicht schon an einen anderen übertragen hat. Während der Dauer des Vertragsverhältnisses ist der Verfasser verpflichtet, sich jeder anderweitigen Nutzung (Vervielfältigen und Verbreiten des Inhalts) zu enthalten (§ 2 VG). Das ausschließliche Nutzungsrecht berechtigt nunmehr den Verleger, seinerseits das Recht zum Vervielfältigen und Verbreiten des Werkes (Verlagsrecht) auszuüben (§ 31, Abs. 3 UG; § 8 VG). Es gibt ihm auch das Recht, gegen alle Personen, auch gegen den Verfasser selbst, vorzugehen, wenn sie unberechtigterweise außer ihm das Werk ausnutzen (§ 9, Abs. 2 VG).
b) Fristenregelung und Rücktrittsrecht.
   Der Verfasser ist verpflichtet, nach Vertragsabschluß dem Verleger das Werk innerhalb einer angemessenen Frist in einem für die Vervielfältigung geeigneten Zustand abzuliefern (§§ 10 und 11 VG). Besonders die letzte Bestimmung ist wich-

tig: Das Manuskript muß sauber und deutlich lesbar geschrieben sein; auch Bilder und Tabellen müssen diesen Ansprüchen genügen. Kommt der Verfasser mit der Ablieferung in Verzug und ist er auch nach Ablauf einer ihm vom Verleger gesetzten Frist nicht in der Lage, ein vollständiges und brauchbares Manuskript abzuliefern, so kann der Verleger vom Vertrage zurücktreten (§ 30 VG).
Der Verfasser andererseits hat Anspruch darauf, daß der Verleger sein Werk innerhalb angemessener Zeit vervielfältigt und verbreitet. Unterbleibt dies, so ist der Verfasser berechtigt, vom Vertrage zurückzutreten (§ 32 mit Bezug auf § 30 VG).

c) Rückrufrecht wegen Nichtausnutzung.
Der Verfasser hat ein Rückrufrecht, d. h., er kann sein Manuskript zurückfordern, wenn der Verleger das ihm übertragene Nutzungsrecht nicht oder unzureichend ausübt. Dieses Recht kann jedoch erst nach Ablauf einer bestimmten Frist ausgeübt werden, die mit der Übertragung des Nutzungsrechts (Ablieferung des Manuskripts) beginnt (§ 41 UG). Diese Frist beträgt
  bei Buchmanuskripten 2 Jahre,
  bei einem Beitrag für eine Zeitung 3 Monate,
  bei einem Beitrag für eine Zeitschrift, die monatlich oder öfter erscheint, 6 Monate, sonst 1 Jahr.

d) Rücktrittsrecht wegen gewandelter Überzeugung.
Bis zum Beginn der Vervielfältigungsarbeiten hat der Verfasser das Recht, vom Vertrage zurückzutreten, falls sich Umstände ergeben, die bei Vertragsabschluß nicht vorauszusehen waren. Dieser Fall tritt z. B. ein, wenn ein schon von der Schriftleitung angenommenes Aufsatzmanuskript aus firmeninternen Gründen zurückgezogen wird (Inhalt wegen neuer wissenschaftlicher Erkenntnis überholt oder Veröffentlichung unerwünscht, weil sich die Geschäftspolitik geändert hat). Als Beginn der Vervielfältigung dürfte hier der Druckvorgang anzusehen sein. Bis dahin beim Verlag entstandene Aufwendungen (z. B. Setzkosten) müssen diesem natürlich ersetzt werden (§ 42 UG, § 35 VG).

Vervielfältigung des Werkes

e) Änderungen.
Der Verfasser ist berechtigt, bis zum Ende der Vervielfältigungsarbeiten (in unserem Falle also des Druckvorgangs) Änderungen an dem Werk vorzunehmen. Übersteigt jedoch der Umfang der Änderungen, die der Verfasser nach dem Beginn der Vervielfältigungsarbeiten (Setzvorgang) verlangt, das übliche Maß (etwa 10 % der gesamten Setzkosten), so muß der Verfasser dem Verleger die entsprechenden Kosten ersetzen.
Vor Beginn der Arbeiten an jeder neuen Auflage hat der Verleger dem Verfasser ebenfalls Gelegenheit zum Ändern zu geben (§ 12 VG).

Dem Verleger ist es dagegen untersagt, das ihm zur Nutzung überlassene Werk, dessen Titel oder die Verfasserbezeichnung ohne Einwilligung des Verfassers zu ändern (§ 39 UG als Ersatz für den aufgehobenen § 13 VG).

f) Korrektur.
Der Verleger hat für die Korrektur zu sorgen und dem Verfasser rechtzeitig einen Abzug zur Durchsicht vorzulegen (§ 20 VG). Im Verlagsvertrag wird jedoch meist der Verfasser zur Korrektur verpflichtet. Aus praktischen Gründen (allein der Verfasser kann beurteilen, ob der gesetzte Text sachlich richtig ist) sollte eine solche Klausel akzeptiert werden.

Sind dem Hauskorrektor des Verlages grobe Setzfehler entgangen oder sind vom Verfasser geforderte Korrekturen vor dem Druck nicht ordnungsgemäß ausgeführt worden, so kann Berichtigung verlangt werden. Bei einem Buch wird ein Zettel mit der Verbesserung eingelegt; in einer Zeitschrift wird die Berichtigung in der nächst erreichbaren Nummer abgedruckt.

Verbreitung des Werkes

g) Auflage.
Der Verleger hat das Recht, die Höhe der Auflage festzusetzen. Ist im Vertrag hierüber nichts vereinbart, so ist er berechtigt, 1000 Stück herzustellen. Desgleichen ist er lediglich befugt, nur eine Auflage zu produzieren, wenn sich die Nutzungsübertragung durch den Verfasser nicht ausdrücklich auch auf alle folgenden Auflagen erstreckt (§ 5 VG).

h) Ladenpreis.
Das Verlagsrecht ermächtigt den Verleger auch, den Ladenpreis des Werkes zu bestimmen (§ 21 VG).

i) Vergütung für den Verfasser.
Der Verleger ist zur Zahlung der vereinbarten Vergütung oder, falls nichts vereinbart ist (Zeitschriftenaufsatz!), zu einer angemessenen Vergütung verpflichtet, wenn die Überlassung des Manuskripts den Umständen nach nur gegen eine Vergütung zu erwarten ist (§ 22 VG). Der Umstand einer kostenlosen Überlassung kann allerdings bei gewissen Zeitschriften gegeben sein (z. B. Archiv-Fachblätter). Die Fälligkeit einer Vergütung variiert nach den Umständen und der Art des Werkes (§§ 23 und 24 VG). Bei Fachaufsätzen ist eine Abrechnung 4 bis 6 Wochen nach Auslieferung des Zeitschriftenheftes üblich. Bei Büchern wird gewöhnlich periodisch (halb- oder ganzjährlich) dem Absatz entsprechend abgerechnet. Üblich ist hier die prozentuale Beteiligung (meist 10 %, bezogen auf den Ladenpreis) am Erlös der verkauften Exemplare. Jedoch können zwischen Verleger und Verfasser auch beliebige andere Modalitäten vereinbart werden, z.B. eine Pauschalabgeltung, die dann meist bei Ablieferung des Manuskripts fällig ist.

Der § 36 UG schützt jedoch den Verfasser vor einer finanziellen Ausnutzung (etwa wenn Erträgnisse aus dem Vertrieb des Buches und die Vergütung in einem groben Mißverhältnis stehen), indem für den Urheber des Werkes eine angemessene Beteiligung an dessen Ertrag gefordert wird.

j) Freiexemplare.
Der Verleger ist verpflichtet, dem Verfasser nach Fertigstellung des Werkes Freiexemplare zu liefern. Die Menge beträgt 1 Stück auf hundert Exemplare der Auflage, mindestens jedoch 5, höchstens 15 Stück (§ 25 VG).
Von Beiträgen in Zeitungen kann der Verfasser keine Freiexemplare verlangen (§ 46, Abs. 1 VG).

k) Exemplare zum Vorzugspreis.
Wenn es der Verfasser wünscht, muß der Verleger ihm beliebig viele Exemplare seines Werkes zum Buchhändler-Einkaufspreis verkaufen (§ 26 VG). Der Verfasser darf über diese Stücke frei verfügen, sie jedoch nicht weiterverkaufen. Dies würde gegen das ausschließliche Recht des Verlegers zur Verbreitung des Werkes verstoßen, außerdem aber den Buchhandel schädigen (unlauterer Wettbewerb).
Auch die Verpflichtung, Exemplare zum Vorzugspreis zu liefern, hat keine Gültigkeit für Zeitungsbeiträge (§ 46, Abs. 2 VG).

Sonderbestimmungen

l) Sonderdrucke.
Der Verleger ist verpflichtet, das Werk nur mit Zustimmung des Verfassers außer als selbständiges Werk auch in einer Sammelausgabe zu veröffentlichen. Das gleiche gilt für die Herstellung von Sonderausgaben aus einem Sammelwerk (§ 4 VG).
Die zweite Bestimmung ist für den Verfasser von Fachaufsätzen bedeutsam. Als Sonderausgabe gelten auch Sonderdrucke, und zu den im Gesetz erwähnten Sammelwerken gehören u.a. Zeitschriften und Jahrbücher. Wenn die Werbeabteilung einer Firma also Sonderdrucke eines Zeitschriftenaufsatzes bestellt, fragen die Verlage manchmal ausdrücklich nach der Zustimmung des Verfassers. Diese Zustimmung ist als gegeben anzusehen, wenn der Verfasser derselben Firma angehört. Sie muß aber unter allen Umständen extra eingeholt werden, wenn es sich um die Arbeit eines firmenfremden Verfassers handelt.

m) Verlust des Manuskripts.
Für den Fall, daß das Manuskript nach Ablieferung beim Verleger untergeht oder unbrauchbar wird, kann dieser vom Verfasser verlangen, gegen angemessene Vergütung ein neues, im wesentlichen mit dem alten übereinstimmendes Manuskript zu liefern, sofern dies auf Grund noch vorhandener Unterlagen mit geringer Mühe ausführbar ist (§ 33 VG).

n) Wiederverwertung von Zeitschriftenaufsätzen.
Über Werke, die in einer periodisch erscheinenden Sammlung (Zeitschrift, Jahrbuch) veröffentlicht werden, kann der Verfasser nach Ablauf eines Jahres seit dem Erscheinen des Beitrages wieder frei verfügen (§ 38 UG[1]). Diese Bestimmung ist unbedingt zu beachten. Verfasser, die etwa ihr Aufsatzmanuskript einer zweiten Zeitschrift anbieten, ohne den Ablauf der Jahresfrist abzuwarten, handeln schuldhaft und können für die Verletzung des Nutzungsrechts haftbar gemacht werden. Es wäre allerdings denkbar, daß die Leserkreise der beiden Zeitschriften (Erstveröffentlichung und geplante Zweitveröffentlichung) sich überhaupt nicht berühren. Wenn in diesem Fall beide Verlage in gegenseitiger Kenntnis des Vorgangs einem Zweitabdruck zustimmen, kann niemand mehr Einwendungen erheben.

Zum Schluß sei nochmals auf zwei am Anfang gemachte Bemerkungen verwiesen (s. Abschnitt 7.2):
Nach § 2, Abs. 7 UG sind die in einem Werk veröffentlichten Zeichnungen, Bilder, Tabellen, Pläne und Karten urheberrechtlich gegen unbefugte Verwendung durch andere geschützt.
Für Fotografien besteht lt. § 72 UG ein Leistungsschutz. Der Lichtbildner (Fotograf) wird also wie ein Urheber geschützt. Diese Bestimmung bekommt Bedeutung bei der Verwendung von Fotografien unternehmensfremder Lichtbildner zum Illustrieren eines Aufsatzes oder Buches (s. auch S. 58: Bildmaterial).

7.6 VERLETZUNG DES URHEBERRECHTS (§§ 97 bis 111 UG)

Das Urheberrecht wird verletzt, wenn ein anderer ein Werk nutzt, ohne im Besitz des Nutzungsrechts zu sein. Eine Verletzung liegt auch vor, wenn aus einem Werk Textpartien oder Bilder oder Tabellen von anderen für ihre eigenen Werke übernommen werden, ohne daß ihre Herkunft bezeichnet wird und ohne daß der Urheber damit einverstanden ist. Der Urheber (bzw. der das Nutzungsrecht Ausübende, also ein Verleger) kann von dem das Recht Verletzenden verlangen:

a) Unterlassung, wenn zu erwarten ist, daß dieser weiterhin das Urheberrecht verletzen wird.
b) Schadenersatz, und zwar materiellen (evtl. die Herausgabe des Gewinns), ggf. auch Ersatz des ideellen Schadens.
c) Vernichtung der unrechtmäßig hergestellten Exemplare, evtl. auch der hierfür verwendeten Druckplatten, Negative u. dgl.

---

[1] Die früher hierfür geltende komplizierte Bestimmung ist mit der Aufhebung des § 42 VG weggefallen. Danach war eine Wiederverwertung erst möglich nach Ablauf des vollen Kalenderjahres, das auf das Jahr der Veröffentlichung folgte.

Zitate aus fremden Werken, die ausdrücklich als solche gekennzeichnet werden, sind erlaubt. Im wesentlichen interessiert hier das sog. Kleinzitat, das aus einzelnen Sätzen oder kürzeren Partien des fremden Werkes besteht (§ 51 UG).
Wer unerlaubt und vorsätzlich urheberrechtlich geschützte Werke verwertet, kann auf Antrag mit Geldstrafe oder mit Freiheitsentzug bis zu einem Jahr bestraft werden.

7.7 COPYRIGHT

Nach deutschem Recht ist ein Schriftwerk, eine Rede, ein künstlerisches Werk urheberrechtlich von dem Zeitpunkt an geschützt, wo es als eigene Schöpfung seines Urhebers fertig vorliegt. Dieses Recht gilt auch in allen ausländischen Staaten, die der Berner Übereinkunft zum Schutze von Werken der Literatur und der Kunst beigetreten sind, aber nur in diesen (für Deutschland verbindlich ist die revidierte Berner Übereinkunft – RBÜ – in Gestalt der Brüsseler Fassung vom 26.6.1948). Nicht zu den Unterzeichnern der Berner Übereinkunft gehören u. a. die USA, die UdSSR sowie eine Reihe von afrikanischen, amerikanischen und asiatischen Staaten. In einigen dieser Staaten müssen besondere Formvorschriften erfüllt werden, damit der Urheberrechtsschutz in Kraft treten kann. Um hier eine gewisse Einheitlichkeit zu schaffen, wurde am 6.9.1952 das Welturheberrechtsabkommen (WUA) geschlossen, dem auch die USA beigetreten sind. Es fordert in Artikel III von jedem Mitgliedsstaat (unabhängig von der eigenen Rechtsprechung) die Anerkennung des Rechtsschutzes für ausländische Urheber, sofern die Exemplare ihrer Werke von der ersten Veröffentlichung an im Impressum einen Schutzvermerk tragen. Dieser Vermerk besteht aus dem Kennzeichen © in Verbindung mit dem Namen des Inhabers des Urheberrechts (also des Verlages) und der Jahreszahl der ersten Veröffentlichung (das © steht für „Copyright“, zu deutsch: Vervielfältigungsrecht; es bezeichnet also den Rechtsschutz für vervielfältigte, d. h. veröffentlichte Werke).

7.8 FOTOKOPIEREN

Das in der Industrie weithin übliche Fotokopieren von Seiten oder ganzen Aufsätzen aus Fachzeitschriften für die Verwendung als Arbeitsunterlage oder als Archivstück in den Firmenbüros ist nicht ohne weiteres zulässig. Maßgebend hierfür ist das Urheberrechtsgesetz (UG). In § 54, Abs. (1) räumt es zwar ein: „Zulässig ist, einzelne[1] Vervielfältigungsstücke eines Werkes herzustellen oder herstellen zu lassen zum eigenen . . . Gebrauch, . . . wenn es sich um kleine Teile eines erschienenen Werkes oder um einzelne Aufsätze handelt, die in Zeitungen oder Zeitschriften er-

[1] „Einzelne“ bedeutet im Höchstfall 7 Stück (Urteil des Bundesgerichtshofes vom 14.4.1978, veröffentlicht in GRUR [Gewerblicher Rechtsschutz und Urheberrecht] 1978, S. 474).

schienen sind." In Abs. (2) jedoch heißt es: „Dient die Vervielfältigung gewerblichen Zwecken[1] des zur Vervielfältigung Befugten, so hat er dem Urheber hierfür eine angemessene Vergütung zu zahlen".

Sowohl um die Modalität als auch um die Höhe der Vergütung hat es viel Streit und lange Debatten gegeben. Der Börsenverein des Deutschen Buchhandels (als Vertreter der Verleger – und damit auch der Autoren – sowie der Buchhandlungen) fordert wegen der explosionsartig gewachsenen Zahl der Kopiervorgänge eine Neufassung der z. Z. geltenden Bestimmungen mit dem Ziel einer Ausdehnung der Vergütungspflicht. Der Deutsche Bibliotheksverband als maßgeblicher Vermittler von Fachliteratur plädiert dagegen für eine Beibehaltung des jetzigen Verfahrens. Dieses im folgenden geschilderte Verfahren müssen wir also anwenden, solange die beteiligten Gremien sich nicht auf ein neues geeinigt haben.

Die *Inkassostelle für urheberrechtliche Vervielfältigungsgebühren* hat im Jahre 1970 mit dem Bundesverband der Deutschen Industrie (BDI) einen Vertrag zur Wahrnehmung von Vergütungsansprüchen geschlossen. Nachfolgerin der Inkassostelle wurde 1974 die *Verwertungsgesellschaft Wissenschaft,* die ihrerseits 1978 in der *Verwertungsgesellschaft Wort (VG Wort),* München, als besondere Abteilung aufgegangen ist. Diese nimmt jetzt die den Nutzungsberechtigten zustehenden Ansprüche wahr. Die Zeitschriftenverleger als Empfangsberechtigte können dem erwähnten Vertrag durch den Abschluß eines Wahrnehmungsvertrages mit der VG Wort beitreten; sie übertragen dieser damit ihre Vergütungsansprüche. Gewerbliche Unternehmen, die das Recht zum Fotokopieren ausüben wollen, brauchen für den Beitritt keine besondere Erklärung abzugeben. Es genügt, wenn sie von sich aus gegenüber der VG Wort ihre Vergütungspflicht erfüllen. Hierfür gibt es wahlweise 4 Möglichkeiten:

1. Das Unternehmen kauft bei der VG Wort Gebührenmarken. Auf jedes kopierte Blatt ist eine Marke zu kleben und zu entwerten.
2. Auf die Jahresabonnementspreise aller für solche Vervielfältigungen in Betracht kommenden Zeitschriften wird ein Aufschlag von 30 % einmal jährlich als Gebühr an die VG Wort abgeführt. In mehreren Exemplaren abonnierte Zeitschriften werden dabei nur einmal berücksichtigt.
3. Auf die Jahresabonnementspreise aller von einem Unternehmen überhaupt gehaltenen Zeitschriften (unabhängig davon, ob aus ihnen fotokopiert wird oder nicht) ist ein Aufschlag von 20 % einmal jährlich abzuführen. Auch hier werden mehrere gleiche Exemplare nur einmal berücksichtigt.
4. Konzerne und Firmengruppen haben die Möglichkeit, mit der VG Wort Sondervereinbarungen zu treffen.

---

[1] Dies trifft auf alle gewerblichen Unternehmen zu (Urteil des Bundesgerichtshofes vom 24.6.1955).

Für den Fall einer Vergütung nach 2. oder 3. hat das betreffende Unternehmen der VG Wort jährlich eine Zeitschriftenliste einzureichen.
Vervielfältigungen von Beiträgen aus Zeitschriften, die vor dem 1.1.1966 erschienen sind, bleiben gebührenfrei. Zu beachten ist noch, daß Vervielfältigungsstücke nur für internen Gebrauch verwendet werden dürfen. Verbreitung und öffentliche Wiedergabe sind untersagt.
Die bei der VG Wort eingehenden Beträge werden zur Hälfte an die beteiligten Verlage abgeführt. Die den Urhebern zustehende andere Hälfte wird (wie die Bibliothekstantieme für wissenschaftliche Bücher) jährlich unter diejenigen Autoren verteilt, die gleichfalls mit der VG Wort einen Wahrnehmungsvertrag abgeschlossen haben.
Gewerbliche Unternehmen, die entsprechend diesem Verfahren gemäß einer der 4 oben aufgeführten Möglichkeiten Beträge an die VG Wort abführen, sind von allen eventuellen Vergütungsansprüchen der Nutzungsberechtigten freigestellt.
Einzelheiten und weitergehende Bestimmungen sind dem eingangs erwähnten „Gesamtvertrag“ zu entnehmen. Außerdem hat die VG Wort ein „Merkblatt über die Vergütung für Fotokopien“ herausgegeben. Diese Druckschriften können bezogen werden bei der

Verwertungsgesellschaft Wort, Goethestraße 49, 8000 München 2.

8. Werbung, Public Relations und Industrienachrichten

Die Überschrift dieses Kapitels umfaßt eine bunte Palette von Äußerungen, die ein gewerbliches Unternehmen von sich gibt, um in der Öffentlichkeit Aufmerksamkeit zu erregen. Noch nicht überallhin hat es sich herumgesprochen, daß es sich hier um grundverschiedene Dinge handelt, die nicht miteinander vermengt werden dürfen. Was eine Industrienachricht ist, wurde bereits im ersten Kapitel im Abschnitt „Presseinformation" erörtert. Wir werden im Verlauf dieses Kapitels noch einmal kurz darauf zurückkommen.

Daß Werbung in Fachmanuskripten nichts zu suchen hat, ist schon im Kapitel über den Fachaufsatz besprochen worden (S. 45). Dieses Thema ist immerhin so wichtig, daß wir uns hier noch ausführlich damit beschäftigen müssen. Zuvor aber ist noch der dritte Begriff zu klären, über den es häufig nur verschwommene Vorstellungen gibt: Public Relations. Der Name ist etwas nebelhaft und beschreibt keineswegs exakt das, was man sich unter ihm vorstellen sollte; daher wohl auch die Verwirrung. Die Sache selbst wurde in den dreißiger Jahren in Amerika geboren. Die Europäer haben sie, wie so vieles, bereitwillig übernommen, nachdem sie drüben von sich reden machte. Wörtlich übersetzt hieße das: Beziehungen zur Öffentlichkeit. Aber es sind eben nicht Beziehungen zur Öffentlichkeit schlechthin; auch die Werbung, die eine Firma treibt, auch die Fachliteratur, die ihre Mitarbeiter produzieren, knüpfen schließlich Beziehungen zur Öffentlichkeit.

Public Relations sind also Öffentlichkeitsarbeit in einem speziellen Sinne. Da wir im Wirtschaftsleben ja nun mal englisch miteinander zu reden pflegen: Public Relations dienen dazu, das Image der Firma zu heben, ihr und ihrem Management die nötige Publicity zu verschaffen. Dies kann geschehen durch Berichte über das Geschäftsgebaren der Firma (Aktionärsversammlung, Geschäftsbericht, finanzielle Transaktionen, Fusionen u. dgl., Firmenjubiläen, Schaffung sozialer Einrichtungen, Stiftungen usw.), Berichte, die an Geschäftsfreunde wie auch an die Presse verschickt werden und durch die irgendein bemerkenswertes Ereignis mit dem Namen der Firma verknüpft wird.

Dies kann weiterhin geschehen durch Einladungen zu Besichtigungen, durch Pressekonferenzen über ein allgemein interessierendes Thema, durch Vorträge auf Tagungen, die von namhaften, in der Öffentlichkeit gut bekannten Persönlichkeiten der Firma gehalten werden.

Das alles sind Beispiele für die Öffentlichkeitsarbeit eines Unternehmens, mit der es Interesse erwecken und Vertrauen gewinnen will, das sind – auf englisch gesagt – Public Relations. Nur eines sind Public Relations nicht: Werbung, auch nicht indirekte oder Schleichwerbung. Wer Public Relations betreibt, dem muß jede Verkaufsabsicht fernliegen.

Natürlich dienen letztlich auch die Public Relations dem Endzweck jedes gewerblichen Unternehmens: zu verkaufen und zu verdienen. Nur sie tun es auf dem weiten Weg über eine Vertrauenswerbung, und lediglich dieses Vertrauen soll in dem Ange-

sprochenen zu gegebener Zeit den Entschluß reifen lassen, bei eben dieser Firma zu kaufen.
Was die Tages- und die Fachpresse angeht, so wissen die meisten Beteiligten sehr wohl zwischen Werbung und Public Relations zu unterscheiden. Nur gibt es leider noch immer zu viele, die den Unterschied so erklären: Werbung (hier verstanden als Anzeigenwerbung) muß bezahlt werden; Public Relations (verstanden als redaktionell aufgemachter Text mit deutlichem Propagandacharakter) bekommen wir umsonst. Das hat nun freilich mit Public Relations nichts mehr zu tun, und eine ordentliche Schriftleitung wird allzu aufdringliche „Öffentlichkeitsarbeiter" in die Schranken weisen.

Aber im Leben geht nun einmal alles menschlich zu. Firmen, die Anzeigen aufgeben, sind Kunden von Verlagen und dürfen nicht verärgert werden. Andererseits füllen Redakteure kleinerer Blätter ihre Spalten manchmal gern mit Nachrichten durchaus werblichen Charakters, um ihren Lesern Interessantes zu bieten, wenn nicht genügend fachlicher Text vorhanden ist. Hier existiert ein breites Gebiet, das im Dämmerschein liegt und in dem laufend viel Unerfreuliches vor sich geht.
Da hinein Ordnung zu bringen und auch dem Gutwilligen einen Leitfaden in die Hand zu geben, ist das Ziel einer kleinen Druckschrift, die der Zentralausschuß der Werbewirtschaft (ZAW) in Gemeinschaft mit dem Verband Deutscher Zeitschriften-Verleger e. V., dem Bundesverband Deutscher Zeitungsverleger e. V. und dem Deutschen Journalisten-Verband e. V. herausgegeben hat. Sie nennt sich

„Richtlinien für redaktionelle Hinweise in Zeitungen und Zeitschriften"

und bringt in 24 Punkten detaillierte Hinweise für alle möglichen Arten von Bekanntmachungen in der Presse. Nur ein kleiner Teil hiervon ist für unsere Zwecke von Belang. Diese Punkte sollen im folgenden besprochen werden. Zuvor jedoch zitieren wir das Vorwort aus einer früheren Ausgabe der „Richtlinien", das in der neuesten, sonst textlich unveränderten Fassung nicht mehr mit abgedruckt ist:

> „Um die im Interesse der Öffentlichkeit, der Werbungtreibenden, aber auch der Zeitungen und Zeitschriften selbst unbedingt notwendige klare Abgrenzung der Textteile und der Anzeigenteile der periodischen Druckwerke voneinander zu erreichen, sind die obengenannten Verbände übereingekommen, ihren Mitgliedern dringend nahezulegen, die folgenden Richtlinien anzuwenden. Die Verleger werden sie in die Geschäftsanweisung aufnehmen, die sie ihren Redaktionen erteilen. Die Redakteure sollen sich bei der Anwendung der Richtlinien von dem Grundsatz leiten lassen, daß der Textteil unter keinen Umständen die Gegenleistung der Zeitung oder Zeitschrift für gleichzeitig oder vorher oder nachher veröffentlichte Anzeigen sein darf."
> „Verleger und Redakteure (Journalisten) wirken bei der Gestaltung der öffentlichen Meinung mit. Um ihre publizistische Aufgabe erfüllen zu können, brauchen

sie das Vertrauen ihrer Leser. Dieses Vertrauen kann vor allem dann nicht entstehen oder erhalten bleiben, wenn die Leser in den Textteilen der Zeitungen und Zeitschriften redaktionelle Hinweise finden, die, ohne äußerlich als bezahlte Wirtschaftswerbung in Erscheinung zu treten, privatwirtschaftlichen Belangen dienen.
Als Teil der Textgestaltung gehören die redaktionellen Hinweise zum Verantwortungsbereich der Schriftleitung. Aufgabe des Redakteurs ist es daher, aus der Berichterstattung über ein Unternehmen und seine Leistung alles auszusondern, was über den Rahmen einer sachlichen Unterrichtung hinausgeht.
Zugeständnisse, die in Verbindung mit Anzeigenaufträgen in Form günstiger Beurteilung privatwirtschaftlicher Unternehmen, ihrer Erzeugnisse, Leistungen oder Veranstaltungen im Textteil des Druckwerkes eine zusätzliche Leistung des Verlages darstellen, sind geeignet, die Grundsätze der Sauberkeit in der Werbung, der Unabhängigkeit der Presse und der Freiheit der Meinungsäußerung zu gefährden und sollten deshalb weder von Werbungtreibenden erwartet noch von Verlagen gewährt werden, zumal sie darüber hinaus gegen die Preistreue verstoßen.“

Am wichtigsten für unsere Erörterungen sind die Abschnitte, die sich mit der allgemeinen Entwicklung der Wirtschaft und der Technik sowie mit der Berichterstattung über Neuheiten befassen. Hierzu heißt es:

„Es ist eine Aufgabe der Redaktion, über die allgemeine Entwicklung in Industrie, . . . Gewerbe und Technik zu berichten. Solche Berichte (auch Bildveröffentlichungen) werden vielfach zur versteckten Wirtschaftswerbung benutzt. Wirtschaftswerbung gehört aber in den Anzeigenteil. Zu den Fortschritten von Wirtschaftszweigen kann der Redakteur Stellung nehmen, doch darf damit keine Werbung für Einzelfirmen verbunden werden.“
„Bilder oder Zeichnungen, die von den Herstellerfirmen der dargestellten Gegenstände selbst angefertigt worden sind oder für die sie die ausschließlichen Werknutzungsrechte erworben haben, müssen den Bildurhebervermerk ‚Werkaufnahme‘ oder ‚Werkzeichnung‘ tragen.
Reklamebilder, die zum Zweck augenfälliger Eigenwerbung Markenfabrikate oder Herstellernamen des abgebildeten Erzeugnisses über Gebühr groß erscheinen lassen, gehören nicht in den redaktionellen Teil.“
„Bei Neuheiten und neuen Verwendungszwecken ist die Nennung der Hersteller . . . zulässig. Als Neuheiten gelten solche Erzeugnisse oder Verwendungsarten, die für den Leserkreis des Blattes wichtig und bisher in dem Blatte noch nicht besprochen worden sind.
Allgemeine Neuerungen, wie sie alltäglich durch wirtschaftlichen Wettbewerb und Fortschritt laufend entwickelt und angeboten werden, sind keine wirklichen Neuheiten im Sinne des vorstehenden Absatzes.

> Die Nennung des Preises, der Marke und der Herstellerfirma . . . ist zulässig bei Erfindungen, die ein öffentliches Interesse beanspruchen. Das gilt auch dann, wenn Neuschöpfungen zweifelsfrei als Sonderleistungen anzusprechen bzw. für das jeweilige Fachgebiet von ganz besonderer Bedeutung sind und der Redakteur zu der Überzeugung kommt, daß die Erwähnung des Preises und Herstellers in einem solchen Falle überragender Leistungen den allgemeinen binnen- und exportwirtschaftlichen Interessen dient. In allen anderen Fällen ist die Beschreibung eines Fabrikates unter Nennung der Herstellerfirma und des Preises oder beider Angaben stets einer Textanzeige gleich zu achten . . . "

Der Abschnitt über Messen und Ausstellungen fixiert in knappen Sätzen das, was in den betreffenden Kreisen inzwischen zur Regel geworden ist. Die ausstellenden Firmen pflegen für solche Veranstaltungen informatives Material vorzubereiten und mehr oder weniger rechtzeitig der Fachpresse wie auch – in abgewandelter Form natürlich – der Tagespresse zuzuleiten. Die Schriftleitungen benutzen diese als Waschzettel geltenden Unterlagen für ihre Berichterstattung über die Messe oder Ausstellung. Grundsatz ist hierbei, daß nur über Neuheiten berichtet wird oder über wesentliche Weiterentwicklungen von Objekten, die schon auf dem Markt sind.
Schriftleitungen sind etwas allergisch dagegen, wenn eine Firma neben Beschreibungen von Neuheiten auch solche von bereits bekannten Erzeugnissen unterzuschieben sucht, nur weil auch diese ausgestellt werden. Auf einer Messe können ja nicht nur Neuheiten verkauft werden; zu jedem gesunden Geschäft gehört es, das Bestehende und Bewährte weiterhin anzubieten. Eine Erwähnung solcher Dinge ist aber nicht mehr Information, sondern Werbung. Firmen, die den Schriftleitungen öfter Texte über Bekanntes anbieten, können u. U. damit rechnen, daß auch ihre wirklichen Neuheiten bei der Berichterstattung einmal nicht berücksichtigt werden.
Auch bei der Besprechung von Fachliteratur, die manche Firmen herausgeben, sollen Waschzettel, die mit dem Besprechungsstück zusammen geliefert werden, für den Redakteur nur Arbeitsunterlage sein.

Weiter heißt es in den Richtlinien:

> „Werbebroschüren, Prospekte, Hausmitteilungen usw. wirtschaftlicher Unternehmen sind redaktionell nicht zu behandeln, es sei denn, daß allgemein interessierende Sonderleistungen vorliegen."

Nun ist es aber in der Fachpresse seit geraumer Zeit lieber Brauch geworden, regelmäßig die Leser über Neuerscheinungen auf diesen Gebieten zu unterrichten, und die Reaktion aus der Leserschaft zeigt deutlich, daß man diese Art der Bekanntmachung schätzt, denn häufig kommt der einzelne nur auf diese Weise an wertvolles Informationsmaterial heran, von dessen Existenz er sonst meist nichts erführe. Die Werbestellen der Firmen wissen davon zu berichten, welch umfangreiche Nachfrage nach ihren Druckschriften solche Bekanntmachungen manchmal auslösen.

Mit Werbung hat das eigentlich nichts zu tun. In den redaktionellen Teil der Zeitschriften gehören solche Dinge aber auch nicht. Einige Schriftleitungen haben hier einen brauchbaren Ausweg gefunden, indem sie zwischen redaktionellen Teil und Anzeigenteil eine Sonderrubrik einschieben, die nur der Veröffentlichung von Industrienachrichten (ohne Wertung) und der Bekanntgabe von Druckschriften (ohne Besprechung) dient. Um den Charakter eines solchen Sonderteils eindeutig zu kennzeichnen, bringt z. B. die Zeitschrift „Stahl und Eisen" regelmäßig am Beginn diesen Hinweis:

> „In diesem Anhang werden – außerhalb der Verantwortung der Schriftleitung – Firmenmitteilungen gebracht und Druckschriften angezeigt, die für unsere Leser von Interesse sein können. Es wird weder eine Gewähr für die Richtigkeit übernommen noch mit diesen Veröffentlichungen ein Werturteil abgegeben."

Über Veranstaltungen von Firmen und Verbänden heißt es in den Richtlinien:

> „Berichte über Firmenveranstaltungen sind zulässig, wenn sie von allgemeinem Interesse sind."

Jubiläen von Firmen oder von Persönlichkeiten sind häufiger Anlaß zu einer redaktionellen Würdigung. Irgendeine Wirtschaftswerbung darf jedoch damit nicht verbunden werden. Nur die 25., 50., 75. oder 100. Wiederkehr eines Gedenktages soll Anlaß zu solchen Notizen sein.

Ein Wort muß noch gesagt werden zur Nennung des Firmennamens bei Fachaufsätzen. Die Richtlinien führen hierzu folgendes aus:

> „Bei Aufsätzen, die Fachleute der Wirtschaft geschrieben haben, darf der Firmenname dem Verfassernamen nur dann beigefügt werden, wenn sich der Inhalt des Artikels mit allgemeinen Wirtschaftsfragen befaßt, nicht dagegen bei Behandlung von Fachfragen, die in ein Produktions- oder Arbeitsgebiet fallen, auf dem noch weitere Firmen im Wettbewerb stehen. Jede Werbung durch Namensnennung der Hausfirma oder durch unmittelbare Hervorhebung der Hauserzeugnisse muß unterbleiben."

Was die Hervorhebung der Hauserzeugnisse anlangt, kann man dem voll zustimmen. Aber über die Forderung auf Unterlassen der Firmennennung ist die Praxis längst hinweggegangen. Gerade gute Fachzeitschriften aus großen Verlagen pflegen seit vielen Jahren außer dem Namen eines Verfassers auch seinen Dienstherrn (Firma, Behörde, Institut) zu nennen. In dem Kapitel über den Fachaufsatz haben wir diese Dinge bereits ausführlich behandelt (S. 46). Zweifellos liegt beim Leser eines Fachaufsatzes ein Interesse vor zu erfahren, wo der Verfasser beschäftigt ist. So kann er, wenn er die Fachliteratur aufmerksam liest, erkennen, wo die Schwerpunkte gewisser technischer Entwicklungen liegen oder in welchen Instituten welche Forschungsvorhaben bearbeitet werden. Bei großen Firmen hätte es sowieso wenig Zweck, den Namen verschweigen zu wollen, da man ihn aus der Ortsangabe bei der Verfassernennung ohnehin meist erraten kann. Und wenn streng darauf geachtet wird, daß in den Fachaufsätzen keine versteckte Werbung, sondern wirklich nur technische Information enthalten ist, dann bringt auch die Firmennennung keinen zusätzlichen Werbeeffekt.

Das allgemeine oder öffentliche Interesse, das für die journalistische Berichterstattung Voraussetzung ist, spielt also in den erwähnten Richtlinien eine große Rolle. Genaue Grenzen hierfür lassen sich naturgemäß kaum festsetzen, und so bleibt den Schriftleitungen für ihre Entscheidungen ein gehöriger Spielraum. Andererseits werden sie hierdurch aber auch mit einer großen Verantwortung belastet. Nur so ist es zu verstehen, daß die Bräuche von Verlag zu Verlag schwanken. Was dem einen vielleicht noch zulässig scheint, lehnt ein anderer u. U. strikt ab, und beide werden sich dabei auf die Richtlinien berufen.

Doch sollte es für die Verfasser von Fachmanuskripten ebenso wie für die Leiter von Pressestellen und Werbeabteilungen oberstes Gebot sein, von sich aus auf eine Kopplung von Nachricht oder technischer Information mit Werbung grundsätzlich zu verzichten und keinem Schriftleiter etwas zuzumuten, was gegen die Sauberkeit in der Presseberichterstattung verstößt und bei dessen Durchführung er sein Gewissen belasten müßte.

Die vorstehend erwähnten „Richtlinien für redaktionelle Hinweise in Zeitungen und Zeitschriften" sowie die Ende 1980 neu erschienenen „ZAW-Richtlinien für redaktionell gestaltete Anzeigen" sind kostenlos zu beziehen durch den

Zentralausschuß der Werbewirtschaft, Abt. Kommunikation, Postfach 200647; Villichgasse 17; 5300 Bonn 2.

9. Empfehlenswerte Literatur

9.1 LEXIKA UND WÖRTERBÜCHER

Der Duden in 10 Bänden. Mannheim: Bibliographisches Institut.

Band 1. Die Rechtschreibung. 18. Auflage 1980. 792 Seiten.

Band 2. Das Stilwörterbuch. 6. Auflage 1970. 846 Seiten.

Band 3. Das Bildwörterbuch. (Die Gegenstände und ihre Benennung) 3. Auflage 1977. 784 Seiten.

Band 4. Die Grammatik. 3. Auflage 1973. 763 Seiten.

Band 5. Das Fremdwörterbuch. 3. Auflage 1974. 781 Seiten.

Band 6. Das Aussprachewörterbuch. 2. Auflage 1974. 791 Seiten.

Band 7. Das Herkunftswörterbuch. (Die Etymologie der deutschen Sprache) 1963. 816 Seiten.

Band 8. Die sinn- und sachverwandten Wörter und Wendungen. (Wörterbuch der treffenden Ausdrücke) 1972. 797 Seiten.

Band 9. Die Zweifelsfälle der deutschen Sprache. (Wörterbuch der sprachlichen Hauptschwierigkeiten) 2. Auflage 1972. 784 Seiten.

Band 10. Das Bedeutungswörterbuch. 1970. 815 Seiten.

Duden-Taschenbücher. Mannheim: Bibliographisches Institut.

Band 1. Komma, Punkt und alle anderen Satzzeichen. 1968. 208 Seiten.

Band 2. Wie sagt man noch? Sinn- und sachverwandte Wörter und Wendungen. 1976. 219 Seiten.

Band 3. Die Regeln der deutschen Rechtschreibung. 2. Auflage 1981. 188 Seiten.

Band 6. Wann schreibt man groß, wann schreibt man klein? 2. Auflage 1981. 251 Seiten.

Band 7. Wie schreibt man gutes Deutsch? Eine Stilfibel. 1969. 163 Seiten.

Band 9. Wie gebraucht man Fremdwörter richtig? 1970. 368 Seiten.

Band 14. Fehlerfreies Deutsch. Grammatische Schwierigkeiten verständlich erklärt. 1972. 200 Seiten.

Band 20. Wie formuliert man im Büro? Gedanke und Ausdruck – Aufwand und Wirkung. 1976. 282 Seiten.

Band 21. Wie verfaßt man wissenschaftliche Arbeiten? 1977. 208 Seiten.

Der kleine Duden – Deutsches Wörterbuch (mit Angaben zur Rechtschreibung, Silbentrennung, Aussprache und Grammatik).
Mannheim: Bibliographisches Institut. 1977. 445 Seiten.

Mackensen, Lutz: Deutsches Wörterbuch. Rechtschreibung, Grammatik, Stil, Worterklärungen, Fremdwörter. 9. Auflage.
München: Südwest-Verlag. 1977. 1220 Seiten.

Dasselbe auch als rororo-Taschenbuch in 3 Bänden. Nr. 6245 – 6247. 1979. 2453 Seiten.

Peltzer, Karl und Normann, Reinhard von: Das treffende Wort. Wörterbuch sinnverwandter Ausdrücke. 17. Auflage. Thun: Ott-Verlag.
1980. 700 Seiten.

Textor, A. M.: Sag' es treffender. Ein Wörterbuch für alle, die täglich diktieren und schreiben. 10. Auflage.
Essen: Elite-Verlag Ernst Heyer. 1978. 365 Seiten.

Dasselbe auch als rororo-Taschenbuch Nr. 6031.
436.–457. Tausend. 1982. 364 Seiten.

Textor, A. M.: Auf deutsch. Das Fremdwörterlexikon.
rororo-Taschenbuch Nr. 6084. 476.–500. Tausend.
1981. 347 Seiten.

Ullstein-Lexikon der deutschen Sprache. Wörterbuch für Rechtschreibung, Silbentrennung, Aussprache, Bedeutungen, Synonyme, Phraseologie, Etymologie.
Frankfurt und Berlin: Verlag Ullstein GmbH.
1969. 1024 Seiten.

9.2 RATGEBER FÜR SPRACHE UND STIL

Flesch, Rudolf: Besser schreiben, sprechen, denken.
Düsseldorf: Econ-Verlag. 1973. 283 Seiten.

Hallwaß, Edith: Mehr Erfolg mit gutem Deutsch.
Stuttgart: Verlag Das Beste. 1976. 736 Seiten.

Mackensen, Lutz: Gutes Deutsch in Schrift und Rede.
rororo-Taschenbuch Nr. 6049. 91.–98. Tausend.
1980. 416 Seiten.

Reiners, Ludwig: Stilfibel. Der sichere Weg zum guten Deutsch. 124.–128. Tausend. München: C. H. Beck'sche Verlagsbuchhandlung. 1979. 239 Seiten.

Dasselbe auch als dtv-Taschenbuch Band 154. 18. Auflage. München: Deutscher Taschenbuch-Verlag. 1981. 265 Seiten.

Reiners, Ludwig: Stilkunst. Ein Lehrbuch deutscher Prosa. 126. Tausend. München: C. H. Beck'sche Verlagsbuchhandlung. 1980. 784 Seiten.

Weigel, Hans: Die Leiden der jungen Wörter. Ein Antiwörter-Buch. dtv-Taschenbuch Band 1159. 6. Auflage. München: Deutscher Taschenbuch-Verlag. 1980. 146 Seiten.

Wustmann, Gustav: Sprachdummheiten. 14. Auflage. Berlin: Walter de Gruyter & Co. 1966. 391 Seiten.

Zielke, Wolfgang: Flüssig schreiben. Taschenbuch Nr. 425. München: verlag moderne industrie. 1978. 192 Seiten.

9.3 RATGEBER FÜR DRUCK- UND HERSTELLTECHNIK

Duden-Taschenbücher. Mannheim: Bibliographisches Institut. Band 5. Satz- und Korrekturanweisungen. 4. Auflage. 1980. 272 Seiten.

Genzmer, Fritz: Umgang mit der schwarzen Kunst. Vom Manuskript zum fertigen Druckerzeugnis. 4. Auflage. Berlin: Verlag Schiele u. Schön. 1978. 264 Seiten.

Klemz, Willy: Die Typographie und die Druckverfahren (Hand- und Maschinensatz, Fotosatz; Typographie eines Buches; Buchdruck, Flexodruck, Offsetdruck, Lichtdruck, Siebdruck, Tiefdruck). 3. Auflage. Düsseldorf und Hannover: Gryphus-Verlag (Selbstverlag des Verfassers). 1969. 460 Seiten.

Kirchner, Kurt: Satz, Druck, Einband und verwandte Dinge. 9. Auflage. Wiesbaden: F. A. Brockhaus. 1970. 323 Seiten, 119 Bilder.

Puschmann, Bernhard: Korrekturzeichen nach DIN 16 511. Erläuterungen für die Praxis. Berlin: Beuth-Vertrieb. 1967. 72 Seiten.

9.4 VERSCHIEDENES

Frost, Hans: Die neuen Einheiten. 4. Auflage. (Berlin: Elitera-Verlag; Vertrieb durch:) Hüthig-Verlag, Heidelberg. 1981. 57 Seiten.

Haeder, Walter u. Gärtner, Ernst: Die gesetzlichen Einheiten in der Technik. 5. Auflage. Berlin: Beuth-Vertrieb. 1980. 304 Seiten.

Delp, Ludwig: Der Verlagsvertrag. Ein Handbuch für die Praxis des Urheberrechts mit Vertragsmustern und Erläuterungen und mit den Gesetzen über das Urheberrecht und Verlagsrecht sowie sonstigen vertragsrechtlichen Bestimmungen. 4. Auflage. Neuwied: Luchterhand Verlag. 1978. 328 Seiten.

Ulmer, Eugen: Urheber- und Verlagsrecht. 3. Auflage. Berlin, Heidelberg, New York: Springer-Verlag. 1980. 610 Seiten.

10. Verzeichnis wichtiger Normblätter

Dies ist nur eine Auswahl der wichtigsten Normen, die für die Anfertigung von technischen Schriftsätzen von Bedeutung sein können. Deswegen sind bei den hier aufgeführten Normen auch nicht immer sämtliche Teilblätter angegeben. Gültig und maßgeblich für das Anwenden einer Norm ist (lt. den Hinweisen des Deutschen Instituts für Normung) allein deren Fassung mit dem neuesten Ausgabedatum.
Die Angaben auf den folgenden Seiten entsprechen dem Stand vom April 1982.

10.1 SCHRIFTEN

DIN 16 Schräge Normschrift für Zeichnungen
- Teil 1 Allgemeines, Schriftgrößen
- Teil 2 Mittelschrift
- Teil 3 Engschrift

DIN 17 Senkrechte Normschrift für Zeichnungen
- Teil 1 Allgemeines, Schriftgrößen
- Teil 2 Mittelschrift
- Teil 3 Engschrift

DIN 1451 Schriften; Serifenlose Linear-Antiqua (früherer Titel: Groteskschriften)
- Teil 1 Allgemeines
- Teil 3 (Entwurf) Druckschriften
  hierzu Beiblätter (alle Entwurf):
  - Beiblatt 1 Akzidenz-Grotesk
  - Beiblatt 2 Akzidenz-Grotesk-Buch
  - Beiblatt 3 Helvetica
  - Beiblatt 4 Edel-Grotesk

DIN 1460 Umschrift kyrillischer Alphabete slawischer Sprachen

DIN 31634 Umschrift des griechischen Alphabets

DIN 31635 Umschrift des arabischen Alphabets

DIN 31636 Umschrift des hebräischen Alphabets

10.2 ZEICHNUNGEN UND GRAPHISCHE DARSTELLUNGEN, DRUCKTECHNIK

DIN 15 Linien in Zeichnungen
- Teil 1 Linienarten, Linienbreiten, Anwendung
- Teil 2 Anwendungsbeispiele

DIN 199 Technische Zeichnungen; Benennungen

DIN 406 Maßeintragung in Zeichnungen
- Teil 1 Arten
- Teil 2 Regeln

DIN 461 Graphische Darstellung in Koordinatensystemen

DIN 476 Papier-Endformate

DIN 5478 Maßstäbe in graphischen Darstellungen

DIN 6774 Technische Zeichnungen; Ausführungsregeln
- Teil 1 Vervielfältigungsgerechte Ausführung
- Teil 4 Gezeichnete Vorlagen für Druckzwecke

DIN	16507	Typographische Maße
DIN	16511	Korrekturzeichen
DIN	16514	Begriffe für den Hochdruck; Druckform, Satz und Druck
DIN	16518	Klassifikation der Schriften
DIN	16521	Linien im graphischen Gewerbe; Arten und Dicken
DIN	16528	Begriffe für den Tiefdruck; Druckform und Druck
DIN	16529	Begriffe für den Flachdruck; Druckform und Druck
DIN	16544	Begriffe der Reproduktionstechnik im graphischen Gewerbe
DIN	16549	Sinnbilder für Reproduktionstechnik Teil 1 Korrekturzeichen

10.3. EINHEITEN UND FORMELGRÖSSEN, BENENNUNGEN

DIN	1301	Einheiten Teil 1 Einheitennamen, Einheitenzeichen Beiblatt 1 Einheitenähnliche Namen und Zeichen Teil 2 Allgemein angewendete Teile und Vielfache Teil 3 Umrechnungen für nicht mehr anzuwendende Einheiten
DIN	1302	Allgemeine mathematische Zeichen und Begriffe
DIN	1303	Schreibweise von Tensoren (Vektoren)
DIN	1304	Allgemeine Formelzeichen Beiblatt 1 Zusammensetzung mit internationalen Normen
DIN	1305	Masse, Kraft, Gewichtskraft, Gewicht, Last; Begriffe
DIN	1306	Dichte; Begriffe
DIN	1313	Physikalische Größen und Gleichungen; Begriffe, Schreibweisen
DIN	1314	Druck; Grundbegriffe, Einheiten
DIN	1315	Winkel; Begriffe, Einheiten
DIN	1320	Akustik; Grundbegriffe
DIN	1332	Akustik; Formelzeichen
DIN	1338	Formelschreibweise und Formelsatz Beiblatt 1 Form der Schriftzeichen Beiblatt 2 Ausschluß in Formeln Beiblatt 3 Formeln in maschinenschriftlichen Veröffentlichungen
DIN	1344	Elektrische Nachrichtentechnik; Formelzeichen
DIN	1345	Thermodynamik; Formelzeichen, Einheiten
DIN	1355	Zeit, Zeiteinheiten Teil 1 Zeit; Kalender, Wochennumerierung, Tagesdatum, Uhrzeit

DIN	4897	Elektrische Energieversorgung; Formelzeichen
DIN	5473	Zeichen und Begriffe der Mengenlehre; Mengen, Relationen, Funktionen
DIN	5474	Zeichen der mathematischen Logik
DIN	5483	Zeitabhängige Größen; Formelzeichen
DIN	5486	Schreibweise von Matrizen
DIN	5488	Zeitabhängige Größen; Benennungen der Zeitabhängigkeit
DIN	5491	Stoffübertragung; Diffusion und Stoffübergang, Grundbegriffe, Größen, Formelzeichen, Kenngrößen
DIN	5492	Formelzeichen der Strömungsmechanik
DIN	5497	Mechanik; Starre Körper, Formelzeichen
DIN	40004	Spannung und Strom; gekürzte Schreibweisen für Gleichspannung, Wechselspannung, Gleichstrom und Wechselstrom
DIN	40108	Elektrische Energietechnik; Stromsysteme, Begriffe, Größen, Formelzeichen
DIN	40110	Wechselstromgrößen
DIN	40121	Elektromaschinenbau; Formelzeichen
DIN	65999 (Entwurf)	Luft- und Raumfahrt; Formelzeichen, Größen und empfohlene SI-Einheiten
		Umrechnungstabellen (alt – neu und neu – alt):
DIN	66034	Kilopond – Newton; Newton – Kilopond
DIN	66035	Kalorie – Joule; Joule – Kalorie
DIN	66036	Pferdestärke – Kilowatt; Kilowatt – Pferdestärke
DIN	66037	Kilopond je Quadratzentimeter – Bar; Bar – Kilopond je Quadratzentimeter
DIN	66038	Torr – Millibar; Millibar – Torr
DIN	66039	Kilokalorie – Wattstunde; Wattstunde – Kilokalorie

10.4 SCHRIFTTUM UND SCHRIFTSÄTZE

DIN	1421	Benummerung von Texten
		Teil 1 Abschnittsbenummerung
		Teil 2 Absatzbenummerung und Kennzeichnung von Aufzählungen
DIN	1422	Technisch-wissenschaftliche Veröffentlichungen; Richtlinien für die Gestaltung
DIN	1422 (Entwurf)	Veröffentlichungen aus Wissenschaft, Technik, Wirtschaft und Verwaltung; Gestaltung von Manuskripten
DIN	1426	Inhaltsangaben in Information und Dokumentation
DIN	1429	Titelblätter und Einbandbeschriftung von Büchern

DIN	1502	Kürzung der Titel von Zeitschriften und ähnlichen Veröffentlichungen; Regeln
		Beiblatt 1 Abkürzungen von Wörtern aus Sprachen mit lateinischen und kyrillischen Schriftzeichen
DIN	1503	Gestaltung von wissenschaftlichen Zeitschriften und Fachzeitschriften
DIN	1505	Titelangaben von Schrifttum
		Beiblatt 1 (Entwurf): Abkürzungen
DIN	31052	Instandhaltung; Inhalt und Aufbau von Instandhaltungsanleitungen

10.5 BILDUNG UND GEBRAUCH VON WÖRTERN

DIN	4898	Gebrauch der Wörter dual, invers, reziprok, äquivalent, komplementär
DIN	5485	Wortzusammensetzungen mit den Wörtern Konstante, Koeffizient, Zahl, Faktor, Grad, Maß, Pegel
DIN	5490	Gebrauch der Wörter bezogen, spezifisch, relativ, normiert und reduziert
		VDI-Richtlinien
VDI	2270	Adjektivbildungen mit ... los und ... frei. Sprachlicher Ausdruck für die Abwesenheit
VDI	2271	Wörter auf -ung. Sprachlicher Ausdruck für ablaufende und abgeschlossene Vorgänge
VDI	2272	Der Bindestrich. Schriftzeichen bei Wortzusammensetzungen
VDI	2273	Adjektivbildungen mit -bar, -haft, -lich und -sam
VDI	2274	Verben auf -ieren, -isieren und -fizieren. Endungen zum Eindeutschen von Fremdverben
VDI	2275	Wörter auf -er. Täterbezeichnungen, Gerätebezeichnungen
VDI	2276	Verben mit den Vorsilben be-, ent-, er-, ge-, miß-, ver- und zer-
VDI	2277	Erweiterte Verben
VDI	2278	(Entwurf) Benennungen durch Personennamen
VDI	3771	Zusammengesetzte Substantive in den technischen Fachsprachen (Determinativkomposita)
VDI	3772	Leistung und Funktion des Fachwortes in den technischen Fachsprachen

11. Sachverzeichnis

Dieses Sachverzeichnis enthält nicht die Stichwörter des Kapitels 6: „Kleines Lexikon grafischer Fachausdrücke", das ohnehin alphabetisch geordnet ist. Bei mehreren Seitenangaben zu einem Stichwort verweisen kursiv gesetzte Zahlen auf die Hauptstelle, die das betreffende Thema ausführlich behandelt. Zahlen in Klammern nennen eine Stelle, wo das Stichwort zwar nicht direkt genannt, aber das entsprechende Thema erörtert wird.

A

B

S

T

Die auszugsweise beigefügte
DIN-Norm 16511
wurde mit ausdrücklicher Genehmigung des
Deutschen Instituts für Normung nachgedruckt.